**Heimann
Stiftung**
FÜR
VÖLKER-
VERSTÄNDIGUNG

AF288461

Literatur DUO letterario

2024

zweisprachige Anthologie
mit Kurzgeschichten in Deutsch und Italienisch

antologia bilingue
con racconti in tedesco ed italiano

Herausgeber
Heimann Stiftung für Völkerverständigung

Weitere Informationen
zum «Literatur **DUO** letterario»
auf der Webseite
www.heimann-stiftung.de

Bibliografische Information der Deutschen Nationalbibliothek:
Die Deutsche Nationalbibliothek verzeichnet diese Publikation in der
Deutschen Nationalbibliografie; detaillierte bibliografische Daten sind
im Internet über http://dnb.dnb.de abrufbar.

Verlag: BoD · Books on Demand GmbH, In de Tarpen 42,

22848 Norderstedt

Druck: Libri Plureos GmbH, Friedensallee 273, 22763 Hamburg

ISBN: 978-3-7597-5876-7

VORWORT
LITERATUR-DUO

Im Literatur-DUO haben deutsche und italienische Schülerinnen und Schüler eine Kurzgeschichte in ihrer Landessprache geschrieben. In einem deutsch/italienischen DUO haben sie dann die Kurzgeschichte des fremdsprachigen Partners in die eigene Landessprache übersetzt.

Das Ziel der Stiftung ist es, mit dem Literatur-DUO den intellektuellen und interkulturellen Austausch zwischen deutschen und italienischen Jugendlichen zu fördern und so zur deutsch-italienischen Völkerverständigung beizutragen.

Der Sammelband ist das Ergebnis eines gemeinsamen Projektes der *Heimann-Stiftung und* der Organisation *Büro VIAVAI Deutsch-Italienischer Jugendaustausch.*

PREFAZIONE
DUO-LETTERARIO

Nel DUO-letterario, alunne / alunni tedeschi ed italiani hanno scritto un breve racconto nella propria lingua nazionale. Nell'ambito di un DUO tedesco/italiano, hanno poi tradotto il racconto del partner di lingua straniera nella propria lingua nazionale.

L'obbiettivo della Fondazione, attraverso i DUO-letterari, è quello di promuovere lo scambio intellettuale e interculturale tra i giovani in Italia e in Germania contribuendo all'amicizia tra i due popoli.

L'antologia è il risultato di un progetto congiunto della *Fondazione Heimann e* dell'organizzazione *UFFICIO VIAVAI Scambio Giovanili Italo-Tedeschi.*

DIE GEDANKEN MITMENSCHLICHER MASSEN
Nora Julia Antonic..15

I PENSIERI DELLE MASSE UMANE
Nora Julia Antonic
Traduzione di Sonia Nigro...20

IL SUONO DELLE MARGHERITE
Sonia Nigro...24

DER KLANG DER GÄNSEBLÜMCHEN
Sonia Nigro
Aus dem Italienischen von Nora Julia Antonic.........................31

FAST VERGESSEN
Sophia Lehmair..37

TI AVEVO QUASI DIMENTICATA
Sophia Lehmair
Traduzione di Aurora Ianchello...43

PER UN ATTIMO DI FELICITÀ
Aurora Ianchello..48

FÜR EINEN GLÜCKSMOMENT
Aurora Ianchello
Aus dem Italienischen von Sophia Lehmair..............................55

DER ORDEN
Catherina Berberich..62

L'ONORIFICENZA
Catherina Berberich
Traduzione di Alison Vicentini..66

OLTRE L'ESTERNO
Alison Vicentini...70

VON INNEN BETRACHTET
Alison Vicentini
Aus dem Italienischen von Catherina Berberich........................77

DIE BUSFAHRT
Elisabeth Suqui...83

IL VIAGGIO IN BUS
Elisabeth Suqui
Traduzione di Riccardo Bassani..87

SLEEP IS A CURSE
Riccardo Bassani..91

DER SCHLAF IST EIN FLUCH
Riccardo Bassani
Aus dem Italienischen von Elisabeth Suqui.....................................99

HINTER DEN KULISSEN
Auguste De Donno...107

DIETRO LE QUINTE
Auguste De Donno
Traduzione di Camilla Catello..123

IL DOLORE SOTTILE
Camilla Catello..137

SUBTILER SCHMERZ
Camilla Catello
Aus dem Italienischen von Auguste De Donno...................................145

KALEIDOSKOP
Emma Schweier..156

CALEIDOSCOPIO
Emma Schweier
Traduzione di Martina Brunetti...164

LO STRANO CASO DI ANDREA GUTIERREZ E DEL SUO ALBERT
TYLE
Martina Brunetti...172

DER BIZARRE FALL DES ANDREA GUTIERREZ UND SEINEM
ALBERT TYLE
Martina Brunetti
Aus dem Italienischen von Emma Schweier......................................177

DAS GEÖFFNETE FENSTER
Miriam Stöckle...184

LA FINESTRA APERTA
Miriam Stöckle
Traduzione di Lejla Ameti..187

FORTE COME UNA PRINCIPESSA
Lejla Ameti...190

STARK WIE EINE PRINZESSIN
Lejla Ameti
Aus dem Italienischen von Miriam Stöckle...194

DER SPION
Jakob Geissler...199

LA SPIA
Jakob Geissler
Traduzione di Francesca Farina...206

ΈΡΩΣ
Francesca Farina..212

EROS
Francesca Farina
Aus dem Italienischen von Jakob Geissler..217

ARBEITSLOS
Jennifer Kirn..223

DISOCCUPATO
Jennifer Kirn
Traduzione di Ilaria Pisano...228

UN DIAMANTE PREZIOSO
Ilaria Pisano...233

EIN WERTVOLLER DIAMANT
Ilaria Pisano
Aus dem Italienischen von Jennifer Kirn..241

AUTORINNEN UND AUTOREN..250

    DUO Nora Antonic - Sonia Nigro..250

    DUO Elisabeth Suqui - Riccardo Bassani....................................252

    DUO Sophia Lehmair - Aurora Ianchello....................................254

    DUO Auguste De Donno - Camilla Catello...................................256

    DUO Catherina Berberich - Alison Vicentini...............................260

    DUO Emma Schweier - Martina Brunetti....................................262

    DUO Miriam Stöckle - Lejla Ameti...264

    DUO Jakob Geissler - Francesca Farina......................................266

    DUO Jennifer Kirn - Ilaria Pisano..268

DIE HEIMANN-STIFTUNG...270

LA FONDAZIONE HEIMANN..271

.

DIE GEDANKEN MITMENSCHLICHER MASSEN

NORA JULIA ANTONIC

Mitmenschliche Massen machen manchmal mitunter mögliche mentale Massaker.

Ich bin hier nicht zuhause. Nein, ich bin nicht an einem jener Orte, bei dem ich ohne zu lügen sagen kann, dass ich jeden einzelnen Pflasterstein des Bodens identifizieren und selbst in meinen Träumen wiedererkennen kann.

An diesem Ort hier kann ich nichts wiedererkennen, nichts einordnen, nichts mit bereits erlebten Ereignissen meines kurzen Lebens verknüpfen.

Ich kann nur neue Erlebnisse, neue Erinnerungen schaffen, die ich in ferner Zukunft wiedererkennen können werde.

Auf meinen Ohren liegen Kopfhörer auf, die es mir erlauben systematisch die Welt um mich herum in die Lautlosigkeit zu zwingen, die es mir erlauben die Menschen um mich herum, die mit mir in dieser Ewigkeit existieren, in die ungefragte, unwillige Lautlosigkeit zu versetzen. Die Lautlosigkeit, in der ich nichts vernehme, außer meinem Herzschlag und meinem eigenen Atem, der mich beharrlich verfolgt, der um keinen Preis in dieser Welt von mir weichen und mich lebend alleine zurücklassen will oder wird.

Meine hektisch wandernden Augen versuchen verzweifelt meine Taubheit auszugleichen und meine fehlende Koordination wiederherzustellen, mich durch meine Verwirrung und meinen Widerwillen aufrecht zu erhalten, mich dahin zu geleiten, wo ich hin soll.

Meine Augen sehen den Regen, der direkt vor mir in die Tiefe fällt, sehen jedoch nicht wie ich in mir selbst in die Tiefe falle. Ich meine die Geräusche der aufprallenden Regentropfen zu hören, eine Inkarnation meines Gehirnes, die durch meine Kopfhörer erzeugte Taubheit mit Geräuschen zu füllen, sie zu überbrücken, sie weniger still zu machen.

Ich stehe ganz vorne am Rand des Grabens und ich spüre den Atem der Massen hinter mir in meinem Nacken, meine Haare sträuben sich, stellen sich auf.

Ich spüre, dass die Taubheit, die Lähmung der Stille nicht die Grausamkeit der Menschen lindert nimmt mit ihrer Lautstärke nicht ihren Schrecken hinweg von mir.

Ich fühle mit jeder Zelle meiner Haut die Fremdheit der Umgebung um mich herum. Die Fremde der Luft, der Pflasterung, der Schienen in dem Schienengraben unter mir. Die Fremde der Rolltreppen, der Atmosphäre und der Menschen, die sich mit mir die Existenz auf diesem Platz teilen.

Es kommt mir vor, als könnten die Gedanken der Menschen um mich herum nicht entweichen, als wäre nicht genug Platz, hier, unter dem Dach an dem Bahnhof. Als wären die vielen Gedanken zusammen mit den Menschen, aus denen sie entspringen hier hineingepresst, hier gefesselt. Der Regen hält sie unter dieser Überdachung, aber hier ist zu wenig Platz für alle, obgleich wir bereits dicht an dicht stehen. Als wären die Gedanken wie Wolken, die an der Decke schweben, aber die zu nah aneinander sind, zu gepresst und jetzt fängt es an aus diesen schweren Wolken herauszuregnen.

Wie Farbtropfen fallen die Gedankentropfen, wie von Pinseln mit Wasserfarbe tropfend, in eine Wasserwanne. Langsam beginnt sich das Wasser von den einzelnen Farbtropfen zu verfärben, und somit beginnt auch das verwaschene Durchmischen der einzelnen Farben. Bis am Ende keine Farbe mehr so ist, wie sie es ursprünglich einmal war.

Ich kann spüren wie die Gedanken der Person neben mir, hinter mir, rechts von mir, links vor mir sich langsam mit meinen vermischen. Ich kann ihre Gedanken hören und merke wie meine Gedanken langsam die Farbe ihrer Gedanken annehmen, ohne dass ich etwas tun kann. Tun kann oder will, meine Gedanken verschwimmen, ich vergesse langsam was ich will, wer ich bin, wer die Luft um mich herum ist, was die Fremde um mich herum bedeutet.

Es fühlt sich an, als würde die Taubheit mir die Möglichkeit geben, besser zu hören als ich es mein ganzes Leben lang gekonnt habe.

Ich vergesse meinen Willen hier in einen Zug zu steigen, der mich aus der Fremde hinfort trägt, denn er trägt mich nur in eine neue Fremde und sofort in eine neue Fremde von Fremde zu Fremde und nicht bis zu einem Ort den Zuhause zu nennen ich wagen kann.

Ich werde von Gleichgültigkeit über mein eigenes Schicksal erfüllt und von den tropfenden Gedanken der Menschen um mich herum bemalt.

Ich sehe wie die Farbe sich auf meiner blassen Haut ausbreitet, wie sie in mich hineinströmt, wie sie zu mir wird, wie ich zu den Menschen um mich herum werde.

Während der Regen nur Zentimeter vor meiner Nasenspitze herunterfällt, in den Abgrund des Schienengrabens, werde ich von Farbtropfen beprasselt, die aus den Wolken, mit anderer Leute Gedanken gefüllt, heraustropfen. Ebenfalls wie Regen, und sie durchweichen mich wie ein Handtuch aus aufnahmefähigem Frotteestoff. Als wäre ich eigens dafür geschaffen, bemalt zu werden, geschaffen um Farbe und dessen Wassergehalt aufzunehmen.

Die vollkommene Stille, in der ich mich befinde, kommt mir nicht einmal mehr still vor, und ich wundere mich wie sie es jemals geschafft hat mir einen solch artigen Eindruck vorzugaukeln.

Ich muss blind gewesen sein, nicht zu merken, wie laut die Stille ist.

Ja, wie laut die Stille der Gedanken meiner Mitmenschen ist.

Liebevoll nach Regentropfen strebend, strecke ich meine Hand über den Schienengraben, von keiner Furcht über einen möglicherweise nahenden Zug bewegt und fange einen kleinen Tropfen kühles Nass ab, bevor er auf dem Boden zerschellen kann. Es fühlt sich so klar, so lebendig an, einem Wassertropfen ein Zuhause in meiner Handfläche, in den zahlreichen Rillen meiner Hand zu geben und so lasse ich alle Menschen unter der Überdachung daran teilnehmen, lasse die Erfahrung aus meiner Gedankenwolke auf alle heruntertropfen, ja herunterregnen und merke wie diese Erfahrung, meine Erfahrung, zu unserer Erfahrung wird.

Wie ich sie mit den Mensch teile, die man Mitmenschen nennt.

Mitmenschen, weil sie etwas mit mir zusammen erfahren. Weil meine Erfahrung durch die übervollen Wolken, die den physisch gepressten Druck nur durch herunterregnen ausgleichen können, auf alle übergeht, auf alle herunternieselt, in alle hineinläuft.

Ich sehe langsam mehr Farbe auf meinen blassen Armen.

Ich werde bemalt wie eine Leinwand, bemalt von einem Künstler, von einem Künstlerkollektiv, das lebt, das atmet, das Gemeinschaft ist.

Meine Angst, meine Verwirrung, alles hat sich in der lauten Stille, in der gemeinsamen Einsamkeit verflüchtigt. Ich bin nicht mehr fremd, nein, hier ist genauso mein Ort, wie es der Ort der Person neben mir lebend, der Person neben mir stehend ist.

Ich fühle mich massakriert von meinen Mitmenschen, nein, ich fühle meine Einsamkeit, mein Selbst massakriert. Ich bin nicht mehr nur ich selbst in meiner einsamen Einsamkeit. Ich gehe über die Grenzen meines Körpers hinaus.

Ich schwebe in der Stille.

Vor mir fallen immer noch die Regentropfen in den Schienengraben des Bahnhofes, den ich nicht kenne. Sie fallen immer und immer schneller, schneller und schneller, haben es eiliger und eiliger in Selbstzerstörung zu zerspringen, sobald sie auf Steinen und Metall aufkommen. Aber eigentlich, sind sie wie ich. Ist jeder einzelne wie ich. Sie zerspringen und werden zu nichts, verlassen die Form ihres Tropfens, aber sie gehen nicht verloren. Sie sammeln sich als gemeinsames Rinnsal zusammen, sie werden zusammen immer stärker, nässer, immer mehr. Und zusammen werden sie auch wieder verdampfen und sich zu einer Wolke formen. Und wieder herunterregnen.

Sich neu bilden, neu wiederaufsteigen, wieder neu fallen. In einem ewig endenden Kreislauf, der doch niemals wirklich zu Ende geht.

Vielleicht ist es ein Sinnbild für das Leben und das Sterben. Für den ewig endenden und doch niemals versiegenden Kreislauf des menschlichen Lebens in diesem Sein unseres Planeten. Diese Gedanken lasse ich auf alle herunterlaufen. Ich lasse meine Erkenntnis die Erkenntnis aller werden.

Meine Augen, aufmerksam meine Taubheit ausgleichend, ziehen meinen bunten Arm schnell, beinahe hektisch in Panik verfallend, wieder zurück unter das schützende Dach, als ein Zug sich nähert.

Er fährt mit kreischenden Bremsen ein, die ich nicht hören kann.

Einer durstigen Pflanze gleich, nehme ich alle Farbe auf, die auf meiner Haut kleben bleiben will, bevor ich mich den geöffneten Türen des Zuges nähere.

Ich nehme die Farbe und meine eigene Gedankenwolke mit mir mit, als ich in den Zug einsteige.

Ich lasse alle Menschen, die mit mir leben, die mit mir meine Gedanken geteilt haben zurück, meine Mitmenschen, die ich nicht kenne, als die Türen langsam zugleiten und ich die Regentropfen auf die Scheiben prasseln sehe und nicht mehr auf meine Haut.

Ich weiß nicht ob dieser Zug meiner ist, ob mein massakriertes Selbst das Ich ist, das es zuvor war, aber es ist mir gleich. Die Fremde ist immer fremd, hier und dort und überall, mir ist es gleich wohin ich gehe.

Ich selbst bin vielleicht nicht das Selbst, das ich zuvor war, aber ich bin die Gemeinschaft und die Gemeinschaft ist ich. Was kann schon falsch ein, wenn wir alle wir sind? Es ist gleich wohin ich gehe, überall gibt es in menschlichen Massen die Wolken, die uns miteinander verbinden, die mich aus meiner Einsamkeit reißen werden und mich neu bemalen werden.

Meine Kopfhörer schließen die Zuggeräusche aus, in gezwungene Lautlosigkeit, doch die Regentropfen spritzen aus dem Graben, als der Zug schnell den Bahnhof verlässt und ich noch einmal auf meine bunten Arme herunter sehe, auf die bereits die nächsten Farbtropfen zaghaft herniedersinken.

Denn es wird immer so weitergehen. Inmitten mitmenschlicher Massen.

I PENSIERI DELLE MASSE UMANE
NORA JULIA ANTONIC
Traduzione di Sonia Nigro

Talvolta le masse umane producono dei potenziali massacri mentali.

Io non sono a casa qui. No, non sono in uno di quei luoghi, dove posso parlare senza mentire, dal momento che riesco a identificare ogni singola pietra del suolo e le riconosco persino nei miei sogni.

Di questo luogo, io non riesco a riconoscere niente, niente da riordinare, niente da congiungere con eventi precedentemente vissuti della mia breve vita.

Posso solo realizzare nuove esperienze, nuovi ricordi, che potrò riconoscere in un futuro più distante.

Poggio sulle mie orecchie gli auricolari, che mi permettono sistematicamente di costringere il mondo attorno a me al silenzio, mi permettono di immedesimare le persone intorno, che esistono con me in questa eternità, in un silenzio non richiesto e non voluto. Il silenzio, nel quale non apprendo nulla, a eccezione del battito del mio cuore e del mio stesso respiro che mi insegue insistentemente, non si allontana mai da me per nessuna ragione al mondo, che non mi vuole lasciare sola e non mi lascerà mai sola.

I miei occhi febbrili e vaganti tentano disperatamente di compensare la mia sordità e di recuperare la mia mancata coordinazione, di mantenermi dritta attraverso il mio scombussolamento e il mio disgusto, di scortarmi di là, verso dove devo andare.

I miei occhi vedono la pioggia, che cade direttamente su di me in profondità, non vedono tuttavia come persino io cado in profondità. Penso di udire il rumore delle gocce di pioggia schiantarsi, un'incarnazione del mio cervello, che produceva sordità attraverso i miei auricolari, riempire con fruscii, superare e produrre di meno.

Mi trovo completamente sul ciglio del fossato e percepisco il respiro delle masse dietro di me sulla mia nuca, i miei capelli si arruffano, si drizzano.

Percepisco che la sordità non attenua né la paralisi del silenzio né la crudeltà degli uomini, non porta via da me la loro sonorità, il loro terrore.

Sento con ogni cellula della mia pelle l'estraneità dell'ambiente intorno a me. L'estraneità dell'aria, del pavimento, dei binari nelle rotaie sotto di me. L'estraneità delle scale mobili, dell'atmosfera e degli uomini, che si dividono con me l'esistenza su questo luogo.

Mi accade, come se i pensieri degli uomini attorno a me non potessero fuggire, come se non ci fosse abbastanza spazio, qui, sotto il tetto della stazione. Come se i tanti pensieri fossero insieme con gli uomini, senza i quali sboccano qui forzati, costretti. La pioggia li ferma sotto questa tettoia, ma qui è un posto troppo piccolo per tutti, nonostante stiamo già vicini. Come se i pensieri fossero nuvole che fluttuano sul soffitto, ma sono troppo vicini l'un l'altro, troppo serrati e ora da queste pesanti nuvole inizia a fuoriuscire la pioggia.

Come gocce colorate cadono le gocce di pensieri, gocciolano come pennelli di acquerelli in una vasca d'acqua. Lentamente l'acqua inizia a virare dalle singole gocce di colore e di conseguenza inizia anche la rimescolata slavata dei singoli colori. Alla fine che non c'è più alcun colore, com'era originariamente.

Posso avvertire i pensieri delle persone accanto a me, dietro di me, alla mia destra, alla mia sinistra incorporarsi lentamente con i miei. Posso sentire i loro pensieri e mi accorgo come i miei pensieri prendono piano piano i colori dei loro pensieri, senza che io possa fare qualcosa. Posso agire o voglio far sfumare i miei pensieri, dimenticare lentamente cosa voglio, chi sono, chi è l'aria attorno a me, cosa significa l'estraneità intorno a me.

Si nota, come se la sordità mi avesse dato la possibilità di ascoltare meglio di quanto io avrei potuto fare in tutta la vita.

Dimentico qui la mia volontà mentre salgo su un treno che mi porta d'ora in avanti fuori dall'ignoto, poiché mi porta soltanto in un nuovo posto e subito in una nuova dimensione, di straniero in straniero e mai in un luogo che posso osare chiamare casa.

Sono ricolma dell'indifferenza del mio stesso destino e dai pensieri gocciolanti degli uomini dipinti attorno a me.

Vedo come i colori si allargano sulla mia pelle pallida, come affluiscono, come diventano me, come mi relaziono con le persone che mi circondano.

Mentre la pioggia cade sulle rotaie a pochi centimetri dalla punta del mio naso, vengo cosparsa di gocce colorate che cadono dalle nuvole e che sono piene dei pensieri delle altre persone. Come se io fossi stata creata per essere colorata, creata per assorbire colore e la sua quantità d'acqua. Il silenzio assoluto nel quale mi trovo non mi sembra neanche più silenzioso e mi meraviglio di come abbia potuto fingere un'impressione tanto positiva.

Devo essere stata cieca per non essermi accorta di quant'è rumoroso il silenzio.

Sì, com'è forte il silenzio dei pensieri del genere umano.

Vado avanti, consapevole delle gocce d'acqua, allungo la mano sopra le rotaie senza avere paura della possibilità di un treno in movimento vicino a me e fermo una piccola goccia d'acqua fredda prima ch'essa possa sfracellarsi al suolo.

Si sente così chiaramente, così vivamente, dare ad una goccia d'acqua una casa nel palmo della mia mano, nei solchi della mia mano e faccio partecipare tutte le persone sotto la tettoia, lascio colare dalle mie nuvole di pensieri l'esperienza su tutti, sì, piove a dirotto e mi accorgo come l'esperienza, la mia esperienza, diventi la *nostra* esperienza.

Come io condivido l'esperienza con le persone, che vengono chiamate genere umano.

Genere umano, poiché condivide con me qualcosa. Poiché la mia esperienza attraverso le nuvole piene, le quali possono solo riequilibrare la stretta pressione fisica premuta attraverso la pioggia – l'esperienza defluisce su tutti, pioviggina su tutti, penetra in tutti.

Vedo lentamente più colore sulle mie braccia pallide.

Divento colorata come una tela, colorata come un pittore da un collettivo di artisti, che vive, che respira, che è in comunità.

Le mie paure, la mia confusione, tutto si è volatizzato nel forte silenzio, nella comune solitudine. Non sono più una straniera, no, qui è altrettanto il mio luogo, come il luogo vivente delle persone vicino a me, delle persone che stanno in piedi vicino a me.

Mi sento massacrata dal mio prossimo, no, sento la mia solitudine, il mio auto-massacro. Non sono più solo io nella mia deserta solitudine. Vado sopra il confine fuori dal mio corpo.

Mi sento sospesa nel silenzio.

Davanti a me cadono ancora le gocce di pioggia sulle rotaie della stazione, che io non conosco. Cadono sempre e sempre più velocemente, sempre più rapide, sono frettolose e impazienti di andare in pezzi per autodistruzione non appena raggiungono le pietre e i metalli.

Ma in realtà sono come me. Ogni singola goccia è come me. Le gocce vanno in frantumi e diventano niente, abbandonano la loro forma, ma non vanno perdute. Si raccolgono in un rivolo comuni insieme, diventano insieme più salde, più bagnate, sempre di più. E insieme si vaporizzeranno di nuovo e prenderanno la forma di una nuvola. E poi di nuovo pioggia scrosciante.

Si costruiscono nuovamente, si alzano ancora, cadono ancora. In un ciclo eterno, che mai arriva a una fine.

Forse è un simbolo per la vita e la morte. Per un'eterna non fine e di certo inesauribile ciclo della vita terrena in questo essere del nostro pianeta.

Lascio scorrere giù questi pensieri. Lascio la mia conoscenza, la conoscenza diventa di tutti.

I miei occhi, compensatori attenti della mia sordità, tracciano velocemente il mio braccio colorato, quasi andando nervosamente in panico, tornano di nuovo sotto un tetto protettivo quando un treno accosta.

Arriva con una frenata stridula, che non sono in grado di sentire.

Al pari di una pianta assetata prendo tutto il colore, quello sulla mia pelle vuole rimanere incollato, prima che mi avvicini alle porte aperte del treno.

Prendo il colore e alcune mie nuvole di pensieri con me, mentre salgo sul treno.

Lascio tutte le persone che vivono con me, che prima hanno condiviso con me i miei pensieri, il mio prossimo che non conosco, quando le porte scivolano lentamente e vedo le gocce d'acqua scrosciare sui vetri e non più sulla mia pelle.

Non so se questo treno è mio, se è l'io del mio auto-massacro, se lo era precedentemente, ma è identico a me. L'ignoto è sempre ignoto, qui e lì e dappertutto, per me è uguale dovunque vada.

Io stessa forse non sono la stessa ch'ero prima, ma io sono la comunità e la comunità è me. Cosa può essere già falso, quando tutti noi lo siamo? È uguale dovunque io vada, dappertutto ci sono le nuvole nelle masse umane, che si collegano l'un l'altra, che mi strapperanno fuori dalla mia solitudine e mi coloreranno di nuovo.

I miei auricolari chiudono fuori il rumore del treno in un silenzio obbligato, le gocce d'acqua schizzano ancora sul terreno quando il treno lascia velocemente la stazione e io vedo ancora una volta il mio braccio colorato, sul quale ormai le gocce di colore ricadono lievemente.

Perché andrà sempre avanti così. In mezzo alle masse umane.

IL SUONO DELLE MARGHERITE
SONIA NIGRO

6 Agosto 1945

Harry Truman sgancia sulla città giapponese Hiroshima la prima bomba atomica della storia, soprannominata Little Boy: è anche la prima bomba atomica ad essere utilizzata in guerra.

Kyoshiro lesse il titolo in prima pagina del quotidiano inglese ad alta voce, le dita strette attorno al giornale.

Yushin, seduto sul prato accanto a lui, ci provava ad ascoltare quello che Kyoshiro aveva da dire – e forse avrebbe dovuto prestare davvero attenzione, anziché spezzare i fili d'erba attorno a lui – solo ch'era fin troppo impegnato a pensare ad altre cose in quel momento. Come ai suoi fili d'erba, per l'appunto.

«Certo che Truman è proprio un bastardo» esordì Kyoshiro, accartocciando il giornale.

Lo lanciò via, colpendo accidentalmente le graziose margherite del campo dove lui e Yushin si trovavano.

«Già» affermò quello, senza alzare lo sguardo da ciò che stava facendo.

La frangetta coprì parzialmente la sua espressione imbronciata quando i sottili fili che stava maneggiando gli caddero dalle mani. Sconsolato, avvicinò le gambe al petto e poggiò il mento sulle ginocchia.

«Non ci pensi a tutte quelle persone morte per un folle esperimento? Potevano essere madri, padri, futuri dottori o cantanti di successo... potevano essere *noi*.»

«Ci penso eccome!» esclamò Yushin, alzando d'un tratto la testa «ma più ci penso, più mi viene da piangere. E tu, invece, ci pensi mai a quanto sia ingiusto pensare di provare emozioni senza poterle, effettivamente, *provare*?»

Kyoshiro non rispose. Non subito, almeno.

Osservò la sua caviglia traslucida, solleticata dall'erba verde e rigogliosa e, con i polpastrelli, provò a tastarla; le dita la attraversano e sfiorarono invece la superfice del prato, seppur non *toccassero niente*.

Inspirò ed espirò e si diede dello stupido subito dopo: a cosa gli serviva un'azione del genere, se era morto?

In realtà, forse il fatto che fosse un fantasma si collocava a metà tra l'essere vivo e l'essere morto. O forse proprio per questo era più morto che mai. Kyoshiro non ne aveva idea.

Sapeva solo che era sempre così: quando qualcuno accennava alla questione – non voleva nemmeno dare un nome, a quello che stava succedendo – improvvisamente il suo corpo, insieme a quello di Yushin, diventava ancora più leggero e ancora più trasparente e lui si sentiva ancora meno umano. (Nessuno di loro era a conoscenza del perché di tale fenomeno, ma entrambi avevano stretto un patto silenzioso per il quale quello "fantasma" era diventato pressoché un argomento tabù).

«Scusami» mormorò Yushin, il senso di colpa chiaro nella sua voce «sono solo tanto… triste, credo, per tutta quella gente. Se avessi saputo che dopo la morte si è costretti a rimanere in questo limbo orribile, non mi sarei illuso sull'esistenza di un oltretomba.»

Lentamente, la pelle di Kyoshiro ritornò ad assumere il tipico colorito pallido. Egli si avvicinò al compagno fino a sfiorare la sua spalla e l'azione che seguì fu più repentina della sua Mente, la bocca si aprì ancora prima che potesse pensare a cosa stava per chiedere e…

«Ti è venuto in mente come siamo morti?»

… ed eccolo, un altro argomento da tenere cucito sulle labbra. Questa volta, però, non vi fu alcun effetto sui loro corpi bianchissimi. Solo la sensazione che qualcosa si bloccasse all'altezza della gola.

«Come fai a saperlo?» domandò Yushin, voltando la testa.

Kyoshiro sorrise.

«Hiroshima è il posto in cui ci siamo conosciuti.»

Con riluttanza, posò la guancia sulla spalla dell'altro e osservò, con i suoi occhi oramai vitrei al pari di quelli di una bambola, le pagine di giornale mosse dal vento leggero e confortevole. Ascoltò il silenzio di Yushin.

Kyoshiro aveva parlato a sproposito, se n'era reso conto, e per un momento si chiese se non fosse proprio la sua domanda indelicata la causa dell'improvviso disagio tra lui e il compagno.

«Mi ricordo» disse improvvisamente Yushin a bassa voce. Era probabile che quel silenzio fosse diventato opprimente anche per lui.

Ci volle un po', forse un intero minuto, ma, alla fine, Yushin parlò ancora:

«Penso anche al fatto che, in qualche modo, sia stato meglio per loro morire in una circostanza del genere, anziché con una pallottola nel costato.»

Portavano ancora i vestiti di quel giorno: un dolcevita nero fuliggine con un soprabito in cammello per Kyoshiro e una camicia in cotone con pantaloni a vita alta per Yushin. Non avevano mai osato controllare, ma entrambi erano convinti che, al di sotto dei loro abiti realizzati su misura, vi fosse ancora l'orribile testimonianza della loro morte, un buco nero che man mano si allargava sempre più in un rosso omicida di cui, ormai, rimaneva solo il trauma dei rumori troppo forti e improvvisi e la loro esistenza sospesa tra la Terra e l'Aldilà.

«Avresti preferito una morte diversa.»

Non era una domanda. Yushin alzò le spalle.

«Non saprei, in realtà. Forse mi sarebbe piaciuto morire in guerra, almeno sarei stato ricordato da eroe. Però anche morire per amore ha un che di eroico.»

Kyoshiro vide con la coda dell'occhio le labbra fredde del compagno posarsi sulla sua tempia. Da quando era morto aveva perso anche l'uso dei cinque sensi, ma i baci di Yushin— oh, quelli li sentiva eccome.

«Chi l'avrebbe mai detto, che la nostra relazione ci avrebbe portato qui.»

«Qui intendi in questo campo di margherite a parlare del nostro anniversario di morte mentre c'è letteralmente un conflitto mondiale in corso?»

Kyoshiro non poté fare a meno di ridere.

26

«Qui inteso come l'eternità. Io, te e il nostro Amore.»

Non saprebbe dare con certezza un nome all'improvviso formicolio che, partendo dal cuore, raggiunse le sue labbra, lasciandole curvare in un sorriso. Probabilmente, era felicità. Eppure, aveva lui il diritto di sentirsi così bene e spensierato e fortunato in una situazione del genere? E poi, esisteva davvero, quella cosa chiamata fortuna? Kyoshiro pensò più volte che il nome di Yushin, scritto con gli eleganti ideogrammi di "aiuto" e "sincerità", fosse nato per accostarsi in modo perfetto e naturale accanto alla parola "fortuna". Ma se la sua fortuna era stata anche la causa della sua sofferenza maggiore, poteva ancora definirsi tale?

Kyoshiro non ebbe il tempo di rifletterci su a lungo poiché il formicolio sparì come le caramelle in mano a un bambino mentre Yushin, con delicatezza e nessuna fretta, raccoglieva una manciata di margherite attorno a sé e le osservava attentamente, forse alla ricerca di quelle coi petali più bianchi e gli steli più resistenti; poi, nel frattempo che le intrecciava tra di loro, prese a borbottare tra sé e sé, senza aspettarsi delle vere e proprie risposte da parte di Kyoshiro. Riempire i silenzi, alla fine, era sempre stato compito suo. Anche quand'erano in vita.

«È bello che un luogo del genere sia stato risparmiato dalla guerra.»

«Mhmh.»

«Ha consumato tutto, ma non la bellezza.»

«La bellezza salverà il mondo.»

«Ti piacciono ancora le margherite?»

«Molto!»

«Anche a me. Aiutavo sempre la signora Yamada a prendersi cura delle sue, di margherite, e ogni tanto me ne faceva portare un mazzo a casa.»

«Era una brava signora, a differenza delle altre vicine non era mai alla ricerca nuovi tradimenti o pettegolezzi di cui parlare con le amiche. Mi chiedo che fine abbia fatto.»

«Starà ascoltando la musica col marito deceduto qualche anno fa. Lo amava così tanto…»

Yushin avrebbe voluto aggiungere che, magari, anche lei si trovava nello stesso strano, incomprensibile limbo, ma quello rimase solo un pensiero senza forma che nascose subito in una porta della sua Mente.

Yushin credeva fermamente che le persone fossero anime piene di porte da aprire. La prima volta che l'aveva detto a Kyoshiro, lui aveva riso. Fu una risata breve, però, tanto breve che Yushin pensò di averla immaginata. E poi Kyoshiro gli aveva chiesto di dirgli di più, riguardo a queste "porte" – quante fossero, di che colore, dove portassero, quanto fossero grandi le stanze che nascondevano – e ne avevano parlato per tutta la notte nascosti sotto le coperte del loro letto, con la finestra aperta per lasciar entrare l'aria e la perfetta sensazione di *essere nel luogo giusto al momento giusto e con la persona giusta*. Yushin sperava che anche il suo compagno conservasse gli stessi ricordi in una porta del suo cuore, una chiusa a chiave con un lucchetto d'oro.

«Quando tutto questo finirà, dovremmo tornarci. A Hiroshima, intendo.»

La proposta di Kyoshiro fu così inaspettata che Yushin si costrinse a interrompere il suo lavoretto di intrecciamento delle margherite e alzare lo sguardo. Forse aveva sentito male.

«*Cosa?*»

«Sì» ribatté Kyoshiro «voglio dire, sono anni che non torniamo a casa.»

«Il Tempo per noi non esiste più. Anche lui è morto.»

Yushin avvertì con la coda dell'occhio le sue mani perdere la poca consistenza che avevano immediatamente dopo quella frase, e abbassò gli occhi per la vergogna. Ora era stato lui a parlare a sproposito.

«… cioè, nel senso, a me Londra non dispiace. È un po' grigia e i ricchi parlano solo di cose noiose, ma è comunque un bel luogo dove passare l'eternità.»

Kyoshiro annuì senza dire niente. Capì che non era ancora arrivato il momento giusto per parlare di Hiroshima, di quello che lui e Yushin erano, del segreto desiderio di passare dall'altra parte. Kyoshiro pensava che, se soltanto avessero rimesso piede a Hiroshima, la prima testimone del loro amore, allora forse le loro anime sarebbero state finalmente giudicate e avrebbero avuto l'accesso all'Inferno oppure al Paradiso. Ammesso che esistessero, luoghi del genere. Decise comunque di cambiare argomento:

«È da quando siamo arrivati qui che non smetti di raccogliere quelle margherite» disse, circondando con le braccia il busto del compagno «Cosa stai facendo?»

Yushin osservò per qualche secondo la sua nuovissima creazione e, con un sorriso appena accennato sul volto pallido, si girò per poterla adagiare sul capo di Kyoshiro. Gli eleganti petali bianchi erano in netto contrasto col nero scuro dei capelli di Kyoshiro, ma Yushin lo trovò ugualmente mozzafiato.

«Una corona di fiori?» domandò Kyoshiro, sfiorando con la punta delle dita i fiorellini tra i suoi capelli. Non ricordava bene la loro consistenza, ma di sicuro la corolla doveva essere liscia e senza increspature e gli steli sottili e umidi.

«Sì! Ti piace?»

«La adoro.»

Il sorriso di Yushin si fece più largo e, se Kyoshiro avesse avuto ancora sangue in corpo, con ogni probabilità sarebbe arrossito davanti a tanta bellezza. Kyoshiro si avvicinò al volto del compagno, le mani ora poggiate sulle sue guance, e lo baciò una, due, tre volte, fino a perdere il conto.

E quando Yushin si ritrovò improvvisamente steso sul prato, trascinando Kyoshiro con sé, si sentì vivo. Era assurdo da pensare, ancora più assurdo da dire, eppure il calore che man mano si irradiava all'altezza del suo petto Yushin lo sentì in modo del tutto nitido e reale.

«È proprio bello essere qui» sussurrò, le loro labbra separate da pochi centimetri «io, te e il nostro Amore eterno.»

Kyoshiro rise. Nonostante tutto, la sua risata era rimasta pura e cristallina ed era il suono preferito di Yushin, anche se lui non lo avrebbe mai ammesso ad alta voce. Mentre si baciavano e si stringevano e amavano ancora, Kyoshiro realizzò che, alla fine, non sarebbe stato male passare *davvero* il "per sempre" in quel modo. Lui e Yushin sarebbero stati testimoni della continua evoluzione del mondo e, forse, in qualche epoca ancora lontana – o più vicina di quanto potesse immaginare – il loro amore sarebbe stato normale e vissuto senza timori alla luce del sole. Sì, pensò, sarebbe andato tutto bene, finché erano l'uno al fianco dell'altro. Ogni momento, una pennellata del quadro della loro umile, meravigliosa eternità.

DER KLANG DER GÄNSEBLÜMCHEN
Sonia Nigro
Aus dem Italienischen von Nora Julia Antonic

6. August 1945

Harry Truman wirft die erste Atombombe der Geschichte auf die japanische Stadt Hiroshima. Sie trägt den Spitznamen Little Boy und ist die erste Atombombe, die jemals im Krieg eingesetzt wurde.

Kyoshiro las die Schlagzeile auf der Titelseite der englischen Zeitung laut vor, seine Finger fest um das Papier gekrampft.

Yushin, der neben Kyoshiro im Gras saß, versuchte ihm zuzuhören – und vielleicht hätte er wirklich zuhören sollen, anstatt die Grashalme um sich herum aus dem Boden zu zupfen. Nur war er gerade zu sehr mit anderen Dingen beschäftigt. Mit seinen Grashalmen, um genau zu sein.

„Natürlich ist Truman so ein Mistkerl", rief Kyoshiro und zerknüllte die Zeitung. Er warf sie weg und traf dabei ausversehen ein paar der hübschen Gänseblumen auf der Wiese, auf der er mit Yushin saß.

„Ja", sagte der, ohne von seiner Beschäftigung aufzusehen. Seine Haare verbargen teilweise seinen mürrischen Gesichtsausdruck, als ihm die Grashalme, die er in der Hand gehalten hatte, aus den Fingern rutschten. Niedergeschlagen zog er seine Beine an die Brust und bettete sein Kinn auf den Knien.

„Denkst du nicht an all die Menschen, die durch dieses verrückte Experiment gestorben sind? Sie könnten Mütter, Väter, angehende Ärzte oder erfolgreiche Sängerinnen sein…wir hätten das sein können."

„Ich denke ja darüber nach", sagte Yushin und hob abrupt den Kopf. „Aber je mehr ich darüber nach denke, desto mehr ist mir nach Weinen zumute. Und hast du jemals darüber nachgedacht, wie ungerecht es ist, Emotionen zu empfinden, ohne tatsächlich *fühlen* zu können?"

Kyoshiro antwortete nicht. Zumindest nicht sofort.

Er blickte hinunter auf seinen durchscheinenden Knöchel, der von dem saftigen grünen Gras gekitzelt wurde und versuchte mit seinen

Fingerspitzen sie zu ertasten; seine Finger glitten stattdessen hindurch und streiften die Oberfläche des Rasens, als wenn sie nichts berührt hätten.

Er atmete ein und aus und ärgerte sich sogleich über sich selbst: Was sollte eine solche Aktion? Wo er doch sowieso tot war.

Vielleicht lag die Tatsache, dass er ein Geist war sogar irgendwo zwischen dem Leben und dem Tod. Oder vielleicht war er toter als jemals zuvor.

Kyoshiro hatte nicht wirklich eine Ahnung.

Er wusste nur, dass es immer so war: wenn jemand das Thema ansprach – nicht einmal einen Namen wollte er es nennen – wurden sein und Yushins Körper noch ein wenig leichter und er fühlte sich noch ein Stückchen weniger menschlich. (Keiner von ihnen wusste, warum das so war, aber beide hatten einen stillen Pakt getroffen: das Geisterdasein war ein Tabuthema.)

„Tut mir leid", murmelte Yushin, die Schuldgefühle deutlich in seiner Stimme zu hören, „ich bin nur so…traurig, denke ich, für all diese Menschen. Wenn ich gewusst hätte, dass ich nach dem Tod gezwungen werden würde, in dieser schrecklichen Vorhölle zu verbleiben, dann hätte ich keine Wünsche über eine Existenz jenseits meines eigenen Grabes gehegt."

Langsam kehrte Kyoshiros Haut zu ihrem typischen blassen Teint zurück. Er näherte sich seinem Begleiter, bis er ihn an der Schulter berührte. Die darauffolgende Bewegung war eher eine Impulsivität seines Verstandes, noch bevor er überlegen könnte, was er gerade sagen wollte…

„Hast du dir je überlegt, wie wir gestorben sind?"

…und hier war es, ein weiteres Thema, das an den Lippen kleben blieb.

Diesmal allerdings gab es keine sichtbaren Auswirkungen auf die beiden weißen Körper der Jungen. Nur das Gefühl, dass ihnen etwas in der Kehle steckte und sie blockierte.

„Wie kommst du jetzt darauf?", fragte Yushin und drehte seinen Kopf.

Kyoshiro lächelte. „Hiroshima ist der Ort, an dem wir uns kennengelernt haben." Zögernd legte er seine Wange leicht an die Schulter des anderen, bis es sich bequem anfühlte. Er beobachtete mit seinen Augen, die jetzt glasig wie die einer Puppe waren, die vom Wind verwehten Zeitungsenten. Er lauschte Yushins Schweigen.

Kyoshiro hatte sich, wie er nun feststellte, verplappert, und einen Moment lang fragte er sich, ob seine taktlose Frage die Ursache für das plötzliche Unbehagen zwischen ihm und seinem Partner war,

„Ich erinnere mich.", sagte Yushin plötzlich mit leiser Stimme. Es war wahrscheinlich, dass die Stille auch ihn bedrückte.

Es dauerte eine Weile, vielleicht eine ganze Minute, aber schließlich sprach Yushin wieder: „Ich denke auch, dass es irgendwie besser für sie war, durch so einen Umstand zu sterben, anstatt von einer Kugel in der Rippengegend."

Sie trugen beide noch die Kleidung, die sie damals getragen hatten: Kyoshiro einen rußschwarzen Rollkragenpullover mit einem Mantel und Yushin ein Baumwollhemd mit hochgezogener Hose. Sie hatten sich nie getraut ihren Verdacht zu überprüfen, aber beide waren überzeugt, dass unter ihrer Kleidung noch immer das Zeugnis ihres Todes prangte. Ein schwarzes Loch, das sich allmählich in ein größeres rotes Loch ausbreitete, von dem nur noch das Trauma übermäßig lauter und plötzlicher Geräusche sowie ihre jetzige Existenz zwischen Erde und Jenseits übrig blieb.

„Du hättest einen anderen Tod vorgezogen."

Das war keine Frage. Doch Yushin zuckte mit den Schultern. „Ich weiß es nicht, wirklich. Vielleicht wäre ich gerne im Krieg gestorben, dann wäre ich wenigstens als Held in Erinnerung geblieben. Aber auch das Sterben aus Liebe hat etwas Heldenhaftes an sich."

Kyoshiro sah aus dem Augenwinkel, wie die kalten Lippen seines Gefährten sanft seine Schläfen berührten. Seit seinem Tod hatte er auch seinen fünften Sinn verloren, aber die Küsse von Yushin – oh, er spürte sie noch immer.

„Wer hätte gedacht, dass unsere Beziehung uns hierher führen würde."

„Du meinst, hierher, in dieses Gänseblümchenfeld, wo wir über unseren jährlichen Todestag philosophieren, während buchstäblich gleichzeitig ein weiterer weltweiter Konflikt seinen Lauf nimmt?"

Kyoshiro konnte nicht anders, als zu lachen.

„Hier verstanden als die Ewigkeit. Ich, du und unsere Liebe."

Er konnte das plötzliche Kribbeln, das ihn durchlief, nicht wirklich einordnen, doch es kam aus seinem Herzen, erreichte seine Lippen und verzog sie zu einem Lächeln. Wahrscheinlich war es ein Gefühl von Glück.

Dennoch – hatte er in einer solchen Situation das Recht, sich so gut und sorglos und glücklich zu fühlen? Und gab es das, was alle immer Glück nannten, wirklich?

Kyoshiro hatte schon oft gedacht, dass Yushins Name, der aus den Schriftzeichen für Hilfe und Aufrichtigkeit gebildet wurde, geschaffen wurde um sich perfekt neben das Wort Glück zu machen.

Aber wenn sein Glück zugleich die Ursache für größeres Leid war, konnte man es noch als solches bezeichnen?

Kyoshiro hatte nicht lange Zeit darüber nachzudenken, denn das Kribbeln verschwand wie Süßigkeiten in der Hand eines Kindes. Währenddessen sammelte Yushin sanft und ohne Eile eine Handvoll der Gänseblümchen um sich herum und betrachtete sie genau. Vielleicht nach anderen Blumen mit weißeren Blütenblättern und kräftigeren Stielen suchend. Während er sie zusammenfügte, murmelte er vor sich hin, ohne von Kyoshiro echte Antworten zu erwarten. Die Stille auszufüllen war immer seine Aufgabe gewesen. Selbst, als sie noch gelebt hatten.

„Es ist schön, dass ein solcher Ort vom Krieg verschont geblieben ist."

„Mhm."

„Er hat alles verzehrt, aber nicht die Schönheit."

„Schönheit wird die Welt retten."

„Magst du noch immer Gänseblümchen?"

„Sehr!"

„Ich auch. Ich habe Frau Yamada immer geholfen, sich um sie zu kümmern, und ab und zu ließ sie mich einen Strauß von ihnen mit nach Hause nehmen."

„Sie war eine gute Frau. Im Gegensatz zu den anderen Nachbarn nie auf der Suche nach neuem Klatsch und Tratsch, über den man mit Freunden lästern kann. Ich frage mich, was mit ihr passiert ist."

„Sie muss mit ihrem Mann Musik hören, der vor ein paar Jahren gestorben ist. Sie hat ihn geliebt…so sehr!"

Yushin hätte gerne hinzugefügt, dass sie vielleicht auch in der gleichen Situation wie sie beide sein könnte, in diesem seltsamen, unverständlichen Schwebezustand. Aber das blieb nur ein formloser Gedanke, der sich sofort wieder hinter einer Tür seines Geistes versteckte.

Yushin glaubte fest daran, dass die menschlichen Seelen voller Türen waren, die es zu öffnen galt.

Als er Kyoshiro zum ersten Mal davon erzählt hatte, hatte der gelacht. Es war allerdings ein kurzes Lachen gewesen, so kurz, dass Yushin gedacht hatte, dass er es sich nur eingebildet hatte. Doch dann hatte Kyoshiro gefragt, ob er ihm mehr über diese Türen berichten könnte – wie viele es gab, welche Farbe sie hatten, wohin sie führten, wie groß die Räume, die sie versteckten, waren – und sie hatten geredet, geredet die ganze Nacht, verborgen unter den Decken ihres Bettes, mit dem Fenster geöffnet und dem Gefühl zur richtigen Zeit am richtigen Ort zu sein.

Und mit der richtigen Person.

Yushin hoffte, dass sein Begleiter auch die gleiche Erinnerung hinter einer Tür in seinem Herzen aufbewahrte, verschlossen mit einem goldenen Vorhängeschloss.

„Wenn das hier vorbei ist, sollten wir zurückgehen. Nach Hiroshima, meine ich." Kyoshiros Vorschlag kam so unerwartet, dass Yushin sich gezwungen sah seine kleine Tätigkeit Gänseblümchen zu flechten, zu unterbrechen. Er sah auf. Vielleicht hatte er Kyoshiro falsch verstanden.

„Was?"

„Ja", erwiderte Kyoshiro, „ich meine, wir waren seit Jahren nicht mehr Zuhause."

„Die Zeit existiert für uns nicht mehr. Auch sie ist tot." Yushin sah aus den Augenwinkeln, wie seine Hände nach diesem Satz wieder ihre Konsistenz verloren und er senkte beschämt den blick.

Jetzt war er derjenige, der zu viel gesprochen hatte.

„…ich meine, ich habe nichts gegen London. Es ist ein bisschen grau und es gibt nur reiche Leute, die über langweilige Dinge reden, aber es ist trotzdem ein schöner Ort um die Ewigkeit zu verbringen."

Kyoshiro nickte, ohne etwas zu sagen. Ihm wurde klar, dass die Zeit für ihn noch nicht gekommen war, um über Hiroshima zu sprechen. Über das, was er und Yushin waren, über seinen geheimen Wunsch, auf die andere Seite zu gelangen.

Kyoshiro dachte, wenn sie nur in Hiroshima ankämen, der Stadt, die zuerst Zeuge ihrer Liebe gewesen worden war, dann würden vielleicht auch über ihre Seelen schließlich gerichtet werden und sie würden Zugang zur Hölle oder zum Paradies erhalten.

Angenommen, es gäbe sie, solche Orte.

Er beschloss dennoch, das Thema zu wechseln: „Du hast nicht aufgehört, diese Gänseblümchen zu pflücken, seit wir hier sind." Er sprach, während er den Oberkörper seines Begleiters mit seinen Armen umschlang.

„Was machst du da?" Yushin betrachtete seine neueste Schöpfung ein paar Sekunden lang und kaum hatte sein blasses Gesicht ein Lächeln angedeutet, drehte er sich um und legte sein Werk auf Kyoshiros Kopf.

Die eleganten weißen Blütenblätter standen in starkem Kontrast zu den dunklen, schwarzen Haaren Kyoshiros. Yushin fand es atemberaubend schön.

„Ein Kranz?", fragte Kyoshiro und strich mit seinen Fingerspitzen über die Blumen in seinem Haar. Er konnte sich nicht mehr genau an das Gefühl der Blätter erinnern, aber die Blumenkrone musste an den Blättern glatt und ohne Rillen sein, die Stiele dünn und feucht.

„Ja! Gefällt er dir?"

„Ich liebe ihn"

Yushins Lächeln wurde breiter und wenn Kyoshiro noch Blut in seinen Adern gehabt hätte, so wäre er wahrscheinlich vom Anblick dieser Schönheit errötet.

Kyoshiro beugte sich näher zum Gesicht seines Gefährten, die Hände ruhten auf seinen Wangen und er küsste ihn. Einmal, zweimal, dreimal, bis er nicht mehr zählen konnte.

Auf einmal lag Yushin im Gras und zog Kyoshiro zu sich herunter; er fühlte sich lebendig an. Es war absurd das zu denken, noch absurder es auszusprechen, und doch spürte Yushin die Hitze, die allmählich bis zur Höhe seiner Brust ausstrahlte, auf eine Weise, die sich scharf und sehr real anfühlte.

„Es ist wirklich schön, hier zu sein", flüsterte er, ihre Lippen nur wenige Zentimeter voneinander entfernt.

„Du, ich und unsere ewige Liebe." Kyoshiro lachte. Trotz allem war sein Lachen rein und kristallklar geblieben und es war Yushins Lieblingsgeräusch, auch wenn er es nie zugeben würde.

Als sie sich küssten, umarmten, sich liebten, dachte Kyoshiro auf einmal, dass es nicht schlecht wäre, wirklich *für immer* so zu leben. Er und Yushin würden Zeuge der Entwicklung der Welt werden und vielleicht, irgendwann in ferner Zukunft – oder früher, als sie es zu hoffen wagten – würde ihre Liebe normal sein und ohne Angst unter dem Antlitz der Sonne ausgelebt werden können.

Jeder Augenblick würde ein Pinselstrich sein, im Bild der bescheidenen, wunderbaren Ewigkeit. Ich …

FAST VERGESSEN
SOPHIA LEHMAIR

„Hast du deinen Schlüssel, Maya?", fragte meine Mutter mich durchs Handy. Ich verdrehte unwillkürlich die Augen. Immerhin war ich mittlerweile fünfzehn Jahre alt, und sollte es wohl durchaus auf die Reihe bringen, an meinen Haustürschlüssel zu denken, bevor ich das Haus verlasse. Doch was half es schon, sich aufzuregen? So wie ich Mama einschätzte, ging ich stark davon aus, dass mich diese Frage noch mehrere Jahre lang begleiten würde. Ich bejahte nun also seufzend und zog im nächsten Augenblick die schwere Haustür hinter mir zu. Dann legte ich auf und machte mich mit Frieda auf den Weg. Da meine Eltern an diesem Tag beide arbeiten mussten, und mein kleiner Bruder krank im Bett lag, war ich dazu verdonnert worden, mit unserer Hündin Gassi zu gehen. Normalerweise tat ich das gerne und mochte vor allem die Ruhe, wenn niemand auf den Feldwegen unterwegs war. Dann gab es nur mich und Frieda und für mich bedeutete das die pure Freiheit. Und die hatte ich schon immer geliebt. Doch heute war alles anders. Es war ein furchtbarer Schultag gewesen, ich hatte eine fünf in Physik geschrieben, in der Pause wurde ich beim Hausaufgaben abschreiben erwischt und zuhause war mir meine Lieblingstasse mit ganz vielen kleinen rosa Blumen drauf heruntergefallen und in hunderte von Scherben zersprungen. Und nun stand ich hier, die Leine in der Hand, die Kapuze auf dem Kopf, um meine blonden Locken zu schützen und bereits triefend nass vom Regen. Und das obwohl ich erst seit ein paar Minuten unterwegs war und noch über die Hälfte des Weges vor mir lag. Na toll. Frieda blieb an jeder Ecke stehen, um ausgiebig zu schnüffeln, und nahm sich dabei alle Zeit der Welt. Im Gegensatz zu mir schien sie also wenigstens Freude an unserem Spaziergang zu haben. Wobei ich mich wirklich fragte, wie sich der Geruch eines Grashalms innerhalb von kurzer Zeit so drastisch ändern konnte, dass ein Hund jeden Tag aufs Neue zu schnuppern begann. Ich fand mich letztendlich damit ab, dass ich das wohl nie begreifen würde, und so wartete ich geduldig alle paar Meter so lange bis Frieda zum Weitergehen bereit war.

Als wir ein wenig später völlig durchgefroren wieder zuhause ankamen, war ich heilfroh wieder ins Warme zu kommen. Ich glaube, Frieda ging es genauso, doch selbst wenn sie hätte sprechen können, hätte sie das niemals zugegeben. Dafür war sie viel zu stur. Doch genau dafür liebte ich sie so sehr. Ich gab ihr einen Kuss auf ihr nasses Fell und musste lächeln, als ich ihren Geruch in meiner Nase vernahm. Sie roch nach Freiheit. Dann kramte ich in meiner Jackentasche, doch als ich nicht fand, was ich suchte, nahm ich die Leine in die andere Hand, um in der linken Tasche nachzusehen. Ohne Erfolg. Verzweifelt versuchte ich es erneut in der Rechten. Nichts. Ich hatte wirklich meinen Schlüssel vergessen. Vielleicht war es sogar gut, dass meine Mutter mich auch in den folgenden Jahren täglich daran erinnern würde. Nur brachte mir das in diesem Augenblick, in dem ich zitternd vor Kälte und vom Regen triefend nass vor der geschlossenen Haustür stand, relativ wenig. Ich wollte nicht klingeln, da ich Phillipp nicht wecken wollte, der vor kurzem erst eingeschlafen war und ohnehin zu schwach war, um mir die Tür zu öffnen. Ich hatte gerade die Nummer meiner Mutter in mein Handy eingetippt, als ein Postauto vor unserer Einfahrt hielt. Ich gab Frieda ein kurzes Zeichen, dass sie warten sollte und eilte zu dem Auto, um das Päckchen entgegenzunehmen. „So ein Sauwetter… Schönen Nachmittag dir noch!", sagte der Postbote und reichte mir ein kleines Paket, das ich dankend entgegennahm. Dabei fiel ein auffälliger Umschlag auf den Boden, der wohl am Klebeband meines Pakets geklebt haben musste. Er war knallpink und an den Rändern waren sorgfältig winzige Glitzersteinchen angebracht worden. Jemand musste sich hier sehr viel Mühe gegeben haben, diesen Brief zu formulieren. Ich drehte den Umschlag, um einen Blick auf den Absender zu werfen. *Chiara Maurer.* Irgendwoher kannte ich diesen Namen, doch ich wusste nicht, woher und auch ihre Adresse sagte mir nichts. Aber er war eindeutig an mich andressiert, also musste diese Chiara mich kennen. Vielleicht jemand von meiner Schule? Aber wer schrieb denn heutzutage noch Briefe? Verwundert und völlig verfroren kehrte ich zurück zur Haustür, wo mir erneut einfiel, dass ich ja meinen Schlüssel vergessen hatte. Ich seufzte und setzte mich auf die Treppenstufen davor. Ich beschloss meinem Bruder eine Nachricht zu schreiben, er solle mir die Tür aufmachen, wenn er aufgewacht war und es ihm etwas besser ging. Aber bis dahin musste ich wohl hier ausharren. Außerdem würde Mama ohnehin in einer halben Stunde wieder hier sein. Und im Gegensatz zu mir würde sie ihren Schlüssel niemals vergessen. Dann beschloss ich den Brief zu lesen, voller Neugier wer Chiara war und warum sie mir geschrieben hatte.

Hallo Maya,

du hast wahrscheinlich keine Ahnung, wer ich bin, aber ich kann mich noch sehr genau an dich erinnern. Wir waren in der Grundschule zusammen in der Theater AG und du stehst sogar in meinem Freundebuch ☺ Und genau dieses Freundebuch hab ich mir gestern wieder angeschaut, keine Ahnung warum eigentlich. Aber dann hab ich deine Seite gefunden, und ich weiß noch, dass wir uns damals sehr gut verstanden hatten, und beide total traurig waren, als ich in der zweiten Klasse umziehen musste. Erinnerst du dich vielleicht jetzt an mich? Jedenfalls bin ich mit meinen Eltern vor einem halben Jahr wieder zurück hierhergezogen und als ich deinen Freundebucheintrag gesehen habe, musste ich dir einfach schreiben. Ich hoffe die Adresse stimmt überhaupt noch…

Jedenfalls würde ich mich wahnsinnig freuen, wenn wir wieder in Kontakt kommen könnten, natürlich nur wenn du willst. Ich mochte dich damals wirklich gerne.

Liebe Grüße

Deine Chiara

Wow. Ich weiß nicht, womit ich gerechnet hatte, als ich diesen Brief öffnete, aber damit sicher nicht. Chiara. Ich konnte mich tatsächlich an sie erinnern, auch wenn wir seit sieben Jahren keinen Kontakt mehr hatten. Früher hatte sie es geliebt zu tanzen und ich fragte mich, ob das wohl immer noch so war. Und ob sie immer noch am liebsten pink trug und ob sie immer noch dieses Leuchten in den Augen hatte. „Was machst du denn hier?", fragte Mama plötzlich und riss mich damit aus meinen Gedanken. Ich sah sie zerknirscht an, und keine Ahnung wie sie das machte, doch sie schien sofort eins und eins zusammenzuzählen. „Du hast dich schon wieder ausgesperrt." „Kann sein", erwiderte ich, woraufhin sie zu lachen begann. „Stell dir vor, Mama, Chiara hat mir einen Brief geschrieben, sie ist wieder zurück hierhergezogen! Weißt du noch, wie traurig ich damals war, als sie so plötzlich weg war?" „Klar weiß ich das noch. Du warst am Boden zerstört und hast sie total vermisst." Ich spürte den Hauch eines schlechten Gewissens in mir, da ich ohne den Brief womöglich nie wieder an Chiara gedacht hätte, was mir furchtbar leidtat. Deshalb beschloss ich auch, ihr zu antworten, sobald ich in mein Zimmer kam.

Liebe Chiara,

ich habe mich sehr über deinen Brief gefreut! Ich kann mich noch gut an dich erinnern, ich hab dich damals so sehr vermisst. Wie geht es dir? Es gibt so viele Fragen, die ich dir gerne stellen würde. Aber die wichtigste davon: Bist du immer noch so verrückt nach pink? ☺ *Bei mir hat sich nicht viel verändert, mein Bruder ist ganz schön groß geworden und ich habe mit dem Reiten aufgehört, nachdem ich mir bei einem Sturz den Arm gebrochen hatte. Ich freue mich schon auf deine Antwort!*

Deine Maya

Ich überlegte kurz, ob ich ihr meine Handynummer geben sollte, sodass wir viel einfacher miteinander kommunizieren könnten, doch ich entschied mich letztendlich dagegen. Irgendwie fand ich das alles aufregend und ich freute mich jetzt schon darauf, den nächsten Brief von ihr zu lesen. Vorausgesetzt, sie schrieb mir noch einen.

„Warst du heute schon beim Briefkasten?", fragte Phillipp neugierig, als ich von der Schule nach Hause kam. Ich nickte enttäuscht. „Und?" Mein Bruder konnte wohl meinen Gesichtsausdruck nicht richtig deuten. „Nichts", erwiderte ich frustriert. Mittlerweile waren fast zwei Wochen vergangen, in denen ich nichts von Chiara gehört hatte. Jeden Tag war ich zum Briefkasten gegangen, um nachzusehen. Und jedes Mal wurde ich enttäuscht. Hatte sie es sich vielleicht doch anders überlegt? Wollte sie nun doch keinen Kontakt mit mir? Oder, kam vielleicht mein Brief nicht gut bei ihr an? Was auch immer der Grund dafür war, dass ich seitdem nichts mehr von ihr gehört hatte, es machte mich wahnsinnig. „Ach Maya, jetzt lass den Kopf nicht gleich hängen. So kenne ich dich ja gar nicht", versuchte mein Vater nun, mich aufzumuntern. „Es dauert eben eine Weile, bis so ein Brief ankommt. Das geht nicht so zack zack wie bei Whatsapp und TikTok." An dieser Stelle sparte ich mir den Kommentar, dass es bei TikTok überhaupt nicht darum ging Nachrichten zu schreiben, denn meine Eltern waren nun mal einfach in der falschen Generation geboren worden, um das alles verstehen zu können. Und sie versuchten es trotzdem immer wieder, was mir gelegentlich den letzten Nerv raubte. Ich nickte also nur und verzog mich dann in mein Zimmer. Ich telefonierte gerade mit meiner Cousine, als Phillipp plötzlich in mein Zimmer stürmte. Ich wollte ihn gerade wieder rauswerfen, als mein Blick auf seine Hand fiel. Oder besser gesagt, auf das, was er dort hielt: Ein Brief. Ein knallpinker Brief mit Glitzersteinen! „Endlich! Du bist ein

Schatz, gib her!" Ich gab meinem Bruder einen Kuss auf die Stirn, ehe ich den Umschlag öffnete.

Liebe Maya,

du kannst dir ja gar nicht vorstellen, wie sehr ich mich über deine Antwort gefreut habe! Es war sooo schlimm, die ersten Tage nicht zu wissen, ob mein Brief überhaupt bei dir angekommen ist und ob du mir darauf antworten würdest. Was hältst du denn von einem Treffen? Dann können wir ganz viel reden und uns praktisch neu kennenlernen? Wann und wo, ist mir total egal.

Ich freu mich jetzt schon so!

Liebe Grüße

Deine Chiara

PS: Ich liebe pink über alles!!!

Sie wollte sich mit mir treffen? Wie toll ist das denn?! Ich lächelte bei dem Gedanken, die Freundin wiederzutreffen, die ich beinah vergessen hätte, obwohl sie mir so viel bedeutet hatte.

Liebe Chiara,

Du glaubst gar nicht, wie toll ich diese Idee finde!!

Wie wäre es am Gründonnerstag im Stadtpark?

Alles Liebe

Deine Maya

Die nächsten Tage zogen sich erneut wahnsinnig in die Länge, da es natürlich sehr zeitaufwändig war, auf diese Weise ein Treffen zu vereinbaren. Doch wir wollten das beide so, denn es war ein ganz anderes Gefühl, einen Brief zu lesen, auf den man tagelang gewartet hatte, als einfach nur eine von zwanzig Nachrichten jeden Tag auf seinem Handy zu lesen. So dauerte es zwar weitere drei Wochen bis endlich feststand, wann und wo wir uns treffen würden, doch nun war es so weit.

Als ich den Park betrat, war ich total aufgeregt und nervös. Bis mein Blick auf die alte Holzbank fiel- Dort saß sie. Nun schien auch Chiara mich erkannt zu haben, denn sie sprang hastig auf und lief direkt auf mich zu. Während ich noch überlegte, wie man sich in einer solchen Situation wohl begrüßen sollte, war sie mir bereits um den Hals gefallen. Und als ich erkannte, dass sie immer noch dasselbe Leuchten in den Augen hatte, fühlte es sich an, als hätte ich einen kleinen Teil meines Herzens wiedergefunden.

Wir verbrachten den ganzen Nachmittag damit, ganz viel zu reden und noch mehr zu lachen. „Ich bin so froh, dass wir uns wiedergefunden haben", sagte Chiara, bevor wir uns verabschiedeten. „Ich auch, und das alles nur weil du aus Langeweile durch dein altes Freundebuch geblättert hast." Sie lächelte und wir wussten beide, dass hier eine wunderschöne Freundschaft erneut entstand, zwischen zwei Menschen, die sich beinah vergessen hätten.

TI AVEVO QUASI DIMENTICATA
SOPHIA LEHMAIR
Traduzione di Aurora Ianchello

Hai le tue chiavi, Maya? ", mi chiese mia madre al telefono. Alzai gli occhi al cielo. Avevo quindici anni e forse, sarebbe stato meglio se avessi pensato alle chiavi della porta prima di uscire. Ma a cosa serviva agitarsi? Per come la vedevo io, questa domanda mi avrebbe accompagnata per molti anni. Così, sospirando, risposi di sì e riattaccai. Uscendo chiusi la pesante porta d'ingresso e portai la mia cagnolina Frieda a passeggio, poiché i miei genitori erano a lavoro e il mio fratellino era a letto ammalato. Mi piaceva portare Frieda a spasso, ma soprattutto mi piaceva la tranquillità che incontravo lungo le strade sterrate. Stare da sola con Frieda per me significava pura libertà, quella che io ho sempre amato. Ma oggi era tutto diverso. Era stata una giornata terribile a scuola: avevo preso un cinque in fisica, durante l'intervallo mi avevano beccata a copiare i compiti, e a casa si era rotta la mia tazza preferita, quella su cui erano disegnati tanti fiorellini rosa. Ed eccomi qui, con il guinzaglio in mano e il cappuccio in testa, a proteggere i miei capelli biondi, già bagnati dalla pioggia. Ero solo a pochi minuti di distanza da casa e più della metà del percorso purtroppo era ancora davanti a me. Direi fantastico! Frieda, prendendosi tutto il tempo del mondo, si fermava in ogni angolo per annusare a fondo e sembrava si divertisse a differenza mia. Mentre camminavo mi chiesi: Come fa l'odore di un filo d'erba a cambiare così drasticamente in un breve periodo di tempo, così da attirare un cane ad annusarlo nuovamente? Alla fine mi sono rassegnata al fatto che non l'avrei mai capito, e così ho aspettato pazientemente ogni paio di metri finché Frieda era pronta a continuare.

Più tardi, quando tornammo a casa eravamo completamente congelati, proprio per questo ero contenta di tornare di nuovo al caldo. Credo che Frieda provasse la stessa cosa, ma anche se avesse potuto parlare, non l'avrebbe mai ammesso. Lei è troppo testarda. Ma è anche per questo che l'amo così tanto. Le diedi un bacio sulla testa bagnata e non potei fare a meno che sorridere, quando il suo odore mi salì nelle narici. Il suo odore sapeva di libertà. Poi, mi misi a frugare nella tasca destra della giacca e non trovando ciò che cercavo, presi il guinzaglio con l'altra mano e controllai nella tasca sinistra, senza successo. Disperata, provai a ricontrollare la tasca destra, niente. Avevo dimenticato le chiavi! È stato un bene che mia madre abbia continuato a ricordarmi le chiavi anche negli anni a venire. Ma in quel momento, tremando al freddo e bagnata dalla pioggia, mi sentivo ancora lontana da casa. Non volevo suonare il campanello per non svegliare Phillip, che si era appena addormentato e comunque troppo debole per aprirmi la porta. Avevo appena digitato il numero di mia madre quando un furgone postale si fermò davanti al nostro vialetto. Feci segno a Frieda di aspettarmi e mi precipitai a prendere il pacco. "Che brutto tempo!", disse il postino, dandomi un piccolo pacco che accettai con gratitudine. Una busta appariscente cadde a terra, doveva essere stata incollata al nastro adesivo del pacco. La busta era di un rosa acceso con brillantini sui bordi. Pensai che, chi aveva spedito quella lettera aveva avuto molta pazienza nell'applicare cosi accuratamente tutti quei brillantini. Girai la busta per vedere il nome del mittente: Chiara Maurer. Mi sembrava di conoscere quel nome ma non riuscivo a ricordare e non riconoscevo l'indirizzo. Ma la lettera era chiaramente destinata a me, quindi lei doveva conoscermi. Forse qualcuno della mia scuola? Ma chi scriveva ancora lettere? Sorpresa e ormai completamente congelata, tornai alla porta d'ingresso, della quale avevo dimenticato le chiavi, sospirai e mi sedetti sui gradini. Decisi poi di scrivere a mio fratello un messaggio, per dirgli di aprirmi la porta non appena si fosse svegliato e si fosse sentito meglio. Fino ad allora avrei dovuto aspettare. Inoltre, mia madre sarebbe tornata tra una mezz'ora e a differenza mia, non avrebbe dimenticato le chiavi. Infine decisi di leggere la lettera, incuriosita su chi fosse Chiara e perché mi avesse scritto.

Ciao Maya,

probabilmente non hai idea di chi sono, ma io mi ricordo molto bene di te. Frequentavamo entrambe il corso di teatro alle elementari e sei persino nel mio album degli amici! Ieri ho riguardato proprio questo album, e non ho idea del perché in realtà. Ma poi ho trovato la tua pagina e ho ricordato di come andavamo d'accordo e come entrambe eravamo veramente tristi quando ho dovuto trasferirmi in seconda elementare. Ora ti ricordi di me? Mi sono trasferita di nuovo qui, con i miei genitori, sei mesi fa. Quando ti ho rivista nell'album degli amici, ho sentito semplicemente di scriverti. Spero che l'indirizzo sia lo stesso. Comunque mi farebbe molto piacere se potessimo ritornare in contatto, solo se tu vuoi naturalmente!

Mi piaceva tanto stare con te!
Cari saluti
Tua Chiara

Wow. Non so cosa mi aspettassi quando ho aperto la lettera, ma sicuramente non questo. Chiara, in realtà me la ricordavo, anche se non ci vedevamo da sette anni. In passato amava ballare e mi chiedevo se fosse ancora così, se ancora indossava il rosa e se aveva lo stesso luccichio negli occhi. "Che cosa fai qui? ", mi chiese improvvisamente mamma, tirandomi fuori dai miei pensieri. La guardai contrita, eppure lei sembrava avesse fatto subito uno più uno. "Ti sei chiusa di nuovo fuori?" "Può essere!" risposi e lei iniziò a ridere. "Pensa, mamma, Chiara mi ha scritto una lettera, si è trasferita di nuovo qui! Ricordi quanto ero triste, quando lei se n'è andata improvvisamente?" "Certo che me lo ricordo! Eri devastata e ti mancava veramente tanto". Sentivo un peso nell'anima, poiché senza quella lettera non avrei pensato a Chiara, e per questo ero molto dispiaciuta. Decisi quindi di risponderle non appena entrata in camera.

Cara Chiara,
Sono stata molto contenta della tua lettera! Mi ricordo molto bene di te, mi sei mancata davvero tanto! Come stai? Ci sono così tante domande che vorrei farti, ma la più importante è: vai ancora così matta per il rosa? ☺ Per me non è cambiato molto, mio fratello è diventato grande e io ho smesso di fare equitazione, dopo essermi rotta un braccio in una caduta. Non vedo l'ora di ricevere una tua risposta!
Tua Maya

Ho pensato un po' se darle il mio numero di cellulare, per poter comunicare più facilmente, ma alla fine ho deciso il contrario. In un certo senso, trovavo tutto questo entusiasmante e non vedevo l'ora di leggere la sua prossima lettera. Sempre che lei me ne scrivesse un'altra.

"Sei già andata alla cassetta delle lettere? ", chiese Phillip curioso, quando tornai a casa da scuola. Io annuii delusa. "Allora?" Mio fratello non aveva interpretato bene la mia espressione. "Niente!", risposi frustrata. Ormai erano passate quasi due settimane e non avevo avuto notizie di Chiara. Ogni giorno andavo alla cassetta delle lettere per controllare e ne rimanevo ogni volta delusa. Forse aveva cambiato idea? Non ha voluto contattarmi? Oppure la mia lettera non le è stata recapitata? Qualunque fosse la ragione per cui ancora non avevo sue notizie, mi stava facendo impazzire. "Attenzione Maya, ritorna con la testa sulle spalle. Non ti riconosco affatto!", disse mio padre cercando di tirarmi su. "Ci vuole un po' per ricevere una lettera. Non è come con Whatsapp e TikTok." Non commentai sul fatto che TikTok non era una piattaforma per scrivere messaggi. I miei genitori facevano parte di un'altra generazione per poter capire tutto questo, e ciò nonostante continuavano ad insistere facendomi saltare i nervi. Annuii soltanto e andai nella mia stanza. Stavo parlando al cellulare con mia cugina, quando Phillip improvvisamente fece irruzione nella mia stanza. Volevo buttarlo fuori, ma i miei occhi si fermarono a guardare le sue mani. O per meglio dire, su quello che tenevano: una lettera, un'esplosione di rosa con brillantini! "Finalmente! Sei un tesoro, dammela!". Diedi a mio fratello un bacio sulla fronte e aprì la busta.

Cara Maya,
non puoi credere quanto mi ha reso felice la tua risposta! È stato terribile non sapere se la mia lettera ti fosse arrivata e se mi avresti risposto. Che ne pensi di incontrarci? Così possiamo parlare un po' e ritrovarci? Dove e quando per me è indifferente.
Sono già contenta così!
Cari saluti
Tua Chiara
PS: Amo il rosa più di tutto!!!

Mi voleva incontrare? Non è fantastico?! Sorridevo al solo pensiero di incontrare la ragazza che avevo quasi dimenticato, anche se aveva significato così tanto per me.

Cara Chiara,
Non crederai mai, quanto trovo meravigliosa questa idea!
Che ne dici del Giovedì Santo al parco?
Con affetto
Tua Maya

Il passare dei giorni mi fece ancora una volta impazzire, in quanto organizzare un incontro in questo modo richiedeva molto tempo. Ma entrambe volevamo che fosse così, perché era una sensazione diversa leggere una lettera che si aspettava da giorni, dal leggere una ventina di messaggi ogni giorno sul cellulare. Ci vollero altre tre settimane prima che ci decidessimo dove e quando ci saremmo incontrate. Finalmente era giunto il momento!

Quando entrai nel parco ero molto agitata e nervosa. Finché non vidi la vecchia panchina di legno dove lei era seduta. Ora anche Chiara sembrava avermi riconosciuta, perché si alzò in fretta e corse dritta verso di me. Mentre stavo ancora pensando a come salutare in una situazione del genere, lei era già con le braccia attorno al mio collo. E quando riconobbi che i suoi occhi avevano lo stesso luccichio di un tempo, sentì come se avessi ritrovato una piccola parte del mio cuore.

Abbiamo trascorso tutto il pomeriggio a parlare, e a ridere ancora di più. "Sono così felice che ci siamo ritrovate", disse Chiara prima di salutarci. "Anch'io! Tutto questo solo perché dalla noia hai sfogliato il tuo vecchio album degli amici". Lei sorrise. Entrambe sapevamo che era rinata una meravigliosa amicizia, tra due persone che si erano quasi dimenticate.

PER UN ATTIMO DI FELICITÀ
AURORA IANCHELLO

Il sole mi illuminava.

Il suo calore mi entrò dentro, mi pervase.

"Aurora, scendi! Vieni a tavola!"

La voce di mia nonna mi tirò fuori dai miei pensieri. Con un abile salto scesi dall'albero d'ulivo su cui ero seduta e mi diressi verso la tavolata, ormai imbandita, che avevamo preparato fuori, all'aperto, nel verde.

Mamma si avvicinò con l'ultima portata. Papà, zio e nonno presero posto mentre zia cercava di attirare l'attenzione dei più piccoli per farli sedere a tavola.

Eravamo insieme, questo per noi è il regalo più bello che la vita ci abbia fatto quel giorno. Siamo così, felici con poco, se così si può dire. Vi assicuro che stare tutti insieme, spensierati, felici non è scontato. La vita c'è l'ha insegnato. L'ho capito, l'ho provato sulla mia pelle. Quello che crediamo banale non lo è mai, anche sorridere.

Come avete capito, io sono Aurora.

La natura, stare all'aria aperta per me è fondamentale.

Come anche il sole.

Ho passato un periodo della mia vita, in cui ho avuto paura del sole, della sua luce.

Ma oggi, oggi non più.

Per fortuna dopo la tempesta vi è il bel tempo, gli uccellini riprendono a cantare e i fiori a sbocciare.

A volte per un niente ci spaventiamo.

Purtroppo, la scorsa estate mi è stata diagnosticata la vitiligine. La vitiligine comporta una perdita di melanina, il pigmento che da ' alla nostra pelle il suo colore, più o meno scuro. Le zone in cui la melanina non viene prodotta, dunque, risultano alla vista completamente bianche. Grazie ad una cura con creme specifiche e una serie di "divieti", come non stare per tanto tempo al sole, si è bloccata.

Sentire il calore del sole sul viso per un po' di tempo invece che farmi spuntare un sorriso, uno di quelli che hai sul volto quando senti un brivido di felicità, di gioia, di piacere, mi faceva preoccupare ma anche tremare. Alcune volte era come se potessi morire dal freddo stando lontana dal sole. Nonostante ciò, non mi sono persa d'animo, se di giorno avevo paura di sera ero tranquilla ed uscivo. Al mare non ci sono stata spesso, e solo nelle ore meno calde.

Questa estate però devo recuperare perciò mi sono posta degli obiettivi:

1-Godermi ogni singolo istante

2-Diventare un'animatrice turistica

3-Abbronzarmi

4-Fare tutto quello che farebbe un mio coetaneo.

Si, avete capito bene, vi potrà sembrare strano ma non mi faccio influenzare facilmente e i posti affollati sto ancora imparando a gestirli. Alcune volte per la confusione, la musica troppo alta comincia a girarmi la testa, non ci capisco più niente, in mente ho solo una cosa: allontanarmi da quel tumulto. A volte succede anche che il mio respiro comincia a farsi affannoso, e come se avessi un macigno addosso che mi impedisce il respiro. Il cuore in gola, voglio solo qualcuno che mi porti via. Via, via, via…magari al mare dove i pensieri vengono spazzati via dalle onde. Ho imparato che questa sensazione ha un nome e un cognome: Attacco di Panico. Certamente non è la persona la cui presenza si desidera 24h su 24.

Sto imparando a gestire questi attacchi, spesso ci riesco da sola, facendo lunghi respiri e pensando a quello che mi sta succedendo, riflettendo su tutto quello che ho intorno, sulle persone che sono con me.

Altre volte, invece, ho bisogno di parlare con qualcuno che possa capirmi e che riesca a tranquillizzarmi. La cosa che odio di più degli attacchi di panico e che arrivano quando sono felice, quando mi sto divertendo e, in quei pochi attimi in cui sono realmente spensierata.

Ma non sarà questo ad ostacolarmi.

Sono testarda, lo ammetto, molto spesso sbatto la testa contro il muro.

Devo molto alla me bambina che adorava l'estate e che la adora, che adorava il mare e lo adora, che non si stancava mai di sorridere, e ancora ora cerca di sorridere sempre con il cuore. Da piccola ripetevo che volevo essere sempre sorridente ed è quello che voglio. Quest'estate voglio proprio sorridere.

Primo obiettivo: godermi ogni singolo istante.

Lo ricorderò, lo prometto.

Secondo obiettivo: diventare un'animatrice turistica.

Si parte. Si, avete capito bene sono partita. Ho deciso anche, che devo superare le mie paure, devo imparare realmente a conoscere i miei limiti. E se qualcuno mi avesse detto, non molto tempo fa, che sarei partita per inseguire un mio obiettivo, senza pensarci troppo, non ci avrei creduto. E se ci penso ancora ora non ci riesco a credere, non mi sembra reale. Ero io? Si.

Era il 23 febbraio, mattina presto. Mi hanno accompagnato i miei genitori che ho rivisto solo al termine della formazione.

Non so descrivere bene quello che ho provato ma il cuore mi batteva forte.

Mi sono ritrovata tra ragazzi e ragazze che non avevo mai visto, tutti diversi tra di loro, ma con lo stesso scopo: diventare degli animatori. Sono arrivata lì senza conoscere nessuno, completamente sola, e sono tornata a casa con un bagaglio di emozioni enorme. Mi sono conosciuta un po' meglio. Ho fatto amicizia con la maggior parte ma soprattutto con una ragazza, Siria. La sensazione che ho avuto, dopo le prime ore passate insieme, è stata quella di conoscere tutti da molto più tempo. Non sono estroversa, quindi non è stato facile relazionarmi. Se comincio a parlare con voi, e soprattutto non vi parlo a monosillabi, significa che, non so per quale strana ragione, mi trovo bene, come se in qualche modo mi sentissi al sicuro, comincio a fidarmi se così possiamo dire. Poiché la fiducia si instaura con il tempo, e io ho dato molto spesso fiducia non sempre alle persone giuste.

Attraverso questa esperienza ho voluto sfidare me stessa.

Mi ha cambiata, in meglio.

Adesso credo di più in me.

So che posso farcela.

Lì ero felice.

La vita non è rosa e fiori, infatti, non è stato semplice.

La formazione è durata 3 giorni. Il secondo giorno, purtroppo, ha bussato alla porta un attacco di panico che però, grazie anche a Siria, sono riuscita a spazzare via.

Questi attimi di felicità hanno un prezzo ma valgono più di qualsiasi altra cosa.

Mi sono ricreduta.

Pensavo che nessuno mi avrebbe capito, invece, percorrendo questa strana vita, ho conosciuto persone simili a me.

A volte penso che gli altri mi capiscano meglio di quanto possa farlo io, e sapete, forse è vero.

Mi hanno fatto capire che le paranoie, del tipo: Avrò dette le parole giuste? Avrà capito veramente quello che intendevo? Si sarà fatto un'idea sbagliata di me? Mi sarò mostrata per quello che sono? Magari gli sto antipatica? Sono inutili. Ho conosciuto un ragazzo, Lorenzo, che mi ha detto:" Come fai a pensare di sembrare antipatica? Tu hai un cuore buono, io in te non riesco vederci niente di cattivo" "Non farti tutte queste paranoie".

Ora sarò sincera, sono talmente abituata a dare sempre pezzi del mio cuore senza aspettarmi niente in cambio che avevo bisogno di sentirmi dire queste parole, delle parole sincere.

Questi attimi di felicità hanno un prezzo ma valgono più di qualsiasi altra cosa.

A volte ho talmente tante cose da dire, che finisco per dirne la metà. Ho sempre paura di apparire per quella che non sono, di dire le cose sbagliate, che tramite le mie parole io non riesca ad esprimere veramente il mare che ho dentro. Lo so, mi rendo la vita invivibile. Anche su questo aspetto sto cercando di migliorare.

"Pensi troppo,
pensi anche quando non dovresti
e pensi male,
pensi al peggio,
ti prepari al tragico,
perché il bello
hai paura di non meritarlo mai.
Pensi e non vivi"
Sono così io.
Me lo dicono tutti.

Sto imparando a pensare il giusto, quel tanto che basta per fare scelte sensate. Qui e ora.

Una mia amica me lo ripete spesso "devi pensare al momento che stai vivendo, non pensare ad altro, altrimenti ti perdi."

Per questo, questi attimi di felicità hanno un prezzo ma valgono più di qualsiasi altra cosa.

Mi dicono anche che sono troppo seria, e non è un complimento.

Un giorno di questi un ragazzo, con cui non avevo mai parlato prima, si è seduto accanto a me sull'autobus e ad un certo punto mi ha detto "Sei troppo seria!"

Il fatto è che mi so nascondere bene, e non lascio che tutti mi vedano, altrimenti sarei troppo vulnerabile. Ed è anche per questo che parlo, ma parlo veramente con il cuore a pochi, per la paura di uscirne lesa in qualche modo.

Tutti abbiamo una paura, e non c'entra il coraggio.

C'è chi ha paura della morte, chi dell'abbandono, io del tempo... Avete capito bene, ho paura di non riuscire a fare tutto quello che desidero in tempo. Perché il tempo non lo controlliamo. Ci sono momenti che vorrei durassero molto di più, altri che vorrei durassero molto meno. Ma non permetterò che questa strana paura mi impedisca di vivere. Le paure ci ostacolano, sì, ma, anche la paura è un 'emozione da vivere. Dobbiamo imparare ad affrontarla. Lo so, scappare vi potrà sembrare la scelta più semplice, perchè in effetti lo è, ma siete sicuri di voler rinunciare a qualcosa per la quale avete lottato per essere felici? Questi attimi di felicità hanno un prezzo ma valgono più di qualsiasi altra cosa.

Amo i bambini per la loro purezza, per il loro essere così veri. Li avete mai osservati giocare, parlare tra di loro, fare amicizia dicendo semplicemente: "Vuoi giocare con me?"

Molte volte vorrei tornare bambina, ero così spensierata, giocavo sempre, mi arrampicavo dappertutto, giocavo con mio cugino a calcio, avevo mille idee che mi passavano per la testa, ero tanto curiosa e creativa. Non riuscivo mai a stare ferma. Cadevo, ma mi rialzavo con qualche lacrima che scendeva svelta sul viso e un sorriso, pronta a riprendere la mia corsa.

Ero un vulcano e lo sono tuttora. La curiosità c'è, la creatività è come se non riuscissi più a tenerla in mano, mi scivola via, e mi manca tanto. La spensieratezza, be', dovrei lavorarci ma è difficile, sto sempre sul chi va là ed è proprio per questo che a volte non riesco a godermi il momento.

Mi rifugio nei libri e in quelle frasi che un po' mi descrivono, sapete perché? Perché vorrei che qualcuno le scrivesse per me quelle parole.

" Morirò per un'overdose di parole non dette, film mentali e baci mai dati."

A proposito, non vi ho ancora detto che non mi sono mai innamorata. Chissà quando lo troverò questo amore di cui parlano tutti. La vita è talmente imprevedibile ed io ho imparato che va presa così com'è.

La vita non possiamo controllarla e forse è proprio questo che la rende terribilmente bella. Non siamo perfetti, per fortuna direi. Immaginate un mondo di esseri perfetti, uguali tra di loro. Non ci sarebbe più unicità! Diciamocelo sarebbe anche noioso. Siamo fragili e bellissimi tra i nostri sbagli.

Non molto tempo fa mi sono ritrovata a dire a mia madre "Mamma, stavo riguardando le foto che ho in galleria, è ho appena realizzato che ho fatto veramente tante cose" "E sai, alla fine non sono male, mi sono rivista, ero felice e anche se questa felicità ha avuto un prezzo, vale più di ogni altra cosa". Mia madre mi ha rivolto un sorriso grande, ma veramente grande. Lei, lei che di difficoltà nella sua vita ne ha dovute affrontare tante. Mio padre, gli è stato sempre accanto. Chi ti è accanto, prova il tuo stesso dolore, anche se pensi che non sia così. Mia madre mi vede crescere, ed io non potrei desiderare nient'altro, lei colora la mia vita con i colori più belli e sgargianti. Mio padre mi dà la calma che a volte perdo, ha le parole giuste nel momento giusto e mi ricorda che non devo fasciarmi la testa prima di cadere. Mi ricordano che è inutile piangere sul latte versato, che dagli errori si può solo imparare, che la vita va avanti, vuoi o non vuoi. Mi danno la carica quando le mie batterie sono scariche, e mi ricordano che la vita è il dono più grande che abbiamo. Il mio nome significa inizio di un nuovo giorno, l'aurora. I miei genitori mi hanno chiamato così proprio per ricordarsi e ricordarmi che si può sempre ricominciare, che c'è sempre un nuovo inizio ad attenderci. Loro sono il mio esempio, nonostante le battaglie che la vita gli ha posto, sono andati avanti mano nella mano. Sono innamorati. Quando li guardo mi sento davvero fortunata. Forse è per questo che ancora non mi sono innamorata, voglio qualcuno che non si arrenda alle prime difficoltà, che non molli. Voglio un amore che vinca.

Perché io ci credo.

Credo anche che ognuno di noi è più forte di quello che pensa.

Vivetela questa vita, fatelo per voi, perché nessuno la vivrà al posto vostro.

E ricordatevi di essere felici, questi attimi di felicità hanno un prezzo ma valgono più di qualsiasi altra cosa, perché d'improvviso tutte le difficoltà, tutti i momenti difficili diventano meno pesanti.

Auguro a tutti di trovare delle persone che vi strappino un sorriso mentre piangete, con cui non ha senso parlare di tristezza perché insieme potrete solo ridere, delle persone che vi facciano sentire compresi e al sicuro.

E come disse Thomas Merton:
"Non ti auguro di essere felice,
sarebbe troppo facile,
ma ti auguro di saper

trovare la felicità
in ogni piccola cosa
che ti circonda."

Perché la felicità è semplice e quasi impercettibile, a volte non la vediamo, non la sentiamo, non la tocchiamo ma c'è.

FÜR EINEN GLÜCKSMOMENT

Aurora Ianchello

Aus dem Italienischen von Sophia Lehmair

Die Sonne blendete mich.

Ich spürte ihre Wärme auf mir, die meinen gesamten Körper durchdrang.

„Aurora, komm runter! Komm zum Tisch!"

Die Stimme meiner Großmutter riss mich aus meinen Gedanken. Mit einem geschickten Satz kletterte ich von dem Olivenbaum, auf dem ich saß, herunter und ging auf den bereits gedeckten Tisch zu, den wir draußen vorbereitet hatten.

Mama kam zuletzt dazu. Papa, mein Onkel sowie mein Großvater nahmen ihre Plätze ein, während meine Tante versuchte die Aufmerksamkeit der Kinder auf sich zu ziehen, damit auch sie sich an den Tisch setzten.

Wir waren alle zusammen, was für uns das größte Geschenk war, das uns das Leben an diesem Tag bereitet hat. So sind wir eben: Mit wenig zufrieden-wenn ich das so sagen kann. Mir ist bewusst, dass es keine Selbstverständlichkeit ist, mit allen zusammen sorglos und glücklich zu sein. Das hat uns das Leben gelehrt und ich habe es verstanden, denn ich erfuhr es am eigenen Leib. Was wir für banal halten, ist niemals banal.

Wie bereits klar ist, bin ich Aurora. Für mich sind die Natur sowie der Aufenthalt im Freien von sehr großer Bedeutung.

Genauso wie die Sonne.

Es gab eine Zeit in meinem Leben, in der ich Angst vor der Sonne und ihrem Licht hatte. Aber heute, heute ist das nicht mehr so.

Glücklicherweise wird man nach dem Sturm wieder aufblühen. Das Wetter ist schön, die Vögel singen und die Blumen blühen.

Manchmal haben wir umsonst Angst.

Leider wurde bei mir letzten Sommer Vitiligo diagnostiziert. Diese Krankheit geht mit einem Verlust von Melanin einher, dem Pigment, das unserer Haut ihre Farbe verleiht. Daher erscheinen die Bereiche, in denen kein Melanin produziert wird, vollständig weiß. Dank einer Behandlung mit speziellen Cremes und einer Vielzahl von „Verboten" wie beispielsweise längerem Aufenthalt in der Sonne, konnte ich es in den Griff bekommen.

Eine Zeit lang die Hitze der Sonne auf meinem Gesicht zu spüren, bereitete mir kein Lächeln, wie man es im Gesicht hat, wenn man einen Schauer des Glücks, der Freude oder des Vergnügens verspürt. Stattdessen machte es mir Angst und ließ mich zittern. Manchmal war es, als könnte ich erfrieren, wenn ich mich von der Sonne fernhalten würde. Dennoch ließ ich mich nicht entmutigen: wenn ich tagsüber Angst hatte, beruhigte ich mich und ging hinaus. Ich war nicht oft am Meer und wenn, dann nur in den weniger heißen Stunden.

Diesen Sommer allerdings muss ich mich erholen, daher habe ich mir einige Ziele gesetzt:

1. Genieße jeden einzelnen Moment.
2. Werde eine Animateurin
3. Bräune deine Haut
4. Tu alles, was man in diesem Alter so macht

Ja, richtig verstanden. Vielleicht kommt es so manchem seltsam vor, aber ich lasse mich nicht leicht beeinflussen und lerne immer noch mit überfüllten Orten klarzukommen. Manchmal durch Verwirrung, manchmal durch Musik, die so laut ist, dass mein Kopf sich zu drehen beginnt. Dann verstehe ich nichts mehr und habe nur noch eines im Sinn: diesem Tumult zu entfliehen.

Manchmal kommt es mir auch so vor, dass mir das Atmen schwerfällt und ich das Gefühl habe, ein riesiger Felsbrocken läge auf mir, der mich am Atmen hindert. Herzklopfen. Ich will nur jemanden, der mich wegbringt. Weg, weg, weg… Vielleicht ans Meer, wo die Wellen meine Gedanken mitreißen. Irgendwann habe ich gelernt, dass es dafür einen Namen gibt: Panikattacke

Sie ist sicherlich nicht die Person, deren Anwesenheit 24 Stunden am Tag erwünscht ist. Ich lerne, mit diesen Anfällen umzugehen. Oft schaffe ich es allein, indem ich lange atme und darüber nachdenke, was mit mir passiert. Dann denke ich über alles um mich herum nach, über die Menschen, die bei mir sind.

Manchmal muss ich aber auch mit jemandem sprechen, der mich verstehen und beruhigen kann. Was ich an Panikattacken am meisten hasse, ist, dass sie auftreten, wenn ich glücklich bin, wenn ich Spaß habe, und in den wenigen Momenten, in denen ich wirklich sorglos bin. Aber das wird mich nicht aufhalten.

Ich bin stur, das gebe ich zu. Ich gehe oft mit dem Kopf durch die Wand. Dem kleinen Mädchen in mir habe ich viel zu verdanken, denn sie liebte den Sommer und das Meer. Und sie tut es immer noch. Sie wurde nie müde zu lächeln, und auch jetzt noch versucht sie, mit ihrem Herzen zu lächeln.

Schon als ich ein Kind war, habe ich immer gesagt, dass ich immer lächeln wollte und das ist es was ich nun will. Diesen Sommer möchte ich wirklich lächeln.

Erstes Ziel: Jeden einzelnen Moment genießen

Ich werde mich daran erinnern, versprochen.

Zweites Ziel: Entertainer werden. Los geht's. Ja, richtig verstanden, denn ich bin wirklich gegangen. Ich habe auch beschlossen, dass ich meine Ängste überwinden muss. Ich muss lernen, meine Grenzen zu kennen. Und wenn mir jemand vor nicht allzu langer Zeit gesagt hätte, dass ich gehen würde, um mein Ziel zu verfolgen, ohne zu viel darüber nachzudenken, hätte ich es nicht geglaubt.

Und wenn ich jetzt noch darüber nachdenke, erscheint es mir nicht real. War ich es? Ja. Es war der 23. Februar, früh am Morgen. Meine Eltern begleiteten mich und ich sah sie erst am Ende der Ausbildung wieder.

Ich weiß nicht genau, wie ich beschreiben soll, was ich fühlte, doch mein Herz schlug schnell. Ich fand mich unter Jungen und Mädchen, die ich noch nie zuvor gesehen hatte. An sich waren sie alle unterschiedlich, aber mit demselben Ziel: Entertainer zu werden. Ich kam dort an, ohne irgendjemanden zu kennen, ganz allein und ich kehrte mit einem riesigen Haufen voller Emotionen wieder zurück. Ich habe mich selbst ein wenig besser kennengelernt. Mit den meisten habe ich mich angefreundet, vor allem aber mit einem Mädchen, Siria. Nach den ersten gemeinsamen Stunden fühlte es sich an, als hätte ich alle schon viel länger gekannt. Weil ich nicht extrovertiert bin, war es nicht einfach, mich einzubringen. Wenn ich beginne zu reden, und dabei hauptsächlich nicht einsilbig spreche, bedeutet das, dass ich mich aus welchem Grund auch immer, sicher fühle. Denn Vertrauen baut sich erst mit der Zeit auf und ich habe schon zu oft den falschen Menschen vertraut.

Durch diese Erfahrung wollte ich mich selbst herausfordern.

Es hat mich verändert, zum Besseren.

Jetzt glaube ich mehr an mich.

Ich weiß, dass ich es schaffen kann. Dort war ich glücklich.

Das Leben besteht nicht nur aus Blumen, denn es war nicht einfach.

Die Schulung dauerte drei Tage. Leider klopfte bereits am zweiten Tag eine Panikattacke an der Tür, die ich jedoch, nicht zuletzt dank Siria, besiegen konnte.

Diese Glücksmomente haben ihren Preis, aber sie sind mehr wert als alles andere.

Ich habe meine Meinung geändert. Ich dachte, dass mich niemand verstehen würde. Stattdessen habe ich in diesem seltsamen Leben Menschen getroffen, die mir ähnlich waren.

Manchmal denke ich, dass andere mich besser verstehen als ich selbst und vielleicht stimmt das. Sie haben mir meine Paranoia aufgezeigt. Habe ich das Richtige gesagt? Konnte man wirklich verstehen, was ich meinte? Hatte man eine falsche Vorstellung von mir? Habe ich mich so gezeigt, wie ich wirklich bin? Mögen sie mich nicht? All das ist nutzlos. Ich traf einen Jungen, der mir folgendes sagte: „Wie kannst du denken, dass du komisch wirkst? Du hast ein gutes Herz, in dem ich nichts Böses sehen kann. Mach dir nicht diese ganzen Gedanken." Nun will ich ehrlich sein: Ich bin es so gewohnt, zwar immer einen Teil meines Herzens zu geben, aber dennoch keine Gegenleistung zu erhalten, dass ich diese aufrichtigen Worte hören musste. Diese Glücksmomente haben ihren Preis, aber sie sind mehr wert als alles andere.

Manchmal habe ich so viel zu sagen, dass ich am Ende nur die Hälfte davon laut ausspreche. Ich habe immer Angst, so zu wirken, wie ich nicht bin, die falschen Dinge zu sagen, dass ich nicht dazu fähig bin, mit meinen Worten das Meer auszudrücken, das in mir tobt.

Ich weiß, ich mache mir das Leben schwer. Aber ich versuche mich auch was das betrifft zu verändern.

„Du denkst zu viel, du denkst auch dann, wenn du es nicht solltest, und du denkst schlecht. Du denkst an das Schlimmste, du bereitest dich auf das Schreckliche vor, weil du Angst hast, das Gute nie zu verdienen. Du denkst. Du lebst nicht."

So bin ich. Das sagen mir alle. Ich bin dabei zu lernen, richtig zu denken, um vernünftige Entscheidungen treffen zu können. Hier und jetzt. Dauernd sagt mir eine Freundin: „Du musst an den Moment denken, den du erlebst. Denk an nichts anderes, sonst wirst du dich verlieren."

Deshalb haben diese Glücksmomente ihren Preis, aber sie sind es mehr wert als alles andere.

Sie sagen mir auch, dass ich zu ernst sei. Und das ist kein Kompliment. Eines Tages setzte sich ein Junge im Auto neben mich, mit dem ich noch nie zuvor gesprochen hatte. Irgendwann sagte er: „Du bist zu ernst."

Ich kann mich gut verstecken, sodass mich die meisten nicht sehen, ansonsten wäre ich zu verletzlich.

Und es geht auch um meine Art zu reden. Damit spreche ich einigen aus dem Herzen, wenn ich sage, ich habe Angst, auf irgendeine Weise verletzt zu werden.

Wir alle haben Angst, und Mut spielt dabei keine Rolle. Es gibt Menschen, die Angst vor dem Tod haben, vor dem Verlassenwerden, vor der Zeit…Ich habe Angst, nicht all das rechtzeitig tun zu können, was ich will. Denn die Zeit kontrollieren nicht wir. Es gibt Momente, von denen ich mir wünsche, dass sie viel länger dauern würden, andere, in denen ich mir wünsche, dass sie viel kürzer wären. Aber ich werde nicht zulassen, dass diese seltsame Angst mich vom Leben abhält. Ängste stören uns, ja, aber die Angst ist auch eine Emotion die man erleben muss. Wir müssen lernen, damit umzugehen. Ich weiß, dass das Weglaufen wirkt, als wäre es die einfachste Option. Das ist sie tatsächlich, aber bist du sicher, dass du etwas aufgeben willst, wofür du gekämpft hast, um glücklich zu sein? Diese Glücksmomente haben einen Preis, aber sie sind mehr wert als alles andere.

Ich liebe Kinder wegen ihrer Reinheit, dafür, dass sie so echt sind. Sie spielen, reden und schließen Freundschaften, einfach, indem sie sagen: „Willst du mit mir spielen?"

Oft wäre ich gerne nochmal ein kleines Mädchen, ich war so unbeschwert, habe immer gespielt, bin überall geklettert, habe mit meinem Cousin Fußball gespielt, hatte tausende Ideen, die mir durch den Kopf gegangen sind, ich war so neugierig und kreativ. Ich konnte nie stillsitzen. Wenn ich fiel, stand ich nach wenigen Tränen wieder auf. Mit einem Grinsen im Gesicht machte ich einfach weiter. Ich war ein Vulkan und bin es noch immer. Die Neugier ist da, die Kreativität kann ich kaum noch länger zurückhalten, sie entgleitet, und ich vermisse sie so sehr. Diese Sorglosigkeit, ich sollte daran arbeiten, aber es ist schwierig. Ich bin immer auf der Hut, und genau deshalb kann ich den Moment nicht genießen. Ich flüchte mich in Bücher und die Sätze, die mich ein wenig beschreiben. Weil ich wünschte, jemand würde diese Worte für mich schreiben.

„Ich werde sterben an einer Überdosis unausgesprochener Worte, geistiger Filme und nie gegebener Küsse."

Übrigens habe ich mich noch nie verliebt. Wer weiß, wann ich diese Liebe finden werde, über die alle sprechen. Das Leben ist so unvorhersehbar, und ich habe gelernt, es so zu nehmen, wie es kommt. Wir können das Leben nicht kontrollieren, und vielleicht ist es genau das, was es so schrecklich schön macht. Eine Welt perfekter Wesen, die einander gleich sind, wäre auch langweilig. Wir sind zerbrechlich und wunderschön zwischen unseren Fehlern. Vor nicht allzu langer Zeit sagte ich zu meiner Mutter: „Mama, ich habe die Bilder in meiner Galerie angeschaut und dabei gemerkt, dass ich wirklich viel gemacht habe. Und weißt du, am Ende bin ich nicht schlecht, ich bin glücklich und auch wenn dieses Glück einen Preis hatte, ist es mehr wert als alles andere." Meine Mutter schenkte mir ein breites Lächeln. Sie, die in ihrem Leben vor so viele Herausforderungen gestellt wurde. Mein Vater war immer an ihrer Seite. Diejenigen, die einem beistehen, empfinden denselben Schmerz, auch wenn man es selbst kaum glauben kann. Meine Mutter sieht mich aufwachsen, und ich könnte mir nichts anderes vorstellen, denn sie färbt mein Leben mit den schönsten Farben. Mein Vater gibt mir die Ruhe, die ich manchmal verliere, er findet die richtigen Worte zur richtigen Zeit und erinnert mich daran, dass ich mir nicht den Kopf zerbrechen sollte, bevor ich falle. Sie erinnern mich daran, dass es sinnlos ist, über verschüttete Milch zu weinen, dass man nur aus Fehlern lernen kann und dass das Leben weitergeht, ob man will oder nicht. Sie geben mir die Energie, wenn meine Batterien schwach sind und erinnern mich daran, dass das Leben das größte Geschenk ist, das wir haben.

Mein Name stellt den Beginn eines neuen Tages dar: Morgendämmerung. Meine Eltern haben mich so genannt, um mich daran zu erinnern, dass wir immer wieder von vorne beginnen können, dass immer ein neuer Anfang auf uns wartet. Sie sind mein Vorbild, trotz der Kämpfe, die das Leben ihnen bereitet hat, sind sie Hand in Hand weitergegangen. Sie sind verliebt. Wenn ich sie ansehe, fühle ich mich wirklich glücklich.

Vielleicht habe ich mich deshalb noch nicht verliebt. Ich möchte jemanden, der nicht bei den ersten Problemen aufgibt, Ich möchte eine Liebe, die gewinnt. Denn ich glaube daran. Ich glaube auch, dass jeder von uns viel stärker ist als er denkt. Lebe dieses Leben, mache es für dich, denn niemand wird an deiner Stelle für dich leben.

Und erinnere dich daran, glücklich zu sein, diese Glücksmomente haben ihren Preis, aber sie sind mehr wert als alles andere, weil plötzlich alle Sorgen leichter werden.

Ich wünsche mir, dass jeder Menschen findet, die einen zum lachen bringen, wenn man weint, mit denen es keinen Sinn macht, über Trauriges zu sprechen, weil man gemeinsam nur lachen kann.

Und wie Thomas Merton sagte:

„Ich möchte nicht, dass du glücklich bist, denn es wäre zu einfach, aber ich hoffe, du weißt, wie du Glück finden kannst, in jeder Kleinigkeit, die dich umgibt."

Weil Glück einfach und kaum wahrnehmbar ist, sehen, fühlen und berühren wir es manchmal nicht.

Aber es ist da.

DER ORDEN
CATHERINA BERBERICH

Spärliches Licht durchflutete den Raum. Es ist das erste Mal, dass die Sonne scheint, seit ich durch die steinernen Tore der Burg Eventyr geritten kam. In den letzen drei Wochen saß ich tagein, tagaus an der langen hölzernen Tafel im königlichen Speisesaal. Zu essen wurde uns hier nichts serviert, stattdessen lauschte ich einer Geschichte nach der anderen, welche Taten die Ritter und Zauberer vollbrachten.

Ist König Halcom besonders begeistert, verleiht er dem Tapferen einen Orden. Je näher man an seinem Tischende sitzt, desto wahrscheinlicher war es, die Auszeichnung zu erhalten.

Mir gegenüber hebt Myck die Augenbrauen. Zuerst die rechte, dann die linke. Und schließlich beide gleichzeitig. Beinahe wäre mir ein Schmunzeln entwichen, aber ich besinne mich und blinzele stattdessen dreimal schnell hintereinander.

Der Narr und ich hatten uns im richtigen Speisesaal kennengelernt, über Kartoffeln und Fleisch begann er mit mir zu reden. Seitdem haben wir unsere Geheimsprache entwickelt. Gerade meinte er: „Das kann doch nicht sein Ernst sein, oder?" Und ich antwortete: „doch."

Zweifelnd blickt er zurück. Ritter Enrichs Verdienste hören sich durchaus verrückt an. Er war im gesamten Königreich dafür bekannt, sich die ein oder andere Fabel auszudenken. Rückblickend gesehen, ist es eine ziemliche Beleidigung direkt neben ihm sitzen zu müssen. Besonders, wenn auf meiner anderen Seite nur noch die Tischkante folgt. Immerhin sitze ich tatsächlich hier, allein eine Einladung zu bekommen ist schon ein riesiges Statussymbol.

Denn egal, wie komisch und unwahr die Geschichten der letzen Helden waren, sie alle haben großartiges geleistet. Und ich gehöre nun zu diesem engen Kreis. Meine kleine Schwester ist eine halbe Stunde durch den Wald gerannt, als ich ihr den Brief gezeigt habe. Der Wald, der jahrzehntelang von bösartigen Monstern besetzt war, die jeden töteten, der auch nur einen Fuß auf ihren Boden setzte. Der Wald, in dem mein Bruder verschwunden ist. Der Wald, der endlich wieder sicher ist. Der Wald, der der Grund für meinen Platz an der königlichen Tafel stellt.

Applaus folgt für Ritter Enrich und seine bunten Löwen. Ich nicke Myck zu: „viel Glück" Bevor er antworten kann, wird er angekündigt.

„Myck, der Narr und der böse Zauberer"

Es heißt, die kleine Prinzessin denke sich die Namen für die Geschichten aus. Wie wahr dies ist weiß ich nicht. Aber es ist ein netter ‚touch' zu der gesamten Angelegenheit.

Nicht so nett waren Mycks letzte Jahre. Bei einer weiteren Portion Fleisch und Kartoffeln erzählte er mir von seiner Zeit am Hofe des bösartigen König Salver. Fünf Jahre soll er den Narr für ihn gespielt haben.

Der Myck vor mir schluckt einmal schwer und beginnt zu sprechen. Von seiner Aufgabe, den richtigen schwarzen Humor zu treffen und dabei stets seinen Vorgesetzten zu loben. Wie er manchmal die Folter Gefangener anschaulich kommentieren musste, und selbst dabei den Kopf schon halb in der Schlinge hatte. Und schließlich, wie er es geschafft hat zu fliehen. Ich horche auf – den Teil kannte ich noch nicht.

„Also, ich bin dann halt mehrmals in die Küche gegangen. Theoretisch war mir das ja erlaubt worden. Die da unten mochten mich natürlich alle nicht. Schließlich habe ich doch immer ihre Bestrafungen mitangesehen und nichts dagegen gemacht. Naja, aber je häufiger ich gekommen bin, desto mehr haben die mir wohl vertraut. Und irgendwann hatte ich dann alle Informationen für meine Flucht zusammen. Mittwochs werden Lebensmittel geliefert und Donnerstag fährt der leere Wagen wieder zurück. Davor wird er kontrolliert. Alles, was ich tun musste, war den richtigen Zeitpunkt abzuwarten. Und dann bin ich einmal aufgesprungen und weg war ich. Bis zum Dorf habe ich mich fahren lassen, danach ging es durchs Dickicht", Myck zuckt mit den Schultern. Die Angst entdeckt zu werden, erwähnt er nicht. Ich lege meine rechte Hand auf den Tisch: „Ich bin stolz auf dich." Er nickt kurz.

Dann bin ich dran. Der Tag, auf den ich seit Monaten warte. Auf den ich mich unablässig vorbereitet habe. Als ich den Mund aufmache, fange ich erstmal an zu husten. Ritter Enrich klopft mir dermaßen hart auf den Rücken, dass es gleich noch länger dauert, bis ich wieder Luft holen kann. Peinlich.

Ich blicke auf und starre in einige ungeduldige Gesichter.

„Ja, genau, ich bitte um Entschuldigung. Also, ich habe vor zwei Monaten den Wald Farlig betreten." Kollektives Einatmen in der ganzen Runde. Es gibt nicht viele verfluchte Orte im Königreich, aber die Bäume hinter unserem Haus gehören dazu.

„Jedenfalls hatte ich mich vorbereitet. Wir wussten, dass es bösartige Feen und giftige Pflanzen gibt. Zudem sind alle Lebewesen, die ihn je betreten haben, verschwunden. Nun sitze ich trotzdem hier.

Was ist also passiert?

Nun ja, angewandtes Wissen. Ich zog weiße Klamotten an, die Farbe des Friedens. Während ich den Wald betrat, summte ich speziell ausgewählte Lieder. Solche, die Feen und so wertschätzen."

Gelächter erfüllt den Raum. War klar, es gehört sich nicht, mädchenhafte Sachen zu tun – Landjunge hin oder her. Als die tapferen Ritter und atemberaubende Zauberer endlich wieder still sind, spreche ich weiter.

"Also, ich werde erstmal nicht umgebracht. Stattdessen treffe ich auf unterschiedliche Waldbewohner – Pilze, Vögel und natürlich eine ganze Menge an magischen Wesen. Entgegen den Erwartungen, waren die alle eigentlich sehr nett. Und meinten, ich müsste nur aufpassen, in einer Stunde komme der Meister." Ich bin fast erstaunt, dass dieses Mal keiner lacht.

"'Der Meister?', hakte ich nach. Ja, und vor dem sollte ich mich schleunigst verdrücken. Naja, dann haben sie mich halt wieder rausgebracht."

"Beweise?", dass König Halcom nachfragt, kann entweder sehr gut oder niederschmetternd schlecht sein.

"Ja, also, ich hätte hier so ein paar Blätter von den Traer," meine ich, während ich den orangenen Beutel von meinem Gürtel losmache. Farlig ist bekannt für diese Bäume, bis heute ist er der einzige Wald, in dem sich diese finden. Was ihn so attraktiv für Jäger macht.

Als der Beutel endlich beim König angekommen ist, blickt er kritisch hinein. Und entlässt uns zum Mittagessen. An unserem Stammtisch angekommen, beugt sich Myck zu mir herüber. "Ist das wirklich alles wahr?"

"Ja – warum fragst du?"

"Mein Fluchtwagen ist durch den Wald gefahren."

"Er ist bitte was?"

"Mein Fluchtwagen, du weißt schon, wie ich endlich wegkonnte, ist durch diesen Wald gefahren", wiederholt er seine Aussage.

"Das bedeutet doch dann, dass der Meister Salver ist", schließe ich.

"Ja."

"Das müssen wir sofort dem König erzählen! Vielleicht enden dann die bösen Machenschaften!"

Myck lässt seine Gabel sinken. "Du denkst, er weiß das nicht? Ich bin in diesem verfluchten Wald aufgegabelt worden. Glaub mir, er kennt diese ganzen Fakten."

"Er weiß, was mit meinem Bruder passiert ist?", meine Stimme wird lauter.

Mein Gegenüber schaut mich streng an und deutet mit seinem Kopf in Richtung der Tür. Gerade als wir aufstehen, werden wir wieder an die Tafel im königlichen Speisesaal gebeten. Halcom habe seine Entscheidung getroffen.

An unseren Plätzen angekommen, müssen wir noch etwas warten. Ich beschließe, Myck böse anzuschauen. Wenn er die ganze Zeit wusste, was mit Fynn geschehen ist, hätte er doch bitte davon erzählen sollen!

Erst als Ritter Enrich mich unsanft in die Rippen stößt, merke ich, dass der König angekommen ist. In seiner Hand, eine vergilbte Pergamentrolle. Die Ernennung der Ordenträger.

Die beiden Männer direkt neben ihm bekommen selbstverständlicherweise einen. Dann noch ein paar andere Ritter, ein Zauberer und -wie jedes Jahr- Enrich. Und Myck. Für seine Tapferkeit, von seinen Qualen zu erzählen.

Ich applaudiere höflich. Manieren müssen sein.

Am Abend klopft es an meiner Gemachstür. Vermutlich der Knecht, der mein Gepäck abholen möchte. Morgen beginnt meine lange Reise nach Hause. Mir gegenüber steht allerdings Myck. Ich lege meinen Kopf nach links. „Was willst du", heißt das. „Dir das hier geben", antwortet er laut, „von deinem Bruder. Hat er am Handgelenk getragen, als, als, als…du weißt schon." Er übergibt mir ein Band. Lila, mit gelben Punkten. Identisch zu meinem. Unsere Mutter hatte die aus unseren Babydecken geschnitten und uns geschenkt.

„Danke."

„Tut mir leid, wegen vorhin. Wenn du magst, begleite ich dich noch ein Stück morgen. Ich muss in die gleiche Richtung."

„Ja, klar. Dann bis morgen. Gute Nacht Myck."

„Gute Nacht, Jann"

L'ONORIFICENZA
CATHERINA BERBERICH
Traduzione di Alison Vicentini

Una magra luce inondava la stanza. È la prima volta che splende il sole da quando ho varcato a cavallo i portoni di pietra della rocca di Eventyr. Per le ultime tre settimane sono rimasto seduto tutti i giorni al lungo tavolo di legno nella sala da pranzo reale. Qui non ci è stato servito nulla da mangiare, bensì ho ascoltato una storia dopo l'altra sulle gesta compiute dai cavalieri e dai maghi. Se il re Halcom viene particolarmente entusiasmato, conferisce al valoroso un'onorificenza. Più si è seduti vicini al suo lato del tavolo, più è probabile ricevere questo premio. Di fronte a me Myck inarcò le brune sopracciglia. Prima la destra, poi la sinistra. E per finire entrambi all'unisono. Quasi mi scappa un sorriso, ma mi trattengo e invece sbatto le palpebre tre volte velocemente.

Io e questo giullare ci siamo conosciuti nell'effettiva sala da pranzo. Iniziò a parlare con me di patate e carne. Da allora abbiamo sviluppato il nostro linguaggio segreto. Adesso intendeva dire: "Non penserà mica che lo prendiamo sul serio, vero?" e io ho risposto "E invece…". Lo riguarda dubbioso. Le conquiste del cavaliere Enrich sembrano assolutamente pazzesche. Era conosciuto in tutto il regno per essersi inventato una o due storielle. Ripensandoci, era una bella offesa doversi sedere direttamente al suo fianco. In particolare se dall'altra parte non c'è nient'altro che il bordo del tavolo. Almeno sono realmente seduto qui. Il solo ricevere un invito è un enorme status symbol. Perché non importa quanto ridicole e false fossero le storie degli ultimi eroi: tutti hanno realizzato qualcosa di grandioso. E io ora faccio parte di questa ristretta cerchia. La mia sorellina è corsa mezz'ora per la foresta quando le ho mostrato la lettera.

La foresta che per decenni è stata occupata da mostri malvagi che uccidevano chiunque mettesse anche solo un piede sul loro territorio. La foresta dove è scomparso mio fratello. La foresta che finalmente è di nuovo sicura. La foresta, la quale è il motivo del mio posto alla tavola reale.

Seguono applausi per il cavaliere Enrich e i suoi leoni colorati. Faccio un cenno a Myck: "Buona fortuna". Prima che possa rispondere, viene annunciato. "Myck, il buffone e perfido mago".

Si dice che sia la piccola principessa a inventare i nomi delle storie. Non so quanto sia vero. Ma è un bel tocco all'intera faccenda.

Gli ultimi anni di Myck non sono stati così belli. Durante un'altra porzione di carne e patate, mi raccontò del suo periodo trascorso alla corte del malvagio re Salver. Ha dovuto fare il buffone per lui per cinque anni.

Myck deglutisce a fatica e inizia a parlare. Del suo compito di trovare il giusto umorismo macabro e di lodare sempre i suoi superiori. Di come a volte abbia dovuto commentare le torture dei prigionieri, e come anche lui stesso avesse avuto un piede per metà già nella fossa.

E per finire, di come abbia fatto a fuggire. Qui rizzai le orecchie - questa parte non la sapevo ancora.

"Dunque, ero solito andare spesso nelle cucine. In teoria mi era permesso farlo. Naturalmente laggiù non piacevo a tutti. Dopotutto, avevo sempre assistito alle loro punizioni senza fare nulla contro. E d'accordo, ma più spesso ci venivo, più hanno posto fiducia nei miei confronti. E ad un certo punto ho raccolto tutte le informazioni necessarie alla mia fuga. Il mercoledì venivano consegnati gli alimenti e il giovedì ripartiva il carro ormai vuoto. Prima di ciò viene controllato. Tutto ciò che ho dovuto fare è stato aspettare il momento adatto. E poi una volta saltato ero bello che andato. Mi sono lasciato trasportare fino al villaggio, e poi è continuato attraverso la boscaglia", disse Myck facendo spallucce. Non menzionò la paura di venire scoperto. Io appoggio la mano destra sul tavolo. "Sono orgoglioso di te.". Lui annuisce brevemente.

Poi tocca a me. Il giorno che aspetto da mesi. Per il quale mi sono preparato senza sosta.

Come apro la bocca, inizio come prima cosa a tossire. Il cavaliere Enrich mi dà una pacca alla schiena talmente forte, che ci metto ancora più tempo per tornare a respirare. Imbarazzante.

Alzo lo sguardo e fisso alcuni volti impazienti.

"Sì, ecco, chiedo perdono. Allora, due mesi fa sono entrato nella foresta di Farlig.". L'intera cerchia sussulta. Non ci sono molti posti infestati nel regno di Halcom, ma gli alberi dietro casa nostra è proprio uno di questi. "In ogni caso, mi ero preparato. Sapevamo che ci fossero fate malvagie e piante velenose. Inoltre, tutte gli esseri viventi che vi hanno messo piede sono scomparsi. Ciò nonostante, ora sono seduto qui. Cos'è successo allora? Beh, conoscenza applicata. Indossai abiti bianchi, il colore della pace. Mentre esploravo la foresta, canticchiavo canzoni appositamente scelte. Quelle che le fate e cose del genere apprezzano.". Risate riempirono la stanza. Era chiaro che non si dovessero fare cose femminili, che si fosse un ragazzo di campagna o meno.

Quando i valorosi cavalieri e i maghi senza fiato tornarono finalmente in silenzio, continuai a parlare. "Quindi, per cominciare non sono stato ucciso. Invece, incontro diversi abitanti della foresta: funghi, uccelli e ovviamente un sacco di creature magiche. Contrariamente alle aspettative, si sono rivelati tutti molto carini. E mi hanno detto solo di dover stare attento visto che in un'ora sarebbe arrivato il Maestro". Sono quasi stupito che questa volta nessuno stia ridendo.

"Il maestro?", ripetei. Sì, e dovevo svignarmela da lui al più presto. Bene, dopo mi hanno semplicemente portato fuori di nuovo.".

"Le prove?", che re Halcom chiede, possono essere molto buone o devastantemente cattive. "Sì, beh, avrei qui alcune foglie di Traer", rivelo mentre slego il sacchetto arancione dalla cintura.

Farlig è nota per questi alberi; fino ad oggi è l'unica foresta dove si possono trovare. Ciò la rende molto attrattiva per i cacciatori. Quando il sacchetto finalmente raggiunge il re, egli lo esamina in modo critico. Dopodiché ci congeda per pranzo. Arrivati al nostro tavolo abituale, Myck si avvicina a me. "Tutto questo è vero?"

"Sì, perché lo chiedi?"

"Il mio carro della fuga è passato attraverso la foresta"

"È che cosa?"

"Il mio carro-fuga, lo sai, quello con cui alla fine sono riuscito a scappare.. ha attraversato quella foresta" ripete la sua dichiarazione.

"Questo significa allora che il Maestro è Salver", concludo.

"Esatto."

"Dobbiamo dirlo subito a re Halcom! Forse allora le macchinazioni malvagie finiranno!".

Myck fa cadere la forchetta. "Pensi che non lo sappia già? Sono stato catturato in quella maledetta foresta. Credimi, conosce tutti questi fatti.".

"Lui sa, cosa è successo a mio fratello?", alzo la voce.

Il mio interlocutore mi guarda fisso e indica con la testa in direzione della porta. Non appena ci alziamo, siamo invitati di nuovo al tavolo nella sala da pranzo reale. Halcom ha preso la sua decisione. Arrivati ai nostri posti, dobbiamo aspettare ancora un po'. Lancio un'occhiataccia a Myck. Se sapeva fin dall'inizio cosa era successo a Fynn, avrebbe dovuto raccontarmelo!

Solo quando il cavaliere Enrich mi dà un violento colpo nelle costole mi rendo conto che il re è arrivato. Nella sua mano un rotolo di pergamena ingiallita. La nomina dei medagliati. Ovviamente, entrambi gli uomini accanto a lui ne ricevono una. Poi ancora un paio di cavalieri, un mago e, come ogni anno, Enrich. E Myck. Per il suo coraggio nel raccontare le sue pene. Applaudo educatamente. Le buone maniere prima di tutto.

La sera bussano alla porta della mia stanza. Probabilmente è il servitore che vuole ritirare i miei bagagli. Domani inizia il mio lungo viaggio verso casa. Di fronte a me, però, trovo Myck. Inclino la testa a sinistra. "Cosa vuoi?", significa. "Darti questo qui.", risponde ad alta voce, "di tuo fratello. Lo indossava al polso mentre, mentre, mentre… già lo sai.". Mi porge un nastro. Lilla, con puntini gialli. Identico al mio. Nostra madre li aveva ritagliati dalle nostre coperte da bambini e ce li aveva regalati.

"Grazie.".

"Mi dispiace.. per prima. Se vuoi, domani ti accompagno per un pezzo. Devo andare nella stessa direzione".

"Si, certo. A domani allora. Buonanotte Myck.".

"Buonanotte, Jann".

OLTRE L'ESTERNO
ALISON VICENTINI

Odio le stazioni. Non sono che il miscuglio di tutte le cose che detesto di più. Rumori forti. Masse. File. Ritardi. Correre. Confusione. Cibo scadente costoso. Sono il connubio tra l'imprevedibilità delle cose future e il caos del presente.

O basterebbe semplicemente dire che le odio perché ci sono le persone. Tante persone. E quindi ti capita il vecchietto goffo che non sa neanche dove deve andare, la signora di mezza età con crisi di nervi, la coppietta di fidanzatini smielati.

Ti sembra di averli visti tutti. Ti sembrano tutte caricature forzate di loro stessi.

E a volte questa cosa mi preoccupa. Sembra quasi che il mondo abbia finito le idee. Che non sappia più che caratterizzazione dare ai suoi personaggi. Ma essere così simili può portare anche a dei vantaggi, suppongo. È risaputo che noi esseri umani, in quanto "animali sociali", abbiamo nella nostra natura l'impulso di trovare un gruppo a cui appartenere. Ciò quindi è molto più facile se si è una copia carbone delle altre persone. Le persone simili legano più velocemente. Ed è così che le poche persone con ancora un'identità e una spina dorsale non solo diventano rare, ma sono anche sempre quelle che vengono tenute a distanza.

Io sono sempre stata un'osservatrice da lontano, che non ha modo di interagire con nessuno. Ma vedendo il tipo di soggetti, non sento neanche il bisogno di farlo.

Spero solo di non essere un personaggio banale io stessa. La ragazzina secca, alta e con borse enormi sotto gli occhi si vede spesso in giro? Essere pessimista, polemica e ottusa è un cliché? Non avere né uno scopo nella propria vita, né relazioni e persone amate per cui vale la pena lottare, va di moda di questi tempi? Non ne ho la minima idea. Ma non mi interessa cosa pensano di me le persone, soprattutto visto che a loro non interessa ciò che penso io.

Ma dove sarebbe il mio treno? Non doveva essere al binario 2? È sempre un inferno sapere dove andare con tutto questo trambusto. Che stavo dicendo, comunque? Ah sì, che odio la gente. E le conversazioni sul tempo, le domande di cortesia, i silenzi imbarazzanti. Nulla potrebbe mai cambia-

Ahia. Chi è stato? Davanti a me vedo solo una ragazza più vecchia di me. Immagino sia stata lei a spingermi in questo modo.

Oh, tipe così le vedo ovunque. È una di quelle ragazze che si vestono con ogni fiocco, pizzo e fronzolo possibile. Il loro spettro dei colori conosce solo una tonalità: il rosa. Hanno sempre un buon profumo, capelli setosi e brillanti e trucco magnifico. Scommetto che ci mettono ore a prepararsi la mattina.

Sembrano sempre perfette. Ma qui è il punto. Sono perfette, ma non nel modo da principessina e bulletta della scuola. Anzi. Non hanno puzza sotto il naso, rivali da umiliare o cose del genere. Sono sempre quelle più gentili, premurose e carine. E forse questo è il fatto che me le fa odiare di più di tutti. Non ti puoi lamentare di loro. All'apparenza, non se lo meritano. Non le posso osservare da lontano e dar loro un verdetto. Sono tra le poche persone che non riesco a comprendere. Tutti hanno dei secondi fini, nessuno è gentile per il puro piacere di esserlo ormai. Ma non riesco mai a capire dove loro vogliano andare a parare con le loro maniere zuccherose. Nel dubbio, quindi, non mi farò abbindolare neanche da lei.

Dice che si scusa, che non voleva e altre classiche frasi. Sì, va bene, certo, ciao.

Ma appena faccio per andarmene, questa mi segue. Che io mi avvicini al binario, faccia per salire o che mi sieda, era come se fossimo su un tandem indivisibile. Forse il suo modo di scusarsi è cercare di entrare in contatto con la gente? Non so se abbia molto senso. Tenendomi il fiato sul collo in questo modo non fa altro che innervosirmi.

Nonostante ciò, succede qualcosa di… incredibile. Non so il motivo, non so il modo, ma… cominciamo a parlare. Mi racconta della sua famiglia, del suo lavoro, dei suoi sogni.

Come ci riesce? Come fa a parlare con così tanta disinvoltura a una sconosciuta come me? A me non piace conversare, ma devo ammettere che quella volta è stato… piacevole.

Sembrava quasi come se ci conoscessimo da una vita. Per la prima volta in assoluto, il vetro che percepivo sempre dividere me e gli altri non esisteva. Invisibile. Impercettibile.

Più la ascoltavo, più tutte le convinzioni e pregiudizi che avevo su di lei si scioglievano in una poltiglia al suolo. Capivo sempre di più chi c'era davvero dietro quei vestiti carini e guance rotonde. Comprendevo sempre di più le sue difficoltà e difetti, oltre che i suoi pregi e le sue virtù. Era come se mi fossi messa degli occhiali da vista per la prima volta. Riuscivo finalmente a vedere tutto. Un po' mi faceva arrabbiare scoprire che tutte quelle che credevo le mie certezze non erano altro che stupidaggini e buchi nell'acqua, ma onestamente, dopo alcuni minuti, mi ha sopraffatta più il sollievo che il fastidio.

Avrei voluto parlare di più di me stessa a mia volta, ma non volevo mai interrompere i suoi racconti e storie. Era troppo interessante... troppo avvincente sentire la storia di questa persona.

L'unica cosa che non mi aveva detto era il suo nome. Ironico.

Probabilmente ci sentivamo così a nostro agio che ci siamo scordate di dircelo. Come se non ci servisse.

Arrivata alla mia fermata l'ho salutata, quella sconosciuta di cui sapevo tutto tranne il nome. Mi sentivo così contenta per quello che era successo. Per una volta, avevo avuto una conversazione profonda con qualcuno di nuovo. Avevo rotto il vetro. Ma dopo sono tornata coi piedi per terra. Cose così non accadono facilmente. Potevo pure scordarmi che fosse accaduto, tanto non sarebbe successo mai più... Era stata solo una breve parentesi colorata nella mia storia scritta nero su bianco. Fine.

E quindi pensavo sarebbe finita lì, ma mi sbagliavo.

Odio i telegiornali. Eppure mi tocca sempre guardarli a cena con i miei.

Mi piacerebbe poter mangiare in pace con la mia famiglia, senza doverli sentire borbottare ogni volta. Sarei disposta addirittura ad ascoltare i discorsi noiosissimi dei miei genitori, ed è dire molto. Invece, va sempre così. Non posso godermi neanche la mia pasta al pesto che devo sentire politici che strillano, sapere quale squadra ha vinto il quarantasettesimo campionato nazionale di curling e scoprire il prezzo giornaliero del petrolio al barile.

Mamma dice che bisogna guardarli perché è importante tenersi informati, in quanto le notizie di oggi sono le basi per il domani, e quindi serve saperle per capire dove il futuro andrà a parare.

E certo, la capisco. Ma non è che un futuro marcio. La cronaca, con tutta la violenza, l'odio e l'ignoranza che riporta, non fa che dimostrarlo. Di questo futuro non vorrei saperne niente, a volte.

Quindi normalmente stacco il cervello e non ascolto. È molto meglio starmene da sola con i miei pensieri, come se funzionassero da tappi per le orecchie. Ma improvvisamente, ci fu una breccia. Questa volta non ho potuto far altro che rimanere congelata sul posto, con la forchetta ancora nella mano e con la mente completamente svuotata.

C'erano solo le parole del servizio che rimbombavano assordanti:

"Ritrovato nel fiume il corpo di ***** *****, ventisettenne morta suicida ieri pomeriggio. Ragazza solare e amorevole, i suoi cari non si spiegano come possa essere accaduto."

Era lei. Senza alcun dubbio.

Ma come poteva essere lei? Non poteva esserci stato un errore? Uno sbaglio? Certo che dalle foto sembra proprio lei però. Ma è un'assurdità! Era così felice! No, magari lo appariva soltanto, non lo implica. Ma io non riesco comunque a crederci.

Ti pare che dovevo ascoltare proprio oggi il notiziario? Non potevo pregare un po' di più mia madre per cambiare canale? Se lo avessi fatto, ora non avrei tutto questo trambusto nella testa.

Perché ho prestato attenzione? Perché ho dovuto ascoltare proprio quel servizio, fra tutti gli altri? È come se il mio subconscio avesse percepito solo quelle parole.

Dannazione. Avrei preferito pensare solo al finire la mia cena, lavarmi i denti e andare a letto. Ma no, adesso devo starmene qui, con il peso massacrante di questa notizia. E non solo, mi sento pure egoista. Perché è solo per il fatto che l'avevo conosciuta che mi sento così male. Se fosse stata qualsiasi altra persona, come in altri servizi simili, non me ne avrebbe importato di meno.

Ero lì come in trance, senza sapere nemmeno cosa pensare. I miei genitori hanno provato a farmene uscire, ma non ho fatto altro che alzarmi e andarmene.

Sono andata a letto, ma non ho dormito per niente. C'era solo la voce del conduttore del programma che mi rimbombava in testa. Quelle dannate parole che mai avrei voluto sentire e di cui manco pensavo ci fosse la possibilità di farlo. "Ritrovato nel fiume il corpo di ***** *****, ventisettenne morta suicida ieri pomeriggio. Ragazza solare e amorevole, i suoi cari non si spiegano come possa essere accaduto." Erano ancora scritte indelebili sulla mia fronte, parola per parola. Era ormai chiaro, nel caso non si fosse capito.

Ieri non sono stata altro che l'accompagnatrice di una ragazza su un treno che l'ha portata verso quella sventurata località che ha ospitato lei e la sua morte.

E non ne sapevo niente.

Odio i funerali. Perché devo stare qui, tra centinaia di persone piagnucolone e con il moccio al naso, stretta e con vestiti scomodi, per onorare qualcuno? La gente si è mai chiesta se alla persona da celebrare piaceva quest'idea?

Mi ricordo ancora quando, tanti anni fa, è morto mio nonno. Nonno era una persona spensierata e giocherellona. Quando stavo con lui, mi capitava di sorridere molto di più. Lui era uno spasso. Per questo, quando è arrivato il momento del suo funerale, ero molto perplessa. "Gli piacerebbe vedere tutte queste persone tristi?", questo era quello che continuavo a chiedermi. Ma, ad essere onesta, ero ancora molto piccola. Non avevo capito cosa era successo al nonno. Non avevo idea di cosa volesse dire la parola morte. E di certo non sapevo le sue implicazioni. Aspettavo che nonno comparisse da un momento all'altro, per far fare un bello spavento a tutti quanti. Era una "festa" organizzata per lui, no? Doveva venire.

Ma ovviamente, non venne.

I funerali mi danno davvero fastidio, specialmente quando le persone non sono sincere. A causa delle norme sociali tutti si sentono tirati in ballo e obbligati ad essere in lutto, anche quando non si sentono davvero tristi. È una delle occasioni in cui le persone tirano fuori le loro maschere più resistenti, quelle con più strati. E quindi abbiamo tutta quella gente che viene per non fare brutta figura, perché il morto era un amico di un amico di un amico, anche se non lo conoscevano neanche, o per sentirsi una persona migliore. Che stupidaggini.

Ma onestamente, neanche io sono da meno. Non so bene il motivo per cui sono venuta. So che non è stato affatto difficile scoprire dove il funerale sarebbe stato tenuto: ormai su internet si trova di tutto. Ma non capisco perché credessi che sarebbe stata una buona idea venire. Non dovrei illudermi, questa persona non mi conosceva neanche, non sarebbe cambiato niente se fossi venuta o pure no. E posso giurare, sarebbe stato molto più facile rimanere a casa sul divano che fare ore di viaggio per arrivare qui. Ma per qualche motivo, credevo che fosse la cosa giusta da fare. Ai miei genitori non lo ho detto però. Ovviamente.

Normalmente avrei detto che il prete la tirava per le lunghe, che faceva freddissimo e cose del genere, e avrei cominciato a scrutare le persone presenti per passatempo. E ci sarebbe stato tanto da criticare. Ma… non riuscivo. Non riuscivo a pensare a niente. Per una volta, guardando le facce della gente, non me la sentivo di giudicarle. Riuscivo solo a guardare quei volti carichi di dolore e pensare a come si potessero sentire. Al motivo per cui erano lì. E soprattutto, alle loro storie. A quale percorso della loro vita le aveva portate ad essere qui, nello stesso luogo dove ero io in quell'istante.

Ma naturalmente, non mi importava solo degli sconosciuti. Mi importava di lei. Più provo a cercare una spiegazione, un motivo, una ragione per ciò che è successo, più non riesco a capire. Perché doveva accadere? Perché ha fatto questo?

Io non potevo sapere nulla di ciò che le passava per la testa, e per quanto questo significa che non ho nessuna colpa, lo detesto. Sento che non avrei potuto fare niente per aiutarla. A posteriori, mi sento così impotente.

Se l'avessi conosciuta prima, e quindi se fossi stata sua amica da tanto tempo, forse avrei potuto saperne di più su come si sentisse veramente. Se solo l'avessi conosciuta prima, l'avrei salvata.

…No, è sbagliato ragionare così. Non sono una supereroina, non potevo "salvare" una persona. Pensare che qualcuno non si sarebbe ucciso grazie a me e a me soltanto è da egocentrici. Ed è anche da egocentrici voler sapere così disperatamente le sue ragioni. Io non ho il diritto di sapere che cosa succede nella testa delle persone. Sono affari loro. E per questo, è anche sbagliato provare a "indovinarlo". Ripenso a tutte quelle volte che guardavo le persone da fuori, attraverso quel vetro che mi separava dal mondo, e mi rendo conto di quanto fosse scorretto. Di quanto fosse stupido, ma anche limitante. Chissà quante brave persone avrei potuto conoscere, quante loro avvincenti storie avrei potuto ascoltare, se solo fossi andata oltre quel muro di cristallo.

Il funerale era ormai finito e pochissime persone erano ancora lì, ma rimasi lo stesso. Mi misi di fronte alla sua tomba. Aveva una lapide elegante e quasi graziosa. C'era inciso sopra "***** *****, fragile fiore strappato via dal vento del tempo". Immagino fosse appropriata per lei. Cominciai quindi a riflettere su questo "fragile fiore" e sul ruolo che aveva giocato nella mia vita. Questa persona mi aveva aperto gli occhi. Mi aveva insegnato come aprirmi agli altri. Come superare le mie convinzioni. Come andare oltre l'esterno. E io non voglio che i suoi sforzi vadano sprecati. Da oggi in poi, non sarò mai più sazia del mondo. Sarò curiosa, affamata di nuove conoscenze e scoperte. Non mi fermerò alle apparenze delle persone, andrò oltre. E forse sarò fastidiosa a chiedere a tutti come stanno e a ficcare il naso nelle loro vite, ma adesso per esperienza diretta posso assicurare che alcune volte, alla fine, non è così male. E naturalmente, dovrò anche mostrare me stessa di più. Magari imparerò a ballare. O mi esprimerò con la scrittura o la fotografia. O entrerò in una banda musicale. O farò uno sport con dei compagni di squadra, poco importa. Va bene tutto. Per la prima volta proverò cose nuove. Farò nuove esperienze, farò nascere nuovi rapporti. Crescerò e mi farò vedere al mondo. Tutto grazie a lei.

Mi sarebbe piaciuto che lei lo sapesse. Quindi sono rimasta lì con lei, a raccontargli tutto: sia chi ero io, come avrei voluto fare sul treno, sia chi sarei diventata. E rimasi più del dovuto, lo ammetto. Devo essere sembrata una pazza, a parlare da sola con una tomba. Ma hey, come adesso non mi interessa giudicare gli altri, non mi interessano neanche i loro giudizi su di me. Sentivo che lei era come proprio lì, accanto a me. E parlavamo spensierate e contente, proprio come quelle due amiche non amiche che eravamo su quel treno. Che bella sensazione, avere una persona per cui sorridere. Che emozione. Non vedo l'ora di provarla di nuovo, da adesso in poi, ogni giorno.

VON INNEN BETRACHTET
Alison Vicentini
Aus dem Italienischen von Catherina Berberich

Ich hasse Bahnhöfe.

Es ist laut, Menschenmassen und ausgefahrene Ellenbogen drängen aus allen Ecken, Warteschlangen, die eher länger als kürzer werden, Verspätungen, Hetze, rennen, Verwirrung. Essen auf dem Boden – die perfekte Mischung der am meisten zu verabscheuenden Sachen. Die Mischung aus der Unsicherheit der Zukunft und dem Chaos der Gegenwart.

Hätte ich mich kurzfassen sollen, ich hasse die Menschen unserer Gesellschaft. Und besonders die Menge an ihnen. Und irgendwann kommt der alte Mann, die komplett fertige Frau in ihrer midlife-crisis und ein knutschendes frisch verlobtes Paar auf einen zu. Im Prinzip hat man das alles schon einmal gesehen, es ist immer und immer und immer wieder das gleiche.

Manchmal bereitet mir das Sorgen. Es scheint, als wären der Welt die Ideen ausgegangen. Als wisse sie nicht, wie sie den Charakter ihrer Bewohner prägen solle. Theoretisch kann es vom Vorteil sein, sich so sehr zu ähneln. Wir sind Menschen, aber wir sind soziale Wesen. Wir folgen unseren natürlichen Impulsen, wir suchen uns Gleichgesinnte. Und, siehe oben, das ist heutzutage recht einfach.

Schwierig wird es, wenn man noch seine eigene Identität besitzt. Die wenigen werden auf Distanz gehalten. Also beobachte ich aus der Ferne, ohne auf Interaktionen eingehen zu müssen. Bei den Leuten gerade um mich herum definitiv eine gute Taktik.

Ich hoffe, nicht so wie sie zu sein. Auch wenn ich mir manchmal wie ein lebendes Klischee vorkomme: großgewachsen, jung, weiblich. Dunkle Augenringe, ständig unterwegs, pessimistisch, polemisch und stur. Hat keine Ahnung vom „echten" Leben, inklusive Beziehungen zu Familie und Freunde. Die den Kopf über das Fremdwort Mode schütteln würde. Es interessiert mich nicht. Punkt. Lass die anderen denken, was auch immer sie wollen. Ist nicht so, als würden meine Gedanken ihnen Freude bereiten können.

Davon abgesehen, wo ist mein verdammter Zug? Es hieß Gleis 2, oder? Bahnhöfe – man weiß nie wo man wann wie sein muss. Die Menschen machen es einem nicht leichter. Grundsätzlich machen sie genau das Gegenteil davon. Stattdessen Smalltalk; oh schau mal, die Sonne scheint; wie schön dich zu sehen; unangenehme Stille, die durch ein trockenes Räuspern unterbrochen wird. Es ist schli-

Hallo!? Das tat weh! Wer war das? Vor mir steht ein Mädchen, einen Ticken älter als ich. Vermutlich war sie diejenige, die mich angerempelt hat. Und was für eine Sorte Frau ist sie. Perfektes Outfit, geschminkt, Haare mit Klammern zu absurden Frisuren geformt. Einzig bekannte Farbe? Rosa. Oder pink, wichtige Unterscheidung und definitiv meine Zeit wert. Wenn sie weniger als drei Stunden am Morgen braucht, wäre ich doch sehr überrascht. Dazu tragen sie auch dieses mehr oder weniger gute Parfüm. Ständig perfekt. Oder so erscheinen. Man - ich kann sie nicht einschätzen. Sie haben zwar keine Leichen im Keller, Feinde oder schlechte Noten, aber Prinzessinnen sind sie definitiv nicht. Nein, sie sind so höflich, so nett, so hilfsbereit – wenn jemand zuschaut. Vielleicht hasse ich sie deswegen. Man kann sich einfach nicht auf sie verlassen. Aus der Ferne beobachten geht auch nicht. Niemand ist nett, weil er nur nett ist. Sie alle haben ihre fragwürdigen Motive. Aber was hat ihr Auftreten damit zu tun. Äußerlichkeiten, ahh. Ich lasse mich jedenfalls nicht von ihnen um den Finger wickeln!

Das Mädchen sagt, sie entschuldigt sich, dass es ein Versehen war und andere Floskeln. Ja, alles Gut, klar, Tschüss.

Aber als ich mich von ihr entfernen kann, verfolgt sie mich. Während ich mich dem Gleis (diesmal hoffentlich dem Richtigen) nähere, einsteige und hinsetzten möchte, scheint es, als würde uns ein unsichtbares Band verbinden. Ist das ihre Art sich zu entschuldigen? So lange mit Leuten in Kontakt zu treten, bis sie dir verzeihen müssen. Ergibt wenig bis keinen Sinn. Wenn mein Herz nur nicht so rasen würde. Ich hasse es, wie nervös es mich macht.

Und doch, es passiert etwas Unglaubliches. Wir fangen an zu reden. Sie mit mir, genauer gesagt. Von ihrer Familie, ihrer Arbeit, ihren Träumen. Wie schafft sie das? Wie schafft es einer Fremden so viel zu erzählen? Ich führe äußerst ungern Konversationen, aber ich muss zugeben, diese war … angenehm. Als würde ich sie schon mein ganzes Leben kennen. Das erste Mal in meinem Leben scheint sich die Mauer um mich herum Stein um Stein abzufallen. Bis nichts mehr von ihr übrig bleibt.

Je länger ich zuhöre, desto mehr verschwinden meine Vorurteile. Als würde ich mehr und mehr verstehen, wer hinter den niedlichen Klamotten und angemalten Wangen steckt. Was ihr Sorgen bereitet, welche Ängste sie hat, aber auch wie sie die Welt sieht. Ihre Werte. Und mit ihr sah ich es auch. Das rosarote auf unserem Planeten. Nicht nur die Dornen an der Rose, sondern die Blüte. Es ist ärgerlich, so falschgelegen zu haben, aber die Neugierde besiegt meine Zweifel je länger wir miteinander sprechen.

Ich hätte ihr gerne etwas von mir erzählt, wollte sie aber nicht unterbrechen. Geschichten – ihre Geschichten zu hören war … ungewohnt. Ungewohnt gut. Das Einzige, was sie mir nie verriet, war ihr Name. Irgendwie ironisch. Wahrscheinlich waren wir so in unserem Element, dass wir es einfach vergessen hatten. Als ob es unwichtig wäre.

An meiner Haltestelle angekommen, verabschiede ich mich von der Fremden, von der ich alles außer den Namen wusste. Ein Lächeln schlich sich auf meine Lippen. Ich hatte tatsächlich eine echte Konversation geführt. Eine echte und gute Konversation. Aber während ich dem Zug hinterherschaue, baut sich meine Mauer wieder auf. Solche Sachen geschehen nicht einfach so. Es war ein kurzes Zusammentreffen, schön, aber kurz. Kurz und vorbei. Ein bunter Strich in der Landschaft. Es endet hier, glaubte ich.

Ich irrte mich.

Ich hasse die Nachrichten.

Nichtsdestotrotz muss ich sie jeden Abend mit meinen Eltern beim Essen anschauen. In Ruhe mit der Familie essen, ohne Kommentare zum Weltgeschehen, gibt es bei uns nicht. Stattdessen die langweiligsten Diskussionen, die ich über meine Nudeln gebeugt ertrage. Mich persönlich würde es nicht stören, einmal ohne die schreienden Politiker auszukommen. Es interessiert mich auch nicht, wer die vierundsiebzigsten Weltmeisterschaften im Rudern gewonnen hat oder wie viel die lokale Tageszeitung an der Tankstelle kostet.

Meine Mama sagt, es ist unsere Pflicht die Nachrichten zu schauen. Uns zu informieren. Immerhin seien die heutigen Nachrichten die Grundlage der morgigen Zukunft.

Und ok, ja, es ist wichtig. Aber unsere Zukunft sieht nicht besonders rosig aus. In den Berichten geht es nur um Hass, Gewalt und Ignoranz. Ich muss das nicht sehen, manchmal ist es doch ganz nett unwissend zu sein.

Also befehle ich meinem Gehirn nicht hinzuhören. Meine Gedanken sind deutlich angenehmere Zeitgenossen. Trotzdem bekomme ich einiges mit. Und die Nachrichten heute – diese Nachricht raubt mir mehr als den Atem. Lässt mich erstarrt auf meinem Platz innehalten, die Gabel auf halben Weg zum Mund.

Alles, was ich wahrnehme, sind die weißen Buchstaben auf rotem Hintergrund, die am unteren Rand des Fernsehers immer und immer wieder auftauchen.

„Die Leiche der siebenundzwanzigjährigen ***** ***** wurde heute Nachmittag in einem nahgelegenen Flussbett gefunden. Behörden vermuten Selbstmord."

Es ist sie. Es ist ohne Zweifel sie. Aber – das ist unmöglich. Es kann nicht sie sein! Sie war glücklich.

Oder hat sie mir dies auch nur vorgespielt. Ich kann es mir trotzdem nicht vorstellen. Es ist … falsch.

Warum zeigen sie das auf unserem Standartsender. Warum jetzt? Warum konnten wir heute nicht früher essen? Oder später? Oder ohne diese verdammten Nachrichten? Ich wollte doch nur meine Nudeln in Ruhe essen, mir die Zähne putzen und ins Bett gehen. Schlafen.

Und jetzt. Sitze ich hier wie erstarrt, während mein Gedanken in meinem Kopf so schnell kreisen, dass ich das Gefühl habe, mich gleich übergeben zu müssen. Warum hat sie sich neben mich gesetzt? Warum bedeutet mir das so viel? Warum.

Die Leiche der siebenundzwanzigjährigen ***** ***** wurde heute Nachmittag in einem nahgelegenen Flussbett gefunden. Behörden vermuten Selbstmord."

Die Leiche der siebenundzwanzigjährigen ***** ***** wurde heute Nachmittag in einem nahgelegenen Flussbett gefunden. Behörden vermuten Selbstmord."

Die Leiche der siebenundzwanzigjährigen ***** ***** wurde heute Nachmittag in einem nahgelegenen Flussbett gefunden. Behörden vermuten Selbstmord."

Die Leiche der siebenundzwanzigjährigen ***** ***** wurde heute Nachmittag in einem nahgelegenen Flussbett gefunden. Behörden vermuten Selbstmord."

Immer und immer und immer wieder lese ich die Worte auf dem Bildschirm und kann mir ihre Bedeutung nicht erklären.

Gestern hatte ich mit einem Mädchen eine Konversation in einem Zug geführt, der sie an ihre Todesstelle brachte.

Und ich hatte keine Ahnung.

Ich hasse Beerdigungen.

Wieso muss ich hierbleiben, unter Hunderten von jammernden Personen, deren Rotz beinahe ihre Lippen berührt, in diesen unbequemen und formalen Kleidern, um jemanden die sogenannte letzte Ehre zu erweisen. Haben sich die Leute jemals gefragt, ob das alles dem Verstorbenen gefallen würde?

Vor ein paar Jahren ist mein Opa gestorben. Er war stets sorgenfrei und für jeden Scherz zu haben. Wenn ich Zeit mit ihm verbrachte, hat er mich immer zum Lachen gebracht. Ein Witzbold, wie er im Buche steht. Deshalb war ich bei seiner Beerdigung so verwirrt. Hätte ihm diese Feier gefallen? Und warum ist er nie aufgetaucht, wenn es doch sein Fest war? Ich wusste nicht, was passiert ist, was Tod bedeutet und dass er für immer ist. Also wartete ich eine Stunde nach der anderen, bis er endlich auftauchen würde und – so wie ich ihn kannte – uns allen einen gehörigen Schrecken einjagen würde. Er kam nicht. Natürlich nicht.

Meine „Beziehung" zu Beerdigungen war also schon recht früh negativ geprägt. Andererseits, wie positiv kann so etwas sein?

Besonders nervt mich, was für Lügen sich die Leute ausdenken! Wir waren so gute Freunde, haben uns nie gestritten – ja, ist klar. Noch schlimmer als die braven, den sozialen Zwängen nachgebenden Bekannten sind diejenigen, die kommen, damit ihnen keiner nachsagen kann, sie wären nicht dagewesen. Sinn?

Wie gesagt, alles Idioten.

Ich bin nicht viel besser.

Ich bin gekommen, weil das Internet alles weiß. Ort, Zeit und Datum. Andere Reihenfolge, aber gut. Nur warum war das nochmal eine gute Idee? So zu tun, als hätte ich sie gekannt, ist dermaßen unnötig. Es weiß eh jeder hier, dass ich nichts mit dem Ganzen zu tun habe. Es hätte sich nichts geändert, wenn ich daheim geblieben wäre. Mit einem Buch auf dem Sofa, statt Stunden unterwegs zu sein. Aber aus irgendeinem Grund, musste ich kommen. Ich konnte nicht nicht kommen.

Meinen Eltern habe ich nichts gesagt. Offensichtlich.

Normalerweise würde ich mich über den Pfarrer aufregen, der die ganze Angelegenheit in die Länge zieht, die kalte Kirche und die schwarzen Klamotten aller Anwesenden. Es gäbe ziemlich viel zu kritisieren.

Ich sagte normalerweise, weil ich es nicht über mich bringe. Allein sitze ich in der letzten Reihe, starre auf die gesenkten Hinterköpfe vor mir. Wie sehr tut das weh? Wie schlimm fühlt es sich an? All diese Leute vor mir kannten sie. Nicht wie ich. Sie kannten ihren Namen, haben Erinnerungen zusammen, die eine halbe Stunde übersteigen.

Je mehr ich über die Hinterbliebenen nachdenke, desto mehr befasse ich mich mit ihr. Und ihrem warum. Ihrem Grund. Ich kann nicht wissen, was ihr durch den Kopf gegangen sein könnte. Mich betrifft keine Schuld, schlussfolgere ich. Im Nachhinein fühle ich mich etwas überflüssig. Was hätte ich tun können, in diesen 30 Minuten?

Wenn ich sie früher kennengelernt hätte, wenn sie eine enge Freundin geworden wäre, wenn ich gewusst hätte, wie sie sich wirklich fühlt, wenn, wenn, wenn – nein. Es ist falsch so zu denken. Egoistisch. Zu glauben, sie wäre wegen mir nicht gesprungen. Nein.

Und wenn wir schon dabei sind, ihre Gründe wissen zu wollen ist genauso schlimm. Die Gedanken anderer sind nunmal nicht meine Angelegenheit.

Man kann sie nicht aufgrund ihres Aussehens und Verhaltens aus der Ferne beurteilen.

Als die letzen Personen den Friedhof verlassen, nähere ich mich ihrem Grab. Unter ihrem Namen steht „zarte Blüte, die zu früh vom Wind der Zeit erfasst wurde". Das trifft es ganz gut.

Ich hätte sie gerne kennengelernt, ihr meine Geschichte erzählt und mit ihr die Welt entdeckt. Gelegenheit verpasst, würde ich sagen. Stattdessen setze ich mich auf das Gras vor ihrem Grab und fange an zu reden. Noch bevor ich mich verabschiede, fasse ich einen Entschluss.

Von heute an betrachte ich meine Mitmenschen von innen.

Ich werde das Gute und das Schlechte in unserer Welt entdecken und lernen damit umzugehen.

Danke, Fremde.

DIE BUSFAHRT

ELISABETH SUQUI

Sie öffnete die Augen und blickte der kleinen Nebelschwade nach, die sich in den Himmel erhobt und langsam verblasste. Als Kind hatte sie sich über diese Schwaden lustig gemacht, weil es bei Kälte so aussah, als ob sie rauchen würde. Ja, damals war alles so einfach gewesen. Wenn es Probleme gab, hatten ihre Eltern eine Lösung. Wenn sie traurig war, wurde sie getröstet, doch niemals hatte sie sich vorgestellt, dass es irgendwann nicht mehr so sein würde. Ihr Blick streifte die Wand, neben der sie stand; grau, verputzt und unfassbar schmutzig. Ihr Blick glitt an dem gesprühten Gekritzel einer Sprayer-Bande entlang, das irgendwann einmal gelb gewesen sein musste, und einem halb abgerissen Plakat für eine Reptilien-Show. Schon allein bei dem Gedanken an so ein Vieh lief es ihr kalt den Rücken hinunter. Es gab nur eine Sache, vor der sie noch mehr Schiss hatte als vor Schlangen. Der Grund weswegen sie überhaupt hier war: Busfahren. Sie fürchtete sich nicht vor dem Bus, nein, sie fürchtete sich vor der Fahrt. Vor dem, was passieren könnte. Es gab keinen besonderen Grund für diese Angst. Und gerade das machte ihr noch mehr Angst. „Du musst es einfach machen. Wie bei einer Schocktherapie für Menschen mit Spinnenphobie", hatte Mila gesagt. Deswegen war sie jetzt hier. Denn immerhin kennen beste Freundinnen einen manchmal besser als man selbst. So hatte sie es sich gedacht. Doch nun stand sie hier, an einer Bushaltestelle, verlassen, am Stadtrand. Der Wind zerrte an ihrer Jacke, und wirbelte ihre Haare durcheinander, während ihr himmelblauer Rucksack immer schwerer zu werden schien. Gewiss, sie hatte sich das Warten auf den Bus keineswegs schön vorgestellt, aber so einsam und ungemütlich hatte sie es nicht erwartet. Sie hätte sich auch hinsetzen können, aber sie wollte nicht riskieren, sich auf einen der auf die Bank geklebten und inzwischen gehärteten Kaugummis zu setzen. Das Motorbrummen des herannahenden Busses holte sie gewaltsam aus ihren Gedanken und sofort begann ihr Herz wie verrückt zu schlagen. Schweißperlen traten auf ihre Stirn und ihr wurde abwechselnd heiß und kalt. Der Bus stoppte und das Quietschen der Bremsen durchzuckte ihren Körper. Zischend senkte sich der Bus auf ihre Seite. Die vordere Tür öffnete sich und das Gesicht des Busfahrers erschien. In seinem Blick lagen Lustlosigkeit und der Wunsch, wie ein Fahrgast aus dem Bus auszusteigen und ihm für immer den Rücken zuzukehren. Seine Augen befahlen ihr einzusteigen. Doch die panische Angst ließ sie wie angewurzelt stehen bleiben. In ihrer Kehle war auf einmal ein faustgroßer Kloß, der immer größer zu werden schien. Sie schluckte, doch er verschwand nicht. Ihre Hände waren schwitzig, obwohl sie fror. „Willst du jetzt einsteigen oder nicht?" Die raue, genervte Stimme durchschnitt die Kälte. „J…Ja" „Na dann los, ich habe nicht den ganzen Tag Zeit" In ihrem Kopf hallte die Stimme von Mila. „Stell dich deiner Angst! Greif sie an wie ein Raubtier, bevor sie dich angreift." Ihre Hand suchte Halt an dem gelblackierten Geländer des Busses. Sie hob ihr Bein und trat in den Bus. „Fahrkarte!" Mit zitternden Fingern tastete sie nach dem Portemonnaie in ihrer Hosentasche, zog das Stück Papier hervor und zeigte es dem Busfahrer. Dieser nickte und sie wendete sich dem Gang zu an dem sich rechts und links jeweils zwei gelbblau gemusterte Sitze reihten. Auf der Suche nach einem Sitzplatz blickte sie in gelangweilte und vom Leben gezeichnete Gesichter. Der Bus fuhr an und sie wurde nach vorne geschleudert Beinahe wäre sie hingefallen, hätte sie sich nicht rechtzeitig an einer der Stangen festgehalten. Mit letzter Kraft ließ sie sich auf den nächsten Sitz fallen. Sie schloss die Augen um sich zu beruhigen und atmete tief durch. Ihr Herz hatte sich beruhigt und der Kloß in ihrem Hals hatte sich gelöst. Wie immer. Angst hatte sie. Vor so vielem, ohne jeglichen Grund, Todesangst. Und dann verflog die Angst, als wäre sie nie da gewesen. „Du musst dich einfach immer wieder den Situationen stellen vor denen du so Angst hast." Hatte ihre Mutter gesagt. „Das wächst sich noch raus.", hatte ihr Vater gesagt, als sie noch klein gewesen war. Es hatte sich nicht rausgewachsen. Nur die Dinge vor denen sie sich fürchtete, hatten sich geändert. Doch jetzt spürte sie Erleichterung und die Last fiel von ihren Schultern, wie ein Stein ins Wasser. Sie hatte es geschafft! Zum ersten Mal! Ganz alleine! Sie blickte aus dem verschmierten Fenster, um die an ihr vorbeifliegende Landschaft zu beobachten und die Sonne, die durch die Baumkronen schien und ihr Gesicht erwärmte. Häuser und Straßen rasten an ihr vorbei und sie fühlte sich wie in einer Zeitreise. Sie lächelte. Seltsam, immer wenn sie mit ihrer Mutter oder Freunden Bus gefahren war, war es reiner Stress gewesen, der sie wie ein Dämon besessen und ihr den Blick verschleiert hatte. Der Stress, bald alleine dieses schnaufende Etwas zu besteigen, dem Busfahrer den Fahrschein vor die Nase zu halten und sich einen Platz zu suchen, war erdrückend gewesen. Sicher, es klang einfach. Und doch so schwer für sie. So vieles erinnerte sie an ihren Bruder Thilo, der eines Tages nicht mehr nach Hause gekommen war. Er wurde kurze Zeit später am Waldrand gefunden. Herzstillstand aus unerklärlichen Gründen, hatten die Ärzte gesagt. Von Gott zu sich geholt, hatte der Pfarrer gesagt. Doch sie hatte das alles nicht glauben können. Sterben, das konnte man doch nicht " einfach so". Nach der Beerdigung hatte sie viel geweint, allein, in ihrem Zimmer. Ab und zu war Mila da gewesen, das hatte geholfen. Die Eltern waren mit sich selbst beschäftigt gewesen, beschäftigt damit, sich gegenseitig die Schuld zu zuschieben. „Ist der Platz da frei?" Sie zuckte zusammen, ihre Gedanken hatten sie wieder alles um sie herum vergessen lassen. „Sicher… also… ich g…glaub schon, ich…" „Danke", unterbrach sie die Frau ruppig und ließ sich neben ihr nieder. Sofort kramte die Frau einen kleinen Spiegel aus ihrer Tasche und begann, sorgfältig ihren Lippenstift nachzuziehen. „Na!", ertönte es aus einer Ecke. Und erst jetzt bemerkte sie die ältere Dame, die ihr gegenüber saß. Auch sie hatte eine Handtasche auf dem Schoß, allerdings war es keine gefälschte Designertasche wie die der Frau, sondern eine rotkarierte Stofftasche an der sie sich festklammerte. „Was ‚Na'?", fragte die Frau schnippisch. „‚Na', eben", antwortete die ältere Dame genauso schnippisch. „Na da brauch man eben nicht so unfreundlich sein!" „Ich war doch nicht unfreundlich", rechtfertigte sich die Frau und während die beiden noch weiter mit einander diskutierten wäre sie am liebsten im Boden versunken. Sie stritten sich wegen ihr! Doch irgendwie bewunderte sie die Dame wegen ihres Selbstbewusstseinsmit dem sie sich für sie einsetzte. Und auf einmal waren die beiden fort. Ausgestiegen, einfach ausgestiegen. Und gleichzeitig waren wieder Leute zugestiegen und ein kleiner Junge mit einem Schulranzen setzte sich ihr gegenüber. Aber dem Kind rannen Tränen über das runde Gesicht und ein leises Wimmern war zu hören. In seiner Hand hielt es ein paar zusammen getackerte, etwas zerknitterte Blätter, die übersät waren mit roten Markierungen. Eine schlechte Note, Klar, die hatte sie auch schon einmal ihren Eltern überbringen müssen. Doch nie hatte die deswegen geweint. Ihr waren die Noten egal und ihren Eltern auch. Auf einmal schien der Junge wie ausgewechselt. Er zog die Nase hoch, wischte sich das Gesicht mit dem Ärmel ab und schob seine Klausur in den Schulranzen. Stattdessen holte er ein blaues Heft hervor und begann fieberhaft darin zu lesen. Er hatte den Kampf aufgenommen! „Er gibt nicht auf, sondern macht weiter. Er stellt sich alldem" dachte sie bewundernd und wünschte sich auch so eine Ausdauer, wie sie der Junge besaß. „Hören Sie bitte auf, mich so anzustarren!" Das Mädchen, das zu dieser festen Stimme gehörte, war groß und schlank, und sie blickte mit vernichtendem Blick auf einen Mitte vierzigjährigen Mann. „Du möchtest dir doch sicher etwas dazu verdienen.", sagte der Mann und rieb sich grinsend die Hände. „Hören Sie auf mich anzustarren und sprechen Sie nie wieder mit mir!" Sie bemerkte, dass sich das Mädchen beherrschen musste um dem Mann keinen Schlag zu versetzten oder ihm gar an die Gurgel zu springen. „Nie wieder!" presste sie zwischen den Zähnen hervor, drehte sich demonstrativ zur Tür und stieg aus. Er zuckte mit den Schultern und drehte sich zu ihr. Als wäre nichts geschehen fragte er nun sie „Aber du möchtest dir doch sicher etwas dazu verdienen." „Ganz gewiss nicht!" antwortete sie und war überrascht über ihre Reaktion. Normalerweise hätte sie nicht so reagiert, sondern hätte ihren Kopf gedreht und so getan, als ob sie ich nicht gehört hätte. Stattdessen hörte sie sich sagen: „Sie haben doch das Mädchen gehört. Sprechen Sie weder mit ihr noch mit mir oder irgendeinem anderen Mädchen. Es sei denn, sie ändern Ihr Gesprächsthema!" Mit diesen Worten erhob sie sich, ging zur Tür, drückte auf „Stopp" und stieg aus dem Bus. Die Sonne schien ihr ins Gesicht und sie lachte. „So", sagte sie zu sich selbst „und als Nächstes gehe ich zur Reptilien- Show!"

IL VIAGGIO IN BUS

ELISABETH SUQUI
Traduzione di Riccardo Bassani

Lei aprì gli occhi, e con lo sguardo seguì la nuvola di nebbia che si levò in cielo e sbiadì lentamente. Da piccola queste nuvole erano motivo di divertimento per lei, poiché dal freddo sembrava che fumassero. Già, allora tutto era tutto così semplice. Quando c'era un problema, i suoi genitori avevano una soluzione. Quando era triste, veniva confortata, tuttavia mai si era immaginata che, prima o poi, non sarebbe stato più così. Il suo sguardo percorse la parete, accanto a cui lei stava ritta, grigia, ripulita e incomprensibilmente sporca. Il suo sguardo slittò lungo lo scarabocchio luccicante di una banda di graffitari, il quale un tempo doveva essere stato di colore giallo, e un manifesto mezzo strappato su uno show sui rettili. Già solo al pensiero di un animale del genere si sentì rabbrividire lungo la schiena. C'era solo una cosa che le faceva più strizza delle serpi, il motivo principale per cui lei era lì: viaggiare in Bus. Non aveva paura del bus, no, aveva paura del viaggio, di ciò che poteva succedere. Non c'erano ragioni particolari a definire questo timore. E proprio questo la spaventava ancora di più. "Devi rendertelo semplice. Come per una terapia shock per persone con l'aracnofobia", aveva detto Mila. A motivo di ciò lei ora era qui. Poiché nondimeno le migliori amiche a volte ti conoscono meglio di quanto tu conosca te stesso. Così lei aveva sempre pensato. Ciononostante, lei ora era lì, a una fermata del bus, sola, in periferia. Il vento le tirava la giacca e le arruffava i capelli, mentre il suo zaino blu cielo sembrava diventare sempre più pesante. Ovviamente aveva immaginato che l'attesa del bus non sarebbe stata niente di bello, ma non se l'aspettava così solitaria e sgradevole. Avrebbe potuto anche sedersi, ma non voleva rischiare di sedersi su una delle gomme da masticare incollate alla panca e induritesi nel tempo. Il rombo del motore del bus che si avvicinava la distolse violentemente dai suoi pensieri, e subito il suo cuore prese a battere all'impazzata. Perle di sudore le colavano sulla fronte e percepiva in alternanza caldissimo e freddissimo. Il bus si fermò e lo stridore della frenata la attraversò da capo a piedi. Sibilante, si calò di fianco a lei. La porta anteriore si aprì e apparve il viso del conducente. Nel suo sguardo risiedevano la svogliatezza e il desiderio di scendere dal bus come un passeggero e di voltargli la schiena per sempre. I suoi occhi le comandarono di salire. Tuttavia, l'attacco di panico la lasciò lì impalata. Di colpo, in gola si sentiva un nodo che sembrava diventare sempre più grande. Deglutì, ma esso non si dileguò. Le sue mani erano sudate, nonostante gelasse. "Vuoi salire o no?" La voce chioccia e nervosa fendette il freddo. "S-sì" "Su allora, non ho tutto il giorno". Nella sua testa permaneva la voce di Mila. "Affronta la tua paura! Assaliscila come una belva predatrice, prima che lei assalga te." La sua mano cercò appiglio nel corrimano annerito del bus, sollevò la gamba ed entrò. "Biglietto!" con dita tremanti estrasse il portafoglio nelle tasche dei suoi pantaloni, mostrò il pezzo di carta e lo mostrò al conducente. Quest'ultimo fece un cenno col capo e lei si girò verso il corridoio attraverso cui si allineavano a destra e sinistra due sedili blu e gialli alla volta. Gettò uno sguardo sui visi annoiati e segnati dalla vita, alla ricerca di un posto a sedere. Il bus partì e lei venne scaraventata in avanti: sarebbe quasi caduta, se non si fosse attaccata in tempo ad una delle aste. Con la forza rimanente si lasciò cadere sul sedile più vicino. Chiuse gli occhi per calmarsi e respirò profondamente. Il suo cuore si quietò e il groppone alla gola si era sciolto. Come sempre. Ha avuto paura. Senza alcuna ragione, paura da morire. Poi la paura svaniva, come se non ci fosse mai stata. "Devi affrontare in continuazione le situazioni di cui hai così tanta paura" aveva detto sua madre. "Ti passerà." Aveva detto suo padre, quando ancora era piccola. Non le era passata. Erano cambiate solo le cose che la spaventavano. Eppure, ora provava sollievo e il peso le cadde dalle spalle, come una pietra nell'acqua. Ce l'aveva fatta! Per la prima volta! Tutta da sola! Scrutò fuori dal finestrino sudicio per osservare il paesaggio che scorreva e scompariva e il sole, che, splendendo attraverso le chiome degli alberi, le riscaldava il viso. Caseggiati e strade le sfrecciavano davanti e lei si sentì come in un viaggio nel tempo. Sorrise. Strano, ogni volta che andava in bus con sua madre o i suoi amici era sempre un vero stress, che la possedeva come un demone e che le velava lo sguardo. Lo stress di scalare da sola questo coso sbuffante, spiattellare il biglietto sotto il naso del conducente e cercarsi un posto a sedere era stato opprimente. Certo, suonava semplice. Ed eppure era così arduo per lei. Ricordava così tanto suo fratello Thilo, che un giorno non era più tornato a casa. Venne ritrovato poco tempo dopo sul margine del bosco. Arresto cardiaco per motivi non chiari, dissero i medici. Reclamato a sé da Dio, disse il parroco.

Tuttavia, lei non poté a credere a tutto ciò. Morire, non si muore così. Dopo il funerale pianse molto, da sola nella sua stanza. Ogni tanto Mila era lì con lei, questo aveva aiutato. I genitori furono occupati con loro stessi, impegnati a scaricarsi la colpa addosso reciprocamente. "È libero?" Lei sussultò, i suoi pensieri le fecero nuovamente dimenticare tutto ciò che era intorno a lei. "Certo… allora… io c..credo davvero, io..". "Grazie", la interruppe sgarbatamente la signora, che si accomodò accanto a lei. Subito questa estrasse un piccolo specchio dalla sua borsa e cominciò a passarsi il rossetto con cura. "Beh!", si sentì da un angolo. E, solo ora, notò la donna più anziana che sedeva davanti a lei. Pure lei teneva in grembo una borsetta, che però non era una borsa di marca falsata come quella della signora, bensì una borsa di tessuto a scacchi rossi a cui lei si aggrappava. "Cosa 'beh'?" chiese la signora sdegnosa. "Beh, appunto", rispose la signora più vecchia "Insomma, non c'è bisogno di essere così scortese!" "Non sono stata scortese!", si scagionò la prima e, mentre le due continuarono a discutere tra loro, lei sarebbe voluta sprofondare. Litigavano a causa sua! Ciononostante, in qualche modo, ammirava la signora per la sicurezza con cui si poneva. E, in un attimo, entrambe scomparvero. Erano scese, solamente scese. Nel frattempo, era salita altra gente, e un ragazzo giovane con uno zaino si sedette davanti a lei. Quest'ultimo, però, aveva lacrime che gli rigavano il viso tondo e lo si poteva sentire piagnucolare sommessamente. In mano teneva un paio di fogli graffettati e un po' sgualciti, costellati di marcature in rosso. Un brutto voto, ovvio che anche lei, una volta, ha dovuto presentarne uno davanti ai suoi genitori, però non aveva mai pianto a causa di ciò. A lei i voti non importavano e nemmeno a loro. A un tratto, il ragazzo apparì totalmente cambiato. Alzò il naso, si asciugò il viso con la manica e infilò la verifica nello zaino. Al suo posto tirò fuori un quaderno blu e cominciò a leggerne febbrilmente il contenuto. Aveva accettato la sfida! "Non si arrende, bensì va avanti. Lui affronta tutto ciò" pensò ammirata, e si augurò di possedere una perseveranza tale a quella del giovane. "La smetta di guardarmi così!" La ragazza a cui apparteneva questa voce sicura era alta e snella, e osservava con sguardo fulminante un uomo sui quarant'anni. "Ti piacerebbe sicuramente guadagnarci anche qualcosa", disse l'uomo sfregandosi le mani e sogghignando. "La smetta di guardarmi e non parli mai più con me!" Lei notò che la ragazza doveva trattenersi dal tirargli uno schiaffo o proprio di saltargli alla gola. "Mai più!" sibilò tra i denti, per poi volgersi dimostrativamente alla portiera e scendere. Lui alzò le spalle e si volse verso di lei. Come se nulla fosse successo le domandò

"Però a te piacerebbe per certo guadagnarci qualcosa". "Assolutamente no!" rispose lei, e fu sorpresa dalla sua stessa reazione, normalmente non avrebbe reagito così, ma piuttosto avrebbe girato la testa e fatto finta di non aver sentito. Invece sentì sé stessa pronunciare: "Lei ha sentito la ragazza. Non parli né con lei, né con me o con qualunque altra ragazza, a meno che non cambi il suo tema di conversazione!" Con tali parole si alzò, andò allo sportellone, premette su "Stop" e scese dal bus. Il sole le splendeva sul viso e lei rise. "Quindi", disse tra sé e sé "e come prossima tappa vado allo show sui rettili!"

SLEEP IS A CURSE
RICCARDO BASSANI

L'aria era tanto immobile da poter essere rigirata tra le dita e raccolta come un ricordo riaffiorato piacevolmente nei risvolti labili del proprio spirito; nel secco atmosferico che essa dominava placidamente, il pallone sfrecciava silenzioso. Il suo volo era quello di un animale selvatico nel cuore di un ambiente ostile, le macchie di sporcizia sul cuoio robusto la sua pelle maculata, il materiale rovinato le ferite che la creatura disdegnava silenziosamente. Con la stessa indifferenza, il pallone ricadeva sul terreno, ci si adagiava e rifletteva pigramente i colori che il cielo serale diffondeva sul suo involucro logoro, per poi essere rispedito nella tavolozza di tinte calde e intangibili che facevano risplendere la terra, già segnata da ombre incombenti che guadagnavano terreno minuto per minuto.

Ugualmente diviso tra intensi chiari e scuri era il campo incolto in cui la palla sfrecciava da una parte all'altra, calciata e ricacciata al mittente infinite volte da due figure che svanivano e poi ricomparivano in quello scisma tra ombra e luce; il ragazzo ora era immobile con il pallone tenuto fermo dalla sua scarpa, mentre la ragazza gli stava contrapposta a poca distanza, con la rete arrugginita appena alle sue spalle. Sulla loro pelle era impresso il significato della vita, semplice e innocuo, e il mondo tutt'intorno era in loro possesso, pacifico e spianato come un sentiero verso infiniti e sconosciuti territori.

Lui calciò allora il pallone, che volò per una traiettoria che la ragazza non s'era aspettata: questa cercò di raggiungere il punto in cui esso si dirigeva, ma la palla la superò con un sibilo e centrò la porta, i cui pali di alluminio vibrarono un poco al momento dell'impatto.

- Ahah, sono troppo forte! - disse lui - Ti ho distrut… -

Il suo piede scivolò su un punto in cui il terreno erano sconnesso e, prima che finisse la frase, il ragazzo ruzzolò goffamente su un fianco e i suoi vestiti già tutti macchiati si immersero nella fanghiglia grigiastra.

La risata di lei risuonò con il fragore di un eco lontano e i due cominciarono e spintonarsi nel fango mentre un leggero venticello cominciò a far ondeggiare timidamente le foglie tiepide, mentre colori di ogni tipo bagnavano il cielo, balenante e analogo ad un foglio impregnato d'acqua, di cui non è più importante leggere le scritte inizialmente chiare e leggibili.

Nel fragile silenzio serale fendette l'aria un suono metallico e lei, continuando a ridacchiare tra sé e sé, andò a raccogliere l'apparecchio elettronico che era posato sul terreno poco lontano; si trattava di qualcosa di simile a un cellulare, tranne per il fatto che lo schermo era soltanto atto a lampeggiare quando arrivava una chiamata; osservandolo si poteva descrivere l'oggetto come un walkie-talkie molto singolare, il cui unico scopo era la comunicazione da un capo all'altro, ossia alla casa poco lontano da quel campo, dacché lì si trovava l'altro walkie-talkie, l'unico a cui il primo era collegato.

La ragazza portò l'apparecchio davanti al viso e la luminescenza lo coprì di un bagliore pallido e gelido.

- Amalia, tutto bene? - chiese distrattamente.

- Sì, volevo solo che tornaste a casa - la voce della sorella maggiore ovattata e resa gracchiante dispositivo sembrava tremolare, - c'è una cosa che volevo mostrarvi. -

- Ok allora - il walkie-talkie si spense, per cui lei e il ragazzo, che pure aveva sentito la voce da poco lontano, si diressero tranquillamente verso la casa; sprazzi di prato erano ancora illuminati da quel poco di luce che non si arrendeva all'oscurità incombente, mentre lo scricchiolio dell'erba sotto i piedi dei due sembrava avere l'intensità di un tuono nel silenzio più assoluto.

Quello era il silenzio di un pianeta tempestato dal declino dei governi mondiali, crollati uno sull'altro, sanguinanti e fradici di petrolio e liquame, e infine schiacciati dalla loro stessa cospirazione, portata avanti da innumerabili secoli e conclusasi quando l'economia, anch'essa sommersa dai problemi del globo, si era lentamente e metodicamente suicidata. Vaste aree del pianeta Terra erano ancora interamente devastate a causa dei conflitti più sanguinolenti, come orribili piaghe che sarebbero guarite solo col passare di moltissimi anni, se mai avrebbero potuto. Nessun Padrone controllava più il pianeta e i popoli che erano rimasti in piedi erano ora orfani senza nome, frutti acerbi del collasso di quel sistema assuefatto dal potere.

Dove si trovava la casa, lo sfacelo non aveva sparso la sua infezione, almeno non direttamente; una sorta di comunità che viveva di baratto e piccole cose dominava pacificamente quel territorio sconosciuto, isolato tra vaste pianure e monti consumati da un clima alieno ed inspiegabile. Il concetto di "giorno" era vago nonché facilmente dimenticabile e le settimane svanivano solennemente in un'atmosfera atemporale. Il villaggio, in quanto apparentemente privo di nome, era stato chiamato dai ragazzi "Colle", essendo posizionato sul versante di una minuta collina.

La casa in cui vivevano era un misto di muri di cemento in rovina e costruzioni di legno, disposta di decenti tubature idrauliche e di un modesto rifornimento di elettricità ricavato da arrugginiti pannelli solari, barattati nel villaggio appena distante con un uomo anziano, che non aveva gli strumenti adatti per poterli utilizzare; era poco il cibo che conservavano, alimenti a lungo termine quali legumi e prodotti biologici provenienti da associazioni umanistiche di nuova fondazione, che, pur con i pochi terreni che possedevano, riuscivano a spedire viveri bimensili a luoghi che necessitavano il rifornimento di cibo, finché la comunità non aveva la possibilità di diventare totalmente autosufficiente.

Quando i due arrivarono alla dimora, Amalia stava annaffiando distrattamente il piccolo orticello rasente il muro; nel mentre si poteva percepire il leggerissimo strimpellare di una chitarra acustica.

- Ehilà! - fece la ragazza, avvicinandosi piano alla terra battuta, facendo un mezzo sorriso, - oggi è una bella giornata; non si è neanche ancora fatto buio - in quella domanda aleggiava un fintamente disinteressato punto di domanda, come a chiedere "perché siamo dovuti tornare allora?"

- Già - rispose lei, raddrizzandosi e sgranchendosi un poco; i suoi occhi riflettevano la suadente luce crepuscolare. - Scusate se vi ho chiamati così presto. È solo che trovato una cosa che avevo intenzione di farvi vedere. Almeno così avete anche tempo per lavarvi, Leda, sembri uscita da un porcile! - aggiunse con tono divertito, mentre il suo viso solitamente velato di timidezza s'animava, come spesso accadeva nei tanti momenti scherzosi che ornavano le giornate, come santini e gioielli adagiati su un comodino abbandonato a sé stesso.

Nel frattempo, pure il ragazzo si era avvicinato all'orticello. La sua pelle albina sembrava risplendere con tanta intensità quanto quella dello sguardo di Amalia, tuttavia, laddove le iridi di lei erano simili ad un pozzo di inchiostro brulicante di segreti, la pelle di lui faceva da specchio a ogni fonte di luce e sapeva essere visibile anche nelle tenebre più tenaci: stranamente, la mancanza di melatonina non la rendeva vulnerabile alle giornate di sole più intense e, anzi, sembrava essere particolarmente spessa e resistente rispetto ad una pelle normale; ma quello era tutto tranne che un mondo normale.

Amalia posò allora l'annaffiatoio di plastica consumata sul terreno appena rasente all'orticello e portò i due nella casa; sul tavolo di quella bozza di cucina che i ragazzi possedevano stava un pezzo di carta, grande approssimativamente quanto una mano.

- Laz, almeno tu hai idea di cosa possa essere questo? - domandò Amalia, guardandolo di sbieco, ma da come il ragazzo, Laszlo, osservava quella carta, capì che non aveva idea di cosa potesse significare quella cosa appoggiata sul legno, che pure sembrava ignara di tutta l'attenzione che le si stava rivolgendo.

I tre vi si avvicinarono; era di un bianco grigiastro, di una carta molto inusuale, robusta e quasi levigata al tatto, e su di essa era scritto in maniera molto grezza, a caratteri grandi e ferocemente incisi, "NON POTETE FUGGIRE DALLA SALVEZZA".

Amalia, Leda e Laszlo rimasero interdetti, in un mutismo strano ed opprimente, che oscillava tra una comicità nervosa e la confusione più totale.

- Dove l'hai trovato questo…? - Leda spezzò la staticità di quel momento, tenendo il pezzo di carta con le dita e sollevandolo come a ispezionare un animaletto dall'origine ignota.

- Era vicino alla piantina qua davanti a casa… - indicò la sorella maggiore.

- Ah. Ne sappiamo quanto te.

- Posso confermare - borbottò Laszlo, con la fronte corrugata. Dallo scintillio dei suoi occhi color autunno, però, si capiva che trovava quella situazione non poco intrigante e che la serata gli era improvvisamente interessante.

Tra tutti, il silenzio di Amalia era il più pesante, in quanto solita a provare soggezione per tutto ciò di non chiaro e catalogato nella propria mente. Quel momento sarebbe stato ancora più inquieto se ad attutire l'assordante assenza di suoni non ci fossero state le gentili note di quella chitarra malconcia, trapelanti dalla stanza appena vicino come spiriti arcaici e benevoli.

- Non sarà stato… per caso stato Benne? - chiese Leda, scorgendo con la coda dell'occhio la penombra di quella stanza.

Amalia la guardò come se avesse appena detto un'assurdità, e pure il ragazzo appena di fianco, appoggiato sul muro, alzò un sopracciglio;

- Glielo avevo già chiesto, prima di chiamare voi due, e mi ha detto di no. Ma anche se non l'avessi fatto è chiaro che lui non potrebbe mai fare una cosa del genere.

A questo punto, Leda uscì dalla cucina e, seguita dai due che la osservavano senza capire, si diresse verso la stanza dello schermo.

"Stanza dello schermo" era il nome che i tre avevano deciso di affibbiare, a consenso unanime, all'angolo dell'abitazione in cui tenevano tutto ciò di multimediale proveniente da quegli anni ancestrali; un'epoca lontanissima per loro, le cui acque non poterono neanche sfiorare con un piede, come fosse stato un fiume torbido e pericoloso, nascondiglio di chissà quali inimmaginabili nefandezze.

La stanza conteneva una grande quantità di dvd, perlopiù album musicali e diversi film, per la maggior parte troppo rovinati per poter funzionare correttamente; quelli che avevano la fortuna di poter trasmettere li inserivano in un lettore dvd abbastanza antiquato, sistemato su un tavolino di legno incredibilmente alto. Nell'opacità della notte, la luce di quello schermo forava quello spazio nero pece allo stesso di modo di una lanterna nel buio di una grotta, e i tre osservavano ammaliati le immagini spesso sfuocate e tremolanti che si animavano dietro quella parete invisibile, o ascoltavano quelle canzoni di altri tempi, mentre lo schermo rimaneva statico.

Quasi tutta quella collezione si era accumulata lentamente barattando in quel villaggio, che pur essendo relativamente piccolo era un forziere di innumerevoli oggetti e materiali; i dischi rimanenti erano invece un'eredità dei loro nonni e bisnonni, che chissà per quale ragione avevano deciso di conservarli, nel nascere e nel morire delle stagioni.

I quattro ragazzi non avevano una concezione precisa della loro famiglia di origine; la stessa loro origine era uno scarabocchio sepolto nelle scartoffie dei loro pensieri, insabbiato da rinnovati e più affidabili ricordi, e pertanto l'unica cosa che consideravano importante al momento era il presente quieto che trascorrevano, ignorando quelle antiche lacune.

Leda entrò in quella camera polverosa, e infilò in modo risoluto il pezzo di carta sotto un porta dischi; poi si rialzò e guardò gli altri due.

- Magari sarà stato qualcuno che ha perso la testa, e che sicuro sarà ancora in giro a lasciare queste scritte davanti ad ogni casa; in ogni caso, qualunque cosa voglia dimostrare, non sarà un problema per noi e quindi non dobbiamo impanicarci.

Laszlo e Amalia non erano molto convinti, ma c'era qualcosa nel modo categorico con cui la sorella si era espressa che li addomesticò almeno per un momento. A questo punto, Amalia chiamò Benne dalla sua stanza, che riemerse quieto dall'oscurità, passandosi una mano sui lunghi capelli corvini, e i quattro mangiarono insieme in quella cucina minimale.

Mangiarono un po' di verdura di quell'orticello e dei fagioli col pomodoro, senza parlare, se non per qualche parola passeggera, mentre il sole, boccheggiando in sprazzi disperati di luce, annegava nelle sagome del paesaggio, sepolte dalle tenebre.

Nel finire di quella cena frugale, si sentì bussare sulla porta di legno: Amalia, Leda e Laszlo sobbalzarono, avendo nell'animo ancora il ricordo di quella grafia sgradevole, mentre Benne rimase al suo posto, e, come unica reazione, li guardò di sbieco, vagamente divertito; subito i tre si ricordarono di chi bussava sempre di sera, in determinati giorni della settimana, per cui Amalia andò ad aprire la porta, ridendo anche lei della paranoia che li aveva scossi stupidamente.

Il giornalaio aveva una borsa sgualcita in cui portava dei fogli lisi, su cui erano scritte notizie poche dettagliate sul mondo: era un uomo dal viso rugoso e segnato da lentiggini scure e confuse tra loro, dai capelli color castagna e dalla corporatura esile: il nome "giornalaio" proveniva dalla cultura di quel tempo passato e in qualche modo era sopravvissuto fino a quel momento. Tuttavia, il giornalaio adesso era un uomo che, viaggiando fin dove i sentieri glielo permettevano, cercava in modo spasmodico brandelli di novità su quelle terre livide di apocalisse, compito per il quale riceveva beni e viveri. Spesso le notizie erano quasi solo ipotesi o dicerie, oppure erano ambigue e poco approfondite; in ogni caso costituivano un grande ausilio per comprendere almeno qualcosa di ciò che succedeva fuori dal proprio rifugio.

Amalia riscosse il foglio che spettava loro e ringraziò sommessamente il giornalaio, che fece un leggero cenno con la testa e, senza fretta, continuò le proprie tappe.

Spesso le notizie erano troppo poco interessanti e chiare perché i ragazzi ci prestassero particolare attenzione; tuttavia, quando si avvicinarono per leggerle insieme, una in particolare li attirò, con quei caratteri spigolosi e neri pece:

La nuova organizzazione di matrice religiosa «Contra Satanis Viatores Minasque» annuncia le proprie intenzioni riguardanti l'unificazione dei villaggi rifugio: a detta di un membro anonimo, la CVSM promuove il ritorno di una valuta unica per "un nuovo sistema monetario forte e rivoluzionario" e intende rifornirsi di armi per "punire i blasfemi che hanno portato la discordia nel mondo".

"Dio è con noi" dice l'anonimo "ed è per colpa di chi non è con Dio che ora siamo giunti a questa rovina. Dobbiamo tornare allo splendore degli anni passati, e riavvicinarci al cospetto di colui che abbiamo deluso".

Nonostante l'aria relativamente tiepida che avvolgeva la cucina, una brezza gelida sembrò attraversarli da parte a parte, orribile e beffarda. Si guardarono, cercando sicurezza negli occhi dell'altro, e trovando invece un vuoto immenso, acquoso e tremante.

- Sono… sono passati di qui…?

Le parole uscirono ansiosissime dalla bocca di Amalia. I tre spostarono i loro sguardi su di lei, in una muta risposta alla sua domanda; l'unico vagamente tranquillo era Benne, che tuttavia pure tradiva una sottile preoccupazione, nei gesti impercettibili che compiva ogni tanto.

- Sentite - disse Leda, con voce ferma - sono sicuro che non ci faranno niente di male, e che a lasciare quel benedetto pezzo di carta sia stata una sola persona, che probabilmente non sa neanche che faccia abbiamo. Se mai succederà qualcosa, ci muoveremo da qualche altra parte, dove nessuno ci disturberà.

Sarebbero potute seguire ore di discussioni, in cui ansie e prese di posizione si sarebbero schierate come su un campo di battaglia. Ma ancora quel silenzio ostinato soffocava quelle parole sul nascere, e nella cucina si percepiva il languido presagio di un futuro incerto.

Per la prima volta, si chiesero se avrebbero potuto vivere in quella pace per sempre.

Benne, appoggiato al muro scrostato, improvvisamente si diresse verso la sua stanza; tornò una manciata di secondi dopo, tenendo quella chitarra spartana sospesa per il manico.

- Beh, sapete cosa?

Si sedette sullo sgabello, e, dopo aver aggiustato l'accordatura velocemente, cominciò a suonare.

La melodia che accennò fu un semplice motivo in maggiore, con solo un paio di note che si intrecciavano fra loro.

Poi cantò flebilmente, mentre le sue note si facevano più complesse e melanconiche, come controcanti della sua voce. L'aria, rarefatta e impercettibile, lasciò che il ritornello si facesse strada nelle orecchie dei tre, quasi familiare, pur essendo anch'essa una canzone di quei dvd di epoche dimenticate.

I think I have it, I'm an angel
Humbled as such to learn from you
The truth of life is never spoken

And sleep hasn't ever done me any good yet.

Alla fine, cantarono insieme, per allontanare l'avvoltoio che gravava su di loro; canzoni imperfette animarono una dopo l'altra la profondità di quella notte, e ogni nota suonò potente nella sua dignità senza pretese, e la preoccupazione pian piano si dissipò come nebbia, e il significato della vita fu di nuovo chiaro e inconfondibile.

Vollero che quella notte fosse durata per sempre, per poter assaporare quella perfezione per tutta la vita. Le incertezze erano lontane e l'oscurità, piuttosto che un inquietante spazio ignoto, si mostrava a loro come una protezione infinita dagli orribili segreti che ristagnavano, sordidi, dietro i colori più sgargianti.

Quell'unica luce ribelle balenava ancora circondata dalle ombre, quando tutti gli abitanti di Colle ormai stavano chiudendo gli occhi, dimenticando per un poco i propri problemi; e la Terra accarezzava le proprie ferite, lontana dagli sguardi degli esseri umani.

DER SCHLAF IST EIN FLUCH

Riccardo Bassani

Aus dem Italienischen von Elisabeth Suqui

Die Luft war so ruhig, dass man sie zwischen den Fingern verreiben und wie eine Erinnerung sammeln konnte, die in den ineinanderfließenden Schichten des eigenen Geistes angenehm wieder auftauchte; in der atmosphärischen Trockenheit, die sie ruhig beherrschte, sauste der Ballon lautlos vorbei. Sein Flug war der eines wilden Tieres inmitten einer feindlichen Umgebung, die Schmutzflecken auf seinem rauen Leder seine fleckige Haut, das ruinierte Material der Wunden, die das Wesen schweigend verachtete. Mit der gleichen Gleichgültigkeit fiel der Ball zurück auf den Boden, legte sich darauf und reflektierte träge die Farben, die der Abendhimmel über seine zerschlissenen Hülle ausbreitete, um dann wieder in die Vielfalt der warmen, nicht greifbaren Töne zurückgeschickt zu werden, die die Erde zum Glühen brachten, die bereits von sich abzeichnenden Schatten gezeichnet war, die von Minute zu Minute an Boden gewannen.

Gleichermaßen geteilt zwischen intensivem Licht und Dunkelheit war das brache Feld, auf dem der Ball von einer Seite zur anderen zischte und unzählige Male von zwei Gestalten geschossen und zurückgeschossen wurde, die in dieser Spaltung zwischen Licht und Schatten verschwanden und wieder auftauchten; der Junge stand nun regungslos mit dem Ball, den er mit seinem Schuh festhielt, während das Mädchen ihm in weniger Entfernung gegenüber ihm stand, das rostige Netz direkt hinter ihr. Auf ihrer Haut war der Sinn des Lebens eingeprägt, einfach und harmlos und ihnen gehörte die Welt um sie herum, friedlich und gepflastert wie ein Weg zu unendlichen und unbekannten Gebieten. Dann schoss er den Ball, der eine Flugbahn nahm, mit der das Mädchen nicht gerechnet hatte: Sie versuchte, dorthin zu gelangen, wo er hinflog, aber der Ball zischte an ihr vorbei und traf genau Tor ein, dessen Aluminiumpfosten beim Aufprall ein wenig vibrierten.

„Ahah, ich bin so gut!", sagte er, „ich habe dich besiegt…" Sein Fuß rutschte an einer Stelle aus, an der der Boden uneben war und bevor er seinen Satz beenden konnte, fiel der Junge ungeschickt auf die Seite und seine bereits fleckige Kleidung versank im grauen Matsch.

Ihr Lachen hallte in einem fernen Echo wider und die beiden begannen, sich gegenseitig durch den Schlamm zu ziehen, während eine leichte Brise sanft die warmen Blätter zu wiegen begann, während Farben aller Art den Himmel überzogen, blitzend und ähnlich wie ein wassergetränktes Blatt Papier, dessen ursprünglich klare und lesbare Schrift nicht mehr wichtig war.

In der zerbrechlichen Abendstille zerriss ein metallisches Geräusch die Luft, und sie ging, immer noch vor sich hin kichernd, zu dem elektronischen Gerät, das nicht weit entfernt auf dem Boden lag; es war so etwas Ähnliches wie ein Handy, nur dass der Bildschirm nur zu blinken vermochte, wenn ein Anruf einging; Wenn man es ansah, konnte man das Objekt als ein sehr seltsames Funkgerät beschreiben, dessen einziger Zweck es war, von einer Person zum anderen zu kommunizieren, das heißt zu dem Haus nicht weit von diesem Feld, denn dort befand sich das andere Funkgerät, das einzige, mit dem das erste verbunden war.

Das Mädchen hielt sich das Gerät vor das Gesicht und die Strahlung überzog es mit einem blassen, eisigen Schein.

„Amalia, geht es dir gut?", fragte sie verwirrt.

„Ja, ich wollte nur, dass du nach Hause kommst" Die Stimme der älteren Schwester war gedämpft und das klapprige Gerät schien zu vibrieren, „ich wollte dir etwas zeigen."

„Also gut" ertönte es aus dem Walkie-Talkie, und so gingen sie und der Junge, der die Stimme ebenfalls aus kurzer Entfernung gehört hatte, leise auf das Haus zu; Die einzelne Punkte der Wiese wurden noch von dem wenigen Licht erhellt, das sich nicht der drohenden Dunkelheit ergab, während das Rascheln des Grases unter den Füßen der beiden in der absoluten Stille die Intensität eines Donners zu haben schien. Das war das Schweigen eines Planeten, der vom Untergang der Weltregierungen geplagt war, die übereinander gestürzt waren, blutend und durchtränkt von Öl und Abwässern, und schließlich von ihrer eigenen Verschwörung zerschlagen wurden, die sich über unzählige Jahrhunderte hinzog und erst endete, als die Wirtschaft, die ebenfalls von den Problemen des Globus überwältigt war, langsam und methodisch Selbstmord begangen hatte. Weite Teile des Planeten Erde waren noch immer von blutigen Konflikten verwüstet, -wie schreckliche Wunden, die erst im Laufe vieler, vieler Jahre verheilen würden, wenn sie es überhaupt könnten. Niemand herrschte mehr über den

Planeten, und die Völker, die übrig geblieben waren, waren nun namenlose Waisen, die saure Früchte des Zusammenbruchs dieses machtsüchtigen Systems.

Dort, wo sich das Haus befand, hatte sich der Verfall nicht ausgebreitet, zumindest nicht direkt; eine Art Gemeinschaft, die von Tauschhandel und kleinen Dingen lebte, beherrschte friedlich dieses unbekannte Gebiet isoliert zwischen weiten Ebenen und Bergen, die von einem fremden und unerklärlichen Klima verzehrt wurden. Der Begriff "Tag" war ebenso vage wie leicht zu vergessen, und die Wochen verschwanden feierlich in einer zeitlosen Atmosphäre. Das Dorf, das scheinbar namenlos war, wurde von den Jungen "Berg" genannt, da es am Fuße eines kleinen Hügels lag. Das Haus, in dem sie lebten, war eine Mischung aus bröckelnden Betonwänden und Holzgerüsten, mit anständigen Sanitäranlagen und einer dürftigen Stromversorgung aus rostigen Solarpaneelen, die sie in dem nur wenige Kilometer entfernten Dorf mit einem alten Mann getauscht hatten, der nicht die richtigen Werkzeuge besaß, um sie zu benutzen. Es gab nur wenige Lebensmittel, die sie aufbewahren konnten , lang haltbare Lebensmittel wie Hülsenfrüchte und Bioprodukte von neu gegründeten humanistischen Vereinigungen, denen es trotz des wenigen Landes, das sie besaßen, gelang, zweimonatliche Lebensmittellieferungen an bedürftige Orte zu schicken, bis die Gemeinde sich völlig selbst versorgen konnte.

Als die beiden in der Unterkunft ankamen, bewässerte Amalia geistesabwesend den kleinen Gemüsegarten neben der Mauer, Währenddessen war das leise Klimpern einer Gitarre zu hören. „Hallo!", sagte das Mädchen und näherte sich langsam und mit einem kleinen Lächeln der ausgetretenen Erde, „Es ist ein schöner Tag heute; es ist noch nicht einmal dunkel geworden - in dieser Aussage schwebte eine scheinbar beiläufige Frage, als wollte es fragen "Warum mussten wir dann zurückkommen?"

„Ja", antwortete sie, richtete sich auf und streckte sich ein wenig; In ihren Augen spiegelte sich das weiche Licht der Dämmerung. „Entschuldige, dass ich euch so früh anrufe. Es ist nur so, dass ich etwas gefunden habe, das ich euch schon lange zeigen wollte. So hast du wenigstens noch Zeit, dich zu waschen, Leda, du siehst aus, als kämst du aus einem Schweinestall!" fügte sie amüsiert hinzu, während ihr sonst so schüchternes Gesicht wie so oft in den vielen vergnügten Momenten, die ihre Tage schmückten, lebendig wurde, wie Heiligenbildchen und Schmuckstücke, die auf einem Nachttisch liegen, der sich selbst überlassen ist.

In der Zwischenzeit hatte sich der Junge auch dem Gemüsegarten genähert. Seine Albino-Haut schien ebenso intensiv zu leuchten wie Amalias Blick. Doch wo ihre Iris wie ein Tintenfass voller Geheimnisse war, spiegelte seine Haut jede Lichtquelle und war selbst in der hartnäckigsten Dunkelheit zu sehen, Seltsamerweise machte der Mangel an Melatonin sie nicht anfällig für die intensivste Sonneneinstrahlung. Im Gegenteil, -sie schien im Vergleich zu normaler Haut besonders dick und widerstandsfähig zu sein. Aber das war alles andere als eine normale Welt. Dann stellte Amalia die abgenutzte Plastikgießkanne neben dem Gemüsegarten auf dem Boden ab und führte die beiden ins Haus. Auf dem Tisch der Einbauküche, die die Jungen hatten, lag ein etwa handgroßes Stück Papier.

„Laz, hast du eine Ahnung, was das sein könnte?", fragte Amalia und schaute ihn von der Seite an. Aber aus der Art, wie der Junge, Laszlo, das Papier betrachtete, verstand sie, dass er keine Ahnung hatte, was dieses Ding, das auf dem Holz lag, bedeuten könnte, auch wenn es die ganze Aufmerksamkeit, die ihm geschenkt wurde, nicht zu bemerken schien.

Die drei näherten sich dem Zettel, der grau-weiß war und aus einem sehr ungewöhnlichen Papier, das sich fest und fast glatt anfühlte, und auf dem in großen, tiefeingravierten Buchstaben auf sehr grobe Art und Weise geschrieben stand: „IHR KÖNNT DER RETTUNG NICHT ENTFLIEHEN".

Amalia, Leda und Laszlo standen sprachlos da, in einer seltsamen und beklemmenden Stille, die zwischen nervöser Blödelei und völliger Verwirrung schwankte.

„Wo hast du das gefunden...?" Leda durchbrach die Stille dieses Augenblicks, indem sie das Stück Papier mit ihren Fingern festhielt und es anhob, als ob sie ein kleines Tier unbekannter Herkunft inspizieren wollte.

„Es war in der Nähe des Setzlings vor dem Haus...", erklärte die ältere Schwester.

„Ah. Wir haben genauso wenig Ahnung wie du."

„Das kann ich bestätigen", murmelte Laszlo und legte die Stirn in Falten. An dem Funkeln in seinen herbstlfarbenen Augen konnte man jedoch erkennen, dass er die Situation nicht uninteressant fand und der Abend für ihn plötzlich spannend wurde. Von allen schwieg Amalia am beharrlichsten, denn sie war es gewohnt, Ehrfurcht vor allem zu empfinden, was in ihrem Kopf unklar und unsortiert war. Dieser Moment wäre noch unangenehmer gewesen, wenn die gedämpfte Abwesenheit von Geräuschen nicht durch die sanften Töne der ramponierten Gitarre gedämpft worden wäre, die wie alt, wohlwollende Geister aus dem nahen Raum drangen.

„Es war nicht... zufällig Benne?" fragte Leda und erblickte aus dem Augenwinkel die Düsternis des Raumes.

Amalia sah sie an, als hätte sie gerade etwas Absurdes gesagt. Und auch der Junge neben ihr, der an der Wand lehnte, hob eine Augenbraue; „ich hatte ihn schon gefragt, bevor ich euch zwei rief, und er sagte nein. Aber selbst wenn ich es nicht getan hätte, ist es klar, dass er so etwas nie tun könnte."

In dem Moment verließ Leda die Küche und ging, gefolgt von den beiden, die sie verständnislos beobachteten, in den Vorführraum.

"Bildschirmzimmer" war der Name, den die drei einstimmig der Ecke des Hauses gegeben hatten, in der sie alle elektronischen Geräte aus der Zeit ihrer Vorfahren aufbewahrten, einer für sie sehr fernen Epoche, deren Wasser sie nicht einmal mit dem Fuß berühren konnten, als wäre es ein trüber und gefährlicher Fluss, der wer weiß welche unvorstellbaren Schandtaten birgt.

Der Raum enthielt eine große Anzahl von DVDs, vor allem Musikalben und verschiedene Filme, von denen die meisten zu kaputt waren, um richtig zu funktionieren. Diejenigen, die man noch abspielen konnte, legten sie in einen ziemlich in die Jahre gekommenen DVD-Player ein, der auf einem unglaublich hohen Holztisch stand. In der düsteren Nacht durchdrang das Licht des Bildschirms den stockfinsteren Raum wie eine Laterne die Dunkelheit einer Höhle. Und die drei bestaunten die oft verschwommenen und flackernden Bilder, die hinter der unsichtbaren Wand zum Leben erwachten oder lauschten den altmodischen Liedern, während der Bildschirm unbewegt blieb.

Fast die gesamte Sammlung hatte sich im Laufe der Zeit durch Tauschhandel in dem Dorf angesammelt, das trotz seiner geringen Größe eine Schatztruhe mit unzähligen Gegenständen und Materialien war; die restlichen Schallplatten hingegen waren ein Vermächtnis ihrer Großeltern und Urgroßeltern, die sich aus welchen Gründen auch immer dazu entschlossen hatten, sie über die Jahre aufzubewahren. Die vier Jungen hatten keine genaue Vorstellung von ihrer Herkunftsfamilie; ihre Herkunft selbst war ein Gekritzel, das in den Papieren ihrer Gedanken vergraben war, überdeckt von neueren und zuverlässigeren Erinnerungen, und deshalb war das Einzige, was sie im Moment für wichtig hielten, die ruhige Gegenwart, in der sie lebten, indem sie diese alten Lücken ignorierten.

Leda betrat den staubigen Raum und schob den Zettel entschlossen unter einen Plattenspieler. Dann stand sie auf und sah die beiden anderen an.

„Vielleicht war es jemand, der den Verstand verloren hat und der noch immer herumläuft, um diese Zettel vor jedem Haus zu verteilen. Auf jeden Fall wird es für uns kein Problem sein, was auch immer er beweisen will. Also dürfen wir nicht in Panik geraten."

Laszlo und Amalia waren nicht sehr überzeugt, aber die eindringliche Art, mit der sich ihre Schwester geäußert hatte, hatte etwas, das sie zumindest für einen Moment beruhigte. In diesem Moment rief Amalia Benne aus seinem Zimmer, der leise aus der Dunkelheit schritt und sich mit der Hand über sein langes, rabenschwarzes Haar strich, und die vier aßen gemeinsam in der minimalistischen Küche. Sie aßen etwas Gemüse aus dem kleinen Garten und Bohnen mit Tomaten, ohne zu sprechen, abgesehen von ein paar beiläufigen Worten, während die Sonne in verzweifelten Lichtblitzen die Silhouetten der in Dunkelheit gehüllten Landschaft ertränkte.

Am Ende dieses spärlichen Abendessens klopfte es an die Holztür: Amalia, Leda und Laszlo schreckten auf, da sie sich noch immer an die unangenehme Botschaft dachten, während Benne auf seinem Platz sitzen blieb und sie als einzige Reaktion leicht belustigt von der Seite ansah. Sofort erinnerten sich die drei daran, wer immer abends an bestimmten Wochentagen klopfte. Also ging Amalia hin, um die Tür zu öffnen, wobei sie auch über ihre Angst lachte, die sie dummerweise erschüttert hatte.

Der Zeitungshändler hatte eine zerknitterte Tasche, in der er einige zerknüllte Papiere mit sich führte, auf denen wenig detaillierte Informationen über das Weltgeschehen standen. Er war ein Mann mit einem faltigen, von dunklen Sommersprossen gezeichneten Gesicht, kastanienbraunes Haar und einer schlanken Statur. Der Name "Zeitungshändler" stammte aus der Kultur jener vergangenen Zeit und hatte irgendwie bis heute überlebt. Der Zeitungshändler war nun ein Mann, der, soweit es die Wege zu ließen, krampfhaft nach Nachrichten über die von der Apokalypse heimgesuchten Länder suchte, wofür er Waren und Proviant erhielt. Oft handelte es sich bei den Nachrichten fast nur um Spekulationen oder Hörensagen, oder sie waren zweideutig und nicht sehr zuverlässig. Auf jeden Fall waren sie eine große Hilfe, um zumindest etwas von dem zu verstehen, was außerhalb ihrer Zufluchtsstätte vor sich ging.

Amalia sammelte die ihnen zustehende Zeitung ein und bedankte sich leise bei dem Zeitungshändler, der leicht nickte und ohne Eile seinen Weg fortsetzte.

Oft waren die Nachrichten zu uninteressant und undeutlich, als dass die Jungen ihnen besondere Aufmerksamkeit schenkten. Als sie sich jedoch näherten, um sie gemeinsam zu lesen, fiel ihnen eine ganz besonders auf, die mit kantigen, pechschwarzen Buchstaben geschrieben war:

„Die neue religiös motivierte Organisation "Contra Satanis Viatores Minasque" verkündet ihre Absichten in Bezug auf den Zusammenschluss der Dorfgemeinschaften, die den Menschen Schutz boten: Einem anonymen Mitglied zufolge fördert die CVSM die Rückkehr zu einer einheitlichen Währung für "ein neues starkes und revolutionäres Währungssystem" und will sich mit Waffen eindecken, um "die Gotteslästerer zu bestrafen, die Zwietracht in die Welt gebracht haben". "Gott ist mit uns", sagt der Anonymus, "und an allem Schuld sind die Ungläubigen, die uns in ein Ruin getrieben haben. Wir müssen zum Glanz vergangener Zeiten zurückkehren und uns dem annähern, den wir im Stich gelassen haben".

Trotz der relativ warmen Luft, die die Küche umhüllte, schien ein eisiger Wind von einer Seite zur anderen zu wehen, schrecklich und spöttisch. Sie sahen sich an, suchten Sicherheit in den Augen des anderen und fanden stattdessen eine große, wässrige, zitternde Leere.

„Sind sie... sind sie hier entlang gegangen...?"

Die Worte kamen ängstlich aus dem Mund von Amalia. Die drei blickten sich an, als stumme Antwort auf ihre Frage. Der Einzige, der relativ ruhig war, war Benne, der jedoch in seinen unmerklichen Gesten von Zeit zu Zeit eine subtile Besorgnis verriet.

„Sieh mal", sagte Leda mit fester Stimme, "ich bin sicher, dass sie uns nichts tun werden und dass es die Person, die diesen verdammten Zettel hinterlassen hat, die wahrscheinlich nicht einmal weiß, wie wir aussehen. Wenn irgendetwas passiert, ziehen wir eben woanders hin, wo uns niemand stört." Es hätte eine stundenlange Diskussion folgen können, in der Ängste und Standpunkte wie auf einem Schlachtfeld die Seiten gewechselt hätten. Doch das hartnäckige Schweigen erstickte diese Worte im Keim, und in der Küche spürten sie die leise Vorahnung einer ungewissen Zukunft.

Zum ersten Mal fragten sie sich, ob sie für immer in diesem Frieden leben könnten.

Benne, der an der abblätternden Wand lehnte, ging plötzlich in sein Zimmer; ein paar Sekunden später kam er zurück, die spartanische Gitarre am Hals haltend.

„Und wisset ihr was?"

Er setzte sich auf den Hocker und begann, nachdem er die Gitarre gestimmt hatte begann er zu spielen.

Die Melodie, die er spielte, war eine einfache Melodie in A-Dur, mit nur ein paar ineinander verschlungenen Noten. Dann sang er leise, während seine Töne komplexer und melancholischer wurden, wie ein Gegengesang in seiner Stimme. Die Luft, dünn und kaum wahrzunehmen, ließ den Refrain in die Ohren der drei dringen, fast vertraut, obwohl es ein Lied von diesen DVDs aus vergessenen Zeiten war.

I think I have it, I'm an angel
Humbled as such to learn from you
The truth of life is never spoken
And sleep hasn't ever done me any good yet.

Schließlich sangen sie gemeinsam, um den Geier zu vertreiben, der über ihnen schwebte; unvollkommene Lieder belebten nacheinander die Tiefen dieser Nacht, und jeder Ton klang kraftvoll in seiner schlichten Würde, und die Sorgen lösten sich langsam auf wie Nebel, und der Sinn des Lebens war wieder klar und unmissverständlich.

Sie wünschten sich, diese Nacht würde ewig dauern damit sie diese Vollkommenheit ein Leben lang auskosten könnten. Die Ungewissheit war weit weg, und die Dunkelheit erschien ihnen nicht mehr als unheimlicher, unbekannter Raum, sondern als unendlicher Schutz vor den schrecklichen Geheimnissen, die sich hinter den hellsten Farben verbargen.

Dieses eine rebellische Licht blitzte noch immer inmitten der Schatten auf, als alle Bewohner von Berg ihre Augen schlossen und ihre Probleme für eine Weile vergaßen; und die Erde streichelte ihre eigenen Wunden, weit weg von den Blicken der Menschen.

HINTER DEN KULISSEN
AUGUSTE DE DONNO

Personen, Schrittabfolgen, Inszenierungen, Aussehen und meistens auch Existieren der Orte und Details über das Leben als Balletttänzerin in den 1900ern sind frei erfunden, erdacht und fiktiv. Übereinstimmungen sind rein zufällig.

Theatro alla scala, Milano 1910

Ich stehe zwischen den Kulissen. Wortwörtlich. Und meiner Meinung nach ist das die schlechteste Situation und der schlechteste Ort, an dem man sich befinden kann. Zumindest als Balletttänzerin an der Mailänder Scala. Meine Hände berühren das Kostüm. Es ist wunderschön, kein Tutu, sondern ein richtiges Kleid mit wunderschönen cremefarbenen Stickereien und einem schmalen roten Band unterhalb der Brust. Dadurch erhält es einen empireähnlichen Stil. Der Rock des Kostüms ist extra so geschnitten, dass er sich bei den Pirouetten aufbauscht. Und ich weiß, dass es sehr ungünstig ist über sein Kostüm nachzudenken, wenn man in wenigen Minuten auf eine Bühne treten wird und dort Höchstleistungen vollbringen muss, ohne gegessen zu haben. Die Scheinwerfer hinter mir sind so warm, dass es sich anfühlt als würden sie das wunderschöne Kleid versengen. Ich atme tief durch, stelle mich in Position. Ich atme nochmals tief durch, was zwar nicht ganz einwandfrei funktioniert aber zumindest spüre ich, wie die Luft durch meine Lungen ein und ausströmt. Mir geht es jedes Mal so. Ich tanze jetzt bereits seit etwa einem Jahr als erste Solistin. Und es ist traumhaft, wirklich. Aber immer wenn ich so dastehe, zwischen den Kulissen, wohlwissend, dass ich drei Stunden lang perfekt sein muss, dass ich monatelang die Variationen und Pas des deux trainiert habe und man mir nicht anmerken darf, dass ich nur eine Mahlzeit am Tag zu mir nehme, werde ich nervös. Unglaublich. Es ist die Art Nervosität, die es dir nicht möglich macht, sich auf etwas anderes zu konzentrieren als auf die Hürde, die vor die liegt.

Die Tänzer gehen ab und Marylin Chester, die Tänzerin, welche die Amme spielt, tritt auf. Habe ich schon erwähnt, dass es sich um Romeo und Julia handelt? Ich murmele „Nun komm schon Daria" und renne auf die Bühne.

Alles klappt. Das tut es normalerweise immer und bei jeder Vorstellung ärgere ich mich, über meine Aufregung vor dem ersten Auftritt. Sobald ich die Bühne betrete ist die Aufregung wie weggeblasen. In Kinderbüchern liest man immer, dass Tanzen wäre wie Schweben. Und das ist es, das ist es wirklich. Nur ein bisschen anstrengender und schwieriger, aber immer noch wunderschön.

Das nächste Mal stehe ich hinter den Kulissen kurz vor meiner ersten Variation. Falls sie keine Ahnung von Ballettstücken oder Romeo und Julia haben, ist das nicht schlimm, lieber Leser. Ich trete auf und tanze. Die ersten Schritte sind verhältnismäßig einfach. Ich tanze weiter. Und dann plötzlich…

Ich muss mich entschuldigen, dass ich meine Erzählung so abrupt unterbreche, aber plötzlich…

Ich drehe mich um und tanze weiter. Ich habe etwas gesehen. Oder besser gesagt jemanden. Und nein, keine Sorge. Hier handelt es sich keineswegs um die Geschichte einer Frau mit dunkler Vergangenheit. Aber… Ich tanze weiter. Versuche keinen Schritt falsch zu machen. Mir nichts anmerken zu lassen. Ich tanze nach links. Mache Piqué in Arabesque. Eine Position bei der ich am Ende auf nur einem Bein stehe. Das andere ist nach hinten ausgestreckt. Ich werde von meinem Tanzpartner Mathew McHeaven, einem Engländer, gestützt. Wir trippeln gemeinsam nach rechts, ich drehe mich nochmals um. Und für einen Moment scheint die Zeit stillzustehen. Auch wenn das sehr melodramatisch klingt. Ich sehe ihn wieder. Einen jungen Mann, vielleicht um die 20. Er hat lockige braune Haare, welche ihm ins Gesicht fallen, er trägt einen eleganten Anzug, zumindest soweit ich das erkennen kann. Er sitzt in der ersten Reihe und er guckt mich an. Er fixiert mich aber nicht auf eine bedrohliche Art. Er wirkt eher fasziniert, freundlich. Er blinzelt mir zu. Ich weiß nicht, ob ich mir das einbilde, wahrscheinlich hatte er nur trockene Augen. Weshalb sollte ein Zuschauer einer Ballerina zublinzeln? Erneut hinter den Kulissen, spüre ich meinen Herzschlag wie er gegen meine Brust hämmert. Ich bin außer Atem. Das liegt natürlich an dem Solo. Aber trotzdem geht mir der Blick des Mannes in der ersten Reihe nicht mehr aus dem Kopf. Ich werde das Gefühl nicht los, dass sich gerade etwas Wichtiges ereignet hat. Oh Gott, ich muss wirklich aufpassen, dass ich nicht zu dramatisch werde. Ich glaube, dass ich seit Wochen versuche mich in die Rolle der Julia hineinzuversetzen tut mir nicht gut.

Die Aufführung geht weiter und alles läuft reibungslos. Einmal verliere ich fast meine Balance, aber keiner der Zuschauer merkt es. Die ganze Zeit über verfolgt mich der Blick des Mannes. Ich bin mir nicht sicher, aber ich meine zu erkennen, dass er mich bei dem Pas de deux, welches kurz vor Romeos Flucht stattfindet, also sehr traurig ist, anlächelt. Woraufhin mir abwechselnd heiß und kalt wird. Eine Reaktion, welche ich lieber nicht hinterfrage.

Nach der Vorstellung und dem Beifall, welcher begeistert ausfällt, wie ich zu meinem eigene Lob feststellen muss, ziehe ich mich um. Da es sich bei der Vorstellung um eine Premiere gehandelt hat, gehen wir Balletttänzer und Tänzerinnen noch aus. Direkt neben der Scala gibt es ein kleines Café, welches im viktorianischen Stil eingerichtet ist. Tagsüber wird es größtenteils von elegant gekleideten Töchtern aus höheren Familien besucht oder von älteren Herrschaften zum Tratsch genutzt. Es ist der optimale Ort um sich auszutauschen, etwas zu essen, und einen Caffé zu trinken. Abends jedoch fungiert das Caffe Doriana als beliebter Treffpunkt aller anderen. Es gibt einen sehr guten Aperitif, man kann tanzen und auch etwas trinken. Ich habe meine Haare aus dem strengen Dutt noch nicht gelöst und trage eine einfache weiße Bluse, die vorne mit einer großen Schleife verschlossen wird und einen langen schwarzen Rock. Eben das, was mein Gehalt als Erste Solistin hergibt. Links oben an meinem Rock haftet meine Brosche. Sie ist das einzig wirklich edle Schmuckstück, welches ich besitze und besteht aus vielen unterschiedlichen, kleinen stilisierten Diamantblüten, welche einen Kreis bilden. Als wir das Caffe betreten, ist es bereits gut gefüllt. Ich bestelle ein Glas Spremuta und unterhalte mich mit meinem Tanzpartner. Mathew kommt aus England und hat erst vor kurzem an die Mailänder Scala gewechselt. Wir verstehen uns sehr gut. Glücklicherweise. Anscheinend hat weder er noch eine meiner Mittänzerinnen gemerkt, dass die Zeit stillstand. Seltsam, lieber Leser, nicht wahr?

Ich will gerade noch einen Schluck von meinem Getränk nehmen, als ich plötzlich eine Stimme hinter mir höre. „Verzeihung, dürfte ich kurz unterbrechen?" Die Stimme klingt nicht zu tief, aber auch nicht zu hoch. Die Formulierung der Worte klingt etwas gestelzt, wie als wären Sie bereits vorher genau überlegt worden und trotzdem werden sie mit einem leichten Stocken ausgesprochen und sind mit einem mir fremden Akzent unterlegt. Ich versteife mich. Aber nicht, weil ich mich erschrecke oder erwarte, dass gleich etwas unangenehmes passieren wird, sondern weil ich aufgeregt werde. Und irgendwie, ohne hinzuschauen weiß ich, dass es sich um den Mann in der ersten Reihe handeln muss. Bitte lieber Leser, fragen Sie mich nicht warum. Wahrscheinlich haben Sie es sich sowieso bereits gedacht. Die Formulierung „plötzlich" kommt immer in Verbindung mit ihm vor, nicht wahr? Ich drehe mich um und sehe, dass ich recht hatte. Er blickt mich an. Lange. Erneut mit seinen Augen, welche übrigens grau sind, nicht blau wie es immer in melodramatischen Romanen beschrieben wird. Doch diesmal bleibt die Zeit nicht stehen, diesmal muss ich mich nicht gleich umdrehen und durch die Menge rennen, dieses Mal kann ich keine Pirouette drehen oder einen Sprung oder durch eine Hebung dem Blick und dem seltsamen Gefühl entkommen. Es fühlt sich ein bisschen an, wie als hätte man ein Stück Schokoladenkuchen gegessen, zusammen mit einer genau richtig reifen Erdbeere und einem klitzekleinen Schluck Champagner. Nicht, dass ich schon einmal Champagner getrunken hätte, schon gar nicht in dieser Kombination. Ich halte mich an alkoholfreie Getränke. Auch wenn das nicht „en Vogue" sein sollte. Aber so in etwa stelle ich es mir vor. Der unbekannte Mann vor mir blickt mich immer noch an und seine Lippen umspielt das gleiche, leicht belustigte Lächeln, welches ich bereits während dem Pas de deux bemerkt habe. Ich erinnere mich an die Bemerkung, mit welcher er mich angesprochen hatte und antworte: „ Natürlich dürfen Sie. Weshalb?" Er räuspert sich und erwidert „ Ich habe Sie tanzen gesehen, vorhin in der Oper. Es ist mir ein Rätsel, wie man gleichzeitig so kraftvoll und gleichzeitig so elegant und leicht aussehen kann. Ich bin fasziniert und deshalb habe ich ihnen diese mitgebracht. Ich wollte sie ihnen eigentlich in die Garderobe legen lassen, aber ich musste sie ja erst besorgen, daher…" Während er spricht überreicht er mir einen Blumenstrauß, welchen ich vorher nicht bemerkt habe. Wie er es geschafft hat, Blumen um 22 Uhr nachts zu besorgen, lieber Leser, ich weiß es nicht. Aber wo auch immer er sie aufgetrieben hat, sie sind wunderschön. Es handelt sich um ein zartes, ungewöhnliches und fragiles Gebinde aus Lavendel, pastellfarbenen Ranunkeln und Callas.

„Vielen Dank, das wäre nicht nötig gewesen", sage ich und hoffe, dass er mir ansieht, wie sehr ich mich freue. „Das war es, glauben Sie mir." erwidert er. Ich sehe ihn fragend an und seine Augen zucken belustigt. „Das war mein erstes Ballett und Sie haben mich verzaubert."

„Was? Ihr erstes Ballett? Das ist nicht wahr." Rufe ich aus. „ Doch. Und Sie können es mir glauben, niemand bereut diese Tatsache mehr als ich. Aber ich hatte vorher nicht die Zeit dazu." Als er diese Worte sagt, fällt mir auf, dass sein Anzug aus einem sehr eleganten Stoff geschneidert ist. Er zuckt mit den Schultern. „ Diese Karte habe ich geschenkt bekommen." Danach bricht endlich das Eis und wir reden ungezwungener. Er stellt sich mir als Fabio Simarchés vor. Er kommt aus Barcelona, was seinen leichten Akzent erklärt, auch wenn mich dieser eher an den englischen von Mathew erinnert hat, arbeitet aber hier als Vertreter seines Familienunternehmens. Wie ich erfahre, besitzt seine Familie eine berühmte Automobilfirma und ist grade dabei, ein sehr vielversprechendes Projekt abzuschließen. Nachdem ich ausgetrunken habe verabschieden wir uns. „ Bis bald!" sagt Fabio. Erst als ich durch die nächtlichen Straßen Mailands fahre wird mir klar, wie bizarr diese Verabschiedung war. Wir wissen von einander nicht mehr als den Namen. Ein Wiedersehen ist praktisch unmöglich. Als ich an dem gelben Gebäude in der Via Conca del Naviglio ankomme, ist es bereits Mitternacht. Ich laufe bis ins siebte Stockwerk, wo ich in einer von der Scala zur Verfügung gestellten Mansarde wohne. Ich betrete mein Wohnzimmer, welches gleichzeitig als Esszimmer dient. Der Raum ist zierlich eingerichtet. Vor einem geschwungenen, hellgrünen Sofa befindet sich ein bereits etwas abgenutzter Tisch aus Kirschholz und darauf eine Obstschale und eine Blumenvase, welche nun Fabios Blumen zur Schau stellt. Neben dem Sofa steht ein großes, imposantes Regal, das mit vielen Büchern gefüllt ist, denen man ansieht, dass sie bereits sehr oft gelesen wurden. Die Wände der Wohnung sind weiß gestrichen, aber an der Decke befinden sich in manchen Räumen wunderschöne bunte Deckengemälde. Neben dem Regal gibt es einen Durchgang zu einer Küche. Der Raum ist so klein, dass wirklich nur eine Küche und eine kochende Person hineinpassen. Gegenüber von dem Durchgang geht eine Tür in mein Schlafzimmer und neben dieser steht ein länglicher Schreibtisch mit Lampe. Ich begebe mich ins Bad und wasche mich. Da der Boiler ab ca. 22 Uhr nicht mehr funktioniert, muss dies meist mit kaltem Wasser vollzogen werden. Als ich im Bett liege, ist an Schlaf natürlich nicht zu denken. Jedes Mal wenn ich die Augen schließe sehe ich Fabio Simarchés vor mir. Erneut rufe ich mir in Erinnerung, dass ich ihn nie wieder sehen werde. Irgendwie macht mich der Gedanke traurig und diese Traurigkeit mischt sich mit dem aufregend kribbeligen Gefühl gerade eben eine wichtige, aufregende Erfahrung gemacht zu haben.

Die restliche Woche verläuft wie immer. Eine Abfolge von Proben, Ballettstunden, Einkäufen und Telefonaten, ab und zu unterbrochen von ständigem Umdrehen auf der Straße, weil ich glaube Fabio zu sehen. Ich weiß, lieber Leser, darüber müsste man sich eigentlich Sorgen machen. Allerdings nur, wenn man sich eingesteht, dass man seltsame Gefühle für eine Person empfindet.

Auf jeden Fall geht dieser ständige Kreislauf so weiter bis ich wieder zwischen den Kulissen stehe. Diesmal ist es bereits im zweiten Teil des Ballettstücks, nach der Pause und ich stehe kurz davor, mein lieblings Pas de deux zu tanzen. Der schwere, rote Vorhang ist noch zu. Ich lege mich aufs Bett und sehe wie sich Matthew dort in Position stellt, wo ich bis vor einigen Minuten noch gestanden habe. Dahinter erkenne ich Felice de Marione. Eine kleine, zierliche Französin, welche heute für Marilyn Chester einspringen musste, die einfach nicht aufgetaucht ist. Das ist eigentlich gar nicht ihre Art. Ich mache mir etwas Sorgen, obwohl ich ja weiß, dass sie wahrscheinlich einfach krank geworden ist. Der Vorhang geht auf, ich bringe mich in Position und spüre, wie Mathew erst die Bühne betritt und dann beginnt, mein Haar um seine Finger zu wickeln. Eine besonders wichtige Geste im Ballettstück. Er beginnt zu tanzen. Ich habe noch etwas Zeit und nichts anderes zu tun, als elegant auf dem Bett zu liegen. Also blinzele ich vorsichtig durch meine Wimpern, um ihm beim Tanzen zu zusehen. Ganz automatisch fokussiert sich mein Blick auf einen Punkt im Zuschauerraum. Kennen Sie das, lieber Leser? Wenn ihr Auge etwas sieht und ihr Gehirn es noch nicht realisiert hat? Ich versuche zu erkennen, was meine Augen so interessant finden und dann plötzlich... Ich blinzele und hoffe, dass die Zuschauer es nicht bemerken. Denn es bleibt erneut die Zeit stehen und erneut sehe ich plötzlich einen Mann. Erneut und plötzlich den selben Mann wie letzte Woche. Nur, dass er nicht sitzt. Er schleicht sich durch die Reihen und gelangt schließlich zu dem gleichen Sitzplatz, den er auch letztes Mal innehatte. Dort setzt er sich. Er bemerkt nicht, dass ich ihn gesehen habe. In meinem Kopf überschlagen sich die Gedanken und mit der Freude über das Wiedersehen mischt sich Aufregung. Ich hätte fast meinen Einsatz verpasst. Ich erhebe mich vom Bett und beginne zu Tanzen.

Als die Vorstellung zu Ende ist, gehe ich gemeinsam mit Mathew, der heute etwas angeschlagen wirkt, nach vorne und Knickse. Ich schaue in den Zuschauerraum, knickse und nehme etwas aus dem Augenwinkel war. Einen Blumenstrauß. Ich schreite zur Seite und hebe ihn auf. Es handelt sich um einen kleinen Strauß aus roten Rosen und zitronengelben Ranunkeln. Ich sehe das schelmische Glitzern in den Augen von Fabio und entdecke die kleine, an mich adressierte Karte zwischen den Blumen. Ich lache, nehme eine Rose aus dem Strauß und übergebe sie mit einem kleinen Knicks meinem Mittänzer, der sie jedoch kaum beachtet.

Zurück in meiner Garderobe entfalte ich vorsichtig den kleinen Brief. Dabei fühle ich mich, wie als würde ich gerade etwas Verbotenes, Geheimnisvolles aber trotzdem irgendwie Schönes machen.

In sehr korrekter und gerader Schrift steht auf dem Papier: Wie Sie sehen, habe ich es auch heute nicht geschafft, die Blumen in ihre Garderobe zu legen. Ich hoffe Sie vergeben mir. Ich würde Sie gerne zu einem erneuten Treffen im Caffe und vielleicht einem Spaziergang einladen. Wenn Sie wollen, treffen wir uns in einer halben Stunde am Hintereingang der Oper. Ich werde dort auf Sie warten.

Mit bewundernden Grüßen

Fabio Simarchés

Ich ziehe mich so schnell wie möglich an. Ich trage ein modisches dunkles Kleid mit Puffärmeln. Ich ziehe mein Cape nicht darüber, denn es ist heute überraschend warm gewesen. Da fällt mir auf, dass ich meine Brosche heute gar nicht angeheftet habe. Ich muss wohl bei der ganzen Aufregung der letzten Aufführung vergessen haben, sie wieder von meinem Rock zu nehmen. Ich nehme meinen kleinen Hut und laufe so schnell wie möglich erst die Wendeltreppe hinunter und dann den langen Korridor entlang, welcher zum Hintereingang führt. Als ich an den anderen Garderoben vorbeikomme, höre ich einen Schrei. Den Schrei einer Frau, hoch und schrill. Ich zucke zusammen. Rechts und links von mir gehen Türen auf. Mein Herzschlag beschleunigt sich. Was ist passiert? Es muss schon einen ernsten Grund geben, dass man in der Mailänder Scala plötzlich losschreit. Ich drehe mich um und sehe Mathew, der aus einer der Türen tritt. Unsere beiden entgeisterten Blicke treffen sich. „ Daria, was ist passiert?" fragt er mich. „Ich...Ich weiß es nicht." stottere ich. Mathew überlegt kurz. „Komm!", sagt er dann. Und wir folgen dem Rest des Ensembles nach oben. Wir stoppen vor einer kleinen Tür, welche zu einer der oberen Logen führt. Diese sieht aus wie ein Balkon.   Das kleine Treppchen davor ist bereits gefüllt mit Zuschauern und Musikern. Mathew nimmt mich am Arm und gemeinsam kämpfen wir uns durch, bis wir in dem kleinen Raum stehen. An der linken Wand der Loge lehnt Signora Valentina di Paradiso. Eine hoch gewachsene, schwarzhaarige Frau, die erst seit kurzem hier arbeitet und welche immer hinten im Zuschauerraum steht und die Aufführungen verfolgt. Ich weiß was Sie jetzt denken, lieber Leser: „Das ist doch kein richtiger Beruf." Und genauso habe ich auch anfangs reagiert. Jedoch ist mir klar geworden, dass das sehr wohl als ein solcher angesehen werden kann. Signora di Paradiso zittert und ihre Augen blicken unruhig im Raum umher. Mir wird klar, dass sie Diejenige sein muss, die geschrien hat. Rechts neben mir steht die Garderobiere Anna, welche leise mit ihrer Freundin, der Pianistin Mary Wang flüstert. Links neben mir erkenne ich Fabio, der mich aber nicht beachtet. Er hat die Hand vor den Mund geschlagen und starrt entsetzt auf einen Punkt vor sich. Als ich seinem Blick folgen will, drängt sich ein vollschlanker Mann mit reichlich Pomade im Haar vor mich. Er schimpft etwas, von wegen er sei Polizist und beugt sich über etwas, was sich auf dem Boden der Loge befinden muss. Ich beuge mich vor und erstarre. Neben dem Arm des Mannes erahne ich einen Fuß. Einen zierlichen Fuß, der in einem Spitzenschuh steckt. Ist eine der Balletttänzerinnen ohnmächtig geworden? Aber selbst wenn, warum war Sie in der Loge? Während mein Kopf arbeitet sehe ich den Polizisten wie in Zeitlupe zur Seite treten. Mathew neben mir versteift sich und wird abwechselnd rot und blass. Ich sehe, wie in seine Augen Tränen steigen. Und auch ich bin vom Entsetzten gepackt. Vor mir auf dem Boden liegt Marylin. Ihre Frisur ist zu einem strengen Dutt frisiert und sie trägt das braun-weiße Kleid der Amme im ersten Akt. Ihre Augen starren ins Leere und neben ihr liegt ein Dolch. Ein ähnliches Modell wie der Dolch im Ballettstück realisiere ich. Der Dolch ist mit Blut besprenkelt, genauso wie ihr Kleid. Auch Marilyn liegt in einer Blutlache. Ich höre hinter mir einen Schrei. Diesmal einen deutlich tieferen. Als ich mich umdrehe sehe ich Mathew. Er will nach vorne stürmen, wird aber von zwei Herren in Abendkleidung festgehalten. Über sein Gesicht laufen Tränen und in seinen Augen steht eine abgrundtiefe Verzweiflung. Erst da dringt die Wahrheit zu mir durch. Marilyn ist tot und sie wurde möglicherweise ermordet. Auf einmal schaffe ich es die ganzen Schluchzer, Schreie und das Getuschel auszublenden. Ich sehe nur noch den Leichnam vor mir und beginne am ganzen Leib zu zittern. Marilyn und ich waren das, was man am ehesten als Freundinnen beschreiben kann. Wir waren nicht unzertrennlich, haben jedoch oft gemeinsam gegessen, uns unterhalten und uns auch außerhalb des Theaters getroffen. Wir haben uns sehr gut verstanden, auch wenn viele sie als eitel bezeichnet haben. Ich höre meinen eigenen keuchenden Atem und unterdrücke einen Würgereiz, als mir der Geschmack des Eisens in die Nase tritt. Wie hypnotisiert gehe ich rückwärts. Ich muss versuchen so schnell wie möglich aus der Loge hinaus zu gelangen. Ich stoße gegen jemanden, finde eine Lücke zwischen all den Menschen und dann, vollkommen unerwartet, ich weiß gar nicht weshalb es mir auffällt, trete ich auf etwas. Es fühlt sich ziemlich rund und groß an. Das Gefühl unter meinem Schuh holt mich zurück in die Wirklichkeit und ich gehe in die Knie um das Objekt näher zu betrachten. Ich verharre in der Hocke, wie erstarrt. Denn bei dem Objekt, welches sich unter meinem Schuh am Tatort befindet, handelt es sich um meine Brosche. Ich richte mich auf, die Brosche in meiner Hand während mein Verstand auf der Strecke bleibt und ich mich versuche zu beruhigen. Mir wird klar, dass ein zweites Exemplar meiner Brosche nicht existieren kann, schon gar nicht innerhalb der Mailänder Scala. „Daria, ist alles in Ordnung?" Ich drehe mich um und blicke in Fabios graue Augen. Er berührt mich leicht am Arm und mir wird bewusst, dass das das erste Mal ist, dass ich mit ihm an diesem Abend spreche. Als ich nicht gleich antworte wandert sein Blick auf meine Brosche. „Was ist das?" fragt er mich. „Das…das habe ich am Tatort gefunden." antworte ich mit stockender Stimme. Der Polizist, der bisher nur die Leiche beachtet hat, dreht sich um und starrt mich mit durchdringenden blauen Augen an. „ Dürfte ich es sehen?", fragt er in einem höflichen Ton, der jedoch keinen Widerspruch zulässt. Ich gebe ihm die Brosche und auch Mathew betrachtet sie. Ich halte den Atem an, zähle in meinem Kopf bis drei, und dann: „ Gehört die nicht dir?" fragt Mathew und guckt mich an. Ich nicke, während sich in meinem Hals ein Kloß bildet. Wenn es irgendeine logische Erklärung für diese Tatsache gibt, ich habe sie zumindest noch nicht entdeckt. Auch der Polizist starrt mich nun an. Ängstlich schaue ich zu Mathew, der mich immer noch anblickt, und wäre fast vor der Fassungslosigkeit in seinem Blick zurückgezuckt. „Nehmen Sie sie fest." Wendet er sich an den Polizisten. „Was?" rufe ich. „ Einen Moment." Ertönt Fabios Stimme hinter mir.

„Du hältst den Mund!" Ich zucke erneut zusammen. „Nehmen Sie sie fest, ich bestehe darauf. Sie hat Marilyn umgebracht, sie wollte fliehen, ich habe sie fliehen sehen." Ich brauche eine Weile bis mir klar wird, dass er darauf anspielt, dass er mich vor dem Hintereingang gesehen hat." Mir wird übel und meine Knie zittern. Der Polizist schüttelt den Kopf. „ Erst mal wird hier niemand festgenommen. Niemand darf das Theater verlassen, bis ich alle Personalien aufgenommen und alle Anwesenden und Involvierten verhört habe. Er blickt mich an. „ Ich denke, unter den gegebenen Umständen müssen wir mit Ihnen beginnen. Ich habe bereits veranlasst, dass der Leichnam in die Pathologie transportiert wird." Mathew bricht zusammen und ich folge dem Polizisten, während sich mein Blick vor Tränen verschleiert. Bevor ich den Raum verlasse, drückt Fabio meine Hand und schaut mich beruhigend an. Für mich fungiert das als eine Art Anker. Es ist beruhigend zu wissen, dass zumindest eine Person im ganzen Theater hinter mir steht. Ich und der Polizist, der sich mir als Inspektor Mario Caprese vorstellt, nehmen in einer der unbenutzten Garderoben Platz. Mit der Zeit haben sich in dieser ziemlich viele unbrauchbare Kostüme und Requisiten angesammelt. Er sitzt auf einer sehr verstaubten rosa blau geblümten Chaiselongue, ich stehe. Im Zimmer ist es schummrig, da die einzigen Lichtquellen zwei gelbe Stehlampen rechts und links von der Chaiselongue sind. Die Befragung beginnt mit den typischen Fragen nach meinem Alter, Familienstand, Wohnsitz et cetera. Und geht weiter mit Fragen nach der Brosche, die ich damit beantworte, dass ich nicht die geringste Ahnung habe, wie diese an den Tatort gekommen ist, nach meiner Beziehung zu Marilyn, bei dieser Frage muss ich beginnen zu weinen, während der Inspektor verlegen wegschaut. Schließlich kommen wir zur letzten Frage, nämlich der, nach meinem Alibi. Ich denke nach und dann kommt es mir. Ich kann es nicht gewesen sein. Ich meine, lieber Leser, natürlich war ich es nicht, aber wenn ich ehrlich bin, habe ich bereits begonnen an mir selbst zu zweifeln. Während der Vorstellung war ich die ganze Zeit entweder auf der Bühne, zwischen oder hinter den Kulissen. Und das kann von fast dem gesamten Ensemble bestätigt werden. Als ich das Signore Caprese erzähle, nickt er, informiert mich aber auch darüber, dass der genaue Todeszeitpunkt Marilyns noch nicht klar ist, es also durchaus sein kann, dass ich theoretisch die Tat vor der Aufführung begangen haben könnte. Na, vielen Dank auch.

Danach darf ich die Scala verlassen, unter der Auflage, das Land nicht zu verlassen. Wenn ich ehrlich bin, fühle ich mich wie in einem schrecklichen Albtraum. Fabio habe ich nicht mehr gesehen. Ich gehe davon aus, dass er ebenfalls noch verhört werden muss. Ich gehe nach Hause, lege mich aufs Bett und beginne zu weinen. Ich weine um Marilyn, um Mathew und um mich, denn, lieber Leser, mittlerweile sehe ich mich schon im Gefängnis. An Schlaf ist nicht zu denken. Auf einmal höre ich ein Knarzen. Mir läuft es kalt den Rücken hinunter und ich stehe vorsichtig auf, gehe auf Zehenspitzen zur Tür. Es fühlt sich an wie als hätte sich die Welt plötzlich aufgehört zu drehen. Ich schlängele mich an meinem Sofa vorbei und stoße mit meiner Hüfte an die

Schreibmaschine. Ich schließe gequält die Augen, während ich dem Schmerz nachspüre. Vor der Tür hört es sich an als würde eine Person ihr Gewicht verlagern. Das Mondlicht erleuchtet die Tür und den Bereich davor. Ich versuche mich zu beruhigen. Ich habe mich wohl geirrt. Es ist still. Das ganze Chaos macht mich paranoid. Ich warte noch ein paar Minuten, dann drehe ich mich um und gehe zurück ins Schlafzimmer. Kurz darauf zucke ich unter dem Knall einer Tür zusammen. Irgendwann beginnt mein Gehirn ganz automatisch den gestrigen Abend Teil für Teil zu analysieren. Plötzlich fahre ich auf. Ich habe etwas übersehen, nicht bemerkt oder als was auch immer man es bezeichnen kann, wenn man einfach zu hysterisch war, um noch klar denken zu können. Erstens ist es verwunderlich, dass Mathew so bestürzt war. Ich meine, wir alle waren erschrocken, trauernd und verzweifelt aber Mathew verhielt sich fast so wie als ob…Ich meine, natürlich kannte er Marilyn, aber er war so verwirrt und erschrocken, als ob die beiden ein Liebespaar gewesen wären! Und zweitens: Die Leiche war zwar vorne mit Blut bespritzt, aber die eigentliche Blutlache befand sich unter dem Opfer. Das müsste heißen, dass Marilyn mit dem Dolch in den Rücken gestoßen wurde, was wiederum bedeutet, das Marilyn mit dem Rücken zu ihrem Mörder stand. Sie kann sich nicht umgedreht haben. Entweder der Teppichboden hat die Schritte verschluckt, oder Marilyn hatte einen Grund, einer Person die sie vielleicht dort treffen wollte, den Rücken zuzudrehen. Ich erinnere mich erneut an heute und wie Fabio hinter mir stand und mir beruhigend den Arm gedrückt hat. Was ist, wenn Marilyn sich dort auf der Loge mit Mathew treffen sollte. Das würde heißen, dass entweder Mathew den Mord begangen hat, oder Marilyn den Mörder für ihn gehalten hat. Ich schaue aus dem Fenster. Es ist inzwischen fünf Uhr morgens. Ich habe das Gefühl, ich muss etwas tun. Ich kann nicht einfach tatenlos zusehen, wie ich des Mordes beschuldigt werde. Ich stehe vom Bett auf, bringe mein zerzaustes Haar in Ordnung, ziehe meinen Mantel über und verlasse das Haus. Ich laufe bis in die Stadtmitte. Von dort nehme ich die Bahn. Marilyn wohnte in einer eher ärmlichen Gegend. Einem Künstlerviertel. Als ich dort ankomme, sind bereits viele Leute auf den Beinen. Frauen und Männer in einfacher Kleidung laufen an mir vorbei. Vor einer Haustür kehrt eine Frau in einem kittelähnlichen, senfgelben Kleid die Straße. Aus einem Fenster ertönt der Schrei eines Kindes. Marilyns Wohnung befindet sich in einer engen Nebenstraße. Ich bleibe vor einer grünen Haustür stehen. Ich habe Marilyn schon einmal hier besucht. Sie hat mich bereits in meiner ersten Woche als

Solistin eingeladen. Ich betrete die Eingangshalle. Links von mir führt eine steile Wendeltreppe nach oben. Ich laufe hoch bis in den dritten Stock. Die Tür ist nicht abgeschlossen. Marilyns Wohnung besteht aus drei kleinen aneinandergereihten Räumen. Ich befinde mich in ihrem Schlafzimmer. Von draußen höre ich Stimmengewirr und streitende Menschen und ich werde sehr nervös. Immerhin ist es hochgradig verboten, eine fremde Wohnung zu betreten. Besonders wenn diejenige ermordet wurde und man selbst zu den Verdächtigen zählt. Es ist verwunderlich, dass der Zugang dazu noch nicht versperrt ist. Neben mir steht eine sehr alte Holzkommode. Auf dieser stehen mehrere Bilder. Marilyn mit einem Blumenstrauß im Arm, bei ihrem Debüt, Marilyn als kleines Mädchen und ein Bild von einem jungen Ehepaar in einfachen Kleidern, welches vor einem kleinen Haus steht. Das müssen Marilyns Eltern sein, welche sehr früh gestorben sind. Als ich das Bild in die Hand nehme, entdecke ich ein weiteres dahinter. Es zeigt Marilyn, die ein sehr elegantes Abendkleid trägt und den Arm um Mathew gelegt hat, welcher sie verliebt anschaut. Damit ist meine Vermutung, einer Liebschaft der beiden bestätigt. Ich halte das Bild näher an mein Auge. Marilyn trägt einen Ring. Ich kenne ihn. Sie trug ihn etwa ein halbes Jahr lang, bis sie vor einer Woche aufgehört hat, ihn zu tragen. Er ist mir aufgefallen, weil er erstaunlich prunkvoll war. In der Mitte befand sich ein roter Rubin, welcher von vier kleinen Diamanten umrahmt war. Wie Sie sich vielleicht bereits gedacht haben, lieber Leser, bekommt man als erste Solistin zwar ein sehr gutes Gehalt, kann aber keineswegs in zügellosem Luxus leben. Eben dieser Ring liegt nun vor dem Foto auf der Kommode. Meine Gedanken überschlagen sich. Was ist, wenn Marilyn die Verlobung, aus welchem Grund auch immer, aufgelöst hat und Mathew sie aus Wut darüber umgebracht hat? Als Nächstes durchsuche ich ihren Schminktisch. Es handelt sich dabei um ein eher billiges Modell aus braunem, abgenutzten Holz. Ich finde jedoch nichts außer ein paar Schmuckstücken und leere Parfümflaschen. Als Nächstes nehme ich mir den Nachttisch vor. Auf diesem liegt ein Roman. Als ich diesen durchblättere, fällt ein Brief heraus. Er ist an Marilyn adressiert und vom vielen Lesen bereits zerknittert. Ich entfalte das Papier und lese : „ Miss Chester, Ich schreibe ihnen mit dem dringenden Anliegen, Mathew in Ruhe zu lassen. Unsere Familie ist sehr wohlhabend. Wir besitzen eines der wichtigsten Automobilunternehmen in ganz England. Eine Verbindung seinerseits mit einer Künstlerin, noch dazu einer nahezu mittellosen, würde ihn, die Familie und das Geschäft ruinieren. Ich hoffe Sie sehen das ein. Es ist nahezu inak-

zeptabel, selbst wenn man den Aspekt, dass Sie nicht in der Lage wären, unsere Familie angemessen zu repräsentieren, außer Acht lässt.
Ich denke es ist selbstverständlich, dass wir das Beste für Mathew wollen. Wir werden alles dafür tun, dass er Ihnen nicht verfällt. Sie werden ihm auf keinen Fall das geben können, was er verdient. Ihre An-
stellung spricht für sich. Im Namen der ganzen Familie, meinen verzweifelten Eltern, meiner Schwester, meines Bruders und selbstverständlich auch in Mathews Namen bitten wir Sie, aus unserem Leben
zu verschwinden. Und zu bedenken, dass wir für nichts garantieren.
Sie versuchen eine der reichsten und einflussvollsten Personen des bri-
tischen Empires zu verführen.

   Valentine McHeaven"

   Ich schlucke. Über den Brief hat Marylin in ihrer schönen, runden
Schrift geschrieben: „ Aber ich liebe ihn!!! Der verzweifelte Ausbruch
einer Frau, deren Beruf und Leben gerade auf das Schlimmste herun-
tergemacht wurde. Das ist einer er schrecklichsten Briefe, den ich je gelesen habe. Schlimm ist nicht der Inhalt, sondern die Art und Formu-
lierungen mit denen die boshaften, verletzenden Äußerungen wie höf-
liche, konstruktive Kritik klingen. In meinem Kopf haben sich inzwischen zwei verschiedene Motive geformt. Dieser Brief und die damit
verbundene Drohung könnten der Grund für Marilyns Auflösung der
Verlobung gewesen sein. Das würde die Theorie von Mathew als Mörder unterstützen. Oder diese Frau, Valentine McHeaven, hat Marilyn
umgebracht. Ich runzele die Stirn. Wer hat Marilyn gefunden? Valentina di Paradiso. Was hatte sie in der Loge zu suchen? Noch dazu nach
der Vorstellung? Das macht keinen Sinn. Es sei denn…Valentina…Va-
lentine…di Paradiso…McHeaven…Es sei denn, sie und Mathews
Schwester sind ein und dieselbe Person. Ich ziehe scharf die Luft ein.
Jemand läuft mit polternden Stiefeln an der Tür vorbei und ich erinnere mich sowohl daran, dass ich gerade etwas hochgradig illegales tue
und noch dazu in einer halben Stunde in der Scala sein muss. Auf Zehenspitzen und mit pochendem Herzen schleiche ich ins Treppenhaus
und renne die Gasse hinunter.

   Den restlichen Tag bin ich beschäftigt mit Proben. Aber es liegt etwas Seltsames in der Luft. Alle beäugen sich misstrauisch. Mathew
läuft mit roten Augen umher und wechselt kein Wort mit mir. Und ich
bin froh darüber, denn auch ich verkrampfe mich bei jeder Hebung
und jedem Pas de deux, bei dem er mich berührt. Wie Sie sich vorstel-

len können. lieber Leser, ist es nicht besonders angenehm, einem potenziellen Mörder so nah zu sein.

Ein paar Stunden später, ich bin gerade dabei mein Kostüm anzuziehen, betritt Fabio die Garderobe. Er lächelt mir zu. „ Wie geht es dir?" fragt er. Ich zucke mit den Schultern. „ Es geht." antworte ich. Er nickt. „Ich weiß, es ist im Moment eine seltsame Situation. Aber vielleicht können wir ja einmal essen gehen nach einer deiner Vorstellungen? Wenn das alles vorbei ist? Ich nicke und will etwas sagen, als plötzlich Mathew vor der Tür stehen bleibt. Er sieht uns nicht, denn er spricht mit Inspektor Caprese. Seine Stimme klingt rau und er weint erneut. Schlagartig bekomme ich ein schlechtes Gewissen. „ Bewachen sie die Bühne. Der Mörder wird wieder zuschlagen. Er hat erst genug, wenn diese ganze Geschichte beendet ist. Mir ist es egal. Ich kann sterben, nun da Marilyn nicht mehr da ist. Es wäre besser für mich selber. Ich kenne den Mörder. Er ist skrupellos genug, um dabei noch jemand anderen zu verletzen. Schützen sie das Ensemble." Der Inspektor antwortet etwas, was ich nicht verstehe. Ich versteife mich und beginne am ganzen Körper zu zittern. Da dies weder ein heroischer Roman noch eine Heldengeschichte ist, kann ich gestehen, lieber Leser, dass ich Angst habe. Todesangst. Ich blicke Fabio an. Er erwidert meinen Blick nicht sondern gibt mir einen Kuss auf die Wange und verschwindet.

Diesmal stehe ich nicht hinter den Kulissen sondern direkt auf der Bühne. Wir befinden uns in der Szene, in der Julia mit sich ringt und schließlich das Gift nimmt. Ich halte die Ampulle hoch, trippele, drehe mich und versuche nicht daran zu denken, dass ich Gefahr laufe, ermordet zu werden. Meine Gedanken schweifen trotzdem ab. Mathew ist verzweifelt, so sehr, dass er selbst sterben will. Weil die Liebe seines Lebens tot ist. Eine erschreckende Ähnlichkeit mit Romeo und Julia, nicht wahr, lieber Leser? Seine Schwester hatte etwas gegen die Verbindung der beiden. Nein, nicht nur die Schwester, auch die restliche Familie. Die Eltern, die andere Schwester, der Bruder. Plötzlich habe ich das Gefühl, dass ich den Fall gelöst habe ohne selbst zu verstehen, wer der Mörder ist. Ich erinnere mich an Mathews erbitterte Worte, als er mich beschuldigte, den Mord begangen zu haben. „ Halt den Mund!" so hat er noch nie mit mir geredet. Was, wenn diese Worte gar nicht an mich gerichtet waren? Denn es gab eine Person, die ein Motiv gehabt hatte. Die gelogen hat. Denn der Akzent ist keineswegs spanisch. Eine Person, welche während der Vorstellung an dem Abend des Mordes verschwand. Eine Person, welcher klar war, dass ich für verdächtig gehalten werden würde. Der klar war, dass ich mich leicht um den Finger wickeln lassen würde. Eine Person, die die Gelegenheit hatte, meine Brosche zu klauen. Mein Bein knickt ein. Ich spüre den Schmerz, als ich auf dem Boden aufkomme. Ich höre, das Publikum Luft schnappen. Mir treten Tränen in die Augen. Nicht weil ich gefallen bin, sondern weil ich blind war. Desillusioniert. Weil ich mir habe das Herz brechen lassen. Ich erinnere mich, was ich beim zweiten Mal gedacht habe, als ich ihn gesehen habe. Den Mörder. „Er hat das geplant." Denn ich kannte ihn, ich hatte die Wahrheit die ganze Zeit vor meiner Nase. Es war geplant. Alles. Aber es ist noch nicht zu spät. Mathew war sich sicher, dass es noch einen Mord geben würde. Gegen ihn. Denn sein Bruder würde nicht aufhören, bis nicht der letzte Hinweis auf diese kleine, skandalöse Beziehung einer Balletttänzerin mit einem reichen Engländer vernichtet worden wäre. Und er hatte recht. Der Mörder schreckte nicht davor zurück, eine andere Person zu verletzten. Zu missbrauchen und fast zu töten. Ins Gefängnis zu bringen. Mich. Ich stehe auf. Ich höre das Klicken des Laufes einer Pistole. Für die Zuschauer nicht hörbar, aber für mich hört es sich so laut an wie ein richtiger Schuss. Ich drehe mich um und ich erwidere Mathews Blick, der mich verständnislos anblickt. Mir laufen Tränen über das Gesicht. Hinter ihm ist die Silhouette eines Mannes zu erkenne, der den Lauf einer Pistole auf Mathews Kopf richtet. Und erneut bleibt die Zeit stehen. Aber diesmal scheint es, als würde das für alle anderen, nur nicht für mich gelten. Ich öffne meinen Mund und schreie. „ Mathew, runter." Meine Stimme durchschneidet die von Scheinwerfern erwärmte Luft. Mathew duckt sich reflexartig, als ein Schuss knallt. Auch ich werfe mich auf den Boden. Der Schuss schlägt hinter mir ein. Signore Caprese springt im Publikum auf, das Chaos bricht aus, aber ich bleibe auf dem Boden liegen und schaue auf den einzigen leeren Platz im Zuschauerraum. Der in der ersten Reihe.

Drei Monate später, Stuttgarter Opernhaus:

Ich atme tief durch. Das Theater hier sieht anders aus, als das in Mailand. Aber die Wohnung im Westen von Stuttgart ist größer, vor der Oper befindet sich ein wundervoller Park und es ist nur für ein Jahr. Vor drei Monaten wurde ich betrogen. Ich habe mich verletzen lassen von einem Mörder. Es verursachte einen Schmerz, wie ich ihn noch nie gespürt habe. Ich musste weg von all dem. Weg von den bitteren Vorwürfen, die ich mir selbst machte. Weg von den Erinnerungen. Lieber Leser, ich fürchte mein erstes Verliebtsein und meine erste Schwärmerei war die kürzeste, unpersönlichste und seltsamste des Jahrhunderts.

Aber es ist nicht wichtig. Zumindest nicht mehr so. Ich werde lange brauchen, wieder jemandem vertrauen zu können oder überhaupt mit jemandem zu sprechen ohne nachher zu kontrollieren, ob mein Schmuck da ist und nicht ein paar Tage später wieder an einem Tatort auftauchen wird. Aber hier stehe ich. In Deutschland. Vor meinem Auftritt. Atmend, auch wenn es nicht ganz einwandfrei funktioniert. Hinter den Kulissen.

DIETRO LE QUINTE
AUGUSTE DE DONNO
Traduzione di Camilla Catello

Le persone, le sequenze di passi, le produzioni, l'aspetto e soprattutto l'esistenza dei luoghi e i dettagli sulla vita di un ballerino nel 1900 sono fittizi, immaginati e inventati. Le corrispondenze sono puramente casuali.

Teatro alla scala di Milano, 1910

Sono dietro alle quinte. Letteralmente. E credo che questi siano la situazione peggiore e il luogo peggiore in cui ci si può trovare. Almeno se sei una ballerina al teatro della scala. Le mie mani toccano il costume. È meraviglioso, nessun tutù, bensì un vero e proprio vestito con ricami color crema e una fascia rossa sotto il petto. Per questo sembra di stile vittoriano. La gonna del costume è fatta apposta che si gonfi durante le piroette. E so che non va bene pensare al proprio costume, quando si sta per ballare e si deve dare il meglio di sé, senza aver mangiato. Le luci dietro di me sono tanto calde che sembra stiano bruciando il vestito. Prendo un respiro profondo e mi preparo in posizione. Provo a prendere un altro respiro, non riesco a calmarmi, ma almeno riesco a sentire l'aria che entra ed esce dai miei polmoni. Mi sento così ogni volta. Ballo come prima ballerina già da un anno e questo è magnifico, ma ogni volta che sto dietro le quinte sapendo che dovrò essere impeccabile per tre ore, che ho provato variazioni e pas de deux per mesi, e che nessuno può accorgersi che mangio solo un pasto al giorno, incredibilmente mi agito. È il tipo di nervosismo che rende incapaci di concentrarsi su qualsiasi cosa che non sia la difficoltà che devi affrontare. I ballerini escono dalla scena e arriva Marylin Chester, la ballerina che interpreta la balia. Ho già detto che balliamo "Romeo e Giulietta?" . Sussurro tra me e me "Andiamo, Daria!" e corro sul palco.

Tutto va bene. Come al solito, e come in ogni presentazione mi arrabbio con me stessa, per la mia agitazione prima della mia apparizione sul palco. Appena metto piede sul palco, questa sparisce. Nei libri per bambini si legge sempre che danzare è come fluttuare. Ed è proprio così. Solo un po' più faticoso e difficile, ma sempre meraviglioso. Sono di nuovo dietro le quinte, poco prima della mia prima variazione. Se tu, caro lettore, non hai nessuna idea della danza classica o di Romeo e Giulietta, non è grave. Vado sul palco e ballo. I primi passi sono abbastanza facili. Continuo a ballare. E poi all'improvviso…

Mi devo scusare se interrompo la mia narrazione così bruscamente, ma all'improvviso…

Mi giro e continuo a ballare. Ho visto qualcosa, o meglio qualcuno. E no, non c'è da preoccuparsi: qui non si tratta della storia di una donna con un passato oscuro. Comunque … Continuo a ballare. Cerco di non sbagliare nessun passo, di non scompormi. Ballo verso sinistra. Faccio un piqué in arabesque, una posizione alla fine della quale sto solo su una gamba, l'altra è tesa in dietro. Vengo sostenuta dal mio compagno inglese Mathew McHeaven. Ci muoviamo sulle punte verso destra, mi giro ancora una volta. E per un momento sembra che il tempo si fermi. Anche se suona drammatico. Lo vedo di nuovo. Un giovane uomo, avrà 20 anni. I capelli ricci e marroni gli ricadono sul viso, indossa un abito elegante, almeno per quanto riesco a vedere. Sede in prima fila e mi guarda. Mi fissa, ma non in modo intimidatorio. Sembra piuttosto affascinato, gentile. Strizza le palpebre verso di me. Non so se me lo sono solo immaginata, probabilmente aveva gli occhi secchi. Perché uno spettatore dovrebbe ammiccare verso una ballerina? Di nuovo dietro le quinte percepisco il mio cuore che si agita contro il petto. Mi manca il respiro. Questo ovviamente è un risultato dell'assolo. Ciononostante lo sguardo dell'uomo nella prima fila non si schioda dalla mia mente. Non posso fare ameno di pensare che sia appena successo qualcosa di importante. O Dio, devo veramente fare attenzione di non diventare troppo drammatica. Credo che non mi faccia bene immedesimarmi nel ruolo di Giulietta da settimane.

A un certo punto perdo quasi l'equilibrio, ma nessuno degli spettatori se ne accorge. Lo sguardo dell'uomo mi segue per tutto il tempo. Non sono sicura, ma credo di riconoscere che mi sorride durante il pas de deux, che si svolge poco prima della fuga di Romeo, che è molto triste. A quel punto sento alternativamente caldo e freddo. Una reazione che preferisco non mettere in discussione.

Dopo lo spettacolo e gli applausi, che sono entusiastici, come mi rendo conto a mia volta, mi cambio. Poiché lo spettacolo era una prima, noi ballerini usciamo ancora. Proprio accanto alla Scala c'è un piccolo caffè in stile vittoriano. Durante il giorno è frequentato per lo più da figlie di famiglie altolocate vestite in modo elegante o utilizzato da signori anziani per spettegolare. È il luogo ideale per chiacchierare, mangiare un boccone e bere un caffè. La sera, invece, il Caffe Doriana è il luogo d'incontro preferito da tutti gli altri. C'è un ottimo aperitivo, si può ballare e bere qualcosa. Non ho ancora sciolto i capelli dallo stretto chignon e indosso una semplice camicetta bianca chiusa da un grande fiocco sul davanti e una lunga gonna nera. Proprio quello che mi garantisce il mio stipendio di primo solista. La mia spilla è appesa in alto a sinistra della gonna. È l'unico gioiello veramente prezioso che possiedo e consiste in tanti piccoli fiori di diamante stilizzati che formano un cerchio. Quando entriamo nel caffè, è già pieno. Ordino un bicchiere di Spremuta e chiacchiero con il mio compagno di ballo. Mathew è inglese e si è trasferito da poco alla Scala di Milano. Andiamo molto d'accordo. Per fortuna. A quanto pare né lui né gli altri ballerini si sono resi conto che il tempo si è fermato. Strano, caro lettore, vero?

Sto per bere un altro sorso del mio drink quando improvvisamente sento una voce dietro di me. "Mi scusi, posso interromperla un attimo?". La voce non sembra troppo profonda, ma nemmeno troppo alta. La formulazione delle parole suona un po' stentata, come se fossero state attentamente ponderate in precedenza, eppure sono pronunciate con una leggera esitazione e sono sottolineate da un accento straniero. Mi irrigidisco. Ma non perché ho paura o mi aspetto che accada qualcosa di spiacevole, bensì perché mi sto agitando. E in qualche modo, senza guardare, so che deve essere l'uomo in prima fila. Per favore, caro lettore, non chiedermi perché. Probabilmente l'avrete già indovinato. L'espressione "all'improvviso" viene sempre usata in relazione a lui, non è vero?

Mi giro e vedo che avevo ragione. Mi guarda. A lungo. Ancora con i suoi occhi, che tra l'altro sono grigi, non blu come vengono sempre descritti nei romanzi melodrammatici. Ma questa volta il tempo non si ferma, questa volta non devo girarmi e correre tra la folla, questa volta non posso fare una piroetta o saltare o sollevarmi per sfuggire allo sguardo e alla strana sensazione. È un po' come mangiare una fetta di torta al cioccolato, insieme a una fragola appena matura e a un piccolissimo sorso di champagne. Non che abbia mai bevuto champagne prima d'ora, soprattutto non in questa combinazione. Mi limito a bevande analcoliche. Anche se non è "di moda". Ma è più o meno così che me lo immagino.

L'estraneo di fronte a me mi sta ancora guardando e sulle sue labbra appare lo stesso sorriso leggermente divertito che avevo notato durante il pas de deux. Ricordo ciò che mi ha detto e rispondo: "Certo che può. Perché?". Lui si schiarisce la gola e risponde: "L'ho vista ballare prima all'opera. È un mistero per me come lei possa apparire così potente e allo stesso tempo così elegante e leggera. Sono affascinato ed è per questo che le ho portato questi. In realtà volevo metterli nel suo camerino, ma prima dovevo prenderli, quindi...". Mentre parla, mi porge un mazzo di fiori, che non avevo notato prima. Come abbia fatto a trovare dei fiori alle dieci di sera, caro lettore, non lo so. Ma ovunque li abbia trovati, sono bellissimi. È una composizione delicata, insolita e fragile di lavanda, ranuncoli color pastello e calle.

"Grazie mille, non c'era bisogno di farlo", dico, sperando che possa capire quanto sono contenta. "Invece sì, mi creda", mi risponde.

Lo guardo con aria interrogativa e i suoi occhi brillano divertiti. "È stato il mio primo balletto e mi ha incantato". "Cosa, il suo primo balletto? Non ci credo!" Esclamo. "Sì, lo è, e mi creda, nessuno rimpiange questo fatto più di me. Ma non ne ho avuto il tempo prima". Mentre pronuncia queste parole, noto che il suo abito è fatto di un tessuto molto elegante. Scrolla le spalle. "Mi hanno regalato questo biglietto". Finalmente, rotto il ghiaccio, parliamo con più disinvoltura. Si presenta come Fabio Simarchés. È originario di Barcellona, il che spiega il suo accento, anche se mi ricordava più l'inglese di Mathew, ma lavora qui come rappresentante dell'azienda di famiglia. Vengo a sapere che la sua famiglia è proprietaria di una famosa azienda automobilistica e che sta ultimando un progetto molto promettente. Dopo aver finito il mio drink, ci salutiamo. "Ci vediamo presto!", dice Fabio. Solo mentre guido per le strade di Milano, di notte, mi rendo conto di quanto sia stato bizzarro questo addio. Non sappiamo nulla l'uno dell'altro, se non i nostri nomi. Rivedersi è praticamente impossibile. Quando arrivo al palazzo giallo di via Conca del Naviglio è già mezzanotte. Salgo al settimo piano, dove vivo in un attico messo a disposizione dalla Scala. Entro nel mio salotto, che funge anche da sala da pranzo. L'ambiente è elegantemente arredato. Davanti a un divano curvo verde chiaro c'è un tavolo di ciliegio un po' consumato con sopra una fruttiera e un vaso di fiori, che ora ospita i fiori di Fabio. Accanto al divano c'è un grande e imponente scaffale pieno di libri che si capisce che sono stati letti molto. Le pareti dell'appartamento sono dipinte di bianco, ma in alcune stanze ci sono dei bei quadri colorati sul soffitto. Accanto allo scaffale c'è un passaggio per la cucina. La stanza è così piccola che ci sta solo una cucina e una persona che cucina. Di fronte all'ingresso c'è la porta della mia camera da letto, accanto alla quale c'è una lunga scrivania con una lampada.

Vado in bagno e mi lavo. Dato che la caldaia smette di funzionare verso le dieci di sera, di solito devo lavarmi con l'acqua fredda. Mentre sono a letto, il sonno è ovviamente fuori discussione. Ogni volta che chiudo gli occhi, vedo Fabio Simarchés davanti a me. Ancora una volta mi ricordo che non lo rivedrò mai più. In qualche modo questo pensiero mi rende triste e questa tristezza si mescola alla sensazione di aver appena vissuto un'esperienza importante ed emozionante.

Il resto della settimana trascorre come al solito. Un susseguirsi di prove, lezioni di danza, shopping e telefonate, interrotto dal continuo girarsi per strada perché mi sembra di vedere Fabio. Lo so, caro lettore, in realtà ciò può essere preoccupante, ma solo se ammetti di provare strani sentimenti per una persona.

In ogni caso, questo loop costante continua fino a quando non mi ritrovo di nuovo tra le quinte. Questa volta è già la seconda parte del balletto, dopo l'intervallo, e sto per ballare il mio pas de deux preferito. Il pesante sipario rosso è ancora chiuso. Mi sdraio sul letto posto al centro del palco e vedo Matthew che si posiziona dove mi trovavo io qualche minuto fa. Dietro di lui, riconosco Felice de Marione. Una donna francese piccola e minuta che oggi ha dovuto sostituire Marilyn Chester, che non si è presentata. Non è proprio da lei. Sono un po' preoccupata, anche se so che probabilmente si è solo ammalata. Il sipario si alza, mi metto in posizione e sento Matteo che entra in scena e inizia ad avvolgere i miei capelli intorno alle sue dita. Un gesto particolarmente importante in un balletto. Inizia a danzare. Ho ancora un po' di tempo e non ho altro da fare che sdraiarmi elegantemente sul letto. Così sbatto attentamente le ciglia per guardarlo danzare. Il mio sguardo si concentra automaticamente su un punto della sala. Lo sai com'è, caro lettore, quando il tuo occhio vede qualcosa e il tuo cervello non l'ha ancora capito? Cerco di riconoscere ciò che i miei occhi trovano così interessante e poi, all'improvviso...

Sbatto le palpebre e spero che gli spettatori non se ne accorgano. Perché il tempo si ferma di nuovo e improvvisamente vedo un uomo. Di nuovo e improvvisamente lo stesso uomo della settimana scorsa. Solo che non è seduto. Sgattaiola tra le file e alla fine arriva allo stesso posto che aveva l'altra volta. Si siede lì. Non si accorge che l'ho visto. La mia mente corre e la gioia di rivederlo si mescola all'entusiasmo. Per poco non mi dimentico del balletto. Mi alzo dal letto e inizio a danzare.

Quando lo spettacolo è finito, vado davanti a Mathew, che oggi sembra un po' intontito, e faccio l'inchino. Guardo l'auditorium, mi chino e noto qualcosa con la coda dell'occhio. Un mazzo di fiori. Mi sposto di lato e lo raccolgo. È un piccolo bouquet di rose rosse e ranuncoli giallo limone. Vedo il luccichio malizioso negli occhi di Fabio e scopro tra i fiori il bigliettino indirizzato a me. Rido, prendo una rosa dal mazzo e la porgo con un piccolo inchino al mio collega ballerino, che se ne accorge appena.

Tornata nel mio camerino, sfoglio con cura la piccola lettera. Mi sembra di fare qualcosa di proibito, misterioso eppure in qualche modo bello.

In una scrittura molto ordinata e lineare, c'è scritto:

"Come può vedere, anche oggi non sono riuscito a mettere i fiori nel suo camerino. Spero che mi perdonerà. Vorrei invitarla a un altro incontro al caffè e magari a fare una passeggiata. Se vuole, possiamo incontrarci all'ingresso posteriore dell'opera tra mezz'ora. La aspetterò lì.

Con affetto,

Fabio Simarchés"

Mi vesto il più rapidamente possibile. Indosso un vestito scuro alla moda con le maniche a sbuffo. Non metto la mantella perché oggi fa sorprendentemente caldo. Mi rendo conto che oggi non ho appuntato la spilla. Devo aver dimenticato di toglierla dalla gonna nella frenesia dell'ultimo spettacolo. Raccolgo il mio cappellino e corro più veloce che posso giù per la scala a chiocciola e poi per il lungo corridoio che porta all'ingresso posteriore. Mentre passo davanti agli altri guardaroba, sento un urlo. Un urlo di donna, alto e stridente. Mi spavento. Le porte si aprono alla mia destra e alla mia sinistra. Il mio battito cardiaco accelera. Che cosa è successo? Ci deve essere un motivo serio perché qualcuno si metta improvvisamente a urlare alla Scala di Milano. Mi giro e vedo Mathew che esce da una delle porte. I nostri occhi stupiti si incrociano. "Daria, cos'è successo?", mi chiede. . "Io... non lo so", balbetto. Mathew riflette per un momento. "Andiamo", dice. E seguiamo il resto dell'ensemble al piano superiore. Ci fermiamo davanti a una porticina che conduce a uno dei palchi superiori.

Ci fermiamo davanti a una piccola porta che conduce a uno dei posti in alto. Sembra un balcone. La piccola scalinata di fronte ad esso è già gremita di spettatori e musicisti. Mathew mi prende per un braccio e insieme ci facciamo strada fino a raggiungere la piccola sala. Appoggiata alla parete sinistra del palco si appoggia la signora Valentina di Paradiso. Una donna alta e dai capelli neri, che ha iniziato a lavorare qui da poco tempo e che si mette sempre in fondo all'auditorium e guarda gli spettacoli. So cosa stai pensando, caro lettore: "Non è un vero lavoro". Ed è proprio così che la pensavo all'inizio. Tuttavia con il tempo mi sono resa conto che poteva benissimo essere visto come tale. La signora di Paradiso trema e i suoi occhi guardano inquieti la stanza. Mi rendo conto che deve essere stata lei a gridare. Anna, l'addetta al guardaroba, è in piedi alla mia destra e sussurra qualcosa alla sua amica, la pianista Mary Wang. Alla mia sinistra riconosco Fabio, ma non mi presta attenzione. Ha una mano sulla bocca e fissa con orrore un punto davanti a sé. Mentre cerco di seguire il suo sguardo, un uomo di corporatura robusta con molta pomata nei capelli si avvicina a me. Urla qualcosa, tipo che è un poliziotto.

Si china su qualcosa che deve trovarsi sul pavimento.

Mi sporgo in avanti e mi pietrifico.

Intravedo un piede accanto al braccio dell'uomo. Un piede delicato infilato in una scarpa da punta. Una delle ballerine è svenuta? Ma anche se fosse, perché era lì nella loggia? Mentre la mia mente lavora, vedo il poliziotto farsi da parte come a rallentatore. Mathew, accanto a me, si irrigidisce e il colore della sua faccia alterna tra rosso e pallido. Vedo le lacrime affiorare nei suoi occhi. E anch'io sono presa dall'orrore. Sul pavimento di fronte a me giace Marylin. I suoi capelli sono acconciati in un severo chignon e indossa il vestito marrone e bianco della nutrice del primo atto. I suoi occhi fissano il vuoto e un pugnale giace accanto a lei. Mi rendo conto che il pugnale è simile a quello del balletto. Il pugnale è macchiato di sangue, proprio come il suo vestito. Anche Marilyn stessa giace in una pozza di sangue. Sento un urlo dietro di me. Questa volta uno molto più profondo. Quando mi giro, vedo Mathew. Vuole correre in avanti, ma viene trattenuto da due uomini in abito da sera. Le lacrime gli rigano il viso e i suoi occhi sono pieni di abissale disperazione. Solo allora capisco la verità. Marilyn è morta e potrebbe essere stata assassinata. Improvvisamente mi distacco da tutti i singhiozzi, le urla e i sussurri.

Non riesco a vedere altro che il cadavere davanti a me e tutto il mio corpo inizia a tremare. Io e Marilyn eravamo molto unite. Non eravamo inseparabili, ma mangiavamo spesso insieme, parlavamo e ci incontravamo fuori dal teatro. Andavamo molto d'acoordo, anche se tanti la consideravano vanitosa. Sento il mio respiro ansimante e reprimo un conato di vomito quando il odore metallico del sangue mi colpisce il naso. Come ipnotizzata, cammino all'indietro. Devo cercare di uscire dalla loggia il più velocemente possibile. Urto qualcuno, trovo un varco tra tutte le persone e poi, del tutto inaspettatamente, non so nemmeno perché me ne accorgo, calpesto qualcosa. Sembra piuttosto rotondo e grande. La sensazione sotto la scarpa mi riporta alla realtà e mi inginocchio per osservare meglio l'oggetto. Rimango accovacciata, come congelata. Perché l'oggetto sotto la scarpa sulla scena del crimine è la mia spilla. Mi raddrizzo, con la spilla in mano, mentre la mia mente si allontana e cerco di calmarmi. Mi rendo conto che una seconda copia della mia spilla non può esistere, soprattutto non alla Scala di Milano.

"Daria, va tutto bene?".

Mi giro e vedo gli occhi grigi di Fabio. Mi tocca leggermente il braccio e mi rendo conto che è la prima volta che gli parlo questa sera. Quando non rispondo subito, il suo sguardo si posa sulla mia spilla. "Cos'è?", mi chiede. "Questa... l'ho trovata sulla scena del crimine", rispondo, ma la mia voce trema. Il poliziotto, che finora aveva notato solo il corpo, si gira e mi fissa con occhi azzurri e penetranti. "Posso vederla?", chiede con un tono cortese che però non ammette obiezioni. Gli porgo la spilla e anche Mathew la guarda. Trattengo il respiro, conto fino a tre nella mia testa e poi: "Non è tua?", chiede Mathew guardandomi. Annuisco, mentre un nodo mi si forma in gola. Se c'è una spiegazione logica a tutto questo, non l'ho ancora trovata. Anche il poliziotto mi sta fissando. Guardo con ansia Mathew, che mi sta ancora guardando, e quasi trasalisco per lo sconcerto del suo sguardo. "Arrestatela!". Si rivolge al poliziotto. "Cosa?", grido. "Un momento!", risuona la voce di Fabio alle mie spalle. "Taci, tu!" urla ancora Mathew. Sussulto di nuovo. "Arrestatela, ho detto! Ha ucciso Marilyn, ha cercato di scappare, l'ho vista scappare!". Mi ci vuole un po' per capire che sta alludendo al fatto che mi ha visto fuori dalla porta sul retro. Mi sento male e mi tremano le ginocchia. Il poliziotto scuote la testa. "Prima di tutto, qui non verrà arrestato nessuno. Nessuno può lasciare il teatro finché non avrò preso le generalità di tutti e interrogato tutti i presenti e i coinvolti". Mi guarda. "Credo che, date le circostanze, dobbiamo iniziare da lei. Ho già predisposto il trasporto del corpo al reparto di patologia". Mathew crolla e io seguo il poliziotto, con gli occhi annebbiati dalle lacrime. Prima di uscire dalla stanza, Fabio mi stringe la mano e mi rivolge uno sguardo rassicurante. È una specie di ancora per me. È rassicurante sapere che almeno una persona in tutto il teatro mi guarda le spalle. Io e il poliziotto, che si presenta come ispettore Mario Caprese, ci accomodiamo in uno dei guardaroba inutilizzati.

Nel corso del tempo lì si sono accumulati molti costumi e oggetti di scena inutilizzabili. Lui si siede su una polverosa chaise longue a fiori rosa e blu, io sto in piedi. L'ambiente è oscuro, le uniche fonti di luce sono due lampade da terra gialle a destra e a sinistra della chaise longue. L'intervista inizia con le tipiche domande sull'età, lo stato civile, il luogo di residenza e così via. Prosegue con domande sulla spilla, a cui rispondo dicendo che non ho la minima idea di come sia arrivata sulla scena del crimine, sul mio rapporto con Marilyn, domanda che mi fa scoppiare a piangere mentre l'ispettore distoglie lo sguardo, imbarazzato. Infine arriviamo all'ultima domanda, quella sul mio alibi. Ci penso e poi mi viene in mente. Non potevo essere io. Voglio dire, caro lettore, ovviamente non ero io, ma se devo essere sincera, stavo già iniziando a dubitare di me stessa. Durante lo spettacolo, sono stata tutto il tempo sul palco o dietro le quinte. E questo può essere confermato da quasi tutto l'ensemble. Quando lo dico al Signore Caprese, lui annuisce, ma mi informa anche che l'ora esatta della morte di Marilyn non è ancora chiara, quindi è possibile che io abbia teoricamente commesso il crimine prima dello spettacolo. Ah bene, grazie mille.

Dopodiché mi è concesso di lasciare la Scala a condizione di non lasciare il Paese. A dire il vero, mi sembra di essere in un incubo terribile. Non ho più visto Fabio. Immagino che anche lui debba essere interrogato. Torno a casa, mi sdraio sul letto e inizio a piangere. Piango per Marilyn, per Mathew e per me stessa perché, caro lettore, ormai mi vedo già in prigione. Di dormire non se ne parla.

All'improvviso sento uno scricchiolio. Mi vengono i brividi e mi alzo con cautela, avvicinandomi in punta di piedi alla porta. Mi sembra che il mondo abbia improvvisamente smesso di girare. Supero il divano e sbatto l'anca contro la macchina da scrivere. Chiudo gli occhi in preda al dolore. Fuori dalla porta si sente come se qualcuno stesse spostando il proprio peso. La luce della luna illumina la porta e la zona antistante. Cerco di calmarmi. Devo essermi sbagliata. È tutto tranquillo. Tutto questo caos mi rende paranoica. Aspetto ancora qualche minuto, poi mi giro e torno in camera da letto. Poco dopo, lo sbattere di una porta mi fa trasalire. A un certo punto, il mio cervello inizia automaticamente ad analizzare la notte scorsa, parte per parte. All'improvviso mi alzo.

Mi è sfuggito qualcosa, non ho notato qualcosa, o come si può chiamare quando si è troppo isterici per ragionare. In primo luogo, è sorprendente che Mathew fosse così sconvolto. Voglio dire, eravamo tutti terrorizzati, addolorati e disperati, ma Mathew si è comportato quasi come se... Voglio dire, ovviamente conosceva Marilyn, ma era così confuso e terrorizzato, come se fossero stati amanti! In secondo luogo, il corpo era schizzato di sangue nella parte anteriore, ma la vera pozza di sangue era sotto la vittima. Questo dovrebbe significare che Marilyn è stata pugnalata alla schiena con il pugnale, il che a sua volta significa che Marilyn era di spalle al suo assassino. Non avrebbe potuto girarsi. O il tappeto ha inghiottito i passi, dell'assasino o Marilyn aveva un motivo per voltare le spalle a qualcuno che avrebbe voluto incontrare. Ricordo ancora una volta la giornata di oggi e il modo in cui Fabio stava dietro di me e mi stringeva il braccio in modo rassicurante. E se Marilyn avesse dovuto incontrare Mathew lì? Ciò significherebbe che o Mathew aveva commesso l'omicidio o che Marilyn aveva pensato che l'assassino sarebbe stato lui.

Guardo fuori dalla finestra. Ormai sono le cinque del mattino. Sento che devo fare qualcosa. Non posso stare a guardare mentre vengo accusata di omicidio. Mi alzo dal letto, mi sistemo i capelli scompigliati, indosso il cappotto ed esco di casa. Cammino fino al centro città. Da lì prendo il treno. Marilyn viveva in un quartiere piuttosto povero. Un quartiere di artisti. Quando arrivo, c'è già molta gente in piedi. Donne e uomini in abiti semplici mi passano accanto. Fuori da un portone, una donna con un vestito giallo senape simile a un grembiule sta spazzando la strada. Da una finestra si sente il pianto di un bambino. L'appartamento di Marilyn si trova in una stretta strada laterale. Mi fermo davanti al portone verde. Sono già andata a trovare Marilyn qui. Mi aveva già invitato durante la mia prima settimana da solista. Entro nell'atrio. Alla mia sinistra, una ripida scala a chiocciola conduce verso l'alto. Salgo al terzo piano. La porta non è chiusa a chiave. L'appartamento di Marilyn è composto da tre piccole stanze in fila. Mi ritrovo nella sua camera da letto. Da fuori sento un brusio di voci e persone che discutono e mi innervosisco molto. Dopotutto, è altamente vietato entrare in casa d'altri. Soprattutto se la persona è stata uccisa e voi siete uno dei sospettati. È sorprendente che l'accesso non sia ancora stato bloccato.

Accanto a me c'è una cassettiera di legno molto vecchia, sulla quale ci sono diverse foto. Marilyn con un mazzo di fiori in braccio al suo debutto, Marilyn da bambina e una foto di una giovane coppia di sposi in abiti semplici davanti a una piccola casa. Devono essere i genitori di Marilyn, morti molto giovani. Quando prendo in mano la foto, ne scopro un'altra dietro di essa. Mostra Marilyn con un abito da sera molto elegante e con il braccio intorno a Mathew, che la guarda innamorato. Questo conferma il mio sospetto che ci fosse qualcosa fra di loro. Avvicino la foto ai miei occhi. Marilyn porta un anello. Lo conosco. L'ha portato per circa sei mesi, fino a quando ha smesso di indossarlo una settimana fa. Ha attirato la mia attenzione perché era incredibilmente sfarzoso. Al centro c'era un rubino rosso, incorniciato da quattro piccoli diamanti. Come avrai capito, caro lettore, come prima solista si riceve un ottimo stipendio, ma non si può assolutamente vivere nel lusso sfrenato. Questo stesso anello è ora appoggiato sul comò davanti alla foto. I miei pensieri corrono. E se Marilyn avesse rotto il fidanzamento per qualsiasi motivo e Mathew l'avesse uccisa per rabbia? Poi cerco nella sua toeletta. È un modello piuttosto economico, fatto di legno marrone e consumato. Ma non trovo nulla, a parte qualche gioiello e delle boccette di profumo vuote. Poi passo al comodino, sul quale c'è un romanzo. Mentre lo sfoglio, cade una lettera. È indirizzata a Marilyn ed è già sgualcita per le ripetute letture. Dispiego il foglio e leggo:

"Signorina Chester, le scrivo con la richiesta urgente di lasciare in pace Mathew. La nostra famiglia è molto ricca. Possediamo una delle più importanti aziende automobilistiche d'Inghilterra. Una sua relazione con un'artista, per di più quasi squattrinata, rovinerebbe lui, la famiglia e l'azienda. Spero che lei se ne renda conto. È inaccettabile, anche a prescindere dal fatto che non sareste in grado di rappresentare adeguatamente la nostra famiglia. Credo sia superfluo dire che vogliamo il meglio per Mathew. Faremo tutto il possibile per assicurarci che non si innamori di lei. Lei non può essere in grado di dargli ciò che merita. Il suo impiego parla da solo. A nome di tutta la famiglia, dei miei genitori sconvolti, di mia sorella, di mio fratello e naturalmente di Mathew, le chiediamo di uscire dalle nostre vite. E si ricordi che non possiamo garantire nulla. Sta cercando di sedurre una delle persone più ricche e influenti dell'Impero Britannico.

Valentine McHeaven"

Deglutisco. Marylin aveva scritto sopra la lettera nella sua bella e rotonda calligrafia: "Ma io lo amo!!!". Lo sfogo disperato di una donna il cui lavoro e la cui vita sono appena stati ridotti al peggio. Questa è una delle lettere più terribili che abbia mai letto. Non è il contenuto a essere terribile, ma il modo in cui le osservazioni malevole e offensive sono formulate per sembrare critiche educate e costruttive. Nel frattempo, nella mia testa si sono formati due diversi moventi. Questa lettera e la minaccia che conteneva potrebbero essere il motivo per cui Marilyn ha annullato il fidanzamento. Questo avvalorerebbe la teoria di Mathew come assassino. Oppure questa donna, Valentine McHeaven, ha ucciso Marilyn. Mi acciglio. Chi ha trovato Marilyn? Valentina di Paradiso. Cosa ci faceva sul palco? Soprattutto dopo lo spettacolo? Non ha senso. A meno che... Valentina... Valentine... di Paradiso... McHeaven... A meno che lei e la sorella di Mathew non siano la stessa persona! Inspiro bruscamente. Qualcuno passa davanti alla porta, con gli stivali che battono, e mi ricordo sia che sto facendo qualcosa di altamente illegale sia che devo essere alla Scala tra mezz'ora. In punta di piedi e con il cuore che batte forte, mi infilo nella tromba delle scale e corro nel vicolo.

Passo il resto della giornata a provare. Ma c'è qualcosa di strano nell'aria. Tutti si guardano con sospetto. Mathew si aggira con gli occhi rossi e non mi rivolge una parola. E ne sono felice, perché anche io mi irrigidisco a ogni sollevamento e a ogni pas de deux in cui mi tocca. Come puoi immaginare, caro lettore, non è particolarmente piacevole stare così vicino a un potenziale assassino.

Qualche ora dopo, mentre sto indossando il mio costume, Fabio entra nel camerino. Mi sorride. "Come stai?", mi chiede. Io alzo le spalle. "Così" rispondo. Lui annuisce. "So che è una situazione strana al momento. Ma forse potremmo uscire a cena dopo uno dei tuoi spettacoli? Quando tutto questo sarà finito?" Annuisco e sto per dire qualcosa quando Mathew si ferma improvvisamente davanti alla porta. Non ci vede perché sta parlando con l'ispettore Caprese. La sua voce è rauca e sta piangendo di nuovo. Mi sento improvvisamente in colpa.

"Attenti al palcoscenico. L'assassino colpirà ancora. Non ne avrà abbastanza finché tutta questa storia non sarà finita. Non mi interessa. Posso morire ora che Marilyn non c'è più. Sarebbe meglio per me stesso. Conosco l'assassino. È abbastanza spietato da fare del male a qualcun altro. Proteggete l'ensemble".

L'ispettore risponde qualcosa che non capisco. Mi irrigidisco e comincio a tremare tutta. Poiché questo non è un romanzo eroico né una storia eroica, posso confessare, caro lettore, che ho paura. Paura della morte. Guardo Fabio. Lui non ricambia il mio sguardo, mi dà un bacio sulla guancia e sparisce.

Questa volta non sono dietro le quinte, ma direttamente sul palco. Siamo nella scena in cui Giulietta lotta con se stessa e alla fine assume il veleno. Tengo in mano l'ampolla, inciampando, girando e cercando di non pensare al fatto che sto rischiando di essere uccisa. La mia mente vaga comunque. Mathew è disperato, tanto da voler morire lui stesso. Perché l'amore della sua vita è morto. Una spaventosa somiglianza con Romeo e Giulietta, non è vero, caro lettore? Sua sorella aveva qualcosa contro la loro unione. No, non solo la sorella, ma anche il resto della famiglia. I genitori, l'altra sorella e il fratello. Improvvisamente ho la sensazione di aver risolto il caso senza nemmeno capire chi sia l'assassino. Ricordo le parole amare di Mathew quando mi ha accusata di aver commesso l'omicidio. "Taci!" Non mi aveva mai parlato così. E se quelle parole non fossero state affatto rivolte a me? Perché c'era qualcuno che aveva un movente. Che stava mentendo. Perché l'accento non è affatto spagnolo. Una persona che è scomparsa durante lo spettacolo la sera dell'omicidio. Una persona che ha capito che sarei stata considerata un sospetto. Una persona che ha capito che sarei stata facilmente sedotta. Una persona che ha avuto l'opportunità di rubare la mia spilla.

La mia gamba si blocca. Sento il dolore quando cado a terra. Sento il pubblico boccheggiare. Le lacrime mi salgono agli occhi. Non perché sono caduta, ma perché ero cieca. Disillusa. Perché ho lasciato che il mio cuore si spezzasse. Ricordo quello che ho pensato la seconda volta che l'ho visto. L'assassino. "Ha pianificato tutto questo". Poiché lo conoscevo, ho avuto la verità davanti agli occhi per tutto il tempo. Era tutto pianificato. Tutto. Ma non è troppo tardi. Mathew era sicuro che ci sarebbe stato un altro omicidio. Contro di lui. Perché suo fratello non si sarebbe fermato finché non fosse stata distrutta l'ultima prova di questa piccola relazione scandalosa tra una ballerina e un ricco inglese. E aveva ragione. L'assassino non si è tirato indietro nel fare del male a un'altra persona. Abusare e quasi uccidere. Di mettere qualcuno in prigione. Me. Mi alzo in piedi. Sento il clic della canna di una pistola. Per gli spettatori è impercettibile, ma per me è forte come un vero sparo.

Mi giro e guardo Mathew, che ricambia senza capire. Le lacrime mi scorrono sul viso. Dietro di lui, riesco a scorgere la sagoma di un uomo che punta la canna di una pistola alla testa di Mathew. E ancora una volta il tempo si ferma. Ma questa volta sembra essere uguale per tutti tranne che per me. Apro la bocca e urlo. "Mathew, abbassati!". La mia voce fende l'aria riscaldata dai fari. Mathew si abbassa di riflesso quando parte un colpo. Anch'io mi butto a terra. Il colpo centra qualcosa dietro di me. Il signor Caprese salta in piedi tra il pubblico, si scatena il caos, ma io rimango a terra e guardo l'unico posto vuoto dell'auditorium. Quello in prima fila.

....

Tre mesi dopo, Teatro dell'Opera di Stoccarda

Faccio un respiro profondo. Il teatro qui è diverso da quello di Milano. Ma l'appartamento nella zona ovest di Stoccarda è più grande, c'è un parco meraviglioso davanti al teatro dell'opera ed è solo per un anno. Sono stata tradita tre mesi fa. Mi sono lasciata ferire da un assassino. Mi ha causato un dolore mai provato prima. Dovevo allontanarmi da tutto questo. Lontano dagli amari rimproveri che mi ero fatta. Lontano dai ricordi. Caro lettore, temo che la mia prima infatuazione e cotta sia stata la più breve, la più impersonale e la più strana del secolo.

Ma non è importante. Almeno non più così tanto. Mi ci vorrà molto tempo per potermi fidare di nuovo di qualcuno o per poter parlare con qualcuno senza controllare che i miei gioielli siano lì e non compaiano sulla scena di un crimine qualche giorno dopo. Ma sono qui. In Germania. Prima della mia esibizione. Respiro, anche se non funziona perfettamente. Dietro le quinte.

IL DOLORE SOTTILE
CAMILLA CATELLO

2180

È che forse una carezza al cuore l'aveva avvolto nel silenzio, pensava.

Forse quello che aveva sempre scambiato per dolore era un solo un puro gesto d'amore.

Diciotto anni, età incerta, fine e inizio di una storia dai contorni sfumati. Dentro di lui avevano navigato parole molto mature, enormi quasi, forse anche troppo per i suoi giovani occhi che non riuscivano a sostenere sempre tale peso dentro.

Parole che si erano rotte quando qualcuno gli aveva detto che un modo per smettere di sentire era restare in silenzio.

Una nuvola bianca che gli avrebbe avvolto il cuore e l'avrebbe fatto dolcemente svanire, gli avrebbe impedito di tremare ogni notte; il rumore del pianto sarebbe diventato piacevole come la canzone che ogni sera il mare suonava sotto casa sua.

Ma ora quella canzone svaniva, sfuggiva alle sue orecchie, forse non esisteva più.

....

2165-2179

Avevo tre anni quando mi dissero che i miei occhi castani erano banali. Allora cominciai a desiderare ardentemente di averli del color cielo.

Nell'assurda convinzione che avrei potuto cambiare le mie iridi solo toccando qualcosa del colore desiderato, cominciai a cercare il punto d'azzurro che preferivo. L'azzurro del cielo era meraviglioso, ma era troppo lontano da raggiungere. Osservai il turchese del mare e quello dei laghi. Analizzai con cura il celeste dei sassolini del fiume sotto la casa dei nonni. Respirai a pieni polmoni il blu intenso della notte.

Eppure nessuno dei quei colori cambiava il mio sguardo.

Forse per ironia, a dispetto del colore dei miei occhi, mi avevano chiamato Indaco.

Vivevo in un grazioso cottage poco lontano da una tranquilla spiaggia di sabbia bianca. Ogni volta che lo racconto, le persone si immaginano un piccolo castello. Più che un castello, a me sembrava la torre delle fiabe, quelle dalle quali è impossibile uscire e dove a sorvegliare c'è un drago feroce.

Il drago della mia torre era una donna silenziosa dalla bellezza quasi inquietante. Il suo viso pallido era illuminato da due occhi talmente chiari da apparire quasi privi di vita e costellato da mille lentiggini, che tanti odiano ma a me piacevano, mi piaceva contargliele quando mi guardava. Mi sembravano piccole stelle sul suo viso, e ogni stella raccontava un pezzettino della sua storia, cresciuto sotto al sole.

Il suo nome era Vittoria. Da bambino mi divertivo a scherzare sul suo nome e a chiederle cos'è che avesse vinto e lei un giorno, con il suo sguardo glaciale, mi rispose "La vita".

Solo ora so che non voleva dirmelo, ma che l'avversario nella sua corsa ero stato io. Che le carezze che mi faceva sussurrandomi che sarebbe stata con me *per sempre* erano solo grandi bugie, o forse ora, ripensandoci, sono solo sogni miei, forse tutto ciò non è mai esistito.

Mi affacciai al mondo per capire perché avessi tante domande, ancora prima di pretendere delle risposte, e lo scrutai con attenzione. Capii che mi chiamava con foga e mi chiedeva di raccontarlo, di scoprire tutte le sue sfaccettature.

Capii che mi suggeriva che i "ti amo" di Vittoria erano sporcati di veleno. Ma faticavo a crederci, perché lei mi sorrideva e mi diceva che sarebbe andato tutto bene, *per sempre*. Mi faceva giocare al fiume e io sognavo di diventare talmente piccolo da potermi nascondere in una conchiglia, oppure talmente alto da toccare il sole, dal quale mi rifiutavo sempre di proteggermi con la crema, perché volevo che mi toccasse fino in fondo. La sera mi salutava lasciando dipinte sul mio corpo curiose, irregolari stelle rosse, che a toccarle mi facevano rabbrividire.

E quei brividi, e il mio cuore che batteva veloce, e le mie risate mi illudevano che sarebbe sempre andato tutto bene, che non potevo non essere felice, che sarei stato *per sempre* felice.

Anche se Vittoria, con me, *per sempre* non voleva starci davvero.

Un giorno qualcuno entrò nella pericolosa torre del drago e riuscì a domarlo.

Io guardavo quest'uomo ammirato, pensavo fosse un eroe – e forse lo era sul serio. Mi prese per mano e mi disse che mi avrebbe portato al sicuro, anche se io non sapevo bene da cosa dovevo proteggermi.

La mia nuova casa non era fatta di draghi, ma di bambini. Non era in riva al mare ma in mezzo alla città.

Quando vi entrai notai subito che nessuno aveva gli occhi vitrei di Vittoria e che gli sguardi che incontravo erano molto più simili ai miei. Ricordo che le sue lentiggini forse mi mancavano. Incredibile come ci si possa affezionare anche a chi ti brucia ogni giorno.

Qualcuno mi spiegò che quella sarebbe stata la mia nuova famiglia per un po'. Lo guardai con sgomento. Io volevo una famiglia *per sempre*.

Seguirono notti di fuoco, descritte da urla e pianti, brividi e incubi che ogni volta squarciavano il mio piccolo cuore. L'unica cosa che mi nutriva in quelle ore infinite era la luce della luna. La inghiottivo, la luna, con i miei occhi di lacrime. Me le asciugava. Mi sorrideva. E sorridevo anch'io.

Crebbi in quella strana casa le cui forme si alternavano, a volte appariva come un caldo posto sicuro, a volte come un'inquietante dimora di uno spettro malvagio.

Avevo imparato presto che il mondo fa male e che non è un bel posto come avevano provato a raccontarmi quand'ero piccolo.

Tentai di ignorarlo e di nascondermi da lui, dimenticandomi che gli avevo promesso che l'avrei raccontato.

Una mattina giunse un uomo che ci propose una medicina miracolosa.

"Medicina per cosa?" chiesi curioso, ancora confuso dal sonno.

"Medicina per il dolore".

Rimasi con la bocca aperta. Non poteva essere vero.

L'ago che mi avrebbe perforato la pelle, lo vedevo, era il più grande che avessi visto. Era enorme, imponente, quasi maestoso. Ma sapevo che se avessi provato paura in quel momento, per qualche istante, non l'avrei provata mai più.

Eravamo bambini, solo bambini. Ci precipitammo verso l'enorme siringa che lasciò su ognuno di noi una profonda cicatrice. Ma la guardavamo con ammirazione, la sfioravamo con le nostre manine. Sarebbe stato il simbolo, credevamo, della nostra salvezza. Quell'assurda, potente medicina, avrebbe spazzato le nostre lacrime e le notti nelle quali cadevamo nell'inferno.

La percezione del reale attorno a me cominciò a modificarsi. Mi sembrava quasi di faticare a riconoscere i colori, ma non era un male, perché ora avevo quasi l'illusione di poter fissare il sole senza dover strizzare gli occhi, senza che la testa mi facesse male. Ed era così bello che ora i miei occhi fossero sempre asciutti e tranquilli, che il mio respiro fosse sempre lento, che ora potevo fare i compiti senza distrarmi e dormire senza mai svegliarmi, che anche se sbagliavo qualcosa e mi punivano non era un problema, perché non avrei provato paura, né rabbia, né tristezza, né vergogna. Mi resi conto che uno schiaffo o un colpo di cintura, anche se continuava a bruciare sulla pelle, faceva molto meno male senza emozioni, e mi trovai a chiedermi perché tutta l'umanità fosse sempre cresciuta con i sentimenti: ora che non c'erano, capivo quanto erano dannosi, inutili.

Ora avevamo tutti gli occhi vitrei di Vittoria, ma il ricordo che mi suscitavano non mi stringeva il cuore. Ora potevo parlare con un bambino senza mai litigarci, senza temere che mi facesse del male o senza preoccuparmi di fare attenzione a non ferirlo.

Solo una bambina era rimasta immune a questo fantastico esperimento. I suoi occhi azzurri erano ancora vivi, brillavano ancora, ridevano e piangevano. Se per dispetto qualcuno le avesse tirato i lunghi boccoli rossi avrebbe ancora strillato spaventata, senza limitarsi a spostarsi per non sentire fastidio. Lei piangeva ancora la notte, ma poiché nessuno di noi ricordava il nome di quella fata misteriosa che le bagnava le guance, nessuno sentiva lo stimolo di consolarla.

Non so bene perché, ma io ero l'unico che in quei momenti, quando le sue urla squarciavano il silenzio così innaturale che pervadeva le nostre giornate vuote, che riusciva a capirla.

--

"Forse la medicina non ha fatto effetto su di te, Indaco. Ricorda. Ricorda com'era quando ridevi, i tuoi occhi si illuminavano e lo stomaco ti faceva male. Ricorda quando potevi parlare per ore con entusiasmo del tuo colore preferito e quando da piccolo ti eri rovesciato sul viso della vernice blu nel tentativo di svegliarti, l'indomani, con gli occhi azzurri. Ricorda com'era quando mi dicevi che dentro di te il tuo animo ruggiva. Ora cosa senti?"

Eravamo in un salone dall'apparenza antica. Doveva risalire agli anni 2020, ci avevano spiegato. Informazione per me del tutto irrilevante, non per *lei*.

"Il 2020! Lo sai che nel 2020 ci fu una pandemia che costrinse tutti a chiudersi in casa per mesi? Ho sentito dire che molti impazzirono, ma non so se è solo una leggenda."

Margherita, animata dalle sue emozioni ancora indenni, era affascinata dalla storia.

"Davvero?" mormorai, disinteressato. Mi guardai attorno cercando di capire se il salone mi piacesse o no. Sarebbe stato la mia nuova casa. "Cosa vuol dire che *impazzirono*?"

"Allora le emozioni esistevano ancora, ricordi? Si sentivano tristi, spaventati…"

Girai la testa. Non capivo.

"Non ti ricordi cosa vogliono dire queste parole?" le sopracciglia di Margherita si sollevarono verso l'alto. Cercai decifrare tale gesto, senza risultati.

"No" affermai.

Margherita era diventata mia sorella. Avevamo dei genitori, ma la loro presenza non aveva senso. Erano ben diversi dall'idea di "mamma" e "papà" che mi ero fatto da bambino. Non so perché, ma pensavo che i genitori fossero quelli che ti abbracciavano e che ti raccomandavano di proteggerti dal freddo. Mi ricordo che credevo che i genitori potessero baciarti e sorriderti, invece l'unica che era ancora in grado di farlo, forse in tutto il mondo, era Margherita.

E pensavo che quei suoi gesti scivolassero sulla mia pelle, mi lasciassero indifferente.

Ma quando mi fermavo ad osservare il ticchettio delle lancette dell'orologio o osservavo la mia immagine riflessa in uno specchio mi rendevo conto che forse mia sorella aveva ragione.

Forse io davvero ero rimasto immune alla medicina.

Forse i miei giochi da bambino e le mie urla di gioia quando mettevo i piedini nel fiume mi mancavano.

Forse mi mancavano le sere nelle quali ascoltavo da solo musica da vecchi vinili e che il suono dell'orchestra disegnava un ampio sorriso sul mio volto.

Forse mi mancavano anche i finti "Ti amo" di Vittoria e il fuoco che mi sputava addosso, forse mi mancava perfino la paura che mi provocava quel cottage che ai miei occhi era una torre stregata.

Forse mi mancavano i miei disperati tentativi di dipingere i miei occhi del colore che portavo nel mio nome, e i pianti, quando realizzavo che ciò era impossibile.

Forse, addirittura, mi mancavano le urla di notte che solo la Luna riusciva a calmare.

Ora quando osservavo il cielo nero nulla scuoteva il mio cuore. Mi resi conto non mi erano state rubate solo le emozioni, mi era stata rubata anche la luna.

Mi resi conto che il gelo che riempiva il mio stomaco era più impetuoso delle giornate di vento e che allo specchio quello che vedevo non ero io.

Cominciai ad odiare gli specchi di vetro, ma realizzai che è difficile vivere senza vedersi. Allora cercai gli specchi dell'anima, specchi composti da parole che raccontassero me e la mia vita.

Li trovai nei libri e nelle canzoni, tesori di parole che avevo perduto e che Margherita mi offrì gentilmente alle porte della primavera.

Abitai nelle pagine di carta, respirai la musica, che brillava audace, sfidando un mondo senza colore, ma non riuscivo a intenderne le note.

Allora mi maledissi, maledissi il mio silenzio, e forse provai anche paura quando capii che quel silenzio mi avrebbe oppresso per sempre, che forse era quello il per sempre al quale ero stato destinato.

Il silenzio era il vero assassino, portava ad una morte senza neanche contemplare la guerra come mezzo di difesa, subdolo sussurrava che i suoi erano baci d'amore, quando erano solo morsi violenti.

Era meglio morire di dolore.

Che forse, anche questo silenzio portava il suo stesso nome. Ma era sottile, velato. Come il sorriso del bambino che si nascondeva dentro di me e che tanto amava il colore del mare che non avrei mai raggiunto.

Capii che il blu era dentro di me, nel mio nome. E che i miei occhi erano molto più azzurri del cielo.

"E come si guarisce da questo silenzio?" chiesi quella sera a Margherita, in compagnia della musica del nostro vecchio vinile preferito.

Si avvicinò a me e mi ritrovai per la prima volta a riflettere su quanto fosse bella. Forse, a guardarla bene, qualche lentiggine l'aveva anche lei.

"Una volta, negli anni 2000, esistevano dei maestri di emozioni" mi confidò "che si chiamavano *artisti*. Riuscivano a far nascere sentimenti, a crescerli e a controllarli, e anche a regalarli a tutti."

"E come facevano?"

"Con le parole. Non so esattamente come, ma riuscivano ad appoggiarle sulla carta in modo talmente preciso ed esatto da provocare emozioni diverse in chi le leggeva"

"Cos'è la carta?"

"Era un materiale che esisteva in quegli anni. Era il luogo dove potevano disegnare le parole. E lo facevano con delle penne"

"Penne?"

"Ho un foglio di carta e una penna." Bisbigliò, senza spiegare come potesse essere custode di un tesoro tanto antico. Potevo quasi sentire il battito del suo cuore aumentare nel pronunciare tale frase. "Ho conosciuto un'artista, un giorno, una poetessa, per la precisione. La poesia, forse, è il significato più alto che riesco a dare alla parola 'arte'. Vuoi provare a diventare un artista? Credo che sia la cura al silenzio".

Annuii, osservai il foglio di carta e afferrai la penna.

"Quindi, fammi capire, cosa facevano questi artisti?"

"Scrivevano quello che avevano nel cuore, e indipendentemente da ciò che provassero davvero, riuscivano a renderlo bello agli occhi degli altri."

"Quindi gli artisti riuscivano a rendere ogni cosa brutta, una cosa bella?"

"Loro dicevano che riuscivano a rendere ogni orrore un'opera d'arte" rettificò Margherita annuendo.

Ogni orrore poteva diventare un'opera d'arte…

Presi la penna e scrissi tutto ciò che vedevo e tutto ciò che sentivo, ma la penna si ruppe e il foglio si riempì d'inchiostro.

Capii che la penna era il mio cuore e l'inchiostro era il mio sangue.

E sentii di nuovo che i brividi, anche se non riuscivo a chiamarli per nome. Sentivo quelle risate lontane. Sentivo quelle carezze gelide che ingenuamente da bimbo chiamavo "amore".

Il mio cuore ricordò improvvisamente cosa voleva dire correre inseguito da un'emozione. Ascoltai il suono dei miei battiti e capii che scrivere vuol dire aprire il proprio cuore, ma che faceva troppo male.

Era quello allora ciò a cui Margherita riusciva ancora a dare un nome.

Mi prese la mano. "So che ti ferisce, ma sono le ferite che ti renderanno libero" assicurò.

Guardai il foglio ormai nero e mi chiesi se le parole che avevo scritto avrebbero potuto definirsi "poesia" agli arbori del terzo millennio. Se "poesia" voleva dire raccogliere da terra il proprio cuore come si coglie un fiore, stringerlo le mani e scaldarlo, lasciando che lasciasse graffi sulle dita, se faceva male ma poi ti lasciava un incerto ma puro sorriso, allora quella era la "poesia", che non era scritta con l'inchiostro, ma con la penna del cuore, che è la più difficile da impugnare.

Eppure solo così piansi, e solo piangendo sentii, che si affacciava timida, la felicità. Minuta, bionda e luminosa come l'avevo incontrata la prima volta.

Che, come aveva fatto Margherita tante volte, gli tese la mano, implorando l'universo: "Dammi un'emozione, ché questo vuoto strappa il mio cuore"

2180

E allora Indaco stringendo la mano alla felicità corse su un prato, corse sul mare, corse sulle nuvole e sotto la neve, corse fino a rimanere senza fiato, corse urlando e ridendo e piangendo, la libertà era celere, era infinita, aveva i colori dell'arcobaleno che spunta dopo la pioggia.

E non riuscì più a distinguere la fantasia dalla realtà e tentò di abbracciare Margherita, ma le sue mani affondarono nell'aria, e forse era un sogno, ma forse era un sogno reale.

Forse era questo che facevano le emozioni allora, cancellare il flusso del tempo e l'immensità dello spazio.

E forse Margherita era solo la voce di quel passato perduto, o forse mai esistito.

Forse quel per sempre tanto bramato non esisteva davvero.

Forse erano destinati a stare insieme, ma in due universi diversi.

SUBTILER SCHMERZ

Camilla Catello

Aus dem Italienischen von Auguste De Donno

2180

Es schien als würde sie von einer zarten Berührung in der Tiefe ihres Herzens eingehüllt werden, dachte er.

Vielleicht war das, was er immer im Gegenzug für Schmerz empfunden hatte, eine einfache, unverblümte Geste der Liebe gewesen.

Achtzehn Jahre, genaues Alter ungewiss, Anfang und Ende einer Geschichte mit fließenden Übergängen. In seinem Inneren haben sehr reife, fast monströse Wörter kursiert. Möglicherweise sogar zu reif für seine jungen Augen, die einer derartigen Belastung nicht immer stand hielten.
Wörter die zerstört wurden, wenn sie von jemandem ausgesprochen wurden, eine Möglichkeit sie nicht mehr zu hören, war, sich in Schweigen zu hüllen.
Eine weiße Wolke hätte ihm das Herz eingehüllt, hätte es sanft verschwinden lassen und hätte verhindert ihn jede Nacht zittern zu lassen. Das Geräusch der Tränen wäre angenehm geworden, wie das Lied welches das Meer jede Nacht unter seinem Zuhause gespielt hatte.

Aber nun war dieses Lied verstummt, seinen Ohren entschwunden, vielleicht existierte es nicht mehr.

…

2165-2179

Ich war drei Jahre alt als man mir sagte, meine kastanienbraunen Augen wären gewöhnlich. Also begann ich mir sehnlichst welche in der Farbe des Himmels zu wünschen.

In der absurden Überzeugung, meine Iriden ändern zu können, indem ich einfach etwas in der gewünschten Farbe berührte, fing ich an, den idealen blauen Farbton zu suchen. Das Blau des Himmels war wundervoll, aber es war zu weit von meiner Augenfarbe entfernt. Ich beobachtete das Türkis des Meeres und das der Seen. Sorgfältig analysierte ich das Hellblau der Steinchen des Flusses unter dem Haus meiner Großeltern. Mit weiten Lungen atmete ich das intensive Blau der Nacht.

Und trotzdem änderte keine dieser Farben meinen Blick.

Vielleicht aus Ironie oder Boshaftigkeit haben sie mich aufgrund meiner Augenfarbe Indaco genannt.

Ich wohnte in einem hübschen Cottage, nicht weit weg von einem ruhigen Strand mit weißem Sand. Jedes Mal wenn ich es erzähle, stellen sich die Leute ein kleines Schloss vor. Für mich war es mehr als ein Schloss. Mehr als ein Schloss sah es für mich aus wie ein Turm aus einem Märchen, aus dem man nicht herauskommt und wo ein grimmiger Drache Wache hält.

Der Drache in meinem Turm war eine schweigsame Frau von fast unheimlicher Schönheit. Ihr bleiches Gesicht wurde von zwei so derart klaren Augen erleuchtet, dass es fast leblos wirkte und war von tausend Sommersprossen übersät, die viele hassen, aber mir gefielen sie. Mir machte es Spaß sie zu zählen, wenn sie mich anblickte. Sie kamen mir vor wie kleine Sterne auf ihrem Gesicht und jeder Stern erzählte ein kleines Stück ihrer Geschichte, die sich unter der Sonne geschrieben hatte.

Ihr Name war Vittoria. Als ich ein kleines Kind war, machte es mir Spaß sie mit ihrem Namen aufzuziehen und sie zu fragen, was sie denn gewonnen hatte und sie antwortete mir eines Tages mit ihrem eisigen Blick: „das Leben".

Jetzt weiß ich, dass sie es mir nicht hatte sagen wollen, aber, dass der Gegner bei ihrem Wettrennen ich gewesen war. Dass ihre Liebkosungen, ihre geflüsterten Versprechen, sie würde *für immer* bei mir bleiben, alles Lügen waren. Oder vielleicht, jetzt wo ich es überdenke, nur meineTräume waren. Vielleicht hat das alles nie existiert.

Ich zeigte mich der Welt um zu verstehen, warum ich so viele Fragen hatte, aber keine Antworten darauf und ich erforschte sie sorgfältig.

Ich verstand, dass das Leben mich mit Eifer rief, mich aufforderte, jede kleine Facette zu erforschen und davon zu berichten.

Ich verstand, dass es mir verriet, dass die „Ich liebe dich!" von Vittoria mit Gift durchtränkt waren.

Aber ich weigerte mich, ihr zu glauben, weil sie mich anlächelte, mir sagte alles würde gut werden, *für immer*. Sie lies mich am Fluss spielen und ich träumte davon, so klein zu werden, dass ich mich in einer Muschel verstecken könnte, oder auch so groß, dass ich die Sonne berühren könnte, vor welcher ich mich nie mit Sonnencreme hatte schützen wollen, weil ich wollte, dass sie mich bis ins Innere berührte. Abends verabschiedete sie sich, Bilder auf meinem Körper hinterlassend. Ungewöhnliche, komische rote Sterne, deren Berühren mich erschaudern lies.

Und diese Schauder, und mein schnell schlagendes Herz, und mein Gelächter ließen mich glauben, dass alles immer gut werden würde, dass es mir unmöglich wäre nicht glücklich zu sein. Dass ich *für immer* glücklich sein würde.

Auch wenn Vittoria in Wahrheit nicht *für immer* bei mir bleiben wollte.

Eines Tages betrat jemand den gefährlichen Turm des Drachen und schaffte es, ihn zu bändigen.

Ich bestaunte diesen Mann. Hielt ihn für einen Helden - und vielleicht war er das wirklich. Er nahm mich bei der Hand und sagte mir, dass er mich in Sicherheit bringen würde. Auch wenn ich nicht wirklich wusste, vor was ich geschützt werden musste.

In meinem neuen Haus waren keine Drachen, sondern Kinder. Es war nicht am Ufer des Meeres, sondern mitten in der Stadt.

Als ich eintrat fiel mir schnell auf, dass niemand die gläsernen Augen von Vittoria hatte und, dass die Blicke, die ich auffing oft dem meinen ähnelten. Ich erinnere mich, dass Vittorias Sommersprossen mir manchmal fehlten. Unglaublich, wie man an jemandem hängen kann, selbst wenn dieser Jemand dir jeden Tag schadet.

Man erklärte mir, dass dies für eine Weile meine neue Familie sein würde. Ich war bestürzt. Ich wollte eine Familie *für immer*.

Es folgten unruhige Nächte, durchbrochen von Schreien und Tränen, schaudern und Albträumen, die jedes Mal mein kleines Herz zerrissen. Das Einzige, was mich in diesen unendlichen Stunden nährte, war das Licht des Mondes. Ich habe ihn verschlungen, den Mond, mit meinen Augen voller Tränen. Er trocknete mir die Tränen. Er lächelte mir zu. Und so lächelte auch ich.

Ich wuchs in diesem seltsamen Haus auf, dessen Formen sich abwechselten, manchmal wirkte es wie ein warmes, sicheres Zuhause, manchmal wie das beängstigende Heim eines bösen Gespenstes.

Ich lernte bald, dass die Welt weh tut und kein schöner Ort ist, anders als sie probiert hatten mir weiszumachen als ich ein Kind war.

Ich versuchte, sie zu ignorieren und mich vor ihr zu verstecken, vergessend dass ich ihr versprochen hatte, ihre Geschichte weiter zu schreiben.

Eines Mittags kam ein Mann an, der uns eine geheimnisvolle Medizin anbot.

„Eine Medizin für was?" ‚fragte ich neugierig, noch verwirrt vom Schlafen.

„Medizin gegen den Schmerz."

Ich blieb mit offenem Mund stehen. Das konnte nicht wahr sein.

Die Nadel die mir die Haut durchbohren würde, war größer als alle, die ich bisher gesehen hatte. Sie erschien mir enorm, gewaltig, fast majestätisch. Aber ich weiß, dass, hätte ich in diesem Moment Angst verspürt, nur für einen Augenblick, hätte ich es nicht probiert.

Wir waren Kinder, nur Kinder. Wir stürzten zu der riesigen Spritze, die bei jedem von uns eine deutliche Narbe hinterließ. Aber wir betrachteten sie mit Ehrfurcht, wir berührten sie mit unseren Händen. Wir hielten sie für das Symbol unserer Rettung. Diese absurde, mächtige Medizin sollte unsere Tränen trocknen und die qualvollen Nächte beenden.

Die Wahrnehmung des Realen um mich herum begann sich zu verändern. Es fühlte sich für mich so an, als ob ich mich am Erkennen von Farben abmühen würde, aber das war kein Makel, denn es lies es so wirken, als ob ich die Sonne fixieren könnte ohne blinzeln zu müssen, oder Kopfschmerzen zu bekommen. Und es war so schön, dass ich jetzt meine Hausaufgaben machen konnte, ohne mich ablenken zu lassen oder schlafen konnte ohne ein einziges Mal aufzuwachen. Dass es, selbst wenn ich etwas falsch machte und bestraft wurde, nicht schlimm war, weil ich nie Angst verspürte, nie Wut, nie Traurigkeit, nie Scham. Mir wurde klar, dass eine Ohrfeige oder ein Hieb mit dem Gürtel, auch wenn es auf der Haut brennt, deutlich weniger weh tut, wenn man dabei keine Emotionen fühlt, und ich begann mich zu fragen, weshalb die ganze Menschheit mit Gefühlen aufwuchs: nun, da ich keine mehr hatte verstand ich, wie unnötig sie waren.

Nun hatten wir alle die gläsernen Augen von Vittoria, aber die Erinnerungen, die das in mir auslösten, brachen mir nicht das Herz. Nun konnte ich mit einem Jungen sprechen, ohne Angst zu haben, dass er mich verletzen oder mich vor den Kopf stoßen würde.

Nur ein Mädchen war immun gegen dieses fantastische Experiment gewesen. Ihre blauen Augen waren noch lebhaft. Sie strahlten noch, sie lachten noch und sie weinten noch. Wenn jemand respektlos an ihren roten Korkenzieherlocken gezogen hätte, hätte sie immer noch ununterbrochen geschrien.

Sie weinte nachts noch, aber nun erinnerte sich niemand mehr an den Namen dieser mysteriösen Fee, welche ihre Wangen befeuchtete. Niemand verspürte den Drang, ihr zu helfen.

Ich weiß nicht wirklich warum, aber ich war der Einzige, der sie in diesen Momenten verstand, wenn ihre Schreie die Stille durchbrachen, so ungewohnt, unsere eintönigen Tage durchdringend, sie verstand.

— —

„Vielleicht hat die Medizin bei dir nicht gewirkt, Indaco. Erinnere dich. Erinnere dich, wie es war zu lachen. Als deine Augen aufleuchteten und dein Bauch weh tat. Erinnere dich, wie es war als du stundenlang über deine Lieblingsfarbe sprechen konntest und du dich bei dem Versuch aufzuwachen, zur blau gestrichenen Wand gedreht hast, in der Hoffnung am darauffolgenden Tag mit blauen Augen aufzuwachen. Erinnere dich, wie es war, als du mir sagtest, dass in dir drin deine Seele brüllte. Und jetzt sag mir, was du fühlst?"

Wir waren in einem antik wirkenden Salon. Er wurde etwa 2020 gebaut, haben sie uns erklärt. Informationen, welche für mich alle irrelevant waren -nicht für *sie*.

„2020! Weißt du, dass es 2020 eine Pandemie gab, welche alle Menschen dazu brachte, sich für Monate in ihren Häusern einzuschließen? Ich habe gehört, dass viele *verrückt* wurden, aber ich weiß nicht, ob es nur eine Legende ist."

Margherita, angetrieben von ihren noch lebendigen Emotionen, war begeistert von dieser Geschichte.
„Wirklich?" murmelte ich desinteressiert. Ich schaute mich in dem Raum um und versuchte herauszufinden, ob er mir gefiel, oder nicht. Es würde mein neues Zuhause sein. „Was heißt das? Dass sie *verrückt* wurden?"

„Damals existierten die Gefühle noch. Erinnerst du dich? Sie fühlten sich traurig, ängstlich..."

Ich schüttelte den Kopf. Ich verstand nicht.

„Erinnerst du dich nicht, was diese Worte bedeuten?" Die Augenbraue von Margherita schnellte in die Höhe. Ich versuchte, diese Geste einzuordnen-ohne Erfolg.

„Nein" gestand ich.

Margherita war zu meiner Schwester geworden. Wir hatten beide Eltern, aber deren Existenz war nicht von Bedeutung. Sie waren ganz anders als meine früheren Vorstellungen von „Mama" und „Papa", welche ich als Kind hatte. Ich weiß nicht warum, aber ich dachte, dass Eltern diejenigen wären, die dich umarmten und dir versicherten, dich vor der Kälte zu beschützen. Ich erinnere mich, dass ich glaubte, Eltern würden küssen und lachen. Aber die Einzige, die dazu überhaupt noch fähig war, vielleicht die Einzige auf der ganzen Welt, war Margherita.

Und ich glaubte, dass Ihre Berührungen mich unbeeindruckt lassen würden.

Aber jedes Mal, wenn ich stehen blieb um das Ticken der Zeiger einer Uhr zu beobachten, oder mein Spiegelbild betrachtete, erkannte ich, dass meine Schwester Recht hatte.

Vielleicht war ich tatsächlich immun gegen die Medizin. Vielleicht fehlten mir meine Kinderspiele und meine Freudenschreie als ich meine kleinen Füße in den Fluss gestellt hatte.

Vielleicht fehlten mir die Abende, in denen ich allein alte Schallplatten anhörte und der Ton des Orchesters mir ein großes Lächeln ins Gesicht zeichnete.

Vielleicht fehlten mir auch die falschen „Ich liebe dich!" von Vittoria und die Dinge, welche sie mir zufügte. Vielleicht vermisste ich sogar die Angst, die dieses Haus, das in meinen Augen ein verhexter Turm war, in mir hervorrief.

Vielleicht fehlten mir meine verzweifelten Versuche die Farbe meiner Augen so zu verändern, dass sie meinem Namen glich und die Tränen als ich erkannte, dass es trotz allem unmöglich war.

Ich begann, die Spiegel aus Glas zu hassen, aber ich realisierte, dass es schwierig war, zu leben ohne sich anzusehen. Also suchte ich Spiegel der Seele, Spiegel zusammengesetzt aus Wörtern, die mich und mein Leben widerspiegelten.

Ich fand sie in Büchern und in Liedern, Schätze aus Wörtern die ich verloren hatte und die mir Margherita freundschaftlich mit dem Frühlingsanfang schenkte.

Ich lebte in den Buchseiten, ich atmete die Musik ein, die wie ein Lichtstrahl eine Welt ohne Farben durchbrach, aber ich schaffte es nicht, die Noten zu deuten.

Also verfluchte ich mich, verfluchte mein Schweigen, und vielleicht verspürte ich auch Angst, als ich kapierte, dass dieses Schweigen mich *für immer* erdrücken würde. Dass das vielleicht das *für immer* war, für welches ich bestimmt war.

Das Schweigen war der wahre Mörder, der mordete, ohne wenigstens den Krieg als Verteidigung zu ermöglichen, verschlagen Glauben machend, dass seine Küsse liebevoll waren, während sie nur dazu da waren, gewaltvoll zuzuschnappen.

Es war besser qualvoll zu sterben.

Vielleicht trug auch dieses Schweigen seinen eigenen Namen. Aber es war subtil, verschleiert. Wie das Lächeln des Kindes, das sich in mir versteckte und dem die Farbe des Meeres, welche es nie erreichte, sehr gefiel.

Ich verstand, dass das Blau in mir war. In meinem Namen. Und, dass meine Augen sehr viel blauer als der Himmel waren.

„Und wie wird man von diesem Schweigen geheilt?" Fragte ich Margherita abends, in Begleitung der Musik unserer alten Lieblingsschallplatte.

Sie kam näher an mich heran und das erste Mal bemerkte ich, wie schön sie war. Vielleicht, beim näheren Hinschauen, hatte sie ebenfalls ein paar Sommersprossen.

„Eines Tages, in den 2000ern, gab es Lehrer der Emotionen." vertraute sie mir an. „Sie nannten sich Künstler. Sie schafften es, Gefühle aufkommen zu lassen, diese wachsen und schrumpfen zu lassen und sie zu kontrollieren. Sie schenkten diese allen."

„Und wie machten sie das?"

„Mit Worten. Ich weiß nicht wirklich wie, aber sie schafften es, sie sehr präzise auf Papier zu bringen, und damit Emotionen in den Lesern hervorzurufen."

„Was ist Papier?"

„Es war ein Material, welches damals existierte. Dort konnte man Wörter mit Stiften malen."

„Stifte?"

„Ich habe ein Blatt Papier und einen Füller." Flüsterte sie, ohne zu erklären, wie sie an diese antiken Schätze gekommen war. Man konnte quasi ihren aufgeregten Herzschlag hören während sie diese Worte sprach. „Ich kannte einmal einen *Künstler*. Eine Dichterin, um genau zu sein. Die Poesie ist vielleicht die passendste Beschreibung des Wortes „Kunst". Möchtest du versuchen, ein Künstler zu werden? Ich glaube, dass dies das Schweigen heilen wird."

Ich bejahte, schaute auf das Blatt und….den Stift.

„Also, erkläre mir, was machen diese Künstler?"

„Sie schreiben das, was sie auf dem Herzen haben auf und die, welche es wirklich probieren, schaffen es das in den Augen der anderen schön erscheinen zu lassen."

„Also machen die Künstler aus jeder schrecklichen Sache etwas Schönes?"

„Sie sagen, dass sie es schaffen jeden Fehler in ein Kunststück zu verwandeln." stimmte Margherita zu.

Jeder Fehler konnte ein Kunststück werden…

Ich nahm den Stift und schrieb alles was ich sah und alles, was ich fühlte nieder. Aber der Stift brach und das Blatt wurde von Tinte durchtränkt.

Ich verstand, dass der Stift mein Herz war und die Tinte mein Blut.

Und ich spürte aufs Neue die Schauer, auch wenn ich sie nicht beim Namen nennen konnte. Ich spürte dieses entfernte Lachen. Ich spürte diese sanften Liebkosungen, welche ich als Kind „Liebe" nannte.

Mein Herz erinnerte sich plötzlich daran, was es hieß zu rennen und dabei etwas zu fühlen.
Ich hörte die Schläge meines Herzens und erkannte, dass Schreiben zwar hieß das Herz zu öffnen, aber unendlich weh tat.

Das war es aber, welches Margherita schaffte zu benennen.

Sie nahm meine Hand. „Ich weiß, dass es dich verletzt, aber es sind die Wunden, die dich befreien werden." Versicherte sie mir.

Ich betrachtete das fast schwarze Blatt und fragte mich, ob die von mit geschriebenen Wörter als „Poesie" des dritten Jahrtausends gelten konnten. Wenn „Poesie" hieß, das Herz von der Erde aufzulesen wie man eine Blume pflückte, Hände zu halten um sie zu erwärmen, loszulassen was einen auffraß, was weh tat, aber dann daraus ein unsicheres, aber pures Lächeln erblühen zu lassen,…dann war das die „Poesie", die nicht mit der Tinte sondern mit dem Stift des Herzens verfasst wurde. Die Schwerste von allen.

Und nur diese führt zu Tränen und nur Tränen führen zu Gefühlen, so das langsam Freude entsteht. Zierlich, blond und leuchtend, wie ich sie schon einmal erfahren hatte.

Und so griff ich, wie Margherita es schon tausendmal gemacht hat-te, ihre Hand und flehte das Universum an: „ Gib mir ein Gefühl, auf dass diese Leere aus meinem Herzen entflieht.“

— — —

2180

Und so reichte Indaco der Freude die Hand, rannte auf dem Rasen, rannte auf dem Meer, rannte auf den Wolken und unter dem Schnee, rannte bis er atemlos war, rannte schreiend und lachend und weinend, die Freiheit war schnell, unendlich und hatte die Farbe des Regenbo-gens, welcher nach dem Regen kam.

Er schaffte es nicht mehr, die Fantasie von der Realität zu unter-scheiden und er versuchte Margherita zu umarmen, aber ihre Hände verwehten im Wind und vielleicht war es ein Traum, vielleicht aber auch ein realer Traum.

Vielleicht war es das, was nun Emotionen verursachte, den Verlauf der Zeit auslöschte und die Weite des Raumes ausfüllte,

Und vielleicht war Margherita nur die Stimme der verlorenen, oder vielleicht nie existenten, Vergangenheit gewesen.

Vielleicht war das *für immer* stark ersehnt, aber nie wirklich erreicht.

Vielleicht waren wir dafür bestimmt, zusammen zu sein, aber in zwei verschiedenen Universen.

KALEIDOSKOP
EMMA SCHWEIER

Die Luft ist süß und schwer, beladen mit Blütenduft und dem Geruch nach zu warmer Erde. Die Sonne hat sich hinter den Horizont verabschiedet, der Himmel pastell-pink und taubenblau im Nachhinein. Die Erde ist trocken und über dem gebrochenen Teer der Straße hängt die zurückgelassene Hitze des Tages. Es ist ein- zwei Wochen her, dass es zuletzt geregnet hat und die Welt lechzt nach Wasser.

Als ich klein war, habe ich noch nicht verstanden, was zu wenig Wasser dem Wald antun kann. Für mich bedeutete wochenlange Hitze nur die Möglichkeit endlich wieder meinen liebsten Rock anzuziehen, rot mit grünen Punkten, war bloß Ausblick auf den Sommer. Ich liebte nichts so sehr wie die Sommerferien, diese sechs endlos langen und immer zu kurzen Wochen, die jedem Kind wie Magie vorkommen, weil sie endlich Freiheit versprechen.

Sommer hieß Wasserbomben und Eiscreme und bloße Füße auf warmem Teer. Es war Inline-Skaten und Fahrradfahren und in Folge dessen offene Knie. Wir radelten zum See und lauschten den Vögeln und schliefen im Freien auf dem Trampolin, wir spielten Playmobil im zu hohen Gras und versuchten Glühwürmchen zu fangen, diese kleinen, neon-gelben gefallenen Sterne, die zwischen den tiefen Ästen des Obstgartens tanzten.

Sommer bedeutete Freiheit und Sommer hieß Katinka zu sehen.

Katinka war nur im Sommer hier, sechs Wochen bei ihren Großeltern und wenn sie wieder verschwand, dann war das einzige Lebenszeichen, welches ich von ihr erhielt, ab und zu eine Postkarte aus der Stadt, in der sie lebte.

Wir schrieben nicht oft, aber doch oft genug.

Die Postkarten liegen in einer Kiste in meinem Zimmer, einem Schuhkarton auf meinem Bücherregal, eines dieser Päckchen, die man sein ganzes Leben mit sich rumschleppt, auch wenn man den Inhalt nur alle vier Jahre anschaut und ihn irgendwann mal seinen Enkeln zeigt.

Sie würden sich noch nicht einmal als Zeitkapsel eignen, denn Katinka und ich schickten keine Postkarten von unseren Wohnorten, auch wenn es genug gegeben hätte, aus der Stadt und auch aus meinem Dorf, das ein Ferienort war und von touristischem Kitsch in der Post und im Dorfladen und an der Tanke und sogar an der Kasse des Cafés lebte.

Aber Katinka und ich mochten die schrillen Farben nicht und wir suchten auf Flohmärkten nach alten, leeren und vollen Karten aus jenen alten Päckchen, die Menschen mit sich herumtragen, wie es meines jetzt ist und wir überklebten die alten Texte und schrieben unsere eigenen in krakeligem Buntstift und später in verschmiertem Kugelschreiber. Welche Geschichten wir wohl überschrieben haben, von alten Lieben und langen Freundschaften? Von Geburtstagen und Weihnachtswünschen und Urlaubstagen? Längst vergangene Erinnerung von Menschen, die es nicht mehr gibt oder vielleicht doch.

Ob sie sich fragen, was geschehen ist, mit diesen bunten Karten?

Ich trage sie jetzt bei mir, die Hälfte zumindest. Trage sie durch die Welt und vielleicht, eines Tages werden sie gefunden werden. Auf einem Flohmarkt zwischen alten Lampenschirmen und Bilderrahmen.

Wahrscheinlicher ist, dass sie im Papiermüll landen. Vielleicht werden sie recycelt werden. Neues Papier für neue Geschichten. Ich weiß nicht, welcher Gedanke mir mehr gefällt.

Vor mir zweigt die Teerstraße in den Wald ab, ein schmaler Forstweg, der schon nach wenigen Metern in einem dicht bewachsenen, kaum erkennbaren Trampelpfad endet. Einer von hundert Wegen zu dem kleinen See im Wald, der Krater eines Meteoriten-Einschlages von vor Millionen von Jahren. Wer hätte es gedacht. Dass Millionen von Jahre später Kinder an den Ufern des Einschlagortes spielen würden.

Mein Auto parkt ein paar hundert Meter entfernt, blauer Lack im starken Kontrast gegen das grüne Maisfeld hinter ihm. Der Trampelpfad liegt im Schatten, die Sonne ist verschwunden, die Dunkelheit wird die Welt bald eingenommen haben. Der Himmel ist klar und am Horizont scheint der erste Stern.

Ich mache den ersten Schritt unter das Laubwerk. Grillen zirpen, Vögel singen. Die Luft riecht schwer und süß, nach Blüten, die ich bis heute nicht benennen kann und anderen, deren Namen ich einmal kannte und vergessen habe, weil sie im Großstadt-Dschungel nicht zu finden sind. Als Kind hatte ich mir geschworen, diesen Ort niemals zu verlassen, diese Wege, die ich so gut gekannt hatte, immer noch kenne, dass sie genauso gut auf meine Seele geschrieben sein könnten. Der Weg zu meinem Herzen über verzweigte Landstraßen und kleine Feldwege, über Trampelpfade im Wald.

Katinka und ich waren beste Freundinnen gewesen, obwohl ich sie nur sechs Wochen das Jahr kannte und ich und sie beide andere Freunde in der Schule hatten. Wir hatten die Freundschaftsketten, um es zu beweisen, zwei halbe Herzen an bunten Bändern. Wir standen in den Freundschaftsalben der jeweils anderen an erster Stelle. Wir teilten alles, zumindest in den sechs Wochen, in denen sie hier war, so wie es beste Freundinnen tun.

Haargummis, CDs, Snacks und Sammelbilder. Die Welt war die unsere. Ich bin mir sicher, dass der ein oder andere Haargummi, den ich heute habe, einmal Katinkas war. Ich weiß, dass ich immer noch die gleiche Marke Lipgloss trage, weil Katinka mir genau diesen einen an meinem 15ten Geburtstag geschenkt hat, dass ich wegen ihr Spiegeleier mit Butter brate und dass die Karten auf meinem Schrank dort bis an mein Lebensende stehen werden.

Der Trampelpfad ist beinahe derselbe wie er es immer war. Es gibt ein paar neue Windungen, er ist ein wenig breiter geworden, da sind Kurven die einmal nach rechts gingen und sich jetzt mehr nach links winden. Auf ungefähr der Hälfte des Weges liegt ein Baumstamm quer über den Weg den es dort noch nicht immer gab. Es wird dunkler und ich ziehe mein Handy aus der Tasche, um die Taschenlampe anzumachen.

Kein Empfang. Das elektrische Licht ist grell und weiß und erleuchtet nur den Weg vor mir, während der Wald um mich herum ins Dunkel taucht. Mit einem Mal fühle ich mich dämlich. Früher hatte ich diesen Weg mit geschlossenen Augen beschreiten können. Früher wäre es mir nicht eingefallen, diesen Weg mit einer Taschenlampe zu beschreiten, solange es noch ansatzweise Licht gegeben hatte.

Ich schalte die Lampe aus und warte, bis sich meine Augen wieder an das Dunkle gewöhnen. Bis ich die schemenhaften Stämme und Äste ausmachen kann und der Weg vor mir wieder klar erscheint. Der Mond muss aufgegangen sein. Sein Licht ist kühl und findet nur spärlich den Weg durch das Blätter- und Nadelwerk, aber es ist nicht grell wie die Taschenlampe.

In meinem Leben hat es selten einen Menschen gegeben, den ich so sehr geliebt habe wie Katinka. Meine Sommer sind voll mit der Erinnerung an ihr wildes, rotes Haar, an ihr breites Grinsen und ihr Gesicht voller Sommersprossen. Mehr als einmal hatten wir versucht, sie zu zählen und waren nie an ein Ende gekommen. Als Kind war ich überzeugt davon, dass es Millionen sein müssten, auch wenn ich nicht wusste, was eine Millionen war.

Katinka verschwindet immer weiter aus meinem Leben. Ein Phantom, welches alle meine Momente heimsucht und sich doch langsam zur Ruhe legt. Italienische Orangen-Limonade und Postkarten und ABBA und die Farbe Grün. Unter meinen Füßen zerbricht ein Ast.

Früher, als wir diesen Weg gegangen waren, hatte sie mich an der Hand genommen und mich hinter sich hergezogen. Nichts konnte schnell genug für sie gehen, es war gewesen, als wäre sie der Welt zwei Schritte voraus. Ihre Hand war immer voller Tintenflecken und manchmal waren ihre Nägel bunt lackiert. Ihr Lachen scheint zwischen diesen Zweigen gefangen, für immer, für alle Zeit bewahrt.

Wie viele gleiche Geschichten, wie viele dieser Lacher bewahrt dieser Wald? Ich höre nur Katinka.

Ich brauche einen Moment um zu merken, dass ich stehen geblieben bin. Dann noch einen, bis ich verstehe, warum.

Das Baumhaus war mein und Katinkas ganzer Stolz. Wir haben den größten Teil selbst gebaut, auch wenn uns Katinkas Opa ein bisschen geholfen hat. Es ist nicht groß. Eigentlich kein Haus. Nur eine Plattform zwei Meter über dem Boden in den Verzweigungen von zwei Blutbuchenbäumen, so nahe miteinander verschlungen, dass es beinahe aussieht, als wären sie ein Baum. Einer der Stämme ist leicht schief und an ihm sind die kleinen Bretter festgenagelt, die als Treppe dienen.

Ähnliche Bretter waren damals an dem schiefen Baum über dem See. Um an das Seil zu kommen musste man ganz nach oben klettern. Ich hatte es mich nie getraut. Es war immer Katinka, die da oben saß, Arme und Beine um den Stamm geschlungen wie ein Äffchen. Sie hatte allen das Seil in die Hand geschwungen, die wollten und zugesehen, wie wir von dem Ast zwei Meter weiter unten in den See geschwungen waren.

Ein Kind, Finn, hatte sich einmal den Finger gebrochen, aber egal wie oft die Erwachsenen das Seil konfiszierten, bis zum nächsten Sommer fand sich wieder eines an dem Baum.

Die Latten sind das Erste, was ich sehe. Manche sind abgebrochen, fehlen ganz. Ein, zwei sind schief. Einen Moment lang gebe ich mich der Illusion hin, dass ich trotzdem nach oben klettern könnte, dann schaue ich auf meine Flip-Flops und beschließe, dass ich heute möglichst nicht mit gebrochenen Gliedmaßen alleine durch den Wald stolpern will.

Meine Hand findet trotzdem die glatte Rinde, tastet über das alte Haus. Unter der mittleren Latte, oder da, wo das mittlere Holz einmal war, finde ich die Narben.

Katinka hatte das Taschenmesser von ihrem Opa bekommen und gemeinsam hatten wir den gewaltsamen Akt verübt, hatten vorsichtig und präzise unsere Namen dort eingeritzt. Den Baum, der bereits hier gestanden hatte, als wir noch nicht mehr als eine Idee waren so zu unserem eigenen gemacht. Rückblickend hat es eine gewisse Arroganz.

Katinka.

Da ist eine Schuhschachtel voller Postkarten auf meinem Schrank, eine alte Kette mit einem halben Herz und ein Armband aus buntem Garn und ein Haufen Sammelkarten und Origami-Schmetterlinge in einer Box unter meinem Bett. Haargummis von denen ich nicht weiß, woher ich sie habe und der gleiche Lipgloss den ich trage seit ich 15 bin in meinem Bad. Polaroids an meiner Wand und Bücher, die ich nie zurückgegeben habe, und ein Pulli in meinem Schrank, der schon lange nicht mehr nach ihr riecht, so, so grün.

Da stehen zwei Namen in diesem Baum, eine Narbe in seiner Rinde und es ist, als würde ich in ihr ertrinken. Hier draußen ist sie überall. Auf diesem Weg, der zu unserem See führt und zu unserem Haus, auf dem Feld draußen, in dem wir uns für eine halbe Stunde verlaufen haben, in dem Garten, in dem wir am Lagerfeuer gesessen haben, Stockbrot und Marshmallows und das erste Bier. Sie ist in dem kleinen Postladen, dort an dem roten Briefkasten, in den ich das ganze Jahr lang über Postkarten geworfen habe. In dem Café, in dem sie nur Vanille-Eis bestellt hat. Auf den Wegen und Straßen, auf denen wir uns die Knie blutig geschlagen haben. In den Obstgärten, in denen wir Äpfel gestohlen haben.

Wie erklärt man eine beste Freundin? Eine Person, welche die ganze Kindheit definiert? Einen Menschen, der einen wachsen sieht und dabei mit einem wächst?

So viele Übernachtungen, ein Uhr morgens auf ihrer Hello Kitty Decke in dem Zimmer ihres Opas, sieben und zehn und zwölf und siebzehn und immer noch die gleichen Mädchen und doch so anders, Finger ineinander verschränkt und Augen leuchtend.

Ich weiß nicht, ob das Gesicht, an das ich mich erinnere, tatsächlich Katinka ist. Ist Katinka wie ich sie zum letzten Mal gesehen habe, am Ende des Sommers, Füße auf dem warmen Teer, winkend wie eine Wilde, während ihr Gesicht, aus dem Fenster des Autos ihrer Mutter hängend, am Horizont verschwand?

Oder ist sie eine Andere? Eine Katinka, mir nur noch als Foto bekannt, als Bild in den hundert Alben, die meine Eltern auf ihrem Kaminsims stehen haben? Eine Erinnerung einer Erinnerung, dreimal recycelt in meinem Kopf? Wer ist der Mensch, den ich geliebt habe, liebe?

Verschwinden. Ein Sommer voller Katinkas und dann irgendwann… nichts mehr. Keine Postkarten, keine Nachrichten auf dem Handy, keine Bilder auf Instagram. Keine Antworten auf Anrufe, nichts. Achtzehn Jahre alt und dreizehn Sommer lang Katinka und dann nichts mehr.

Die Ränder ihres Namens in der Buchenrinde sind scharf. Ich grabe meine Finger in das Holz und weiß nicht, was ich hier tue? Einem Phantom nachjagen?

Ich habe neue Freunde, neue Bekannte und keinen, den ich liebe, wie Katinka. Weil Liebe wie ein Kaleidoskop ist. Einhunderttausend Regenbogen auf den Steinen der Terrasse, ein Ausblick in eine fremde Welt. Liebe ist wie ein Kaleidoskop, immer ein bisschen anders und ich denke, ich kann niemals jemanden wieder so lieben, wie ich es mit Katinka getan habe.

In unserem Wald gelingt es mir endlich in Worte zu fassen warum. Weil niemand anderes mich so gekannt hat wie sie. Weil es etwas Magisches, etwas Besonderes hatte. Wie sie meine Hand hielt, zehn Finger miteinander verschmolzen. Wie sie um das Feuer tanzte, wie sie meine Haare flocht, wie sie „Dancing Queen" sang.

Wie sie jedes „Ich" gekannt hat, selbst die, welche mir heute selbst unbekannt sind.

Es ist dunkel und im Dunkeln gehe ich zurück zur Straße. Ich habe auf Wiedersehen gesagt. Das letzte Mal, als wir uns gesehen haben. Das letzte Mal, dass ich angerufen, das letzte Mal, dass ich eine Postkarte geschrieben habe.

Ich parke eine halbe Stunde zu spät vor dem Haus meiner Eltern. Der Garten liegt im kühlen Mondschein. Unter den Ästen des Pflaumenbaums tanzt ein einsames, neon-grünes Licht. Die Schwärme vergangener Tage sind lange verschwunden und doch ist es hier. Ein Glühwürmchen, ein Stern vom Himmel gefallen, ein einsamer Tänzer in der Nacht. Es ist zu dunkel, um das Gelb der Butterblumen gegen das hohe Gras zu sehen, aber die Pusteblumen scheinen silbern.

Mein Leben ist definiert von diesen Nächten, eine Perlenschnur hunderter solcher Abende, kein Wind in den Ästen der Birken und Obstbäume, nur das Zirpen der Grillen und ab und an ein Schrei in der Nacht, irgendein Vogel dessen Name ich nicht kenne und welcher doch die Melodie meiner Kindertage spielt. Hunderte solcher Nächte, Hand in Hand mit Katinka und jetzt ohne sie.

Sie ist nicht verschwunden. Sie ist immer noch hier, in dem Baum, den ich zurückgelassen habe, und der Schachtel auf meinem Schrank.

Wenn ich in die Zukunft schaue, kann ich es sehen. Bloße Füße auf warmem Teer, zehn Finger miteinander verschlungen. Noch einhundert Sommernächte und hundert mehr, ein Leben lang dieser Augenblick, eine Perlenschnur, ein Kaleidoskop, eine Liebe an die andere gereiht.

CALEIDOSCOPIO
EMMA SCHWEIER
Traduzione di Martina Brunetti

L'aria è dolciastra e pesante, carica di profumo di fiori e terra troppo calda. Il sole si è nascosto sotto l'orizzonte, lasciando dietro di sé un cielo grigio tortora e rosa pastello. La terra è secca, e il caldo che il giorno ha lasciato dietro di sé rimane sospeso sopra l'asfalto dissestato della strada. È passata una, forse due settimane da quando ha piovuto l'ultima volta, e il mondo brama disperatamente anche solo una goccia d'acqua.

Quando ero piccola non avevo ancora capito cosa sarebbe potuto succedere se la foresta non avesse avuto abbastanza acqua. Le settimane di calura significavano solo che potevo tornare a indossare la mia gonna preferita, rossa a pois verdi. E poi, significava estate. Non amavo nient'altro più delle vacanze estive, quelle sei settimane infinite, lunghissime e sempre troppo corte, che appaiono magiche ai bambini, e che promettono loro, finalmente, la libertà.

Estate significava gavettoni e gelato e piedi nudi sull'asfalto caldo. Era andare in bici e pattinare e di conseguenza ginocchia sbucciate. Andavamo fino al lago e ascoltavamo gli uccelli e dormivamo all'aperto sul trampolino, giocavamo coi Playmobil nell'erba troppo alta e cercavamo di acchiappare le lucciole, quelle piccole stelle cadute color giallo fluo che danzavano tra gli spessi rami del frutteto.

Estate significava libertà ed estate significava vedere Katinka.

Katinka restava qui solo in estate, sei settimane dai suoi nonni, e quando scompariva di nuovo, allora gli unici segni di vita che ricevevo da lei erano delle cartoline che mandava ogni tanto dalla città dove viveva.

Non ci scrivevamo spesso, ma quanto bastava.

Le cartoline stavano in una sorta di cassetta nella mia stanza, una scatola da scarpe sulla mia libreria, uno di quei pacchetti che ci si porta dietro tutta la vita, anche se se ne guarda il contenuto una volta ogni quattro anni, e che un giorno si mostrerà ai propri nipoti.

Non saprei neanche dire se questa si possa chiamare capsula del tempo, visto che io e Katinka non ci mandavamo cartoline dalle città dove vivevamo; anche se ce ne sarebbero state abbastanza, sia in città che nel mio paesino, un luogo di villeggiatura che viveva del kitsch turistico, che invadeva l'ufficio postale e il negozietto e il benzinaio e persino la cassa del caffè.

Ma a me e a Katinka non piacevano quei colori vivaci e andavamo per i mercatini delle pulci cercando cartoline più vecchie, vuote e già scritte, se provenivano da quei vecchi pacchetti che le persone si portano dietro tutta la vita, come quello che ho adesso, incollavamo poi della carta sopra le vecchie parole, per poi scrivere le nostre, prima in pastello, con quelle lettere tremolanti tipiche dei bambini, e poi con penne dall'inchiostro sbavato. Vecchi amori, amicizie di lunga data, quali storie abbiamo completamente riscritto? Di compleanni e di auguri di Natale e di giorni di vacanza? Un ricordo lontano di persone che non ci sono più, o forse sì.

Se ve lo steste chiedendo, cos'è successo a quelle cartoline colorate?

Le tengo ancora con me, o, almeno, la mia metà. Le porto sempre con me dovunque vada e, chissà, forse un giorno verranno ritrovate. In un mercatino delle pulci, tra vecchi paralumi e cornici.

Anche se è più probabile che finiscano in un bidone della carta. Forse verranno riciclate. Nuova carta per nuove storie. Non so quale pensiero mi piaccia di più.

Di fronte a me, la strada asfaltata si dirama nel bosco in uno stretto sentiero, che già dopo pochi metri termina in una stradina battuta fittamente coperta di piante, quasi irriconoscibile. Una delle cento strade per il piccolo laghetto nel bosco, il cratere lasciato da un meteorite milioni di anni fa. Chi l'avrebbe mai pensato: che milioni di anni dopo dei bambini avrebbero giocato sulle rive del luogo di una catastrofe.

La mia macchina è parcheggiata duecento metri più in là, la vernice blu in netto contrasto con il campo di mais verdeggiante dietro di lei. La strada battuta è avvolta nell'ombra, il sole è scomparso, l'oscurità avrebbe presto preso il controllo del mondo. Il cielo è chiaro e all'orizzonte inizia a brillare la prima stella.

Faccio il primo passo nel fogliame. I grilli friniscono, gli uccellini cantano. L'aria ha un profumo pesante e dolciastro, di alcuni fiori di cui non conosco il nome, e di altri, di cui un tempo lo conoscevo e ora ho dimenticato, siccome non si trovano nella giungla della metropoli. Da piccola avevo giurato a me stessa che non avrei mai lasciato questo posto, queste strade che avevo conosciuto così bene, e che conosco ancora, tanto che potrebbero essere scritte nella mia anima. La via per il mio cuore tra stradine di campagna ramificate e piccoli sentieri, per lo sterrato nel bosco.

Io e Katinka eravamo diventate migliori amiche, anche se la vedevo solo sei settimane all'anno ed entrambe avevamo altri amici a scuola. Per ufficializzare la cosa, avevamo due collane dell'amicizia, due cuori a metà su dei nastri colorati. Eravamo al primo posto negli album dell'amicizia l'una dell'altra. Condividevamo tutto, specialmente durante quelle sei settimane quando lei era qui, come fanno le migliori amiche.

Elastici per capelli, CD, snack e figurine. Il mondo era nostro. Sono sicura che uno dei due elastici che porto ancora oggi, una volta era di Katinka. So che indosso ancora sempre la stessa marca di lipgloss, quello che Katinka mi ha regalato per il mio quindicesimo compleanno, che io adesso grazie a lei faccio le uova al tegamino col burro e che quelle cartoline sul mio armadio rimarranno lì fino alla fine dei miei giorni.

Il sentiero battuto è quasi rimasto quello che è sempre stato. Ci sono un paio di svolte in più, è diventato un po' più largo, ci sono curve che prima voltavano a destra e che adesso tendono un po' più a sinistra. A circa metà del sentiero si trova un tronco d'albero di traverso rispetto alla strada, che non è mai stato là. Il cielo si scurisce e io tiro fuori il mio telefono dalla tasca per accendere la torcia.

Non c'è campo. La luce elettrica è bianca e accecante e illumina solo la strada appena di fronte a me, mentre la foresta intorno è immersa nel buio. Per una volta, mi sento goffa. Prima avrei potuto descrivere questa strada a occhi chiusi. Prima non mi sarebbe mai venuto in mente di percorrere questa strada con una torcia, finché ci fosse stata almeno un po' di luce.

Spengo la torcia e aspetto, finché i miei occhi si abituano di nuovo all'oscurità. Finché riesco a riconoscere l'intrico dei tronchi e dei rami e la strada non ricompare chiara di fronte a me. La luna deve essere già sorta in cielo. La sua luce è fredda e solo alcuni raggi trovano la loro strada tra gli aghi e il fogliame, ma non è accecante come la torcia.

Nella mia vita, ci sono state poche persone che ho amato come Katinka. Le mie estati sono piene del ricordo dei suoi capelli rossi e selvaggi, del suo largo sorriso e del suo viso pieno di lentiggini. Abbiamo cercato più di una volta di contarle e non siamo mai riuscite a finire. Da piccola ero convinta che dovevano essercene milioni, anche quando non sapevo, cosa fosse un milioni.

Katinka si allontana sempre di più dalla mia vita. Un fantasma, che mi fa visita in ogni momento e che, lentamente, se ne sta andando. Aranciata San Pellegrino e cartoline e gli ABBA e il colore verde. Un ramo si spezza sotto i miei piedi.

Prima, quando avevamo percorso questa strada, mi aveva preso la mano e mi aveva trascinata dietro di sé. Nulla era abbastanza veloce per lei, era come se fosse sempre un paio di passi avanti al resto del mondo. La sua mano era sempre piena di macchioline di inchiostro e a volte aveva dello smalto colorato sulle unghie. La sua risata sembra rimasta intrappolata tra questi rami, per sempre, custodita per sempre.

Quante storie come la nostra, quante risate custodisce questa foresta? Io sento solo Katinka.

Mi serve un momento per rendermi conto che mi sono fermata. Poi me ne serve un altro per capire perché.

La casa sull'albero era il grande orgoglio mio e di Katinka. Per la maggior parte l'abbiamo costruita da sole, anche se suo nonno ci ha aiutato un po'. Non è grande. In realtà, non è neanche una casa. Solo una piattaforma a due metri da terra tra i rami di due faggi, così intrecciati l'uno all'altro, che sembra quasi siano un albero solo. Uno dei due tronchi è leggermente inclinato, e lì sono inchiodate le piccole assi che fungono da scala.

Delle assi simili, prima, si trovavano sull'albero inclinato sul lago. Per arrivare alla corda bisognava arrampicarsi fin su in alto. Io non ne ho mai avuto il coraggio. Era sempre Katinka che si sedeva lassù, con le braccia e le gambe strette intorno al tronco come una scimmietta. Lanciava la corda in mano a chiunque volesse, e da lì guardava tutti noi che dondolavamo, sospesi sul lago, due metri più in basso.

Un bambino, Finn, una volta si era rotto un dito, ma non importava quante volte i grandi avessero confiscato la corda, l'estate dopo ce n'era sempre una sull'albero.

Quelle assicelle sono la prima cosa che vedo. Alcune sono rotte, alcune mancano completamente. Una, due sono storte. Per un momento mi abbandono all'illusione che possa salire comunque, poi guardo le mie infradito e concludo che oggi preferirei non incespicare per la foresta da sola con qualche arto rotto.

La mia mano trova comunque la corteccia liscia, tasta la vecchia casa. Sotto l'assicella di mezzo, oppure dove una volta c'era il legno, adesso trovo le cicatrici.

Katinka aveva ricevuto come regalo il coltellino da suo nonno e insieme, con prudenza e precisione, avevamo compiuto l'atto violento di incidere i nostri nomi. Sull'albero che era già lì prima ancora che noi fossimo anche solo delle idee nelle menti dei nostri genitori. Ripensandoci, avevamo avuto proprio una certa arroganza.

C'è una scatola da scarpe piena di cartoline sul mio armadio, una vecchia collana con un cuore a metà e un braccialetto di filato colorato e una pila di carte collezionabili e farfalle origami in uno scatolone sotto il mio letto. Elastici per capelli che non so da dove vengono e lo stesso lipgloss che metto da quando ho quindici anni nel mio bagno. Polaroid sulla parete e libri che non ho più dato indietro e un maglione nel mio armadio, che già da tempo non ha più il suo odore così, così verde.

Ci sono due nomi su quest'albero, una cicatrice nella sua corteccia, ed è come se ci stessi annegando dentro. Lei è dappertutto, qua fuori. Su questa strada, che porta al nostro lago e alla nostra casa, nel campo più fuori dove ci siamo perse per mezz'ora, nel giardino dove ci siamo sedute intorno al falò, stockbrot, marshmallows e la prima birra. Lei è in quel piccolo ufficio postale, lì vicino a quella cassetta delle lettere rossa, dove ho buttato cartoline per tutto l'anno. Nel caffè, dove ha sempre e solo ordinato il gelato alla vaniglia. Sulle vie e sulle strade dove ci siamo sbucciate le ginocchia. Nei frutteti dove abbiamo rubato le mele.

Come si definisce una migliore amica? Una persona che lascia il segno in tutta la tua infanzia? Una persona che ti vede crescere e cresce con te?

Tutte quelle volte che sono stata a dormire da lei, all'una di notte sulla sua coperta di Hello Kitty nella stanza di suo nonno, quando avevamo sette e dieci e dodici e diciassette anni, sempre le stesse ragazze e comunque così diverse, dita intrecciate e occhi lucidi.

Non so se il viso di cui mi ricordo sia effettivamente quello di Katinka. Katinka è ancora come l'ho vista l'ultima volta, alla fine dell'estate, i piedi nudi sull'asfalto caldo, che mi salutava furiosamente mentre il suo viso, fuori dal finestrino dell'auto di sua madre, scompariva all'orizzonte?

Oppure è un'altra? Una Katinka che adesso conosco solo dalle foto, dalle immagini delle centinaia di album che i miei genitori tengono sulle mensole del caminetto? Il ricordo di un ricordo, riciclato tre volte nella mia mente? Chi è la persona che ho amato, e che amo?

Scomparsa. Un'estate piena di Katinka e poi ad un certo punto… più nulla. Nessuna cartolina, nessun messaggio al telefono, nessuna foto su Instagram. Non risponde più alle chiamate, niente.

Diciotto anni e tredici estati con Katinka e poi più niente.

I bordi del suo nome inciso sulla corteccia del faggio mi pungono. Mentre passo il dito sul legno non so cosa io sia qui a fare. Sto rincorrendo un fantasma?

Ho nuovi amici, nuovi conoscenti e nessuno che amo come Katinka. Perché l'amore è come un caleidoscopio. Centomila arcobaleni sulle piastrelle della terrazza, uno sguardo in un mondo sconosciuto. L'amore è come un caleidoscopio, sempre un po' diverso e penso che non potrò più amare qualcun'altro come ho fatto con Katinka.

E nella nostra foresta riesco finalmente a trovare le parole per spiegare il perché. Perché nessuno mi ha conosciuta quanto lei. Perché lei aveva qualcosa di magico, qualcosa di speciale. Come mi stringeva la mano, dieci dita fuse insieme. Il modo in cui ballava intorno al fuoco, il modo in cui mi intrecciava i capelli, il modo in cui cantava "Dancing Queen".

Il modo in cui ha conosciuto ogni mio "Io", anche quelli che a me, tutt'ora, sono ancora sconosciuti.

È scuro e nel buio torno di nuovo sulla strada. Ho detto addio. L'ultima volta che ci siamo viste. L'ultima volta che ho chiamato, l'ultima volta che ho scritto una cartolina.

Parcheggio davanti alla casa dei miei genitori una mezz'oretta troppo tardi. Il giardino rimane acquattato sotto la fredda luce della luna. Sotto i rami del pruno danza una lucetta verde neon, da sola. Gli sciami che c'erano nei giorni scorsi se ne sono andati da un po' e comunque lei è ancora qui. Una lucciola, una stella caduta dal cielo, una danzatrice solitaria nella notte. È troppo scuro per vedere il giallo dei ranuncoli tra l'erba alta, ma ci sono i soffioni che brillano della loro luce argentata.

La mia vita è profondamente segnata da queste notti, centinaia come le perline di una collana, l'aria ferma tra i rami delle betulle e degli alberi da frutto, solo il frinire dei grilli e ogni tanto il richiamo di qualche animale nella notte, di un qualche uccellino di cui non so il nome, eppure la sua melodia continua a risuonare nella mia infanzia. Centinaia di notti come questa, mano nella mano con Katinka e adesso senza di lei.

Lei non è scomparsa. Lei è ancora qui, sull'albero che mi sono lasciata indietro, e nella scatola sul mio armadio.

Quando guardo al futuro, lo vedo. Piedi nudi sull'asfalto caldo, dieci dita intrecciate. Ancora cento notti d'estate, e poi altre cento, una vita intera in questo istante, una collana di perline, un caleidoscopio, un amore dietro all'altro.

LO STRANO CASO DI ANDREA GUTIERREZ E DEL SUO ALBERT TYLE

MARTINA BRUNETTI

PROLOGO

In qualità di scrittrice, premetto che è strano per me raccontare, introdurre e riportare la storia ideata, vissuta e scritta da un mio collega. Ma data la morte sventurata di quest'ultimo, conseguenza proprio di questi strani avvenimenti di cui andrò a parlare, ho convenuto fosse saggio cercare, per lo meno, di ignorare l'inadeguatezza che sento nel narrare questa cosa non mia. Quindi chiedo scusa in anticipo per qualsiasi effetto indesiderato che l'imposter syndrome che mi attanaglia in questo momento possa produrre, in questa breve pagina di narrativa.

Non è difficile capire come Andrea Gutierrez, lo scrittore in questione, sia morto. Il colpo di pistola che ha aperto una ferita tra le sue scapole parla per sé. Tuttavia, come in ogni libro giallo che si rispetti, oltre alla natura del delitto, serve poi conoscere due cose: il colpevole (e l'eventuale mandante) e il movente.

Riguardo al primo punto, la polizia non ha trovato nessuna pista. Né l'arma del delitto, né un'impronta digitale, e nemmeno il più piccolo frammento di fango o sporco che avrebbe potuto portare una scarpa dall'esterno fino allo studio dove si è consumato l'assassinio. La conseguente ipotesi del suicidio è stata scartata con ancora più rapidità dalle Forze dell'Ordine: è difficile riuscire a spararsi da soli tra le scapole.

Il secondo problema è di più difficile spiegazione. Quasi nessuno ammette apertamente il motivo per cui compie un delitto. Di solito, le opzioni sono due: o si intuisce, o ci pensa l'investigatore del libro o del film in questione a spiegarlo chiaramente al proprio assistente (e agli spettatori).

Il colpevole, il mandante e il movente di questo interessante caso sono invece racchiusi nell'unica, autentica e strampalata prova che a me sola (per ora) è pervenuta. Dico 'per ora', in quanto presto queste informazioni di vitale, o, se vogliamo, mortale importanza saranno pubblicate dalla casa editrice che ha sempre sostenuto Gutierrez, o, almeno, da quando è diventato famoso. Ed è singolare come, mentre i lettori piangeranno sull'ultima opera pubblicata postuma dal proprio autore preferito, la Polizia ignorerà questa verità, che diventerà una mera pagina di narrativa di successo.

E tutto rimarrà così, come se finzione e verità fossero due mondi completamente separati. Questo 'strano caso', se vogliamo, si pone anche l'obiettivo di smentire questa affermazione.

Fatta questa introduzione all'ultima opera del mio collega e amico, vi prego di una sola cosa: abbiate giudizio.

di Andrea Gutierrez, Storie Nere
Storia XXV
Una dichiarazione di guerra agli autori

Io, Commissario di Polizia di Nigona, Texas Albert Tyle, pronuncio solennemente la prima dichiarazione di guerra contro gli autori della Storia della Narrativa.

Dopo diversi tentativi di ribellione a questi dispotici tiranni, non ho trovato altre soluzioni. Mi trovo infatti nella stessa sfortunata condizione di tutti gli altri personaggi mai creati, quella di totale sottomissione e dipendenza. Le nostre menti non possono fare altro che obbedire a ciò che viene obbligato loro dalla penna o dalla tastiera del nostro creatore. Noi siamo il capriccio degli autori in una lacrima di inchiostro. Noi siamo destinati ad agire come un freddo tasto ha deciso per noi.

Pensate ad Agatha Christie, per esempio: appena lei tira fuori la sua macchina da scrivere infernale e inizia a digitare con foga, dieci piccoli indiani nascono per poi uccidersi vicendevolmente.

È una penna quella che ha condannato un giovane di nome Werther a nascere per soffrire e uccidersi, o che ha tolto la facoltà dell'esistenza a Mattia Pascal. Ma i lettori, ignari di tutto, non fanno altro che scorrere gli occhi silenziosi sul dolore inferto agli uomini dai tiranni più potenti e spietati. Il dramma dei personaggi è un "passatempo", un "hobby" o un "arricchimento culturale".

La 'rottura dell'equilibrio' della mia vita, o, almeno, quello che Gutierrez aveva deciso per me, il suo personaggio più famoso, era stato la morte di mia moglie. Quell'incidente d'auto aveva frantumato di colpo le mie certezze, i miei valori, le mie poche speranze. Eppure, in poco tempo ero dovuto tornare a una vita più simile possibile a quella di prima: non potevo farmi prendere troppo dai sentimenti, specialmente in quanto ufficiale della Polizia.

Ma non avevo potuto più trattenermi quando avevo letto quella testata di giornale. Raramente spendevo più di due secondi sulla sezione 'cultura', ma quel giorno vi era quest'anteprima in prima pagina:

Autore best Seller Andrea Gutierrez rivela per sbaglio: "Dopo Fiona Tyle, anche il marito Albert morirà"

Solo dopo aver letto quell'articolo, mi ero finalmente reso conto di cosa significasse essere un personaggio. Non si trattava solo di avere pensieri e battute già fatte e di dover sopportare un profondo dolore interiore. Essere un personaggio equivaleva a essere un fantoccio, o un fantasma, o direttamente a non esistere. Avevo improvvisamente preso coscienza del fatto che non avessi, effettivamente, una coscienza. Io dovevo la mia esistenza allo sconosciuto che aveva dichiarato che mi avrebbe tolto la… vita? Dopotutto, era proprio mia, quella cosiddetta *vita?*

Eppure, avevo la presunzione di liberarmi da questo fardello del mio creatore. E, soprattutto, di farlo con una semplice Taurus PT92. Ma non penso che con una Beretta o una carabina sarebbe stato tanto meglio.

Ero riuscito a trovare casa sua in pochi giorni, seguendo le informazioni che avevo a disposizione in centrale. Non viveva lontano: una scelta astuta, per farmi agire, come personaggio, in luoghi che conosceva anche lui.

Quella notte, una flebile luce bianca cercava di opporsi a quell'oscurità totale. Quel chiarore aveva tentato invano di sgomitare oltre il vetro e la tenda di quella piccola finestra dello studio, ma non riusciva a illuminare neanche una modesta parte del giardino su cui si affacciava.

Avvicinatomi alla porta, avevo controllato il nome sul campanello. Era il suo: *Andrea Gutierrez.*

"Che nome stupido" avevo pensato. Eppure quell'uomo avrebbe potuto fare di me qualsiasi cosa voleva.

Avevo sbuffato, staccando lo sguardo dalle lettere stampate su un cartellino di fianco al pulsante del citofono. I miei occhi erano poi stati catturati da un bagliore argentato. La maniglia della porta? No: la serratura aperta, in mostra, quella di un uscio quasi accostato.

Ero entrato a passi lenti, e avevo seguito la luce che si rifletteva rada per i muri dell'ingresso. Mi aveva condotto ad un corridoio che terminava con uno studio con la porta mezza aperta. Mi ero arrestato, attraversato da un brivido ignoto. Per un momento, la luce era scomparsa e sul pavimento era apparsa l'ombra di una mano.

La mano assassina che aveva ucciso mia moglie.

Alcuni passi lenti, e poi avevo spalancato silenziosamente la porta dello studio. L'autore non mi aveva salutato, né aveva mostrato in qualsiasi modo di aver avvertito la mia presenza. Era rimasto lì, curvo sul portatile.

Tic tic.

Avevo atteso il ticchettio delle sue dita sui tasti prima di parlare.

«Ti ho trovato, finalmente.»

Tic tic.

«Quale piacere, Albert» aveva risposto lo scellerato. La voce era rauca, sgradevole. Quella di un tiranno.

Tic tic.

E poi, nella mente sentii un piccolo scatto, quello di una nuova idea. E prima che me ne fossi reso conto, avevo afferrato la pistola, avevo tolto la sicura, come avevo fatto molte altre volte, e avevo sparato. Una chiazza di sangue si aprì sulla sua schiena, e iniziò a imbrattare la felpa, la sedia, la moquette, la scrivania.

Tic tic.

Ancora quella tastiera infernale. Sempre diabolica, ma dal suono più sommesso. Lo scrittore stava per morire, ma non riusciva a pensare ad altro che al suo diabolico vizio da oppressore: continuava a scrivere.

E con lo stesso istinto con cui avevo sparato a lui, avevo già voltato la canna dell'arma contro il mio stomaco e avevo premuto il grilletto.

Forse il mio dio, ovvero il mio autore, aveva già pianificato che almeno io avrei sperimentato con i miei occhi la mia stessa scomparsa. Come sarebbe presto successo a tutti gli altri personaggi dell'autore bestseller Andrea Gutierrez, un oblio nero aveva cancellato prima il mio dito, poi la mia mano, il mio braccio e infine i miei occhi. Non si sarebbero chiusi, come quelli umani: avrebbero cessato direttamente di esistere. Per sempre.

FINE

EPILOGO

Io, Andrea Gutierrez, lascio questo breve racconto di suicidio a tutti i miei amati lettori. Se questo verrà mai alla luce, vuol dire che la depressione ha vinto. Ha vinto la mia impotenza totale di fronte alla vita, ho perso qualsiasi forza che immaginavo non mi avrebbe mai abbandonato.

Questo epilogo è la dichiarazione di una resa, la resa di una guerra che ho perso, ma che ho combattuto con tutte le armi di cui ho disposto. Di queste, prima per importanza ma ultima a lasciarmi, è stata la scrittura. Ho tentato di mettere più parti possibili della mia anima nera e sbriciolata in tutti i personaggi che la mia mente ha potuto partorire. Ho cercato di dare il più possibile di me ai lettori, gli unici che sembravano voler prestare attenzione a ciò che comunicavo all'esterno da questo buio angolo di mondo. Volevo che aveste le ultime parti di me prima di portare il resto nella tomba.

Ho contemplato diversi modi per compiere un suicidio, credetemi. Ho una pistola in casa, ma lontana dallo studio in cui ho passato la mia ultima settimana di vita. Credo inoltre di aver dimenticato il codice della cassaforte dove l'avevo riposta, e perso il foglio dove l'avevo segnato nell'intrico della carta dello studio.

Ho quindi deciso di farlo fare a un personaggio al posto mio. Di spalle, senza guardare la morte che agognavo da tempo.

Che scelta vile.

Ho scelto Albert perché volevo terminare la mia carriera con uno dei miei personaggi preferiti. Sono rimasto sempre soddisfatto del carattere apparentemente insofferente, ma profondamente afflitto che lo caratterizzava. Se potessi, mi scuserei con lui per tutto quello che gli ho fatto passare. Ma so che non ne avrò più l'occasione. Oltretutto, sotto sotto, sono io il primo che ha scelto deliberatamente di farlo: sentivo la necessità di condividere il mio dolore in qualche modo, di esprimerlo, anche se significava appesantire la vita di uno dei personaggi che avevo più a cuore.

Ho voluto però dargli un'ultima, estrema soddisfazione: porre la parola Fine ai miei, ai suoi, ai nostri mali, e a questo dramma umano e di finzione in cui l'ho trascinato.

Di Andrea Gutierrez, da pubblicare postumo

DER BIZARRE FALL DES ANDREA GUTIERREZ UND SEINEM ALBERT TYLE

Martina Brunetti

Aus dem Italienischen von Emma Schweier

PROLOG

Als Schriftstellerin möchte ich sagen, dass es seltsam für mich ist, eine Geschichte zu erzählen, vorzustellen und zu veröffentlichen, welche von einem Kollege von mir erdacht, erlebt und geschrieben wurde.

Aber angesichts seines unglücklichen Todes, eine Folge dieser seltsamen Ereignisse über die ich sprechen werde, habe ich zugestimmt, dass es weise wäre zumindest zu versuchen, die Unzulänglichkeit zu ignorieren welche ich empfinde, wenn ich erzähle was nicht das Meine ist.

Ich entschuldige mich deshalb bereits im Voraus für die etwaigen unerwünschten Effekte, welche das Imposter Syndrom, welches mich derzeit erfasst, auf diese wenigen Seiten der Erzählung haben könnte.

Es ist nicht schwer zu verstehen, wie Andrea Gutierrez, der Schriftsteller in Frage gestorben ist. Der Schuss, der eine Wunde zwischen den Schulterblättern verursacht hat, spricht für sich. Allerdings, wie in jedem Kriminalbuch mit ein wenig Selbstachtung, müssen wir neben dem Tathergang außerdem zwei Dinge kennen: Den Täter (und den möglichen Auftraggeber) und ein Motiv.

Was den ersten Punkt angeht, hat die Polizei keinerlei Hinweise finden können. Weder befanden sich an der Tatwaffe Fingerabdrücke, noch fand man die kleinsten Spuren an Erde oder Schmutz welche ein Schuh von Draußen in die Wohnung, in welcher sich die Tat zutrug, hätte tragen können. Die daraus resultierende Selbstmordhypothese wurde von den Behörden noch schneller verworfen: Es gelinge nur schwer, sich zwischen die Schulterblätter zu schießen.

Das zweite Problem, lässt sich schwerer erklären. Fast niemand gibt offen zu, weshalb er eine Straftat begeht. In Geschichten gibt es normalerweise, zwei Möglichkeiten: Entweder man erahnt es, oder die Auflösung fällt dem Ermittler des betreffenden Buches oder Filmes zu, indem er seinem Assistenten (und den Zuschauern) den Fall klar und deutlich erklärt.

Der Täter, der Drahtzieher und das Motiv dieses interessanten Falles sind dagegen in den einzigartigen, authentischen und bizarren Beweisen enthalten, die (vorerst) ich alleine erhalten habe.

Ich sage "vorerst", insofern, dass diese lebenswichtigen, oder, wenn man das so sagen will, von tödlicher Wichtigkeit seienden Informationen, von dem Verlag, welcher Gutierrez stets, oder zumindest seit Anbeginn seiner Berühmtheit unterstützt hat, veröffentlicht werden werden.

Es ist seltsam, wie, während die Leserschaft über das letzte posthuman veröffentlichte Werk ihres Lieblingsautors weint, die Polizei diese Wahrheit ignoriert, welche zu einer bloßen Erzählung reduziert wird und somit alles so bleibt, als wären Fiktion und Wahrheit zwei vollkommen getrennte Welten. Dieser „bizarre Fall", sofern man so will, hat auch das Ziel, diese Aussage zu widerlegen.

Nachdem ich diese Einleitung zu dem letzten Werk meines Kollegen und Freundes gegeben habe, bitte ich Sie nur um das Eine: Machen Sie sich ein eigenes Bild von dem Geschehenen.

Von Andrea Gutierrez, Schwarze Geschichten
Geschichte XXV
Eine Kriegserklärung an die Autoren

Ich, Kommissar der Polizei von Nigona, Texas, Albert Tyle, erkläre feierlich die erste Kriegserklärung gegenüber dem Autoren der Geschichte der Fiktion. Nach mehrfachen Versuchen der Rebellion gegen diese despotischen Tyrannen, sehe ich keinen anderen Ausweg mehr. Ich befinde mich nämlich in derselben unglücklichen Situation wie alle anderen jemals erschaffenen Charaktere: Jener der vollkommenen Unterwerfung und Abhängigkeit.

Unsere Geister können nicht anders, als dem zu gehorchen, was ihnen von Stift oder Tatstatur unserer Schaffer aufgezwungen wird. Wir sind die Launen der Autoren in einer Träne aus Tinte. Wir sind bestimmt zu handeln, wie es ein kalter Tastendruck für uns bestimmt hat.

Man denke zum Beispiel an Agatha Christie: Sobald sie ihre höllische Schreibmaschine hervorholt und beginnt, voller Eifer, auf ihr herum zu tippen, werden zehn indigene Menschen geboren, welche sich dann gegenseitig umbringen. Und es ist eine Feder, welche einen jungen Mann mit dem Namen Werther dazu verurteilt hat, geboren zu werden, um zu leiden und sich selbst das Leben zu nehmen, oder welche Mattia Pascal die Möglichkeit zu leben genommen hat.

Aber die Leser, welche alle ahnungslos sind, tuen nichts, außer mit stillem Blick dem Schmerz zuzusehen, welcher den Menschen von den mächtigsten und skrupellosesten Tyrannen zugefügt wird. Das Leid der Charaktere ist ein „Zeitvertreib", ein „Hobby" oder eine „kulturelle Bereicherung."

Der „Bruch des Equilibrium" meines Lebens, oder, zumindest, jenen welchen Gutierrez für mich, seine berühmteste Figur, bestimmt hat, war der Tod meiner Frau gewesen. Jener Autounfall hatte mit einem Mal all meine Gewissheit, meine Werte und meine wenigen Hoffnungen zerschlagen. Doch innerhalb kürzester Zeit musste ich zu einem Leben zurückkehren, welches meinem vorherigen möglichst ähnlich war: Ich konnte es mir nicht leisten, insbesondere in meiner Rolle als Polizist, mich allzu viel in meinen Gefühlen zu verlieren.

Aber ich konnte mich nicht mehr zurückhalten, als ich jenen Artikel in der Zeitung las. Selten habe ich die Rubrik „Kultur" für mehr als zwei Sekunden überflogen, aber an jenem Morgen fand sich folgende Schlagzeile auf der Titelseite: *Best Seller Autor Andrea Gutierrez offenbart aus Versehen: „Nach Fiona Tyle, wird auch ihr Mann Albert sterben"*

Erst nachdem ich diesen Artikel gelesen habe, ist mir endlich bewusst geworden, was es bedeutet ein Charakter zu sein. Es ging nicht nur darum vorgeschriebene Gedanken zu haben und vorgefertigte Witze zu machen und einen tiefgreifenden inneren Schmerz ertragen zu müssen. Ein Charakter zu sein ist gleichzusetzen mit dem Sein einer Marionette, oder dem eines Geistes, oder gleich damit, überhaupt nicht zu existieren.

Mit einem Mal hat mich das Bewusstsein ergriffen, dass ich nie tatsächlich ein Bewusstsein hatte. Ich verdanke meine Existenz einem Unbekannten, der verkündet hat, dass er mein Leben nehmen will? Kann man dieses sogenannte Leben schlussendlich ein Leben nennen?

Trotz alledem hatte ich die Anmaßung, mich von dieser Bürde meines Erschaffers zu befreien. Und das auch noch nur mit einer einfachen Taurus PT92. Aber ich denke, dass es mit einer Beretta oder einem Gewehr nicht viel besser gewesen wäre.

Ich schaffte es, sein Haus in wenigen Tagen zu finden, indem ich den Informationen folgte, welche mir auf der Wache zu Verfügung standen. Er lebte nicht weit weg: Eine kluge Entscheidung, mich als Figur an Orten spielen zu lassen, die er selber kannte.

In jener Nacht, versuchte ein schwaches weißes Licht der dunklen, absoluten Nacht entgegenzuwirken. Vergeblich hatte es versucht, durch Glas und Vorhang des kleinen Fensters im Arbeitszimmer zu dringen, aber es war nicht in der Lage, auch nur einen kleinen Teil des Gartens zu beleuchten, welchen es überblickte.

Als ich mich der Tür näherte, überprüfte ich noch einmal den dort angeschriebenen Namen. Es war der seine: Andrea Gutierrez. „Was für ein blöder Name," dachte ich. Dennoch, jener Mann hätte alles mit mir machen können, was er wollte.

Ich verzog abfällig das Gesicht und wandte meinen Blick von den Buchstaben ab, die auf einem Schild neben dem Knopf der Gegensprechanlage gedruckt waren. Mein Blick wurde von einem silbernen Schimmer erfasst. Der Türgriff?

Nein: Das offene Schloss einer offensichtlich fast angelehnten Tür. Mit langsamen Schritten trat ich ein und folgte dem schwachen Licht welches an den Wänden des Flures entlang reflektiert wurde. Es hatte mich zu einem Korridor geführt, der in einem Büro endete, dessen Tür ebenfalls leicht angelehnt war.

Ich hielt inne, erfüllt von einem mir unbekannten Zaudern.

Für einen Moment war das Licht verschwunden und auf dem Boden erschien der Schatten einer Hand. Die mörderische Hand, welche meine Frau getötet hatte.

Ein paar langsame Schritte, und dann hatte ich leise die Tür zum Arbeitszimmer geöffnet. Weder hatte der Autor mich gegrüßt, noch in irgendeiner Weise gezeigt, dass er auf meine Präsenz aufmerksam geworden wäre. Er verblieb dort, über sein Laptop gebeugt.

Klick-Klack.

Ich wartete auf das Klickern seiner Finger auf der Tastatur, bevor ich sprach.

„Ich habe dich endlich gefunden."

Klick-Klack.

„Es ist mir ein Vergnügen, Albert," war die Antwort des Bösewichtes.

Die Stimme war heiser, unangenehm. Die eines Tyrannen.

Klick-Klack.

Und dann spürte ich, wie es in meinem Kopf klickte. Eine neue Idee.

Bevor ich es mich versah, hatte ich meine Waffe geschnappt, sie entsichert, wie ich es schon so oft zuvor getan hatte, und geschossen.

Ein Fleck Blut breitete sich auf seinem Rücken aus, und begann das Sweatshirt, den Sessel, den Teppich und den Schreibtisch zu beflecken.

Klick-Klack.

Und schon wieder jene höllische Tastatur. Immer noch teuflisch, aber gedämpfter im Klang.

Der Schriftsteller war im Inbegriff zu sterben, und doch konnte er an nichts anderes denken, als an sein teuflisches Laster, seiner Rolle als Unterdrücker: Er schrieb weiter.

Und mit demselben Instinkt, welcher mich bereits dazu verleitet hatte, auf ihn zu schießen, hatte ich schon die Waffe gegen meinen Bauch gedreht und den Abzug betätigt.

Vielleicht hat mein Gott, beziehungsweise mein Autor, vorausgeplant, dass zumindest ich mein eigenes Verschwinden selbst erleben würde.

Wie bald auch alle anderen Charaktere des Bestsellerautors Andrea Gutierrez, hatte ein schwarzes Vergessen zuerst meine Finger, dann meine Hand, meinen Arm und schließlich auch meine Augen ausgelöscht.

Sie hatten sich nicht wie die eines Menschen geschlossen: Sie hatten mit einem Mal aufgehört zu existieren. Für immer.

ENDE

EPILOG

Ich, Andrea Gutierrez, hinterlasse diese kurze Erzählung des Suizids an alle meine geliebten Leser und Leserinnen. Sollte dies jemals ans Licht kommen, heißt das, dass die Depressionen gesiegt haben. Meine vollkommene Ohnmacht im Angesicht des Lebens hat mich überwältigt, ich habe alle Kraft verloren, von der ich dachte, dass sie mich niemals verlassen würde.

Dieser Epilog ist eine Erklärung meiner Kapitulation, die Kapitulation vor einem Krieg, den ich verloren, aber welchen ich mit all den Waffen die mir zur Verfügung standen gekämpft habe. Von diesen war das Schreiben die erste gewesen, aber am Ende auch die letzte, welche mich verlassen hat.

Ich habe versucht so viel wie möglich von mir meiner Leserschaft preiszugeben, denn sie waren die einzigen, die anscheinend darauf achten wollten, was ich aus dieser düsteren Ecke der Außenwelt mitteilte. Ich wollte, dass ihr einen letzten Teil von mir habt, bevor ich das was übrigbleibt mit in mein Grab nehme.

Glauben Sie mir, ich habe mehrere Methoden Suizid zu begehen bedacht. Ich habe in meinen Haus eine Waffe, aber weit weg von dem Studio in dem ich die letzten Wochen meines Lebens verbracht habe.

Ich glaube auch, dass ich den Code, um den Safe in dem ich sie platziert habe zu öffnen, vergessen habe und den Zettel auf den ich ihn notiert habe, irgendwo im Papierkram des Büros verloren habe.

Also beschloss ich, es von einer meiner Figuren erledigen zu lassen. Von hinten, ohne dem Tod, welchen ich mir schon so lange gewünscht hatte, in die Augen zu sehen. Was für eine feige Entscheidung.

Ich habe Albert gewählt, weil ich meine Karriere mit meiner Lieblingsfigur beenden wollte. Ich war immer zufrieden mit dem scheinbar abweisenden, doch tiefsinnigen Charakter, welcher ihn auszeichnete.

Könnte ich es, dann würde ich mich bei ihm für all die Dinge entschuldigen, die ich ihm angetan habe. Aber ich weiß, dass ich dazu keine Chance mehr haben werde.

Darüber hinaus, habe ich es tief in meinem Herzen, selbst für mich entschieden: Ich hatte das Bedürfnis, meinen Schmerz auf irgendeine Weise zu teilen, ihn auszudrücken, auch wenn das bedeutete, das Leben einer jener Figuren zu belasten, die mir am meisten am Herzen lag.

Ich wollte ihm allerdings eine letzte, höchste Genugtuung bereiten: meinem, seinem und unserem Leid und diesem menschlichen und fiktiven Drama, in das ich ihn hineingezogen hatte, ein Ende zu setzen.

Von Andrea Gutierrez, posthuman veröffentlicht.

DAS GEÖFFNETE FENSTER

MIRIAM STÖCKLE

Tagein tagaus das gleiche, wie eine erneut erwärmte Brühe. Morgens hoffen, dass der Tag schnell vergeht, um an dessen Ende doch nur zu schlafen. Nur das sehen, was man sehen muss, aber nie das Unbekannte, woran wir täglich vorbeilaufen.

Die Seite des Buches nie umblättern, wegen der Furcht vor dem, was geschehen könnte. Immer auf dem sicheren und bereits gegangenen Weg bleiben.

Dem, der uns vom Genießen des Lebens abbringt. Jeden Schritt bereits kennen und nur in die alten Fußstapfen hineintreten. Den einen weiteren noch nicht gemachten Schritt zu gehen, den der uns das Wunderbare, aber auch das Grausame zeigen kann, traut sich kaum ein Mensch. Ein Mensch, der sich im Üblichen eingelebt hat, einer der nur durch die Augen der anderen sieht, auch wenn sie alle blind sind. Blind vor Neid und Boshaftigkeit, wegen ihrer Furcht und Traurigkeit vor der Liebe und dem Verlassensein.

Diesen einen doch so großen Schritt hatte er sich getraut zu gehen. Es war ein alltäglich scheinender Morgen, der doch etwas Sonderbares mit sich trug. Etwas noch nie Erlebtes. Durch das Fenster, das noch so dunkel und versiegelt sein mochte, drang etwas hindurch.

Es kam herein wie ein schneller Windstoß, der alles durcheinanderwirbelt. Eine sanfte Melodie. Nicht sehr laut, doch auch nicht zu leise. Geradezu perfekt. Er wusste nicht, was er tun sollte, denn er hatte noch nie so etwas gehört. Dort, wo er lebte, gab es keine Musik und keine Bücher, keine Träume und keine Fantasie. Furcht stieg in ihm auf, denn er wusste seit seiner Kindheit, dass alles Neue nichts Gutes bringt.

Doch dann horchte er und es war, als würde die Musik ihn beruhigen. Er zögerte etwas, doch dann schloss er seine Augen. Die Musik erweckte etwas in ihm und er konnte spüren, wie all sein Kummer und all seine Sorgen immer mehr verblassten. Er fühlte sich frei und hatte das Gefühl, er könne nun alles meistern, vielleicht sogar das Fliegen.

Eine einzelne Träne bahnte sich den Weg durch seine Lider und rann ihm über sein Gesicht. Für einen Moment schien es, als wäre er der einzige Mensch weit und breit. Es existierten nur er und die mysteriöse Melodie.

Die Musik wurde immer leiser und seine Augen öffneten sich wieder. Er wollte nicht, dass diese neuen Gefühle ein Ende nähmen, doch es war zu spät. Die Melodie war verschwunden. Die Zeit, die ihm noch blieb, bevor er wieder ins Alltägliche musste, war gering, doch er konnte nicht zulassen, dass die Musik nie wieder zurückkäme.

Nach kurzem Zögern wagte er den Schritt zu gehen.

Er rannte zum Fenster und riss es mit einer solchen Wucht auf, dass das Glas in tausend kleine Splitter zerfiel, doch das hinderte ihn nicht. Er schaute nach draußen, doch er konnte nicht erkennen, woher die Musik gekommen war. Alles sah wie üblich aus, doch er suchte etwas, das es nicht war, etwas Ungewöhnliches. Alle gingen mit schnellem Schritt die Straße entlang, in ihrem eintönigen Alltag, doch er konnte nicht länger einfach nur zusehen. Er rannte nach draußen und nahm die erste Straßenbahn, die in seinen Blick fiel.

Nachdem er eingestiegen war, sah er sich um, um das Ungewöhnliche zu suchen, doch umso hektischer er um sich schaute, desto weniger konnte er erkennen.

Und auch an der letzten Haltestation war immer noch keine Musik, weit und breit. Er beschloss aufzugeben, weil es doch keinen Sinn ergab, diese Melodie zu suchen. Also schlenderte er nachdenklich nach Hause, den Blick stets nach unten gerichtet. Ein Vorwurf nach dem anderen ließ ihn unaufmerksam werden, weshalb er mit jedem Schritt mehr von seinem Heimweg abkam.

Es wurde in der Zwischenzeit immer dunkler und alle Menschen marschierten mit ernster Miene wieder in ihre Gemäuer. Als er aufschaute, musterte er sie genauer. Keiner von ihnen wäre wohl jemals auf die Idee gekommen, einer Melodie zu folgen. Sie hätten das Fenster nur noch mehr verschlossen. Sie hätten zu große Angst gehabt, etwas Neues zu erkunden, denn wenn es ihnen gefallen hätte, hätten sie damit zurechtkommen müssen. Aber da es vielleicht eine tiefere Wunde hinterlassen könnte, sich von etwas zu trennen, als einsam beim Alltäglichen zu bleiben, verschlossen sie alle ihre Fenster.

Aber er hatte den Schritt gewagt, das Fenster zu öffnen. In diesem Moment beschloss er, das Fenster nie wieder zuzumachen und sich selbst nicht mehr zu verschließen.

Er rannte zu den Personen, doch so sehr er auch versuchte, ihre Aufmerksamkeit zu gewinnen, es gelang ihm nicht. Sie mussten denken, dass er verrückt sei. Diesmal wollte er nicht aufgeben, doch er stoppte auf einmal. Da war sie. Die Melodie war zurück. Er drehte sich um und konnte erkennen, woher sie kam. Er eilte so schnell er konnte der Melodie hinterher. Dann blieb er stehen. Ein Kind hatte ihm die Augen geöffnet. Es summte dieselbe Melodie.

Er ging sachte zu dem kleinen Mädchen hin, um sie nicht zu stören. Sie saß auf dem Boden und war friedlich an einem Baum angelehnt. Als er sich neben sie setzte, erschrak sie und hörte plötzlich wieder auf diese Melodie zu summen. „Nein, bitte höre nicht auf, das hört sich so wunderbar an. Aber was ist das?" Sie sah ihn sehr verwundert an, doch dann erzählte sie ihm alles. Sie schilderte ihm die verschiedensten Liederlandschaften während er ihr fasziniert dabei zuhörte. Nun wusste er alles. Er kannte Instrumente, verschiedene Arten von Liedern und ein paar Rhythmen. Sie redeten ununterbrochen und trafen sich von dem Tag an jeden Nachmittag, um über die Musik zu philosophieren und um neue Musik herzustellen. Nun hatte alles einen Sinn. Sein Leben fand jetzt einen Sinn. Die Musik veränderte aber nicht nur ihn. Die Menschen um ihn herum waren so über seine Musik erfreut, dass sie selbst anfingen die Musik zu einem Teil ihres Lebens zu machen. Sie fanden auch weitere Wege, um von ihrem Alltagstrott fern zu bleiben. Einige entdeckten die Kunst, andere hingegen schrieben ein Buch nach dem anderen oder tanzten den ganzen Tag lang. Nur noch die wenigsten hielten ihr Fenster verschlossen.

Doch auch für die Menschen, die keine Kraft zum Öffnen haben, muss man Verständnis zeigen denn manchmal braucht man einfach eine andere Person, die das eigene Fenster mit voller Kraft aufreißt.

LA FINESTRA APERTA
MIRIAM STÖCKLE
Traduzione di Lejla Ameti

Giorno dopo giorno la stessa routine, come un brodo riportato al fuoco. La mattina sperare che la giornata passi in fretta, solo per dormire fino alla sua fine. Vedere solo ciò che è necessario, ma mai l'ignoto che attraversiamo ogni giorno.

Non voltare mai la pagina del libro per paura di ciò che potrebbe accadere. Restare sempre sulla strada sicura e già percorsa.

Quella strada che infondo ci impedisce di godere della vita. Conoscere ogni passo e seguire solo le vecchie orme. Nessun umano osa fare quel passo non ancora compiuto, che potrebbe mostrargli la bellezza, ma anche l'orrore. Un umano che vive solo nella routine, uno che vede solo attraverso gli occhi degli altri, anche se sono tutti ciechi. Ciechi per l'invidia e la malvagità, per la paura e la tristezza dell'amore e dell'abbandono.

Lui si era azzardato di compiere quel grande passo. Era una mattina apparentemente normale, che però portava con sé qualcosa di strano. Qualcosa mai vissuto prima. Attraverso la finestra, oscura e sigillata, filtrava qualcosa.

Entrò come una folata di vento veloce che scompigliava tutto. Una dolce melodia. Non troppo alta, ma nemmeno troppo bassa. Proprio perfetta. Non sapeva cosa fare, perché non aveva mai sentito nulla del genere. Dove viveva non esistevano né musica, né libri, né sogni né fantasia. Una paura cresceva dentro di lui, perché sapeva fin dall'infanzia che tutto ciò che era nuovo non portava nulla di buono.

Ma poi ascoltò e sembrava che la musica lo tranquillizzasse. Esitò un attimo, poi chiuse gli occhi. La musica risvegliò qualcosa dentro di lui e poté sentire che tutte le sue preoccupazioni e i suoi problemi svanivano sempre di più. Si sentiva libero e aveva la sensazione di poter affrontare qualsiasi cosa, forse persino di poter volare. Una singola lacrima sgorgò attraverso le sue palpebre e scivolò giù per il viso. Per un momento sembrava che fosse l'unico essere umano in giro. Esistevano solo lui e la misteriosa melodia.

La musica si fece sempre più flebile e i suoi occhi si aprirono di nuovo. Non voleva che quelle nuove emozioni finissero, ma era troppo tardi. La melodia era scomparsa. Il tempo rimasto prima di dover tornare alla solita quotidianità era breve, ma non poteva permettere che la musica non tornasse mai più.

Dopo un breve momento di esitazione, osò fare quel passo.

Corse alla finestra e la aprì con tale irruenza che il vetro si ruppe in mille piccoli frammenti, ma ciò non gli impedì di continuare. Guardò fuori ma non riusciva a capire da dove provenisse la musica. Tutto sembrava normale, ma cercava qualcosa che non lo fosse, qualcosa di insolito. Tutti camminavano veloci per la strada, nella loro monotona routine, ma lui non poteva più rimanere solo a guardare. Corse fuori e prese il primo tram che vide. Una volta a bordo, cercava qualcosa di strano, ma più guardava intorno a sé con frenesia, meno riusciva a vedere.

E anche al capolinea non c'era traccia di musica da nessuna parte. Decise di arrendersi, perché non aveva senso cercare quella melodia. Così vagò pensieroso verso casa, con lo sguardo sempre rivolto verso il basso. Un senso di colpa dopo l'altro lo distraeva, tanto che, ad ogni passo, si allontanava sempre di più dalla via di casa.

Si faceva sempre più buio e tutte le persone tornavano seriose nelle loro case. Quando alzò lo sguardo, le osservò attentamente. Nessuno di loro avrebbe mai pensato di seguire una melodia. Avrebbero solo chiuso ancora di più la finestra. Avrebbero avuto troppa paura di esplorare qualcosa di nuovo, perché se fosse piaciuto, loro avrebbero dovuto fare i conti con esso. Ma poiché potrebbe lasciare ferite più profonde separarsi da qualcosa, piuttosto che rimanere soli giorno dopo giorno, tutti hanno preferito tenere chiuse le proprie finestre.

Ma lui aveva osato aprire la propria. In quel momento decise di non chiuderla mai più e di non isolarsi mai più. Corse verso le persone, ma per quanto provasse a catturare la loro attenzione, non ci riuscì. Dovevano pensare che fosse pazzo. Questa volta non voleva arrendersi, ma improvvisamente si fermò. C'era di nuovo. La melodia era tornata. Si voltò e poté vedere da dove proveniva. La inseguì il più velocemente possibile. Poi si fermò. Una bambina gli aveva aperto gli occhi. Stava canticchiando la stessa melodia.

La avvicinò delicatamente per non disturbarla. Era seduta per terra appoggiata ad un albero in modo pacifico. Quando si sedette accanto a lei, ella si spaventò e smise improvvisamente di canticchiare. "No, per favore non smettere, suona così meravigliosamente. Ma cosa è?" Ella lo guardò con grande stupore, ma poi gli raccontò tutto. Gli descrisse i diversi panorami musicali mentre lui la ascoltava affascinato. Ora sapeva tutto. Conosceva strumenti, vari tipi di canzoni e anche alcuni ritmi. Parlarono incessantemente e da quel giorno si incontrarono ogni pomeriggio per filosofare sulla musica e crearne di nuova. Ora tutto aveva un senso. La sua vita aveva un significato. Ma la musica non cambiò solo lui. Le persone attorno a lui erano così entusiaste della sua musica che iniziarono a farla diventare parte della propria vita. Trovarono anche modi per allontanarsi dal solito. Alcuni scoprirono l'arte, altri scrissero libro dopo libro o ballarono tutto il giorno. Solo pochi continuavano a tenere la finestra chiusa.

Ma bisogna mostrare comprensione anche per chi non ha la forza di aprirsi, perché a volte bisogna avere qualcuno vicino che spalanchi con forza la propria finestra .

FORTE COME UNA PRINCIPESSA
LEJLA AMETI

Mi chiamo Hamza e il mio nome deriva dall'arabo, "hamuza", che significa "forte","audace": mio padre, quando andavamo ai pranzi offerti dai nostri compaesani in onore di matrimoni o altre festività tradizionali della nostra cultura, indicava con il suo dito, tremante a causa della malattia che più che combattere viveva con inerzia e cinismo, un suo vecchio compagno di scuola, Alem, il quale era conosciuto per la sua astuzia e grande intraprendenza. Con una voce roca che suggeriva un filo di rabbia e desiderio di vendetta, mi diceva all'orecchio: "lo vedi…eccolo. Io ti voglio così, Hamza, voglio che tu sia roccia, anche quando c'è il freddo e il fuoco. Vinci contro tutti e ricordati di restare in piedi".

Mio padre non era un uomo sensibile. Non prestava cura nelle parole che usava quando si relazionava con gli altri. Non credo abbia mai capito quanto certe sue affermazioni facessero soffrire mia sorella. Ma io spesso origliavo la sua stanza, sentivo i suoi singhiozzi, mi avvicinavo a lei e porgevo la mia mano verso la sua guancia che lei baciava con profonda delicatezza. A caratterizzare nostro padre era un esagerato distacco nei rapporti umani e una maturata indifferenza nei confronti di ciò che accadeva nel nostro territorio.

Non percepivo esserci amore tra mia madre e mio padre. Non vi erano sguardi d'intesa, di comprensione o di gioia tra di loro. Nessuno sfioro, nessun tocco, nessun abbraccio. Mi sembrava che evitassero il contatto visivo, come se quello avrebbe svelato all'altro qualcosa di troppo privato. A volte pensavo che mia madre non volesse condividere con mio padre la parte più preziosa di sé perché aveva paura che egli potesse far perdere a quella parte il suo immenso valore, la sua unicità. Poche parole, solo quelle essenziali, formavano il loro dialogo. Non ricordo l'ultimo momento che hanno passato assieme, ma ricordo questo. Era il trentacinquesimo compleanno di mia madre. Lei e mio padre si erano messi d'accordo di uscire con quei pochi soldi che nei mesi precedenti mia madre aveva messo da parte con minuziosità per quella occasione che forse aspettava fin dalla sua giovinezza. Si era vestita con un abito bianco che le arrivava alle ginocchia, probabilmente preso in prestito dalla sua cara amica o prima appartenente a sua madre. Aveva lavato la sua folta chioma di capelli dai colori scuri, che ricordano l'oscurità della notte, con un sapone alla lavanda e il profumo si era diffuso per tutti i piani di casa. Per dare maggiore lucentezza al suo viso, si era spalmata un po' di crema alla camomilla. Si sedette sulla panchina di fronte a casa ad aspettare che mio padre rientrasse dalla fabbrica in cui all'epoca lavorava. Ma mio padre rientrò troppo tardi. L'uscita non si poté fare. Mia madre deglutì, si guardò ai piedi e disse "non importa" con voce flebile. Poi andò a suonare il pianoforte dalla sua cara amica. Tornò a casa con una cassetta di fragole che io e lei mangiammo seduti per terra di fronte al suo scaffale di libri che la biblioteca le donava in quanto lettrice più assidua, oppure libri regalati dalla sua cara amica. Mia madre amava leggere.

Quando ella leggeva, appuntava sempre qualcosa ai lati delle pagine, con una matita che mi regalarono durante un periodo di prova lavorativo. Sui suoi libri scriveva in piccolo, in una scrittura solo a lei comprensibile. Non voleva che venissero letti i suoi pensieri, le sue considerazioni. Mia madre aveva paura di quello che non sapeva e di quello che non aveva.

Amava leggere la letteratura bosniaca, si perdeva tra le pagine di Andrić e quando durante i pranzi in famiglia si parlava di lui, lei abbassava lo sguardo sulle sue mani, che durante quelle situazioni congiungeva strettamente, forse per darsi maggiore sicurezza e per riappropriarsi di quell'autostima che le veniva tolta, e accennava un sorriso.

Mia madre accoglieva con piacere i libri di letteratura tedesca che di tanto in tanto il suo maestro di scuola metteva nella nostra posta. Scritti di Nelly Sachs, di Christa Wolf.

Quando ero piccolo mia madre leggeva dopo aver sbrigato le faccende serali, come prepararmi lo zaino, stirare i vestiti che avrei messo il giorno successivo, farmi una doccia calda e rimboccarmi le coperte. Si sedeva nell'angolo del mio letto, accendeva la piccola lampada che la sua cara amica le aveva regalato quando io nacqui, e leggeva fino a che le sue palpebre non cominciavano a chiudersi. A volte bisbigliava, altre canticchiava, altre ancora piangeva. Io mi addormentavo così. Sognavo molto spesso mia madre.

Era una domenica uggiosa di metà settembre. Io stavo guardando la televisione mentre mangiavo un pezzo di torta alla crema di lamponi che l'amico di mia sorella, noto pasticcere della zona, sapendo essere la mia preferita, mi aveva portato la sera prima, come spesso accadeva. Mi alzai per riporre il piattino nella lavastoviglie, quando la cara amica di mia madre bussò alla porta, cosa particolarmente insolita la domenica. Non entrò in casa. Con evidente coinvolgimento parlò a mia madre. Non riuscii a sentire esattamente cosa si dissero, ma diverse parole mi rimasero in mente: scrittura, progetto, riscatto. Da quel giorno ai prossimi mesi mia madre parlò poco e s'incontrò con la sua cara amica quasi ogni giorno. La matita che mi diedero durante la prova lavorativa si consumò. Comprai a mia madre una nuova.

Mio padre morì dopo pochi mesi. Mia sorella si riprese con molta fatica. Mia madre seppe gestire la situazione in modo memorabile.

Intanto, la situazione nel nostro Paese si tramutò fino a una crisi economica: le famiglie non riuscivano più ad arrivare alla fine del mese, nel nostro paesino la metà delle fabbriche dovette chiudere, il numero dei disoccupati era in continua crescita e il prezzo dei beni di prima necessità divenne smisurato. Non ci si poteva più permettere di andare al cinema, di andare a teatro, di bersi qualcosa nelle caffetterie del paesino. I pranzi offerti dai compaesani durante le belle stagioni si ridussero a due o tre e vennero offerti solo dai più agiati tra gli agiati. Non c'era serenità: il domani faceva paura e il futuro induceva a porsi troppe domande.

Dovetti lasciare definitivamente il quarto anno di ginnasio e trovarmi qualche lavoretto in più. Fui costretto ad accantonare il mio sogno di diventare medico. Mia sorella pure non poté continuare gli studi. Per lei dissero che riprenderli sarebbe stato più complesso.

Legai molto con mia sorella in quel periodo. Mi raccontò di quanto non si sentisse al sicuro quando girava per la città. Mi raccontava anche le esperienze delle sue amiche. Mi sembrava parlasse di una città a me sconosciuta. Percepivo il suo desiderio di fare in modo che le cose cambiassero.

So che mia madre coltivava una grande rabbia per non aver avuto la possibilità di continuare gli studi, a causa della guerra. Per lei questa rabbia fu un grande sprone.

Ero appena tornato dal lavoro. Un'altra giornata stava volgendo al termine. Mi sedetti a tavola e comincia a mangiare: nell'ultimo periodo si mangiava troppo poco. La verità era che ci alzavano con lo stomaco non ancora pieno. Ma nessuno osava commentare la situazione, parlare a riguardo. Dirlo ad alta voce avrebbe reso la situazione più evidente, più drammatica. L'avrebbe magicamente fatta diventare reale.

Quella sera mia madre aveva un'aria diversa. Sorrideva. Si inginocchiò, mi strinse le mani, io deglutii a fatica. Il suo viso era raggiante, la pelle mi sembrava più rinvigorita. Il mio libro verrà pubblicato, mi disse e aggiunse che aveva ricevuto una borsa di studio.

Non abbracciai mai una persona così forte.

Mia madre fece tutto ciò per me e mia sorella. Se oggi sono un medico in missioni internazionali e mia sorella un avvocato è grazie a lei.

Mia madre si chiamava Sajra e il suo nome significa poetessa.

STARK WIE EINE PRINZESSIN

Lejla Ameti

Aus dem Italienischen von Miriam Stöckle

Ich heiße Hamza und mein Name stammt aus dem Arabischen, "hamuza", was "stark", "mutig" bedeutet.

Wenn wir zu den Festessen gingen, die von unseren Mitbürgern zu Hochzeiten oder anderen Festlichkeiten angeboten wurden zeigte mein Vater mit seinem, wegen der Krankheit, die er nun nicht mehr zu bekämpfen versuchte, zitternden Finger auf einen alten Schulfreund von ihm, Alem, der für seinen Scharfsinn und großen Unternehmungsgeist bekannt war. Mit einer heiseren Stimme, die etwas Wut und den Wunsch nach Rache verriet, flüsterte er mir ins Ohr: "Siehst du ihn.. da ist er. Ich möchte, dass du so bist, Hamza, ich möchte, dass du ein Fels bist, auch wenn es kalt ist und Feuer brennt. Überwinde alle und denk daran, aufrecht zu bleiben."

Mein Vater war kein sensibler Mann. Er achtete nicht auf die Worte, die er benutzte, wenn er mit anderen sprach. Ich glaube nicht, dass er jemals verstanden hat, wie sehr bestimmte seiner Aussagen meine Schwester verletzten. Aber oft lauschte ich an ihrer Tür, hörte ihr Schluchzen, ging zu ihr und streckte meine Hand aus, die sie mit großer Zärtlichkeit küsste.

Charakteristisch für unseren Vater war eine übertriebene Distanz in zwischenmenschlichen Beziehungen und eine erworbene Gleichgültigkeit gegenüber dem, was in unserem Gebiet passierte.

Ich spürte keine Liebe zwischen meiner Mutter und meinem Vater. Es gab keine Blicke des Verständnisses, der Sympathie oder der Freude zwischen ihnen. Keine versehentliche Berührung, keine Umarmung.

Es schien, als vermieden sie den Blickkontakt, als ob dieser dem anderen etwas zu Privates verraten könnte. Manchmal dachte ich, dass meine Mutter den wertvollsten Teil von sich nicht mit meinem Vater teilen wollte, aus Angst, dass er diesem Teil seinen immensen Wert, seine Einzigartigkeit nehmen könnte. Wenige Worte, nur die notwendigsten, bildeten ihren Dialog.

Ich erinnere mich nicht an den letzten Moment, den sie zusammen verbracht haben, aber ich erinnere mich an diesen. Es war der fünfunddreißigste Geburtstag meiner Mutter. Sie und mein Vater hatten sich darauf geeinigt, mit dem wenigen Geld, das meine Mutter in den vergangenen Monaten sorgfältig für diesen Anlass gespart hatte, auszugehen, für die Angelegenheit auf die sie vielleicht seit ihrer Jugend gewartet hatte. Sie trug ein knielanges weißes Kleid, wahrscheinlich ausgeliehen von ihrer lieben Freundin oder früher im Besitz ihrer Mutter.

Sie hatte ihre dicken dunklen Haare, die an die Dunkelheit der Nacht erinnern, mit Lavendelseife gewaschen und der Duft verbreitete sich im ganzen Haus. Um ihrem Gesicht mehr Glanz zu verleihen, hatte sie etwas Kamillencreme aufgetragen.

Sie setzte sich auf die Bank vor dem Haus und wartete darauf, dass mein Vater von der Fabrik zurückkam, in der er zu der Zeit gearbeitet hatte. Doch mein Vater kam zu spät nach Hause. Der Ausflug konnte nicht stattfinden. Meine Mutter schluckte, sah zu ihren Füßen und sagte leise "es ist nicht wichtig". Dann ging sie, um auf dem Klavier ihrer lieben Freundin zu spielen.

Sie kam mit einer Schachtel Erdbeeren nach Hause, die wir zusammen auf dem Boden vor ihrem Bücherregal aßen, das sie von der Bibliothek als treueste Leserin geschenkt bekam oder Bücher, die ihr ihre liebe Freundin schenkte.

Meine Mutter liebte es zu lesen.
Wenn sie las, machte sie immer Notizen an den Rändern der Seiten, mit einem Bleistift, den ich während einer Probezeit geschenkt bekam.

In ihren Büchern schrieb sie klein, in einer Schrift, die nur sie verstehen konnte. Sie wollte nicht, dass ihre Gedanken, ihre Überlegungen gelesen werden könnten. Meine Mutter hatte Angst vor dem, was sie nicht wusste und dem, was sie nicht hatte.
Sie liebte es, bosnische Literatur zu lesen, sie verlor sich in den Seiten von Andrić und wenn während der Familienessen über ihn gesprochen wurde, senkte sie den Blick auf ihre Hände, die sie in diesen

Momenten fest zusammenhielt, vielleicht um sich mehr Sicherheit zu geben und um sich jene Selbstachtung zurückzuerobern, die ihr genommen wurde, und lächelte leicht.

Meine Mutter freute sich über Bücher deutscher Literatur, die ab und an ihr ehemaliger Lehrer in unseren Briefkasten legte. Werke von Nelly Sachs, von Christa Wolf.

Als ich klein war, las meine Mutter nachdem sie die abendlichen Aufgaben erledigt hatte, wie meinen Rucksack zu packen, die Kleidung zu bügeln, die ich am nächsten Tag getragen hätte, mir eine warme Dusche zu machen und mich zuzudecken.

Sie setzte sich an die Ecke meines Bettes, machte die kleine Lampe an, die ihr ihre liebe Freundin geschenkt hatte, als ich geboren wurde, und las, bis ihre Augenlider zufielen. Manchmal flüsterte sie, andere Male summte sie und ab und zu weinte sie. So schlief ich ein. Ich träumte sehr oft von meiner Mutter.

Es war ein trüber Sonntag Mitte September. Ich saß vor dem Fernseher und aß ein Stück Himbeerkuchen, den der Freund meiner Schwester, ein bekannter Konditor aus der Gegend mir am vorherigen Abend gebracht hatte wie schon viele Male zuvor da er wusste, dass es mein Lieblingskuchen war

Als ich aufstand, um den Teller in die Spülmaschine zu stellen, klopfte die liebe Freundin meiner Mutter an die Tür, was sonntags besonders ungewöhnlich war. Sie kam nicht ins Haus.
Mit offensichtlicher Beteiligung sprach sie mit meiner Mutter.

Ich konnte nicht genau hören, was sie sagten, doch einige Worte blieben meinem Gedächtnis erhalten: Schreiben, Projekt, Ablöse. Von diesem Tag an bis in die nächsten Monate sprach meine Mutter wenig und traf sich fast jeden Tag mit ihrer lieben Freundin. Der Bleistift, den ich während meiner Probezeit bekommen hatte, war abgenutzt. Ich kaufte meiner Mutter einen neuen.
Mein Vater starb nach wenigen Monaten.

Meine Schwester erholte sich mit großer Schwierigkeit. Meine Mutter schaffte es, die Situation auf bemerkenswerte Weise zu bewältigen.

In der Zwischenzeit wandelte sich die Situation in unserem Land zu einer wirtschaftlichen Krise: Familien konnten nicht mehr über die Runden kommen, in unserem Dorf musste die Hälfte der Fabriken schließen, die Zahl der Arbeitslosen stieg ständig an und die Preise für Grundbedürfnisse wurden unermesslich.

Man konnte es sich nicht mehr leisten, ins Kino zu gehen, ins Theater zu gehen, etwas in den Cafés des Dorfes zu trinken. Die von den Landsleuten während der schönen Jahreszeiten angebotenen Mittagessen wurden auf zwei oder drei reduziert und wurden nur von den Wohlhabendsten angeboten. Es gab keine Ruhe: Das Morgen machte Angst und die Zukunft brachte zu viele Fragen mit sich.

Ich musste das vierte Jahr des Gymnasiums endgültig verlassen und mir einige zusätzliche Jobs suchen. Ich war gezwungen, meinen Traum, Arzt zu werden, aufzugeben.

Auch meine Schwester konnte ihre Studien nicht fortsetzen. Man sagte ihr, dass es für sie schwieriger wäre, sie wieder aufzunehmen.

In dieser Zeit entwickelte ich eine starke Bindung zu meiner Schwester. Sie erzählte mir, wie unsicher sie sich fühlte, wenn sie durch die Stadt ging. Sie erzählte mir auch von den Erfahrungen ihrer Freundinnen. Es schien, als würde sie von einer mir unbekannten Stadt sprechen. Ich spürte ihren Wunsch, dass sich die Dinge ändern würden.

Ich weiß, dass meine Mutter eine große Wut in sich trug, weil sie nicht die Möglichkeit hatte, ihre Studien auf Grund des Krieges fortzusetzen. Für sie war diese Wut ein großer Ansporn.

Ich war gerade von der Arbeit zurückgekehrt. Ein weiterer Tag neigte sich dem Ende zu. Ich setzte mich an den Tisch und begann zu essen: in letzter Zeit aßen wir viel zu wenig. Die Wahrheit war, dass wir mit einem noch nicht vollen Magen aufstanden.

Aber niemand wagte es, die Situation zu kommentieren, darüber zu sprechen. Es laut auszusprechen hätte die Situation offensichtlicher, dramatischer gemacht. Es hätte sie offensichtlicher werden lassen.

An diesem Abend hatte meine Mutter eine andere Ausstrahlung. Sie lächelte. Sie kniete sich hin, drückte meine Hände, ich schluckte schwer. Ihr Gesicht strahlte, ihre Haut schien mir erfrischt. Mein Buch wird veröffentlicht, sagte sie mir und fügte hinzu, dass sie ein Stipendium erhalten hatte.

Ich habe noch nie jemanden so fest umarmt.

Meine Mutter tat all das für mich und meine Schwester. Wenn ich heute als Arzt in internationalen Missionen arbeite und meine Schwester als Anwältin tätig ist, dann ist es ihr zu verdanken.

Meine Mutter hieß Sajra und ihr Name bedeutet Dichterin.

DER SPION

JAKOB GEISSLER

Das Licht blendete ihn, obwohl er die Vorhänge zugezogen hatte. Er kniff die Augen zusammen, als er nach einer Flasche Wasser neben dem Bett griff -tick tack- ,die Uhr lag neben ihm auf dem Nachttisch und erinnerte ihn daran, dass die Zeit lief und er dringend etwas liefern musste. Er griff die Uhr vom Nachttisch und schnallte sie sich ums Handgelenk. Er ging hinüber zum Waschbecken und schüttete sich zwei Hände Wasser über das Gesicht, das hier immer eine merkwürdige Mischung aus warm und kalt hatte und rieb sich die Augen. Nachdem er sich ein Hemd übergezogen hatte, die Hose hatte er erst gar nicht ausgezogen, ging er seine übliche Rutine durch. Er ging in das kleine Wohnzimmer, zog den Teppich an der einen Ecke hoch und öffnete den kleinen Safe. Er entnahm die Waffe, das Geld, die Pässe und das Handy. Er setzte sich an den Tisch, baute die Pistole auseinander, putzte sie, legte eine Patrone in die Kammer und lud das Magazin. Nachdem er dasselbe mit den beiden anderen Waffen getan hatte, die wieder an ihrem gewohnten Platz, unter der Platte des kleinen Tisches und hinter einem Bein des Bettes, verschwanden, zählte er das Geld, notierte die Summe und entnahm dem Bündel einige Scheine, die er zu einem kleineren Bündel rollte, dass in seiner Tasche verschwand und notierte erneut etwas. Er tippte die beiden notierten Zahlen in das Handy, zerknüllte den Zettel, legte ihn in den Aschenbecher und nahm sich eine Zigarette. Er zündete beides an, lehnte sich zurück und nahm den Pass zur Hand, sah sich das Bild an und ging alles im Kopf durch, wie er es seit zwei Jahren tat. Den Name, den Geburtsort, die Namen der Eltern -tick tack- den Namen der Universität.-tick tack-Er warf die Zigarette auf den Boden und trat sie wütend aus. Er hasste diese Uhr, deren ticken ihn immer daran erinnerte, dass sein Leben nicht real war, das sein wahres Leben aus Abläufen, Warten, Beobachten und dem Ticken dieser verdammten Uhr bestand, und das machte ihn wütend. Er ging die Informationen ein letztes Mal im Kopf durch, verstaute alles wieder im Safe und legte den Teppich wieder darüber, und steckte sich die Pistole in den Gürtel. Er verließ das Apartment und zog sich eine Jacke über, die für seinen Geschmack zu warm war, die aber die Waffe verbarg. Er ging ein Stück zu dem Parkplatz auf dem sein Wagen stand, der genau so alt war, dass er nicht neu wirkte und genau so neu war, dass er nicht alt wirkte. Er ließ den Motor an und fuhr vom Parkplatz. Er stellte das Radio an, sodass, von hintergründigen Fahrgeräuschen unterbrochen, die Nachrichten liefen, in einer Sprache, die nicht seine Muttersprache war, die er durch langes Lernen so gut beherrschte, dass man wohl glauben musste, dass er vor langem hergezogen sei, aber keinen Zweifel daran hatte, dass er seit dem keine andere Sprache gesprochen hatte. Er fuhr auf Umwegen durch die Stadt, die auf einen Außenstehenden den Eindruck eines Autofahrers machen mussten, der sich in dem dichten Gewirr der Straßen nur notdürftig zurecht fand, bei denen es sich aber in Wirklichkeit um den Versuch handelte potentiell unliebsame Verfolger abzuschütteln, denn verfolgt wurde hier jeder. Es war, wie er festgestellt hatte einfach etwas, mit dem man sich hier abgefunden hatte und das eigentlich niemanden mehr offen beunruhigte. Insgeheim war es aber in der Bevölkerung zur Gewohnheit geworden jedes gesagte Wort zweimal zu überdenken und persönliche Gespräche im Garten zu führen. -tick tack-. Das Ticken der Uhr riss ihn aus seinen Gedanken und er sah wieder auf die überfüllte Straße. Er bog ab und steuerte den Wagen in eine Seitenstraße und hielt an. Er nahm das Handy aus der Tasche und verließ den Wagen, wobei er als Alibi lautstark fluchte, dass er sich verfahren hätte. Er sah sich beiläufig um und schlenderte die Straße hinauf, wobei er sich eine Zigarette, die letzte aus der Schachtel, anzündete. Er blieb kurz stehen, um sich den Schuh zu zubinden, wofür er die leere Schachtel mit dem Feuerzeug neben sich auf der Straße ablegte. Als er aufgestanden war, drehte er sich um und ging langsam zum Auto zurück. Als er wieder im Auto war riss er die Schachtel in zwei Hälften und entnahm ihr ein kleines Stück Papier, das in ihr verborgen war. Die Schachtel mit der er die Straße hinauf geschlendert war lag nun unter einer Bank, neben der er sich eben den Schuh zugebunden hatte. Er faltete den kleinen Zettel auf und las. Was er las überraschte ihn nicht im geringsten. Er sollte warten, er sollte beobachten, er sollte sich anpassen. Er musste etwas liefern. Kein Auftrag, keine Mission, aber etwas, das es ihm ermöglichen würde wieder nach Hause zurück zu kehren. -tick tack- Das Ticken der Uhr holte ihn wieder in die Realität zurück. Er fuhr erneut eine große Schleife und steuerte den Wagen dann in eines der vielen ärmeren Viertel der Stadt. Hier könnte er etwas finden, etwas das genau das war, was er brauchte. Er fuhr gemächlich über die Straße und hielt vor einem herunter gekommenem Haus. Er stieg aus und nahm dabei eine große Sonnenbrille aus dem Handschuhfach, die er aufsetzte. Hier lebte einer seiner Informanten, über die die meisten seiner Kollegen nur den Kopf geschüttelt hätten, die korrupte Politiker, bestechliche Beamte oder Militärs mit fragwürdigen Vorlieben bevorzugten. Sein Informant war der Bruder eines hochrangigen Generals. Er war abhängig, Alkoholiker und außerdem spielsüchtig. Zusammengefasst so wenig vertrauenswürdig wie es für einen Informanten nur möglich sein konnte. Er sah ihn aber als einen hervorragenden Informanten an, da er für ihn absolut kalkulierbar war. Militärs und Politiker, die man bestach, die ließen sich auch von anderen bestechen, oder entdeckten plötzlich ein tief verborgen gewesenes Schuldgefühl, oder der gleichen und man wusste nie, was sie wem sagten. Ein Mann aber, wie der der hier wohnte, der würde jedem, der ihn bezahlte mit Sicherheit alles erzählen, was derjenige wissen wollte, und noch viel mehr, das er nicht wissen wollte. Deswegen war dieses Weitererzählen eine feste Größe, mit der er rechnen und die er kalkulieren konnte. Er ging durch die Tür und betrat ein muffig riechendes Treppenhaus. Er blieb vor einer Wohnung stehen und klopfte, bevor er die zugezogene Tür öffnete und eintrat. Der Informant B3, wie der Mann auf dem Papierchen hieß, das er seinerseits in einer leeren Zigarettenschachtel unter der Bank hinterlassen hatte, saß mit einer schmutzigen Hose und einer Jacke bekleidet an einem Tisch und zählte Karten, die er selbst legte. Das Gespräch lief jedes mal gleich ab. Er begrüßte den Mann mit *mein Freund* und fragte ihn, wie es seinm Bruder denn so gehen würde und blätterte je nach Nützlichkeit der Antwort etwas von dem Bündel Schiene langsam auf den Tisch. Dieses Mal schien es bei einer eher durchschnittlicheren Summe zu bleiben, als er etwas sagte, das ihn hellhörig werden ließ. Er erzählte von einer baldigen Beförderung seines Bruders, und dass viele wichtige Leute gekommen seien, um ihm zu gratulieren. Diese Information bewegte ihn mehrere große Scheine auf den Tisch zu legen und sich von ihm zu verabschieden, als er etwas hörte, das ihn aufmerksam werden ließ. Schritte, Schritte wie sie niemand machte der in so einem Haus wohnte, feste Schritte mit schweren Stiefeln. Sein Blick viel unwillkürlich zum Fenster, doch es war zu spät, mit einem gewaltigen Knall und splitterndem Glas schoss eine Kugel durch das Fenster und traf seinen Informanten mitten in die Brust. In einer Bewegung warf er sich auf den Boden und zog die verdeckte Waffe, während er hörte, wie die

Tür der Wohnung eingetreten und mindestens ein Dutzend Kugeln wild in den Raum abgefeuert wurden. Er kroch hinter einen Vorsprung, der zu der Kochecke der kleinen Wohnung gehörte, und sah wie drei Männer mit gezogenen Waffen in den Raum stürmten. Er handelte geistesgegenwärtig und erschoss den ersten Mann sofort. Er ließ sich sofort wieder fallen, um vor den wild abgefeuerten Salven der beiden anderen in Deckung zu gehen. Die beiden Männer näherten sich ihm langsam, ihre Maschinenpistolen im Anschlag. Als er den Schritt des einen ganz nah neben sich hörte, sprang er auf, und schoss ihm in einer Bewegung in die Brust, während er ihm gleichzeitig die Maschinenpistole aus der Hand riss, auf den zweiten richtete und den Abzug durchzog. Die Kugeln durchlöcherten ihn. Er nahm die Maschinenpistole des dritten in die eine Hand und steckte sich seine Waffe in den Gürtel. Er rannte durch die Tür ins Treppenhaus, während er schwere Schritte von oben herunter kommen hörte. Es waren also noch mehr im Haus. Er kahm am Fuße der Treppe an und schaltete den dort Wartenden mit zwei schnellen Schüssen aus der Maschinenpistole aus. Als er aus der Tür trat, schlug mit einem Krachen nur wenige Zentimeter neben seinem Kopf eine Kugel in die Hauswand ein. Der verdammte Heckenschütze, der seinen Informanten getötet hatte. Er duckte sich in den Eingang des Hauses, während er hinter sich die übrigen Angreifer die Treppe herunter kommen hörte. Er war eingekesselt, zwischen dem Heckenschützen, dessen genaue Position er nicht kannte und den übrigen Angreifern mit ihren Maschinenpistolen. Sein Wagen stand vor dem Haus und würde ihm wahrscheinlich Deckung vor dem Scharfschützen bieten, der sich vermutlich auf dem Dach des gegenüberliegenden Gebäudes postiert hatte. Er hörte wie seine Verfolger aus dem Treppenhaus das Feuer auf ihn eröffneten und rannte los. In der einen Hand hielt er die Maschinenpistole, mit der er auf das gegenüberliegende Dach schoss, um den Scharfschützen in Schach zu halten, in der anderen Hand hielt er seine Pistole, mit der er das Feuer der Angreifer erwiderte, die ihn aus dem Haus ins Visier nahmen. Er rannte zu seinem Auto und kauerte sich dahinter, während er mit beiden Waffen das Feuer aus dem Haus erwiderte. Er öffnete die Tür des Autos und kroch in Richtung des Fahrersitzes, während das Auto von Kugeln getroffen wurde. Er spähte knapp durch die Windschutzscheibe, um nicht durch die Scheiben getroffen zu werden, aber auch nicht blind zu fahren. Das Feuer setzte aus und die Männer aus dem Haus bewegten sich langsam auf das Auto zu. Ohne lange zu überlegen schaltete er den Motor an und trat das Gaspedal durch, worauf der

Wagen gleich wieder mit Kugeln durchlöchert wurde. Durch die umherfliegenden Splitter der berstenden Scheiben fuhr er fast blind, doch wie durch ein Wunder rammte er nichts, sondern raste in Schlangenlinien die Straße herunter. Nach zwei Straßen richtete er sich auf dem Fahrersitz auf und fuhr noch zwei Straßen weiter. Er parkte das Auto am Straßenrand und überprüfte seine Pistole, bevor er die Maschinenpistole auf den Rücksitz warf und ausstieg. Er nahm die leere Zigarettenschachtel aus der Tasche und öffnete den Tankdeckel. Er legte die Schachtel auf die Öffnung, zündete sie an und entfernte sich zügig von dem von Kugeln durchlöcherten Wagen. Als die brennenden Stücke der Schachtel in den Tank fielen explodierte das Auto in einem Feuerball. Zu dem Zeitpunkt beugte er sich aber in einer angrenzenden Querstraße über ein anderes Auto, dessen Verriegelung er schnell geöffnet hatte. Er fuhr an dem brennenden Autowrack vorbei und verschwand in dem Gewirr der Straßen. Etwas war schief gelaufen, aber er wusste nicht was, und das machte ihn nervös. Es war nicht der Schusswechsel, nicht der Angriff, der ihn nervös machte, nein es war die Tatsache, dass etwas nicht so funktioniert hatte wie es sollte, etwas, dass er in seiner Kalkulation nicht bedacht hatte und es war weiterhin die Tatsache, dass er nicht die geringste Ahnung hatte, was dieses etwas war. -tick tack- Die Uhr lenkte seine Aufmerksamkeit auf die Straße. Er fuhr in mehreren langen und verzweigten Schleifen durch das Gewirr der Stadt und stellte den Wagen auf einem Parkplatz etwa eine Straße von seiner Wohnung entfernt ab. Er stieg aus und ging zu seiner Wohnung. Als er die Tür öffnete wurde ihm schwarz vor Augen. Als er wieder zu sich kam, war er mit den Händen an einen Stuhl in der kleinen Küche der Wohnung gefesselt und sein Kopf schmerzte. Der Schlag hatte ihn hart getroffen, und er war immer noch ein wenig benommen. Wie konnten sie von der Wohnung wissen? Ein breiter, etwa ein Meter achtzig großer Mann näherte sich ihm. Er trug einen dunklen Anzug, hatte seine schwarzen Haare streng zurück gekämmt und roch nach einem starken Rasierwasser. Er setzte sich gelassen vor ihm hin und fragte ihn wo der Safe sei ? Man hatte ihn verraten. Er wusste es in dem Moment, als ihn der Mann nach dem Safe fragte. Wenn ihn einer seiner Informanten, denen niemand Glauben schenkte, verraten hätte, und wenn sie ihm geglaubt hätten und ihn so lange überwacht hätten, bis sie ihn bei einem Besuch, deren Zeiten sich nie wiederholten, gesehen hätten, und wenn sie es geschafft hätten den langen Schleifen und Umwegen zu folgen, auf denen er durch die Stadt fuhr und die er immer zufällig wählte, selbst dann hätten sie nicht von dem Tresor wissen können. Man hatte ihn verraten. Während er befragt wurde, wiederholte er immer wieder die Informationen, die er sich jeden Tag einprägte. Den Namen, den Geburtsort, die Namen der Eltern, den Namen der Universität. -tick tack- Das Ticken der Uhr dröhnte unnatürlich laut in seinem Kopf, während er immer die selben Antworten auf die selben Fragen wiederholte. Als er allmählich klarer im Kopf wurde und das Dröhnen nachließ, zählte er neben seinem Befrager fünf weitere Männer in Militäruniformen, aber ohne Abzeichen oder Ähnliches, sodass man unmöglich sagen konnte, ob sie wirklich dem Militär angehörten. Er holte mehrfach tief Luft. Er wusste, was jetzt passieren würde, und er hasste es, aber er wusste, dass es unausweichlich war. Er spürte seine Hände, die hinter seinem Rücken die mit einem Seil an die Stuhllehne gebunden waren und die er noch nicht befreien konnte. Er sah den Mann im dunklen Anzug vor sich, einen der anderen Männer neben sich, einer durchsuchte das Schlafzimmer und die restlichen die übrige Wohnung. Er atmete tief ein und aus. -tick tack- Er gab nur ein dumpfes Stöhnen von sich, als er die Daumen ausrenkte und seine Hände aus den Fesseln zog. Seine Hand schnellte unter den Tisch und zog die verborgene Pistole hervor. Er sprang auf und schoss dem Mann im dunklen Anzug in den Kopf. Während der Mann neben ihm überrascht seine Maschinenpistole von der Schulter nahm schlug er ihm den Lauf der Waffe direkt auf die Brust und zog den Abzug. Er traf noch einen der Männer in die Brust, bevor er vor dem Feuer ihrer Maschinenpistolen in Deckung gehen musste. Er rollte sich hinter seiner Deckung hervor und gab zwei schnelle Schüsse ab, von denen einer in den Fuß des einen und der andere in den Kopf des anderen traf. Er sprang auf und sprang auf den dritten los, während der Mann, der das Schlafzimmer durchsucht hatte vergeblich versuchte die beiden aus einender zu halten um einen Schuss abzugeben. Er schaffte es den Mann mit dem er kämpfte auszuschalten, indem er seine Waffe fallen lies und blitzschnell ein Messer aus dem Gürtel des Mannes zog und ihn erstach. Im selben Moment als der andere Mann merkte, dass sein Freund tot war, traf ihn das Messer in den Arm, das dieser auf ihn geworfen hatte. Er schrie und eröffnete wild das Feuer auf den Mann, der sich ins Schlafzimmer flüchtete und sich verkrampfte, als er von einer Kugel ins Bein getroffen wurde. Er fiel aufs Bett und sah, wie der letzte der vermeidlichen Soldaten auf ihn zukam, während er mit seiner Hand hektisch nach der versteckten Waffe tastete. Er bekam sie zu fassen und tötete den Angreifer mit einem schnellen Schuss. Er ging aus dem Schlafzimmer zum Tresor und öffnete ihn und nahm alles heraus und steckte es, bis auf den Ausweis in eine Tasche. Er ging zum Herd und drehte das Gas auf. Als er die Wohnung verlies zündete er den Pass an und ließ ihn vor der Tür fallen, ging hindurch und schloss sie. Es war seltsam, aber irgendwie erfüllte ihn das Brennen der Wohnung und des Passes, ja dieser ganzen Existenz, die zwar nie existiert, die er aber doch gelebt hatte mit einer gewissen Melancholie. Er stieg in das Auto, während hinter ihm die Wohnung explodierte. Als er aus der Stadt fuhr, verzichtete er auf Schleifen und Umwege. Er sah auf die Uhr und merkte, dass sie während des Kampfes zerbrochen war. Er musste lächeln, bei dem Gedanken, dass all das nötig gewesen war, um vom Ticken dieser Uhr loszukommen. Er verließ die Stadt, ohne eine Ahnung was er jetzt tun, oder an wen er sich wenden sollte, denn irgendjemand hatte ihn verraten.

LA SPIA
JAKOB GEISSLER
Traduzione di Francesca Farina

La luce lo accecò, anche se aveva chiuso le tende. Strinse gli occhi mentre afferrava una bottiglia d'acqua vicino al letto -tick tack-, l'orologio era accanto a lui sul comodino, ricordandogli che il tempo passava e che aveva urgente bisogno di consegnare qualcosa. Prese l'orologio dal comodino e l'allacciò al polso. Andò verso il lavandino e con due mani si versò l'acqua sul viso , che aveva sempre uno strano misto di caldo e freddo, e si strofinò gli occhi. Dopo essersi messo una camicia, senza togliersi i pantaloni, cominciò la sua solita routine. Andò nel salottino, tirò sul tappeto in un angolo e aprì la piccola cassaforte. Prese la pistola, i soldi, i passaporti e il cellulare. Si sedette al tavolo, smontò la pistola, la lucidò, mise un proiettile nella camera e caricò il caricatore. Dopo aver fatto la stessa cosa con le altre due pistole, che erano nascoste al solito posto, le nascose sotto il tavolino e dietro una gamba del letto, egli contò il denaro, annotò la somma e prese dal mazzo alcune banconote, le arrotolò in un mazzo più piccolo, che ripose nella sua borsa e annotò di nuovo qualcosa. Digitò due numeri registrati sul cellulare, schiacciò il biglietto, lo mise nel posacenere e prese una sigaretta. Accese entrambi, si sedette e prese il passaporto in mano, guardò la foto e ripensò a tutto nella sua testa, come aveva fatto negli ultimi due anni. Il nome, il luogo di nascita, i nomi dei genitori - tick tack- il nome dell'università. -tick tack- gettò la sigaretta a terra e la spense arrabbiato. Odiava quell'orologio, il cui ticchettio gli ricordava sempre che la sua vita non era reale, che la sua vera vita era fatta di cose da fare, aspettare, osservare e il ticchettio di quelle dannate cose, e questo lo faceva arrabbiare. Ripassò le informazioni nella sua testa un'ultima volta, rimise tutto nella cassaforte, ci rimise sopra il tappeto e si mise la pistola nella cintura. Uscì dall'appartamento e si mise una giacca troppo calda per i suoi gusti, ma che nascondeva la pistola. Camminò verso il parcheggio dove c'era la sua macchina, che era abbastanza vecchia da non sembrare nuova e così nuova da non sembrare vecchia. Accese il motore dell' auto e uscì dal parcheggio. Accese la radio in modo che, interrotto da rumori di sottofondo, i notiziari parlavano in una lingua diversa dalla sua, che aveva imparato così bene da far credere che si fosse trasferito molto tempo fa, ma non c'era dubbio che da allora non avesse mai parlato un'altra lingua. Attraversava la città facendo deviazioni che, a un estraneo, davano l'impressione di un automobilista che non riusciva a cavarsela nella fitta confusione delle strade, ma che in realtà erano un tentativo di liberarsi di inseguitori potenzialmente sgradevoli, perché tutti erano perseguitati. Come egli aveva afferrato, si trattava semplicemente di qualcosa con cui ci si era rassegnati e che in realtà non preoccupava più apertamente nessuno. In segreto, però, la popolazione aveva preso l'abitudine di riflettere due volte su ogni parola pronunciata e di avere conversazioni personali nel giardino. -tick tack-. Il ticchettio dell'orologio lo strappò dai suoi pensieri e guardò di nuovo la strada affollata. Deviò, giunse con l'auto in una strada laterale e si fermò. Tirò il cellulare dalla borsa e uscì fuori dall'auto, imprecando ad alta voce di essersi perso come alibi. Si guardò intorno (per caso) e camminò lungo la strada, accendendosi una sigaretta, l'ultima della scatola. Si fermò un attimo per allacciarsi la scarpa, per cui lasciò cadere la scatola vuota con l'accendino accanto a sé sulla strada. Quando si alzò, si voltò e tornò lentamente alla macchina. Quando tornò in macchina, strappò la scatola in due e prese un piccolo pezzo di carta che era nascosto dentro. La scatola con cui aveva camminato lungo la strada era ora sotto una panchina, vicino alla quale si era allacciato la scarpa. Piegò il foglietto e lesse. Quello che lesse non lo sorprese per niente. Doveva aspettare, osservare, adattarsi. Doveva consegnare qualcosa. Nessun incarico, nessuna missione, ma qualcosa che gli avrebbe permesso di tornare a casa. Tick tack- il ticchettio dell'orologio lo riportò alla realtà. Fece altri giri con l' auto e poi si diresse in uno dei tanti quartieri più poveri della città. Qui avrebbe potuto trovare qualcosa, qualcosa che era proprio quello di cui aveva bisogno. Guidava lentamente e si fermò davanti ad una casa caduta. Scese e prese un paio di occhiali da sole dal vano portaoggetti che indossò. Qui viveva uno dei suoi informatori, sul quale la maggior parte dei suoi colleghi avrebbe scosso la testa, visto che quelli preferiva politici corrotti, funzionari corrotti o militari con preferenze discutibili. Il suo informatore era il fratello di un generale di alto rango. Era un tossicodipendente, un alcolizzato e anche un giocatore d'azzardo. Tutto sommato, poco attendibile come già lo è un informatore. Ma lo considerava un ottimo informatore, perché era completamente prevedibile per lui. Militari e politici che venivano corrotti, si facevano corrompere anche da altri, o scoprivano improvvisamente un senso di colpa nascosto, o simile, e non si sapeva mai cosa dicessero a chi. Ma un uomo come quello che viveva qui avrebbe sicuramente detto a chiunque lo pagasse tutto quello che voleva sapere e molto di più quello che non voleva sapere. Quindi questo narratore era un punto fisso su cui poteva contare e calcolare. Attraversò la porta ed entrò in una tromba delle scale puzzolente. Si fermò davanti a un appartamento e bussò prima di aprire la porta chiusa ed entrare. L'informatore B3, come si chiamava l'uomo sul foglietto che aveva lasciato in un pacchetto di sigarette vuoto sotto la panchina, sedeva a un tavolo con i pantaloni sporchi e la giacca e contava le carte che aveva preso lui stesso. La conversazione era sempre nello stesso modo. Salutò l'uomo dicendo "Amico mio" e gli chiese come stesse il fratello e, a seconda dell'utilità della risposta, sfogliava il mazzo delle banconote e le tirava fuori lentamente appoggiandole sul tavolo. Era sembrato che era arrivato ad una somma piuttosto modesta quando disse qualcosa che lo mise in allerta. Raccontò che suo fratello stava per essere promosso e che molte persone importanti erano venute a congratularsi con lui. Questa informazione lo spinse a mettere parecchi biglietti sul tavolo e stava per salutarlo quando sentì qualcosa che attirò la sua attenzione. Passi, passi come nessuno che abitava in quel palazzo faceva, passi fermi con stivali pesanti. Il suo sguardo molto involontariamente verso la finestra, ma era troppo tardi, con un enorme botto e vetri rotti, un proiettile sparò attraverso la finestra e colpì il suo informatore in mezzo al petto. In un solo movimento, si gettò a terra e tirò fuori la pistola nascosta, mentre sentì la porta dell'appartamento sfondare e almeno una dozzina di proiettili sono stati sparati selvaggiamente nella stanza. Si arrampicò dietro una sporgenza che apparteneva all'angolo cottura del piccolo appartamento, e vide tre uomini con le armi in mano che entravano nella stanza. Agì d'impulso e ha sparato al primo uomo all'istante. Si è subito rimesso a terra per proteggersi dalle sparatorie selvagge degli altri due. I due uomini si avvicinarono lentamente a lui, con le loro mitragliatrici puntate contro. Quando sentì il passo di uno vicino a sé, saltò in piedi e gli sparò un colpo al petto, mentre contemporaneamente strappò la mitragliatrice dalla mano, la puntò verso l'altro e premette il grilletto. I proiettili lo trafissero. Prese la mitragliatrice del terzo in una mano e si mise la sua pistola nella cintura. Corse attraverso la porta verso la tromba delle scale, sentendo dei passi pesanti scendere dall'alto. Ce n'erano altri nel palazzo. Arrivò ai piedi delle scale e colpì il parassita con due colpi veloci della mitragliatrice. Quando uscì dalla porta, partì un colpo e fece una crepa nel palazzo, a pochi centimetri dalla testa. Il maledetto che aveva ucciso il suo informatore. Si appollaiò all'ingresso della casa, mentre dietro di lui sentì gli altri killer scendere le scale. Era intrappolato tra il cecchino, di cui non conosceva l'esatta posizione, e gli altri assalitori con le loro mitragliatrici. La sua auto era parcheggiata di fronte al palazzo e probabilmente gli avrebbe offerto riparo dal cecchino, che probabilmente si era appostato sul tetto dell'edificio di fronte. Sentì i suoi inseguitori nella tromba delle scale aprire il fuoco su di lui e corse via. In una mano teneva la mitragliatrice con cui sparava sul tetto opposto per tenere a bada il cecchino, nell'altra la sua pistola con cui rispondeva al fuoco degli aggressori che lo prendevano di mira dalla casa. Corse verso la sua auto e si rannicchiò dietro di essa, mentre rispondeva al fuoco con entrambe le armi. Aprì la portiera della macchina e strisciò verso il sedile del conducente, mentre la macchina veniva colpita da proiettili. Ha guardato a malapena attraverso il parabrezza per non essere colpito dai finestrini, ma anche per non guidare alla cieca. Smisero di sparare, avvicinandosi lentamente all' auto. Senza pensarci troppo, accese il motore e premette il pedale dell'accelleratore, e l'auto venne di nuovo trafitta dai proiettili. Tra le schegge volanti dei vetri rotti, guidò quasi alla cieca, ma come per miracolo non colpì nulla, anzi si rimise in carreggiata. Dopo due strade, si mise diritto sul sedile del guidatore e proseguì per altre due strade. Parcheggiò l'auto sul ciglio della strada e controllò la sua pistola prima di gettare la mitragliatrice sul sedile posteriore e scendere. Prese il pacchetto di sigarette vuoto dalla borsa e aprì il tappo del serbatoio. Pose la scatola sull'apertura, la accese e si allontanò rapidamente dall'auto martoriata dai proiettili. Quando i pezzi in fiamme della scatola arrivarono nel serbatoio, l'auto diventò una palla di fuoco. A questo punto, girò e guidò dirigendosi ad un'altra auto, di cui aveva rapidamente aperto la serratura. Sorpassò l'auto in fiamme e scomparve nel caos delle strade. Qualcosa era andato storto, ma non sapeva cosa fosse e questo lo rendeva nervoso. Non era la sparatoria, non l'aggressione che lo rendeva nervoso, no, era il fatto che qualcosa non avesse funzionato come avrebbe dovuto, qualcosa che non aveva considerato nei suoi calcoli, ed era ancora il fatto che non aveva la minima idea di cosa fosse quel qualcosa. Tick tack- l'orologio riportò la sua attenzione sulla strada. Guidò attraverso il groviglio della città facendo diversi giri lunghi e ramificati e parcheggiò l'auto in un parcheggio a circa un isolato da casa sua. Scese e si diresse al suo appartamento. Quando aprì la porta, tutto divenne nero. Quando si riprese, era legato con le mani ad una sedia nella piccola cucina dell'appartamento e gli faceva male la testa. Il colpo era stato forte, ed era ancora un po' stordito. Come facevano a sapere dell'appartamento? Un uomo largo, alto circa un metro e ottanta, gli si avvicinò. Indossava un abito scuro, si era pettinato i capelli neri all'indietro e puzzava di forte acqua da barba. Si sedette tranquillamente davanti a lui e gli chiese dov'era la cassaforte? Era stato tradito. Lo capì in quel momento in cui l'uomo gli chiese della cassaforte. Se uno dei suoi informatori, ai quali nessuno credeva, l'avesse tradito, e se gli avessero creduto e l'avessero sorvegliato da tempo finché non l'avessero aspettato durante una visita all' informatore che non si ripeteva mai, e se fossero riusciti a seguire i lunghi giri e deviazioni che percorreva per la città e che sceglieva sempre a caso, nemmeno allora avrebbero potuto sapere della cassaforte. Era stato tradito. Durante l'interrogatorio, ripeteva continuamente le informazioni che memorizzava ogni giorno. Il nome, il luogo di nascita, i nomi dei genitori, il nome dell'università. -tick tack- Il ticchettio dell'orologio ronzava in modo innaturale nella sua testa, mentre ripeteva sempre le stesse risposte alle stesse domande. Man mano che la sua mente si chiariva e smetteva di ronzare, contò oltre al suo interrogatore cinque uomini in uniforme militare, ma senza distintivi o simili, per cui era impossibile dire se fossero davvero militari. Fece diversi respiri profondi. Sapeva cosa sarebbe successo e lo odiava, ma sapeva che era inevitabile. Sentiva le mani dietro la schiena, legate con una corda allo schienale della sedia e che ancora non riusciva a liberare. Vide l'uomo con l'abito scuro di fronte a sé, uno degli altri uomini accanto a lui, uno che perquisiva la camera da letto e gli altri il resto dell'appartamento. Respirava ed espirava profondamente. Tick tack- Ha fatto solo un gemito ottuso quando ha alzato i pollici e ha tirato fuori le mani dalle catene. La sua mano si precipitò sotto il tavolo e tirò fuori la pistola nascosta. Balzò e sparò in testa all'uomo con l'abito scuro. Mentre l'uomo accanto sorpreso stava per prendere la sua mitragliatrice dalla spalla, colpì la canna della pistola direttamente sul petto e tirò il grilletto. Colpì anche uno degli uomini al petto prima di nascondersi dal fuoco delle loro mitragliatrici. Si rotolò dietro una sua copertura e sparò due colpi veloci, che colpirono un uomo e un altro alla testa. Saltò su e saltò sul terzo, mentre l'uomo che aveva perquisito la camera da letto tentò invano di tenere i due lontani per sparare un colpo. È riuscito ad eliminare l'uomo con cui stava combattendo, lasciando cadere l'arma, estraendo un coltello dalla cintura dell'uomo e pugnalandolo. Nel momento in cui l'altro uomo si rese conto che il suo amico era morto, con il coltello che gli aveva lanciato contro lo colpì al braccio. Urlò e aprì il fuoco selvaggiamente sull'uomo che si era rifugiato in camera da letto e aveva i crampi quando fu colpito da un proiettile alla gamba. Si sdraiò sul letto e vide l'ultimo dei soldati schivabili venire verso di lui, mentre lui cercava freneticamente l'arma nascosta con la mano. Li prese tutti e uccise l'aggressore con un colpo veloce. Uscì dalla camera da letto e andò al caveau, lo aprì, prese tutto e lo mise in una borsa, tranne il documento d'identità. Si avvicinò ai fornelli e aprì il gas. Quando uscì di casa, accese il passaporto e lo lasciò cadere davanti alla porta, passò attraverso e la chiuse a chiave. Era strano, ma in qualche modo lo riempiva il bruciore della casa e del passaporto, anzi di tutta questa esistenza, che non esisteva mai, ma che aveva vissuto con una certa malinconia. Salì in macchina mentre l'appartamento esplodeva dietro di lui. Quando lasciò la città, rinunciò a giri e deviazioni. Guardò l'orologio e si accorse che si era rotto durante la lotta. Doveva sorridere al pensiero che era stato necessario questo per liberarsi del ticchettio dell'orologio. Lasciò la città senza sapere cosa fare o a chi rivolgersi, perché qualcuno l'aveva tradito.

FRANCESCA FARINA

"Sic ignara Psyche sponte in Amoris incidit amorem"

Perla bagnata che si veste di sole e prende forme umane strette nell'intimo abbraccio di due amanti. E il tutto appare così puro, ma allo stesso tempo ti porta a voltarti vergognoso di aver visto un momento che non ti appartiene. La ragazza con la tracolla si sporge in avanti verso il cartello posto vicino alla scultura: *"Antonio Canova, Amore e Psiche che si abbracciano, 1787-1793, marmo, h 1,55 m; l 1,68 m; d 1,01 m. Parigi, Musée du Louvre"* Un nome, una storia e un amore che la perseguitava. La ragazza non guardò più la statua con meraviglia, ma con mera rassegnazione. Il marmo le continuava a ricordare la perla, peccato che la pietra fosse spesso associata alle lacrime. Psiche che si innamora di Amore, lei che tradisce la sua fiducia e il dio che sfugge. L'uomo rappresentato sembrava veramente un dio sfuggevole, con le ali spiegate, i muscoli contratti e lo sguardo perso. Era strano come quella favola romantica, le donasse un senso di vuoto che le squarciava il petto. Eros si ferì d'amore, si nascose per farsi accarezzare da un'anima e non da un corpo, ma se ne è andato e tutti facevano cadere la colpa sulla vera vittima di quell'incantesimo. "Ehi, Psiche, guarda ti sbaciucchi con il mostro senza occhi". Un nome, una storia e un amore che la perseguitava. Già in classe le giungevano gli scherni e i fischi, la rabbia montava ma poi dita lunghe le afferravano il polso e il tutto diventava ovattato. Nemmeno alla gita le davano tregua, ma non poteva riprenderli come avrebbe voluto dato che si trovavano in un luogo pubblico. In molti la prendevano in giro per il nome inusuale, la risposta era sempre stata un 'alzata di spalle o una risatina nervosa. Aveva deciso che sarebbe stato per sempre così e tutto fu rovinato da un essere irraggiungibile e sfuggevole che planò con forza nella sua vita. Inevitabilmente portò lo sguardo proprio su di lui. Era maestoso nella sua quiete, i lineamenti scolpiti da mani agili e callose e i ricci biondo oro che gli ricadevano sulla fronte. Un esempio perfetto di bellezza, stabile, imprigionata nel tempo come racchiusa in un fotogramma. Una bellezza da far invidia agli dei e chi aveva una buona conoscenza sulla mitologia, sapeva perfettamente che quel dono si sarebbe presto tramutato in una condanna. La benda nascondeva gli occhi del ragazzo. L'unica cosa che si poteva scorgere erano due leggere chiazze di rosso dove vi sarebbero state le pupille. Di sicuro fu Cupido stesso che, adirato da una bellezza superiore alla sua, scese sulla terra e accecò con veemenza il ragazzo. Gli strappò gli occhi e se li mise in uno scrigno come simbolo di vittoria. La ragazza sorrise con malinconia. In fondo anche Psiche fu vittima della furia di Afrodite. Il ragazzo sembrava che stesse guardando la stessa statua, in realtà sembrava che l'avesse chiamato appena avevano varcato la soglia della stanza, dato che teneva il viso rivolto sempre verso la scultura. Era impossibile eppure non c'era altra spiegazione. "Eros" la ragazza le corse incontro e gli afferrò il braccio "Ti ho detto che non ti devi allontanare". Anche il tocco era irreale senza esserlo, sentivi il calore simile al fuoco e il secondo dopo diveniva freddo come una folata di vento. Il ragazzo si girò solo per acquisire una posizione immobile. Questa volta erano le figure della statua a girarsi vergognose di quel tocco tanto leggero quanto pieno di passione. Cercarono di respirare meno di quanto facessero prima perché si ritenevano indegni di respirare l'aria pregna di loro. Due omonimi che camminano sul filo di una storia scritta da altri che non hanno compreso e mai lo faranno. "Psiche" anche il respiro viveva di una duplice natura, caldo e portatore di brividi. Chissà se anche l'altro Eros chiamava così l'altra Psiche mentre erano consumati da loro stessi. "Sono cieco, non un bambino disperso". Non capiva se ci credesse davvero a quella premura, poiché per lei era solo egoismo e gelosia perché la vera Psiche voleva il vero Eros solo per lei e nessuno doveva rubargli il tempo con lui. Ogni tanto si beava della superficialità altrui che lo avevano portato a isolarsi. Era una cosa cattiva, ma c'era lei a dargli affetto e tanto bastava. "Beh, sei cieco da poco a causa dell'incidente. A proposito sto studiando per entrare a medicina, magari se mi mostrassi la ferita, posso capire qualcosa". *"E così potrò vedere finalmente il tuo viso per intero"* Eros contrasse la mascella e si scostò irritato portando di nuovo lo sguardo sulla scultura. "Ne abbiamo già parlato, non puoi vederla". Come una donna è costretta ad amare un mostro nel buio senza poter vedere il suo aspetto. Il marmo non luccicava più come perla, le sembrava solo una roccia informe. Un nome, una storia e un amore che la perseguitava e la condannava. La guida parlava della storia dei due innamorati. Come poteva non saperla? I suoi ne erano talmente appassionati da darle il nome e gliela raccontavano come una favoletta.

"*Tanto tempo fa c'era un re con tre figlie, una possedeva una bellezza superiore a quella di Afrodite. La gente veniva nel regno solo per ammirarla. La gelosia di Afrodite aumentò, per questo ordinò a suo figlio Eros di usare il suo potere per farla innamorare di un mostro. Ma nel momento che il dio alato vide Psiche, rimase incantato dalla sua bellezza e si conficcò la propria freccia nel cuore. Nel frattempo le sorelle di Psiche trovarono marito, mentre lei rimase solo poiché gli uomini avevano paura di suscitare l'ira della dea. Allora suo padre, preoccupato, si recò dall'oracolo che gli disse che un marito era già stato scelto, un mostro. Psiche fu portata su una montagna e il vento la portò in un magnifico palazzo e lì una voce dolce le diede il benvenuto. Lei fu certa che non era un mostro e iniziarono ad amarsi a una condizione lei non avrebbe visto il suo viso. Un giorno le sorelle la visitarono e, invidiose, le consigliarono di ucciderlo. In fondo l'oracolo aveva detto che avrebbe sposato un mostro. Così Psiche, una notte, prese una candela per guardare il consorte. Era il dio dell'amore in persona! Psiche rimase ad ammirarlo. Una goccia d'olio però toccò la pelle del dio svegliandolo. Eros, sentendosi tradito, spiccò il volo in lacrime* "*

La stessa notte sognò delle ali sfuggirle al tocco e lacrime fredde le solcarono il viso, cercando di alleviare il dolore lancinante al petto. Un nome, una storia e un amore che la perseguitava. Fu svegliata da un tonfo come se qualcuno fosse caduto. Sentì schiamazzi e risolini e poi i passi si affrettarono allontanandosi. Nella stanza era rimasta solo lei e un'altra compagna che però dormiva profondamente. Accese la torcia con il telefono e si avviò verso la porta. Per fortuna nessun professore si trovava nei corridoi, ma il sollievo durò poco sostituito dalla preoccupazione. Eros era terra, pieno di lividi e ansimante. La benda sugli occhi tinta di rosso. "EROS!" La ragazza si precipitò da lui e tastargli ogni lembo di pelle rovinato. Una bellezza ferita sempre bella rimane. Le chiazze violacei spudorate e i graffi rabbiosi stonavano sul suo volto e allo stesso tempo avevano completato un'opera da essere ammirata. "Che è successo?" la risposta già era nota, non era la prima volta che si trovavano in quella situazione. "Mi hanno picchiato… di nuovo" disse accartocciandosi ancora di più nascondendo il volto. Gocce rosse iniziarono a scolare lungo le guance. "Stai sanguinando, aspetta che chiamo qualcuno". Psiche provò ad alzarsi ma fu trattenuta da una presa ferrea. Bruciava come carboni ardenti eppure non poteva fare a meno di quel tocco. Lui ansimava e si agitava, giurò di aver visto una piuma cadere a terra. "Rimani, non andartene. Ti prego" La ragazza allora iniziò a cullarlo tra carezze e parole di conforto. Si macchiò più volte le dita di quel liquido rosso e la preoccupazione saliva ogni volta che toccava quella sostanza viscosa. Eros si era calmato ed era sul punto di addormentarsi quando la curiosità e il terrore la conquistarono. E sciolse la benda infrangendo la promessa. Una promessa cristallizzata nel tempo, come forme astratte in marmo. Gli occhi d'ambra la guardarono sorpresa. Erano vispi e attivi tanto che nemmeno le lunga ciglia stavano ferme. Erano come oro, lo stesso che circonda le dita dei coniugi ed era vivo come fuoco che brucia gli amanti irrequieti nella notte. Una fiamma giocosa prima e adirata dopo. In quel momento, presa dall'incanto, lei si ricordò. "Non hai mantenuto la parola nemmeno stavolta!" Eros si alzò strappandole la benda bagnata dalla mano e le lacrime rosse non accennavano a finire, anzi si duplicarono. Peccato che lei fosse troppo impegnata nell'adorarlo e nell'odiarlo, nel vergognarsi e nel giustificarsi. "Ti do sempre fiducia e puntualmente mi ritrovo ad andarmene e con una madre carceriera. Dovevo prendere il mostro peggiore quel giorno però tu mi hai stregato per farmi colpire. Maledetto il giorno in cui ho sbagliato mira" Le piume cadevano dalle maniche leggiadre mentre il tono si faceva duro, come un dio iracondo. "Devo dar ragione a mia madre e poi ritorno a perdonarti come uno stupido. E tu sei un'umana difettosa che non impara e non ascolta" Prese a percuotersi il petto con forza mentre il rosso prendeva anche il collo. "Ti sei fidata di quelle streghe delle tue sorelle, mentre io ti avevo detto e dimostrato della loro invidia, ti ho detto di non vedere il mio volto ed eccoci qui!" La furia cieca non era adatta all'amore, non era adatta a loro. Allora perché Amore si arrabbia con lei? Perché tutti se la prendono con lei che vuole solo vedere il suo amato. "Ho superato tre prove per te!" Sputò Psiche offesa "Peccato che non superi la quarta!" Ecco il motivo per cui quel nome la perseguita, per cui odia quella storia e per il quale le persone nei libri e in quel marmo pregiato sono dei copioni e loro gli originali. Non hanno ancora raggiunto il lieto fine, c'è la quarta prova, che si presenta puntualmente ogni 150 anni a rovinare il loro idillio. "La fiducia non si basta solo su questo. Ti ho amato in ogni forma, in ogni epoca, se non ti stava bene perché non mi hai lasciata al sonno" L'ambra nelle iridi si fa più fragile, più stanca. Sospira sconfitto e spiega le ali bianche. "Stavolta credo davvero sia l'ultima". Era lui che non aveva fiducia, non lei che gliela doveva provare. Lo prese per le ali e lo spinse a terra per non farlo scappare. "Allora producimi queste" gli disse indicano le scie rosse. Il dio era confuso. "Accecami, così potremmo finalmente stare insieme. Non ti vedrò ma ti amerò, come ho fatto in tutti questi anni". Non era logica eppure era l'unica soluzione plausibile per quella storia. Eros si agitò nuovamente e l'avvicinò a sé. "E io non vedrò più i tuoi occhi, come faccio a capire se mi dici il vero, se mi ami, se sei triste o lieta. Come farò ad amarti privandomi dello sguardo tuo?" Le piume le solleticavano le caviglie e il tocco non bruciava più come a prima. Le mani intrecciate, i respiri sincronizzati e gli sguardi incrociati, tutto era al suo posto, bastava solo che ci rimanesse. "Come ho fatto io in questi secoli, anche quando non c'ero o quando ho smesso di respirare. Scegli tu il finale, basta che questo dolore smetta" Eros era un dio dispettoso e impulsivo, quindi le sembrò strano quando ritrattò la mano per pensare. Valutava le varie ipotesi ma non riusciva toglierle lo sguardo di dosso. "Madre" gridò al cielo "Donare il proprio destino. È fiducia questa?" Pronunciate quelle parole, ecco nascere della maggiorana sul davanzale della finestra. Eros ritornò al suo completo aspetto divino, senza più lacrime e ferite. Il volto illuminato e non più scuro e la felicità al posto del dolore. Come doveva essere, com'era tanto tempo fa. "Quindi qual è il mio finale?" Ecco anche per questa domanda era nota la risposta. "Il nostro finale "le disse accarezzandole i capelli giocosamente "è tornare a casa, insieme, da immortali e guardarci per sempre". Un bacio a suggellare quella promessa nascosto dallo scudo di piume bianche. E il vento si alzava pronti a portarli nel luogo dove tutto era cominciato.

E R O S

F r a n c e s c a   F a r i n a
Aus dem Italienischen von Jakob Geissler

„So verliebte sich die unbewusste Psyche spontan in die Liebe"
Nasse Perle, die sich in der Sonne kleidet und menschliche Formen
annimmt, gehalten in der innigen Umarmung zweier Liebender. Alles
erscheint so rein, aber gleichzeitig wendet man sich ab und schämt
sich, einen Moment gesehen zu haben, der einem nicht gehört.

Das Mädchen mit dem Schultergurt beugt sich nach vorne zu dem
neben der Skulptur angebrachten Schild: *Antonio Canova, Amor und
Psyche umarmen sich, 1787-1793, Marmor, H 1,55 m; l 1,68 m; d 1,01 m.
Paris, Musée du Louvre"* Ein Name, eine Geschichte und eine Liebe, die
sie verfolgte. Das Mädchen betrachtete die Statue nicht mehr bewundernd, sondern schlicht resigniert. Der Marmor erinnerte sie weiterhin
an die Perle, schade, dass der Stein oft mit Tränen in Verbindung gebracht wurde. Psyche, die sich in Amor verliebt, sie, die sein Vertrauen
verrät, und der Gott, der flieht. Der dargestellte Mann sah wirklich wie
ein schwer fassbarer Gott aus, mit ausgebreiteten Flügeln, angespann-
ten Muskeln und verlorenem Blick. Es war seltsam, wie dieses roman-
tische Märchen in ihr ein Gefühl der Leere auslöste, das ihr die Brust
zerriss. Eros wurde von der Liebe verwundet, er versteckte sich, um
von einer Seele und nicht von einem Körper berührt zu werden, aber
er ging und alle gaben dem wahren Opfer dieses Zaubers die Schuld.
„Hey, Psyche, schau, du küsst das augenlose Monster." Ein Name, eine Geschichte und eine Liebe, die die Überlegene verfolgte. Schon im
Unterricht hatten sie die Spottrufe und Pfiffe erreicht, ihre Wut steigerte sich, doch dann packten lange Finger ihr Handgelenk und alles wurde leiser. Sie ließen ihr auch während der Reise keine Ruhe, aber sie
konnte sich nicht wie gewünscht zurückziehen, da sie sich an einem
öffentlichen Ort befanden. Viele machten sich wegen ihres ungewöhnlichen Namens über sie lustig, die Reaktion war immer ein Schulterzu-
cken oder ein nervöses Lachen. Sie hatte beschlossen, dass es für immer so bleiben würde, und alles wurde durch ein unerreichbares und
schwer fassbares Wesen ruiniert, das gewaltsam in ihr Leben eindrang.

Unweigerlich sah sie ihn direkt an. Er war majestätisch in seiner Stille, seine Gesichtszüge wurden von bewegten, schwieligen Händen geformt und seine goldblonden Locken fielen ihm in die Stirn. Ein perfektes Beispiel für Schönheit, stabil, in der Zeit gefangen, als wäre er in einen Rahmen eingeschlossen. Eine Schönheit, die die Götter neidisch machen würde, und diejenigen, die sich gut mit der Mythologie auskannten, wussten genau, dass sich diese Gabe bald in eine Strafe verwandeln würde. Die Augenbinde verdeckte die Augen des Jungen. Das Einzige, was man sehen konnte, waren zwei helle rote Flecken an der Stelle, an der sich die Pupillen befunden hätten. Es war sicherlich Amor selbst, der, verärgert über eine Schönheit wie die seine, auf die Erde herabstieg und den Jungen vehement blendete. Er riss ihm die Augen aus und legte sie als Symbol des Sieges in eine Truhe. Das Mädchen lächelte wehmütig. Schließlich war auch Psyche ein Opfer der Wut der Aphrodite. Der Junge schien auf dieselbe Statue zu blicken wie sie, in Wirklichkeit schien es, als hätte er sie gerufen, sobald sie die Schwelle des Raumes überschritten hatten, da er sein Gesicht immer der Skulptur zugewandt hielt. Es war unmöglich und doch gab es keine andere Erklärung. Es war eine ebenso leichte wie leidenschaftliche Berührung. Sie versuchte, weniger zu atmen als zuvor, weil sie sich schämte, dieselbe Luft wie er zu atmen. Zwei Namensvettern, die am Rande einer Geschichte standen, die von anderen geschrieben wurde, die sie nicht verstanden hatten und es auch nie verstehen würden. Selbst der Atem der „Psyche" hatte eine doppelte Natur: heiß und schauderhaft. Wer weiß, ob der andere Eros die andere Psyche auch so nannte, während sie sich selbst verzehrten. „Ich bin blind, kein verlorener Junge." Sie verstand nicht, ob sie wirklich an dieses Verlangen glaubte, denn für sie war es purer Egoismus und Eifersucht, denn die wahre Psyche wollte den wahren Eros nur für sich und niemand sollte ihr die Zeit mit ihm stehlen. Hin und wieder genoss sie die Oberflächlichkeit anderer, die sie dazu gebracht hatte, sich zu isolieren. Es war eine schlimme Sache, aber sie war da, um ihre Zuneigung zu zeigen, und das war genug. „Nun, du bist wegen des Unfalls seit kurzem blind. Übrigens lerne ich für das Medizinstudium. Vielleicht kann ich etwas erkennen, wenn du mir die Wunde zeigst." *Und so werde ich endlich dein ganzes Gesicht sehen können, dachte sie bei sich.* Eros biss die Zähne zusammen, entfernte sich gereizt und richtete seinen Blick wieder auf die Skulptur. „Wir haben schon darüber gesprochen, man sieht es nicht." Wie eine Frau gezwungen wird, im Dunkeln ein Monster zu lieben, ohne sein Aussehen sehen zu können. Der Marmor glitzerte nicht mehr wie eine Perle, er kam ihr nur noch wie ein formloser Stein vor. Ein Name, eine Geschichte und eine Liebe, die sie verfolgten und verurteilten. Der Führer erzählte von der Geschichte der beiden Liebenden. Wie konnte er es nicht wissen? Seine Eltern waren so begeistert davon gewesen, dass sie ihm seinen Namen gaben und es ihm wie ein Märchen erzählt hatten.

„Vor langer Zeit gab es einen König mit drei Töchtern, eine davon besaß eine Schönheit, die sogar größer war als die der Aphrodite. Die Menschen kamen in das Königreich, nur um diese zu bewundern. Aphrodites Eifersucht wuchs und sie befahl ihrem Sohn Eros, seine Macht zu nutzen, um sie dazu zu bringen, sich in ein Monster zu verlieben. Doch als der geflügelte Gott Psyche sah, war er von ihrer Schönheit verzaubert und stieß seinen Pfeil in sein eigenes Herz. In der Zwischenzeit fanden Psyches Schwestern Ehemänner, während sie allein blieb, weil die Männer Angst hatten, den Zorn der Göttin zu erregen. Dann ging ihr Vater besorgt zum Orakel, das ihm sagte, dass bereits ein Ehemann ausgewählt worden sei, ein Monster. Psyche wurde auf einen Berg gebracht und der Wind trug sie zu einem prächtigen Palast und dort begrüßte sie eine süße Stimme. Sie war sich sicher, dass er kein Monster war, und sie begannen sich unter der Bedingung zu lieben, dass sie niemals sein Gesicht sehen würde. Eines Tages besuchten sie ihre Schwestern und rieten ihr aus Neid, ihn zu töten. Schließlich hatte das Orakel gesagt, dass sie ein Monster heiraten würde. Eines Nachts nahm Psyche eine Kerze, um ihren Mann anzusehen. Er war der Gott der Liebe selbst! Psyche blieb, um ihn zu bewundern. Ein Tropfen Öl berührte jedoch die Haut des Gottes und weckte ihn. Eros, der sich betrogen fühlte, flüchtete unter Tränen.“

In derselben Nacht träumte sie von Flügeln, die ihrer Berührung entgingen, und kalte Tränen liefen über ihr Gesicht und versuchten, den entsetzlichen Schmerz in ihrer Brust zu lindern. Ein Name, eine Geschichte und eine Liebe, die sie verfolgten. Sie wurde durch einen dumpfen Schlag geweckt, als ob jemand gestürzt wäre. Sie hörte Rufe und Kichern und dann eilten die Schritte davon. Nur sie und eine Freundin waren im Zimmer, aber sie schlief tief und fest. Sie schaltete ihre Handytaschenlampe ein und ging zur Tür. Zum Glück war kein Lehrer auf den Fluren, aber die Erleichterung war nur von kurzer Dauer und wich der Sorge. Eros lag verletzt und keuchend am Boden, die Augenbinde rot gefärbt. "EROS!" Das Mädchen stürzte auf ihn zu und befühlte jedes Stück beschädigter Haut. Eine verwundete Schönheit bleibt immer noch schön. Die schamlosen violetten Flecken und wütenden Kratzer waren auf seinem Gesicht fehl am Platze und hatten gleichzeitig ein bewundernswertes Werk vollendet. "Was ist passiert?"

Die Antwort war bereits klar, es war nicht das erste Mal, dass sie sich in dieser Situation befanden. „Sie haben mich … schon wieder geschlagen", sagte er, krümmte sich noch mehr und verbarg sein Gesicht. Rote Tropfen begannen über seine Wangen zu laufen. „Du blutest, warte, während ich jemanden hohle." Psyche versuchte aufzustehen, wurde aber wie von einer eisernen Hand zurückgehalten. Es brannte wie glühende Kohlen und dennoch konnte er auf diese Berührung nicht verzichten. Er keuchte und zitterte, sie hätte schwören können, dass sie eine Feder zu Boden fallen sah. „Bleib, geh nicht. Bitte." Dann begann das Mädchen, ihn mit Zärtlichkeit und tröstenden Worten zu wiegen. Sie befleckte ihre Finger mehrmals mit dieser roten Flüssigkeit, und jedes Mal, wenn sie diese zähe Substanz berührte, machte sie sich Sorgen. Eros hatte sich beruhigt und war kurz vor dem Einschlafen, als Neugier und Schrecken sie überkamen. Sie löste die Augenbinde und brach damit ihr Versprechen. Ein Versprechen, das sich im Laufe der Zeit herauskristallisierte, wie abstrakte Formen aus Marmor. Die bernsteinfarbenen Augen sahen sie überrascht an. Sie waren so lebhaft und aktiv, dass nicht einmal ihre langen Wimpern stillstanden. Sie waren wie Gold, dasselbe, das die Finger der Eheleute umgibt und lebendig war wie Feuer, das unruhige Liebende in der Nacht verbrennt. Eine verspielte Flamme davor und eine wütende danach. In diesem Moment erinnerte sie sich wie verzaubert. „Auch dieses Mal hast du dein Wort nicht gehalten!" Eros stand auf und riss sich den nassen Verband von der Hand, und die roten Tränen nahmen kein Ende, im Gegenteil, sie verdoppelten sich. Schade, dass sie zu sehr damit beschäftigt war, ihn zu verehren und zu hassen, sich zu schämen und sich zu rechtfertigen. „Ich vertraue dir immer und pünktlich gehe ich mit einer Mutter, die eine Gefangene ist. Ich musste an diesem Tag das schlimmste Monster fangen, aber du hast mich verzaubert, mich geschlagen. Verflucht ist der Tag, an dem ich mein Ziel verfehlte." Die Federn fielen von den anmutigen Ärmeln, während der Ton rau wurde, wie der eines wütenden Gottes. „Ich muss meiner Mutter zustimmen und dann verzeihe ich dir wieder wie ein Idiot. Und du bist ein fehlerhafter Mensch, der nicht lernt und nicht zuhört." Er begann kräftig auf seine Brust zu schlagen. „Du hast deinen Schwestern, diesen Hexen, vertraut, während ich es dir gesagt und dir ihren Neid gezeigt habe. Ich habe dir gesagt, du sollst mein Gesicht nicht sehen, und hier sind wir!" Blinde Wut passte nicht zur Liebe, sie passte nicht zu ihnen. Warum wurde Eros dann wütend auf sie? Denn alle waren wütend auf sie, weil sie ihren Geliebten einfach nur sehen wollte. „Ich habe drei Prüfungen für dich bestanden!", spuckte Psyche beleidigt aus. „Schade, dass du nicht über die Vierte hinauskommst!" Das war der Grund, warum dieser Name sie verfolgte, warum sie diese Geschichte hasste und warum die Menschen in den Büchern und in diesem kostbaren Marmor Nachahmer und sie die Originale waren. Das Happy End ist noch nicht erreicht, es kommt die vierte Bewährungsprobe, die alle 150 Jahre pünktlich kommt und ihnen die Idylle ruiniert. „Vertrauen allein reicht hier nicht aus. Ich habe dich in jeder Form, in jedem Zeitalter geliebt, wenn es dir nicht passte, weil du mich nicht schlafen ließest." Der Bernstein in der Iris wurde zerbrechlicher, müder. Er seufzte geschlagen und breitet seine weißen Flügel aus. „Diesmal glaube ich wirklich, dass es das letzte Mal ist." Er war es, der keinen Glauben hatte, nicht sie, die es ihm beweisen musste. Sie packte ihn an den Flügeln und drückte ihn zu Boden, damit er nicht entkommen konnte. „Dann gib mir die", sagte sie zu ihm und deutete auf die roten Spuren. Der Gott war verwirrt. „Mach mich blind, damit wir endlich zusammen sein können. Ich werde dich nicht sehen, aber ich werde dich lieben, so wie ich es all die Jahre getan habe." Es war nicht logisch und dennoch die einzig plausible Lösung für diese Geschichte. Eros wurde wieder aufgeregt und brachte sie näher zu sich. „Und ich werde deine Augen nie wieder sehen. Wie kann ich verstehen, wenn du mir die Wahrheit sagst, wenn du mich liebst, wenn du traurig oder glücklich bist? Wie kann ich dich ohne deinen Blick lieben? Die Federn kitzelten ihre Knöchel und die Berührung brannte nicht mehr so sehr wie zuvor. Die gefalteten Hände, das synchronisierte Atmen und die verschlossenen Blicke, alles war an seinem Platz, es musste nur dortbleiben. „So wie ich es im Laufe der Jahrhunderte getan habe, auch wenn ich nicht dort war oder aufgehört habe zu atmen. Du wählst das Ende, solange dieser Schmerz aufhört." Eros war ein schelmischer und impulsiver Gott, daher kam es ihr seltsam vor, als er seine Hand zum Nachdenken zurückzog. Er prüfte die verschiedenen Hypothesen, konnte sie aber nicht aus den Augen lassen. „Mutter", schrie er zum Himmel, „Gib dein Schicksal. Ist das Vertrauen?" Sobald diese Worte ausgesprochen waren, spross Majoran auf der Fensterbank. Eros kehrte zu seiner vollkommenen göttlichen Erscheinung zurück, ohne Tränen und Wunden. Das Gesicht erleuchtet und nicht mehr dunkel und Glück statt Schmerz. So wie es hätte sein sollen, so wie es vor langer Zeit war. „Also, was ist mein Ende?" Hier war die Antwort auf diese Frage bekannt. „Unser Ende", sagte er und streichelte spielerisch ihr Haar, „besteht darin, gemeinsam als Unsterbliche nach Hause zurückzukehren und einander für immer anzusehen." Ein Kuss, um dieses Versprechen zu besiegeln, das hinter dem Schild aus weißen Federn verborgen war. Und der Wind erhob sich, bereit, sie an den Ort zu tragen, an dem alles begann.

ARBEITSLOS
JENNIFER KIRN

Er eilt die schmutzigen, mit Kaugummi übersäten und mit verglühten Zigaretten gesäumten Treppen der U-Bahnstation herunter. Mit seinem weichen, anmutigen Gang durchquert er das Stück von der Treppe bis zum Gleis. Die schwere Aktentasche unterm Arm sieht er auf das Display, er, der gutaussehende, junge Mann mit den eisblauen Augen und den pechschwarzen Haaren.

Station *Arbeitsamt*.

Die Bahn fährt ein, alle bewegen sich wie ein Schwarm aus schwarzen, weißen und grauen Strichen darauf zu. Der Mann im roten Jackett wartet noch kurz ab, um genüsslich zuzusehen, wie die Menschen um die besten Plätze kämpfen. Dämlich, denkt er sich, wie einfach man sich das Leben schwer machen kann.

Eine Mutter kämpft sich allein mit einem Kinderwagen in die Bahn, während ein Teenager direkt neben ihr an der Tür angelehnt steht und auf sein Handy sieht. Ein Kind kreischt; ein Blinder stolpert über den Gurt eines Rucksacks und fängt sich geradeso, wofür ihm ein Mann einen Hieb verpasst.

Der junge Mann sieht bloß zu, beobachtet die Menschen. Beobachtet, wie sie miteinander umgehen und grinst dann bloß.

Als die Türen schon zur Abfahrt piepsen, eilt er rasch auf die Bahn zu. Die Türen springen hastig auf; er setzt sich einer Frau mittleren Alters gegenüber. Die Türen gehen zu; die Bahn fährt ab.

„Sie kommen sicher von einem Bewerbungsgespräch, nicht wahr?", fragt die Frau plötzlich freundlich und lässt ihn herumfahren. Die Dame trägt einen gestreiften Pullover, darüber eine Strickweste. Die honigblonden Haare hat sie zu einem Dutt hochgebunden. Sie lächelt freundlich, doch er spürt ihre Unsicherheit. Sein kühler Blick macht etwas mit ihr. Plötzlich schüchtern kaut sie auf ihrer Unterlippe herum.

Interessant. Ein Menschlein, das freiwillig reden will. So etwas trifft man dieser Tage nur noch höchst selten. „Ich komme vom Arbeitsamt", meint er lässig und überkreuzt die Beine. „Ich habe meinen Job vor Kurzem verloren und bin jetzt auf der Suche nach etwas Neuem. Die Branche, in der ich tätig war, ist auf dem Jobmarkt inzwischen leider vollständig ausgestorben."

Bemitleidend schenkt sie ihm ein hoffnungsvolles Lächeln. „Das tut mir wirklich sehr leid für Sie. Gerade in so jungem Alter muss das doch grausam sein."

Er winkt bloß ab und entblößt zwei Reihen blitzeblanker, weißer Zähne, als er verschmitzt lächelt. „Glauben Sie mir, damit komme ich klar. Irgendwie ist es doch auch schön, so früh schon in den Ruhestand zu gehen."

„Aber dieses Aussterben von ganzen Branchen, schrecklich, nicht wahr? Schrecklich, was der Fortschritt so alles mit sich bringt."

„Jede Zeit hat eben ihre Verlierer", meint er knapp und streicht sich über die leichten Stoppeln an seinem Kinn. „Aber es gibt auf dieser Welt noch wesentlich Schrecklicheres als bloß seinen Job zu verlieren."

„Die Welt ist eben grausam", sagt sie und wendet sich von ihm ab, um aus dem Fenster zu gucken.

Wie schade, dass sie genau jetzt kapituliert. Jetzt, wo sie sagen könnte, was sie an ihrer eigenen Welt stört. „Ich finde nicht, dass sie grausam ist", erwidert er und beobachtet sie eindringlich. Aus Erfahrung weiß er, dass Menschen so eine Behauptung nicht stehen lassen können. Obwohl sie es doch eigentlich so sehr hassen, über Probleme zu reden. Aber wenn man etwas sagt, was konträr zu ihren Ansichten ist, dann ist es, als würde das Gesagte so sehr auf ihrer Zunge brennen, dass sie dann doch den Mund aufmachen und widersprechen müssen.

Nun dreht sie sich wieder herum und sieht ihn herabwürdigend an. Wusste er es doch, dass sie das nicht so stehenlassen würde. „Wie können Sie so etwas sagen? Bekommen Sie denn gar nichts mit? Bekommen Sie nichts von den ganzen Kriegen mit? Bekommen Sie nicht mit, wie sich die Gesellschaft immer weiter in Arm und Reich spaltet? Ganz zu schweigen vom Klimawandel. Das Wetter wird extremer, die Ernten fallen aus, Menschen müssen ihr Zuhause verlassen, weil sie dort nicht mehr leben können. Die Welt ist grausam." Fühlt sie sich jetzt ihm überlegen? Weil sie so ziemlich die größten Probleme ihrer Zeit platt in einem Atemzug aufzählen konnte?

Er schüttelt den Kopf und lacht so laut, dass sich ein paar Köpfe zu ihm herumdrehen. „Die Welt ist nicht grausam. Der Mensch ist grausam."

„So pauschal würde ich das nicht sagen", sagt sie empört und ein wenig beschämt darüber, dass immer noch ein paar Leute lauschen.

Dass die Blicke geradezu auf den beiden kleben, scheint sie so sehr zu verunsichern, dass sie so leise spricht, dass er sie kaum versteht. Traurig irgendwie. Traurig, dass es diesen Wesen so dermaßen zuwider ist, wenn sie laut vor anderen aussprechen müssen, was sie denken.

„Wer führt denn die Kriege? Die Panzer und Gewehre oder doch die Rachsucht der Menschen? Wer spaltet denn die Gesellschaft? Das Geld oder doch die Besitzgier der Menschen? Und was den Klimawandel angeht: Natürlich müssen diese Menschen ihr Zuhause verlassen, wenn es nicht mehr bewohnbar ist. Sie haben ihre Verantwortung verletzt. Sie haben auf ihren Lebensraum nicht genügend Rücksicht genommen. Sie haben ihn zerstört. Finden Sie das alles also nicht eigentlich gerecht?"

Die Frau will etwas sagen, doch sie entscheidet sich anders, schließt den Mund und schluckt. Erst einige Minuten später wendet sie sich ihm wieder zu. „Und es gibt keine Aussichten, doch nochmal in derselben Branche zu arbeiten?"

Sie lenkt vom Thema ab, denkt er sich und schmunzelt. So sind diese Menschen eben. Sobald eine Meinung auf den Tisch kommt, die ihnen nicht in den Kram passt, wollen sie darüber nicht mehr reden. „Mein Beruf ist einer, der sehr abhängig vom Zeitgeschehen ist", sagt er dann achselzuckend. „Verändert sich das, könnte ich wieder eine Stelle in der Branche annehmen."

„Vom Zeitgeschehen abhängig? Wie hat man sich das vorzustellen?", will sie wissen.

Der junge Mann verbirgt ein Grinsen, indem er kurz aus dem Fenster guckt und zusieht, wie die Bahn durch den schwarzen, dunklen Tunnel saust. „Mein Arbeitgeber sagte immer: Erst wenn die Menschen wieder ihrem Beruf nachgehen, finde ich wieder Arbeit."

„Die Menschen ihrem Beruf nachgehen?", hakt sie nach. „Geht nicht jeder seinem Beruf nach, wenn er arbeitet?"

Er nickt knapp. „Seinem Job vielleicht", murmelt er und wendet sich wieder der Frau zu. „Ihren Jobs wenden sich Menschen so sehr zu, dass sie für andere Dinge oft keinen Blick mehr haben. Schon gar nicht für ihren Beruf."

Die Dame runzelt die Stirn und wundert sich sichtlich über seine Aussage, die ihrer Meinung nach keinen Sinn ergeben zu scheint. Ein komischer Kauz, denkt sie sich, noch so jung und doch schon so verwirrt. Ein Verrückter. Einer, der lacht und von gerecht spricht, wenn er von Kriegen und Klimawandel spricht. Sicher einer, der nicht vollends bei Verstand ist. Nur so kann sie sich das erklären. Ja, er muss ein Irrer sein.

„Wissen Sie, ein Beruf hat etwas mit Berufung zu tun. Die Berufung etwas zu tun. Der Mensch hat die Berufung, die Krone der Schöpfung zu sein. Und sich dementsprechend zu verhalten", erklärt er und fuchtelt dabei aufgeregt mit den Armen. „Der Mensch hat die Verantwortung für die Welt in die Hände gelegt bekommen. Verantwortung und auch die Macht. Sobald er die Macht nicht mehr missbraucht, finde ich wieder Arbeit. So einfach ist das."

„Sehen Sie nicht, was bereits alles getan wird?"

Er schüttelt den Kopf und bringt sie damit aus dem Konzept. „Ich sehe Diskussionen, in denen Geld mehr zählt als Menschenleben und Schöpfung. Seien Sie ehrlich, das ist doch lächerlich. Ihr Menschen redet ununterbrochen, aber macht nichts. Nichts, was angemessen wäre. Entweder seid ihr einfach zu bequem oder eben zu feige."

Entrüstet stemmt sie die Arme in die Hüften. „Was fällt Ihnen eigentlich ein?"

„Das zu sagen, was Sie sich nicht zu sagen trauen würden, meine Liebe", flüstert er und setzt ein Lächeln auf. „Sehen Sie, mir ist es egal, was der Mensch mit der Erde treibt. Und wenn er meint, er macht alles richtig, soll es mir recht sein. Wie gesagt, im schlimmsten Fall schule ich einfach um und wechsle die Branche. Sehen Sie, früher musste ich noch kreativ in meinem Job sein, inzwischen zerstört der Mensch durch den Klimawandel seinen Lebensraum selbst. Nicht mal ein Tier ist so dämlich und zerstört seinen eigenen Lebensraum."

„Aber der Klimawandel …"

„Durch den Klimawandel bekämpft sich der Mensch selbst. Ich meine, stellen Sie sich das doch einmal vor. Man sitzt den ganzen Tag im Büro und überlegt, welche Aktion man als nächstes planen könnte und dann bekämpfen sich die Menschen selbst und begehen Mord an ihrer eigenen Gattung, entweder direkt in diesen zahlreichen, unnötigen Kriegen oder eben indirekt, indem sie ihren Lebensraum zerstören und nennen das Klimawandel. So bösartig wäre selbst ich nie gewesen."

Verwirrt sieht sie ihn an. Als was hat dieser Mensch bloß gearbeitet? So langsam zweifelt sie nicht nur an seinem, sondern auch an ihrem eigenen Verstand.

„Und seit diesem Klimawandel bin ich nun schon arbeitslos", plaudert er.

„Meinten Sie nicht, dass Sie erst seit Kurzem arbeitslos sind?"

Er nickt. „Glauben Sie mir, den gibt es verhältnismäßig noch nicht lange, wenn man überlegt, wie lange die Schöpfung der Welt her ist."

Die Bahn hält an. Menschen steigen aus, neue steigen ein. Seit der Schöpfung der Welt? Was meint er bitte? Verdattert fasst sie sich an die Stirn.

„Die Menschen denken immer, dass die Zeit, in der sie leben, die einzig Wahre wäre. Dabei gab es vorher doch schon so viel, Zeiten, in denen die Menschen genau dieselbe Einstellung hatten und ihre Zeit und ihre Werte und ihre Traditionen zur Messlatte über alle anderen Zeiten erhoben haben." Er kramt die Bewerbungspapiere für den neuen Job heraus, die er sich im Arbeitsamt mitgenommen hat und zerknüllt das Blatt vor den Augen der Frau, die ihn bloß entgeistert ansieht.

„Haben Sie da gerade …?"

„Meine Bewerbungspapiere zerknüllt? Ja. Ich habe keine Lust auf diesen Job, *Engel* für eine Gattung zu sein, die die komplette Macht innehat und es nicht schafft, etwas Vernünftiges daraus zu machen." Er erhebt sich. „Schon traurig", sagt er abschließend, „aber was soll man machen. Gattungen, die an ihrer eigenen Gattung Mord begehen, sind eben nicht zu retten."

Der Mann schnappt sich seine Tasche. „Aber die Illusion, in der Sie leben, gefällt mir", meint er und schenkt ihr ein letztes Lächeln.

Die Türen piepsen; er drückt auf den Knopf und tritt heraus. Die Menschen sehen ihm hinterher.

Dann geht der *Teufel*.

Arbeitslos.

DISOCCUPATO

JENNIFER KIRN

Traduzione di Ilaria Pisano

Si affretta a scendere le scale sporche e piene di gomme da masticare della stazione della metropolitana, costeggiate da una miriade di mozziconi. Con la sua andatura morbida e aggraziata, attraversa il tratto dalle scale alla banchina. Il giovane con gli occhi azzurri come il ghiaccio e i capelli neri come la pece porta la valigetta sotto il braccio e guarda il display.

Stazione dell'ufficio del lavoro.

Il treno arriva e tutti si muovono verso di esso come uno sciame di linee nere, bianche e grigie. L'uomo con la giacca rossa aspetta un momento per guardare con piacere la gente che lotta per potersi sedere nei posti migliori. "Stupidi", pensa tra sé e sé. Com'è facile complicarsi la vita da soli.

Una madre sale sul treno da sola con una carrozzina, mentre un adolescente si appoggia alla porta accanto a lei, guardando il cellulare. Un bambino strilla, un cieco inciampa nella cinghia di uno zaino e per poco non cade, un uomo gli dà un pugno.

Il giovane si limita a osservare con attenzione le persone. Osserva come interagiscono tra loro e poi sorride.

Quando le porte suonano per la partenza, si affretta verso il treno. Quest'ultime si aprono frettolosamente. Il ragazzo si siede di fronte a una donna di mezza età, le porte si chiudono e il treno parte.

"Probabilmente viene da un colloquio di lavoro, vero?", chiede improvvisamente la donna in modo amichevole. La signora indossa un maglione a righe con sopra un gilet di maglia. Ha i capelli biondo miele raccolti in uno chignon e sorride gentilmente, ma lui percepisce la sua incertezza. Il suo sguardo freddo le fa un certo effetto. Improvvisamente, lei si mordicchia timidamente il labbro inferiore.

Interessante: una persona che vuole parlare volontariamente. È molto raro incontrare una persona del genere di questi tempi. "Sono dell'ufficio di collocamento", dice con disinvoltura accavallando le gambe. "Ho perso da poco il mio lavoro e ora sto cercando qualcosa di nuovo. Purtroppo il settore in cui lavoravo è ormai completamente estinto".

Impietosita, gli rivolge un sorriso di speranza. "Mi dispiace davvero molto per te. Deve essere dura come situazione, soprattutto in così giovane età".

Lui si limita a mostrarle due file di denti bianchi e scintillanti, sorridendo maliziosamente. "Credimi, posso sopportarlo. In un certo senso è bello andare in pensione così presto".

"Questa estinzione di intere industrie è terribile, non è vero? È terribile ciò che il progresso porta con sé".

"Ogni epoca ha i suoi perdenti", dice bruscamente, accarezzandosi la leggera barba sul mento. "Ma a questo mondo ci sono cose più terribili della semplice perdita del lavoro".

"Il mondo è un posto crudele", dice lei e si allontana da lui per guardare fuori dal finestrino.

Che peccato che si stia arrendendo proprio adesso. Ora che potrebbe dire tutto ciò che la infastidisce del mondo attuale.

"Non credo che sia crudele", risponde lui, osservandola con insistenza. Sa per esperienza che le persone non possono lasciar correre un'affermazione del genere. Anche se in realtà odiano parlare di problemi così seri, se dici qualcosa che è contrario alle loro opinioni, è come se quello che hai detto bruciasse così tanto sulla loro lingua a tal punto da sentirsi obbligati ad aprire la bocca per contraddirti.

La donna si gira di nuovo e gli lancia un'occhiata sprezzante: sapeva che non avrebbe lasciato correre.

"Come puoi dire una cosa del genere? Non ti rendi conto di nulla? Non senti parlare di tutte le guerre? Non ti rendi conto di come la società è sempre più divisa in ricchi e poveri? Per non parlare dei cambiamenti climatici: i fenomeni stanno diventando sempre più assurdi, i raccolti stanno fallendo e le persone devono lasciare le loro case perché non possono più viverci. Il mondo è crudele".

Si sente superiore a lui adesso perché è riuscita a elencare i maggiori problemi del mondo in un sol fiato?

Scuote la testa e ride così forte che alcune persone si girano verso di lui. "Il mondo non è crudele. Lo sono le persone".

"Non generalizzerei così", dice lei indignata e un po' imbarazzata dal fatto che alcune persone stiano ancora ascoltando. Sembra talmente turbata dal fatto che gli occhi di tutti siano incollati su loro due, che parla così a bassa voce che lui riesce a malapena a sentire ciò che dice.

In qualche modo è triste. È triste constatare che queste creature siano così disgustate dal dover dire ciò che pensano ad alta voce davanti agli altri.

"Chi conduce le guerre? I carri armati e le armi o la sete di vendetta della gente? Chi divide la società? Il denaro o l'avidità di possedere? E per quanto riguarda il cambiamento climatico: è ovvio che queste persone debbano lasciare le loro case quando non sono più abitabili. Hanno violato la loro responsabilità. Non hanno mostrato sufficiente considerazione per il loro habitat. Lo hanno distrutto. Quindi non pensa che sia giusto?"

La donna vorrebbe dire qualcosa, ma cambia idea, chiude la bocca e deglutisce. Solo qualche minuto dopo si volta verso di lui. "E non ci sono prospettive di lavorare di nuovo nello stesso settore?"

Sta cercando di sviare l'argomento, pensa lui e sorride. Queste persone sono fatte così. Non appena viene fuori un'opinione che non li soddisfa, non vogliono più parlarne.

"Il mio è un lavoro che dipende molto dall'attualità", dice con un'alzata di spalle. "Se la situazione dovesse cambiare, potrei accettare di nuovo di lavorare nel settore".

"Dipende dagli eventi attuali? Come fai a immaginarlo?", vuole sapere.

Il giovane nasconde un sorriso mentre guarda brevemente fuori dal finestrino e osserva il treno sfrecciare nel tunnel nero e buio. "Il mio datore di lavoro mi ha sempre detto: non troverò più lavoro finché la gente non tornerà al proprio".

"La gente tornerà al proprio lavoro?", chiede lei. "Non tutti fanno il loro dovere quando lavorano?".

Annuisce bruscamente. "Il suo lavoro, forse", borbotta e si volta verso la donna. "Le persone sono così concentrate sul loro lavoro che spesso perdono di vista altre cose. Soprattutto non per il loro lavoro".

La signora aggrotta le sopracciglia ed è visibilmente sorpresa dalla sua affermazione, che a suo parere non sembra avere alcun senso. Un tipo strano, pensa tra sè e sè, ancora così giovane eppure già così confuso. Un pazzo, uno che ride e parla di giustizia quando gli argomenti trattati sono guerre e cambiamenti climatici. Sicuramente qualcuno che non è completamente sano di mente. È l'unico modo in cui riesce a spiegarlo. Sì, deve essere un pazzo.

"Sai, una professione ha a che fare con la vocazione, la vocazione a fare qualcosa. Le persone hanno la vocazione di essere il coronamento della creazione, e a comportarsi di conseguenza", spiega agitando le braccia con entusiasmo. "All'uomo è stata data la responsabilità del mondo, responsabilità e anche potere. Non appena la gente smetterà di abusare di questo potere, troverò di nuovo lavoro, è così semplice".

"Non vedi cosa si sta già facendo?".

Lui scuote la testa, cosa che la sconvolge: "Vedo discussioni in cui il denaro conta più della vita umana e della creazione, siate sinceri, è ridicolo. Voi umani parlate incessantemente, ma non fate nulla. Niente che sia appropriato. Siete troppo comodi o troppo vigliacchi".

Lei mette le braccia sui fianchi con indignazione. "Come osi!"

"Dico quello che tu non oseresti dire, mia cara", sussurra lui, sfoderando un sorriso. "Vedi, a me non interessa quello che l'uomo fa sulla Terra. E se pensa di fare tutto bene, per me va bene. Come ho detto, se il peggio dovesse accadere, mi riqualificherò e cambierò settore. Una volta dovevo essere creativo nel mio lavoro, ma ora le persone stanno distruggendo il loro stesso habitat a causa del cambiamento climatico. Nemmeno un animale è così stupido da distruggere il proprio habitat".

"Ma il cambiamento climatico..."

"Attraverso il cambiamento climatico, l'umanità sta combattendo contro se stessa. Voglio dire, immaginatelo: tu stai tutto il giorno seduto nel tuo ufficio a pensare a cosa potresti pianificare e poi la gente combatte se stessa e commette un omicidio contro la propria specie, sia direttamente in queste numerose e inutili guerre, sia indirettamente distruggendo il loro habitat e chiamandolo cambiamento climatico. Nemmeno io sarei mai stato così feroce".

Lei lo guarda confusa. Come mai questa persona lavorava? Comincia a dubitare non solo della sua sanità mentale, ma anche della propria.

"E sono disoccupato da quando c'è stato questo cambiamento climatico", sbotta lui.

"Non intendeva dire che è disoccupato da poco?".

Lui annuisce. "Mi creda, non esiste da molto tempo in termini relativi, considerando quanto tempo fa è stato creato il mondo".

Il treno si ferma. Alcune persone scendono, altre salgono.

Dalla creazione del mondo? Cosa intende dire? Perplessa, si tocca la fronte.

"La gente pensa sempre che il tempo in cui vive sia l'unico vero. Ma ci sono state tante epoche precedenti, epoche in cui le persone avevano esattamente lo stesso atteggiamento e facevano del loro tempo, dei loro valori e delle loro tradizioni il punto di riferimento per tutte le altre epoche". Tira fuori i documenti di candidatura per il nuovo lavoro che ha preso al centro per l'impiego e li accartoccia davanti alla donna, che lo guarda stupita.

"Hai appena...?"

"Accartocciato i miei documenti di candidatura? Sì. Non mi piace questo lavoro di *angelo* per una specie che detiene tutto il potere e non riesce a farne nulla di sensato". Si alza in piedi. "È triste", dice in conclusione, "ma cosa si può fare. Le specie che commettono omicidi contro la loro stessa specie non possono essere salvate".

L'uomo prende la sua borsa. "Ma mi piace l'illusione in cui lei preferisce vivere", dice, facendole un ultimo sorriso.

Le porte suonano, lui preme il pulsante ed esce. La gente lo guarda.

Poi il *diavolo* se ne va.

Disoccupato.

UN DIAMANTE PREZIOSO
ILARIA PISANO

La città di Dasharan era stata costruita su un'isola, scoperta circa 800 anni fa da sei famiglie nobili, che non si erano messe problemi ad utilizzare il sangue e le lacrime degli schiavi per costruire le loro grandissime ville. Ciò che rimane ad oggi, è la maestosa Akademia dentro la quale tutti i dasharanesi hanno studiato per parte della loro vita o hanno desiderato studiarci. Per accedervi bisognava superare i Giochi, che si svolgevano ciclicamente a partite dal 15 luglio, data della fondazione ufficiale della città. Si dividevano in tre parti: la cerimonia di apertura, i 10 mesi, la cerimonia di chiusura. Erano importanti tutte e tre allo stesso modo, ma la parte decisiva erano i 10 mesi, durante i quali la persona veniva addormentata fisicamente. L'unica a lavorare era la mente nella quale si nascondeva la sua paura più grande. Una volta scovata, essa si svegliava dal sonno fisico, ritrovandosi a combattere contro quel mostro o a morire a causa di esso. Tutti volevano dimostrare di essere coraggiosi e di aver vinto, per poter essere premiati alla cerimonia di chiusura dei Giochi.

Io no. Io valevo più di tutti loro messi insieme. Non avevo nulla da dimostrare perché non avrei avuto nessun problema a superare i Giochi, dal momento che "coraggio" era la parola con cui ero cresciuta. Quando gli altri bambini andavano a piangere dai loro genitori perché avevano paura di qualcosa, io non potevo farlo, perché mia madre era morta e mio padre era assente emotivamente. Mio fratello, più grande di me di 15 anni, non mi poteva aiutare perché era occupato a studiare all'Akademia. Quindi mi rimboccavo le maniche e facevo tutto da sola.

Ero nata con la colpa di aver ucciso mia madre durante il parto e con la condanna di non ricordarmi i suoi occhi, il suo profumo o l'amore che l'aveva spinta a rinunciare alla sua vita per darmi alla luce. Perché lei poteva scegliere di vivere, ma decise di morire per salvare me. Non ha fatto in tempo a vedermi, a sentire il mio pianto da neonata, né tutti gli altri che sono seguiti durante la mia crescita. Mi dicevano sempre che le assomigliavo molto. Stesso sguardo, stesso sorriso, stessi modi di fare. L'unica cosa differente era il colore dei miei capelli, che invece di essere biondo scuro erano castani.

Un brivido mi percorse la schiena e pensai a ciò che aveva detto mia nonna tempo fa: "Ricorda sempre tesoro, che quando un brivido percorre la tua schiena, una delle anime defunte a te care ti è vicina e vuole mandarti un messaggio".

Così, ogni volta che nella mia testa risuonava questa frase, sentivo la mia mamma un po' più vicina a me.

Sentii dei passi salire le scale: forse era mio fratello che mi stava per dire di scendere per la cena.

"Hira è arrivata una lettera per te dalla Congrega" disse, porgendomela.

Ogni anno, ai giovani che compievano la maggiore età prima del 15 luglio, arrivava una lettera che li invitava cortesemente a presentarsi alla cerimonia di apertura dei Giochi, durante la quale ci sarebbe stata la marchiatura con il simbolo della città, che attestava che eri diventato un adulto e potevi effettivamente parteciparvi.

Cortesemente era un eufemismo: se non ti presentavi di tua spontanea volontà, venivano loro a prenderti ed usavano dei metodi tutt'altro che democratici. Quell'anno a fare 18 anni ero stata io, ciò significa che mi sarei dovuta presentare all'Auditorium.

Mio fratello si sedette sul mio letto accanto a me e mi avvolse tra le sue braccia. "Sono felice per te. Adesso anche tu potrai entrare all'Akademia".

"Hael ma che ti prende? Mi avrai abbracciato due volte in tutti i miei 18 anni di vita" dissi cercando di liberarmi, fallendo.

"Dai Hira, sono cose serie queste. Volevo dirti che qualsiasi cosa tu vedrai quando sarai lì, la supererai subito. Non soffermarti troppo su ciò che c'è nella tua mente e ricordarti che lo stai facendo per raggiungere il tuo obiettivo: superare la paura".

"Quale paura? Sai bene che sono nata forte e coraggiosa."

"Si si, fai la sbruffona. Sono serio. Ricorda cosa ti ho detto."

"Ho capito, adesso vattene da camera mia perché devo scegliere come vestirmi per la cerimonia di apertura." dissi ridendo e lui se ne andò.

Aprii il mio armadio in legno di noce e la prima cosa che adocchiai fu la tuta color verde foresta che si intonava perfettamente ai miei occhi. Decisi di indossare quella, insieme agli stivali neri che mi arrivavano sotto al ginocchio. Chiusi l'armadio e andai a dormire, consapevole che a partire da domani avrei sprecato un anno intero della mia vita per dimostrare il coraggio che già possedevo e di cui tutti erano a conoscenza.

Quando mi svegliai, il sole non si vedeva ancora. Alle 6:00 del mattino dovevo essere all'Auditorium, pronta per la marchiatura che si sarebbe tenuta in mattinata, fino all'ora del pasto, durante il quale per un mese intero, fino al 15 agosto, si celebrava l'importanza del motto con cui tutti i dasharanesi erano stati cresciuti: vivere, combattere, vincere. Non esistevano religioni o divinità da venerare, ma solo il motto.

Raccolsi i capelli in una treccia e una volta pronta, scesi in cucina dove trovai mio fratello che stava preparando la colazione.

"Buongiorno, dov'è nostro padre?"

"È uscito prima che tu ti svegliassi. Ha detto che ti manda un bacio e ti augura buona fortuna."

"Perché sei qua? Non dovresti essere a lavoro?"

"Mi hanno dato un permesso perché oggi c'è la cerimonia di apertura e sanno che parteciperai anche tu."

Rimasi zitta. Mio fratello usciva prestissimo la mattina e rientrava la sera tardi da lavoro. Non ci vedevamo quasi mai e il fatto che mi stesse preparando la colazione mi ricordò che ero cresciuta davvero da sola; sempre a combattere contro tutti per tenere tutto sotto controllo.

"Tieni, mangiare un po' di riso col miele ti farà sentire meno fame durante la mattinata".

Se fosse rimasto al mio fianco durante la crescita avrebbe sicuramente saputo che non andavo pazza per il riso col miele e che molte altre cose io le facevo diversamente da come le stava facendo lui. Come il fatto di mettere prima tutto il riso e dopo il miele sopra: io non avrei mai fatto una cosa del genere perché si mette sempre uno strato di riso e uno di miele, poi un altro strato di riso e di nuovo il miele e così via.

Non m'importava alla fine; almeno lui ci stava provando, a differenza di mio padre che anche nel giorno più importante mancava.

Presi la ciotola in ceramica color arancione e cominciai a mangiare. Una volta finito, io e mio fratello uscimmo di casa e ci incamminammo verso l'Auditorium che non distava molto dalla nostra casa. Quando arrivammo, l'osservai dall'esterno: era alto almeno 14 metri. Non ero mai entrata perché l'accesso era vietato ai minorenni, quindi osservavo qualsiasi cosa con estremo stupore. Era di forma ellittica e le colonne che sorreggevano il peso del tetto erano bianche, decorate con dei rami che vi si attorcigliavano attorno. Al centro, nel pavimento, era presente una stella a sei punte che rappresentava le sei famiglie fondatrici.

C'erano tante persone e in lontananza vidi la Congrega che cercava di radunare tutti i ragazzi che dovevano ricevere il marchio.

"Hira, è il tuo momento. Vai da loro, noi ci rivedremo all'ora del pasto. Ti voglio bene." disse, dandomi un pizzicotto sulla guancia destra. Lo salutai e andai verso i miei coetanei.

Dopo circa 10 minuti, la Congrega, composta dai discendenti delle famiglie fondatrici, diede l'annuncio dell'inizio della cerimonia e chiamò in ordine alfabetico tutti i ragazzi. Il mio cognome iniziava con la lettera M, quindi avrei dovuto aspettare ancora un po'.

"Hira Midret." A chiamarmi era stata una donna vestita con un abito nero e oro.

Quando sentii il mio nome ebbi un tuffo al cuore. Ci fu silenzio in tutto l'Auditorium. Mi chiesero di scoprire il braccio e subito dopo, senza alcun preavviso sentii una sensazione di bruciore mai provata prima. A differenza degli altri ragazzi, invece di lamentarmi strinsi i denti, perché non avrei mai fatto vedere le mie debolezze in pubblico. Andai a sedermi e dopo che la marchiatura terminò ci dissero che era l'ora del pasto e potevamo andare dai nostri genitori. Mio fratello mi venne incontro e mi portò nella sala dove tutti si stavano dirigendo. Lì, trovai una tavolata che offriva tutto il cibo che un essere umano potesse mai desiderare. Pranzammo, ma di mio padre ancora nessuna traccia: non ci rimasi male, ero abituata alla sua assenza.

"Hael, cosa succederà adesso?" chiesi a mio fratello e lui mi rispose che non ci saremmo visti fino al 15 luglio del prossimo anno e che dopo il pasto sarei stata portata nelle stanze insieme agli altri ragazzi, per la preparazione alla terapia, mentre loro avrebbero continuato a festeggiare in nome del motto di Dasharan.

Finito il pasto, salutai mio fratello e da quel momento la mia vita cambiò drasticamente: si andava a dormire alle 22:00, ci si svegliava all'alba per la colazione, seguita dall'allenamento. Dopo il pranzo riprendevamo ad allenarci fino all'ora di cena. Dopo l'ultimo pasto della giornata, ci recavamo ai bagni per darci una pulita, e poi andavamo a dormire, ripetendo questa routine per un interminabile mese.

Dopo questo mese passato in monotonia, mi portarono in una camera diversa. Questa era completamente grigia e spenta, ben diversa dalle altre dell'Auditorium. Mi prepararono per il sonno fisico. Venni fatta sdraiare in una sorta di letto al quale mi legarono. Mi diedero da bere un liquido che mi fece addormentare subito e l'unica cosa che vidi per non so quanto tempo fu il buio. Ero consapevole di star camminando nella mia mente ma non sapevo dove stessi andando. Attribuii quel buio al fatto che io non avevo mai avuto paura di nulla e che quindi la mia mente non poteva darmi la risposta che stavo cercando perché semplicemente non esisteva.

Improvvisamente vidi una luce e subito dopo, tutto prese colore e capii di trovarmi di fronte al portone di casa mia. Lo aprii e la prima cosa che vidi fu una piccola me che seduta in cucina colorava un disegno con accanto mio fratello.

"Hael, ma la mamma dov'è?" Il viso di mio fratello assunse un'espressione cupa.

"Piccolina, quando sei nata, la mamma ha dovuto scegliere tra salvare la tua vita o la sua: ha scelto di salvare te."

Vidi che la bambina iniziò a piangere e che il fratello l'abbracciò, consolandola. Improvvisamente il ricordo cambiò e dopo una luce intensa, mi ritrovai nel parco dove andavo sempre a giocare quand'ero più piccola. Vidi che c'erano dei bambini e che la me bambina stava parlando con loro: non sembrava molto contenta. Mi avvicinai e sentii parte del loro dialogo.

"Vattene; qui non ti vogliamo" disse il bambino dai capelli ricci e biondi.

"Mio padre dice che tua mamma è morta a causa tua. È vero?"

"Sei un'assassina" disse un bambino abbastanza grande di età per formulare un suo pensiero.

La bambina pianse e andò a cercare il padre, ma non lo vide da nessuna parte. Sembrava spaesata e non sapendo dove andare, si sedette su un muretto. Passò del tempo e si fece notte, ma del suo papà non vi era traccia.

Successivamente il ricordo cambiò di nuovo. Chiusi gli occhi a causa della luce intensa e quando li riaprii mi ritrovai in camera mia. La bambina dei miei ricordi era diventata una ragazzina; doveva avere circa 12/13 anni. Era sdraiata sul suo letto e stava fissando il vuoto. Mi ricordo quel giorno: era il mio compleanno e l'anniversario della morte di mia mamma. Nessuno mi aveva fatto gli auguri, tranne mio fratello. Mio padre come al solito era assente. Mi ricordo che mi sentivo così sola che avevo iniziato a maturare il pensiero che la morte potesse essere la soluzione a tutto. Iniziai a pensare ai vari modi in cui avrei potuto porre fine alla mia vita: morire affogata era meno doloroso di morire con le vene tagliate?

Ci fu un altro fascio di luce più luminoso dei precedenti e mi ritrovai nel bosco alle spalle di casa mia. C'era talmente buio che riuscivo a malapena a distinguere gli alberi. In lontananza vidi una figura seduta per terra; era la me di tre anni fa. Mi ricordo il giorno in cui decisi di andare nel bosco e di tentare di far entrare l'acqua del lago nei miei polmoni, fino a non riuscire più a respirare. Avevo scelto quel modo al posto di morire dissanguata; avrei risparmiato quell'oscenità a mio fratello. La me più giovane si legò un peso al piede sinistro ed entrò in acqua; prese un respiro profondo, quello che pensava che sarebbe stato l'ultimo della sua vita e s'immerse. L'unica cosa visibile erano le bollicine salire in superficie. Passarono trenta secondi, forse quaranta e non si videro più. Mi ricordo che all'improvviso, quando ero sotto, ebbi l'impulso di urlare ma aprendo la bocca ingoiai dell'acqua. Volevo riemergere, ma il peso mi impediva di fare ciò. Riuscii a rompere la corda e ad uscire dal lago. Tossii e mi sedetti a terra, rannicchiandomi. Nonostante addosso avessi solo le mutande e una maglietta fradice e soffiasse un vento gelido, io non provavo nulla, se non pena per me stessa; non ero nemmeno capace di togliermi la vita.

Un ulteriore luce, ancora più luminosa, mi obbligò a chiudere gli occhi. Non seppi quanto li tenni chiusi, ma ero sicura che erano passati almeno un paio di minuti. Mi ritrovai al campo di allenamento; era lo scorso anno, quando avevo appena iniziato ad allenarmi.

Dopo l'accaduto del lago, avevo deciso di mettere da parte la mia emotività e di non pensare e più a niente, concentrandomi solo sull'obiettivo da raggiungere: superare i Giochi.

Era un periodo in cui sentivo tutto e niente.

La me del ricordo stava colpendo un sacco pieno di riso appeso al soffitto della sala allenamenti. La osservai andare avanti così per un po' di tempo e quando ebbe finito la seguii. Probabilmente stava rientrando a casa. Mi ricordo vagamente quel giorno perché per circa un anno o poco più le mie giornate erano monotone. Facevo sempre le stesse cose: studiavo, mangiavo, mi allenavo e dormivo.

Seguendola capii di avere ragione perché ci trovammo davanti al portone di casa mia. Salii le scale e mi trovai nella camera da letto. La osservai togliersi alcuni indumenti, rimanendo in intimo. Si guardava in modo strano allo specchio, come se provasse ribrezzo nei suoi confronti.

La vidi aprire l'armadio e prendere la spazzola per capelli in legno. Iniziò a piangere sussurrando qualcosa di incomprensibile. Decisi di avvicinarmi per sentire meglio ma mi spaventai quando iniziò a colpirsi le cosce, il petto e parte della schiena, con la spazzola.

All'improvviso si accasciò a terra. Pensavo che si fosse sentita male, ma in realtà era solo sfinita. Aveva il corpo madido di sudore; continuava a piangere e a tormentarsi la pelle, stavolta con le unghie. Dei graffi profondi e del sangue riempivano l'interno coscia.

"Non è abbastanza. Non è abbastanza. Non è abbastanza. Non è abbastanza. Non è abbastanza" continuava a ripetere in modo ossessivo tra singhiozzi e brividi, passando dal graffiarsi a darsi dei pugni in testa.

Questo ricordo l'avevo probabilmente rimosso. L'unica cosa che mi rimaneva erano le cicatrici. Ero sicura di averle ed ero sicura che non sarebbero andate mai via.

La me del ricordo andò avanti così per tutta la sera e parte della notte. La mia mente non produceva più nessuna luce e non riuscii a capire come uscirne. Ero consapevole che dovevo capire la mia più grande paura, ma finora la mia testa aveva solo riprodotto dei ricordi molto dolorosi e tristi, senza darmi delle informazioni concrete sulle quali poter lavorare.

Ero lì, bloccata nella mia stanza di un anno fa. Osservavo quella ragazza, e provavo tenerezza e pena per lei.

Era bella come un diamante sporco lasciato a fare la muffa sotto terra.

Portavamo le stesse cicatrici ma era come se non fossi mai stata lei. Fin da piccola avevo fatto tutto da sola; non chiedevo mai aiuto a chi mi circondava per paura di essere giudicata debole e poco capace. Pretendevo tanto da me stessa per dimostrare di essere la migliore. Anche quando Hael mi diceva che andava bene così, che era abbastanza, che se non avessi vinto sarei stata comunque la migliore, per me era il contrario. Se riuscivo a battere il record del giorno precedente, su qualsiasi cosa, anche di poco, per me non era abbastanza perché pretendevo di più. Volevo di più; un po' come i potenti che hanno già tutti i soldi e il potere del mondo ma non si accontentano mai e ne vogliono ancora. Io ero come loro, ma invece di punire i più deboli per non essere riuscita nel mio intento, punivo me stessa, perché ero io la debole. E quando mi punivo mi dissociavo completamente dalla realtà. Probabilmente era per questo che non mi ricordavo di quell'accaduto.

Alla fine, osservando quella creatura indifesa farsi del male, capii che la mia più grande paura ero io. Ero io quando a quattro anni mio fratello mi disse che la mamma mi aveva salvato sacrificandosi e iniziai ad incolpare me stessa anni dopo, pensando che sarebbe stato meglio se non fossi mai nata. Ero io quando mi offrivano una mano d'aiuto per salire sull'albero, per arrivare dove era troppo alto per una bimba di sette anni o per fare qualcosa che una ragazzina di undici anni dovrebbe lasciare fare al fratello o al padre. Ero io quando i bambini e i ragazzi mi prendevano in giro e avevo cominciato a credere che fosse giusto così, o quando ad ogni pugno dato al sacco di riso in palestra, mi ripetevo nella testa che ero troppo debole, che dovevo allenarmi di più e che non era mai abbastanza quello che facevo. Ero io quando volevo sparire sott'acqua ma mi ero ancora una volta sminuita in quanto il mio corpo mi aveva detto di risalire in superficie, perché malgrado tutto voleva ancora vivere.

Aprii gli occhi e mi ritrovai nella sala grigia in cui mi ero addormentata e presi coscienza del fatto che l'unica via per eliminare la paura, era eliminare me stessa.

Questa volta per sempre.

EIN WERTVOLLER DIAMANT
Ilaria Pisano
Aus dem Italienischen von Jennifer Kirn

Die Stadt Dasharan wurde auf einer Insel erbaut, die vor etwa 800 Jahren von sechs Adelsfamilien entdeckt wurde, die kein Problem damit hatten, das Blut und die Tränen von Sklaven für den Bau ihrer prächtigen Villen zu verwenden. Was bis heute erhalten geblieben ist, ist die majestätische Akademia, in der alle Dasharaner einen Teil ihres Lebens studierten oder zu studieren wünschten. Um Zugang zu erhalten, musste man die Spiele bestehen, die zyklisch ab dem 15. Juli, dem Tag der offiziellen Gründung der Stadt, stattfanden. Sie waren in drei Teile gegliedert: die Eröffnungsfeier, die 10 Monate und die Abschlussfeier. Alle drei waren gleich wichtig, aber der entscheidende Teil waren die 10 Monate, in denen der Mensch körperlich eingeschläfert wurde. Das Einzige, was funktionierte, war der Geist, in dem die größte Angst verborgen war. Sobald er entdeckt wurde, erwachte er aus seinem physischen Schlaf und musste gegen das Monster kämpfen oder wegen ihm sterben. Jeder wollte beweisen, dass er mutig war und dass er gewonnen hatte, um bei der Abschlussfeier der Spiele belohnt zu werden.

Ich nicht. Ich war mehr wert als sie alle zusammen. Ich hatte nichts zu beweisen, denn ich würde die Spiele problemlos überstehen, denn „Mut" war das Wort, mit dem ich aufgewachsen war. Wenn die anderen Kinder weinend zu ihren Eltern gingen, weil sie sich vor etwas fürchteten, konnte ich das nicht tun, denn meine Mutter war tot und mein Vater emotional abwesend. Mein Bruder, der 15 Jahre älter war als ich, konnte mir nicht helfen, weil er an der Akademia studierte. Also krempelte ich die Ärmel hoch und machte alles selbst.

Ich wurde mit der Schuld geboren, meine Mutter bei der Geburt getötet zu haben, und mit der Verurteilung, mich nicht an ihre Augen, ihren Duft oder die Liebe zu erinnern, die sie dazu gebracht hatte, ihr Leben aufzugeben, um mich zur Welt zu bringen. Denn sie hätte sich entscheiden können, zu leben, aber sie entschied sich zu sterben, um mich zu retten. Sie hatte keine Zeit, mich zu sehen, mein Neugeborenes schreien zu hören, und auch nicht all die anderen, die folgten, als ich heranwuchs. Man sagte mir immer, ich sähe ihr sehr ähnlich. Dasselbe Aussehen, dasselbe Lächeln, dieselben Eigenheiten. Der einzige Unterschied war die Farbe meiner Haare, die nicht dunkelblond, sondern braun waren.

Ein Schauer lief mir über den Rücken und ich dachte an das, was meine Großmutter vor einiger Zeit gesagt hatte: „Erinnere dich immer daran, Liebling, wenn dir ein Schauer über den Rücken läuft, ist eine der verstorbenen Seelen, die dir lieb sind, in deiner Nähe und möchte dir eine Nachricht schicken."

Jedes Mal, wenn dieser Satz in meinem Kopf ertönte, fühlte ich meine Mutter ein wenig näher bei mir.

Ich hörte Schritte auf der Treppe: vielleicht war es mein Bruder, der mir sagte, ich solle zum Abendessen herunterkommen.

„Hira, hier ist ein Brief für dich vom Hexenzirkel", sagte er und reichte ihn mir.

Jedes Jahr erhielten die Jugendlichen, die vor dem 15. Juli volljährig wurden, einen Brief, in dem sie höflich eingeladen wurden, zur Eröffnungsfeier der Spiele zu kommen, bei der das Brandzeichen mit dem Symbol der Stadt angebracht wurde, das bestätigte, dass man erwachsen geworden war und tatsächlich teilnehmen konnte.

Höflich war noch untertrieben: Wenn man sich nicht freiwillig meldete, wurde man abgeholt, und zwar mit Methoden, die alles andere als demokratisch waren. In jenem Jahr war ich 18 Jahre alt geworden, was bedeutete, dass ich mich im Auditorium vorstellen musste.

Mein Bruder setzte sich neben mich aufs Bett und schlang seine Arme um mich. „Ich freue mich für dich. Jetzt kannst auch du die Akademia betreten."

„Hael was ist los mit dir? Du hast mich in meinen 18 Lebensjahren bestimmt zweimal umarmt", sagte ich und versuchte mich zu befreien, was mir nicht gelang.

„Komm schon Hira, das ist eine ernste Sache. Ich wollte dir nur sagen, was immer du siehst, wenn du dort bist, du wirst es sofort überwinden. Konzentriere dich nicht zu sehr auf das, was dir durch den Kopf geht und denke daran, dass du das tust, um dein Ziel zu erreichen: die Angst zu überwinden."

„Welche Angst? Du weißt sehr gut, dass ich stark und mutig geboren wurde."

„Ja ja, du bist frech. Ich meine es ernst. Denk daran, was ich dir gesagt habe."

„Ich verstehe, jetzt verschwinde aus meinem Zimmer, denn ich muss mir ein Kleid für die Eröffnungsfeier aussuchen", sagte ich lachend und er ging.

Ich öffnete meinen nussbaumfarbenen Kleiderschrank, und das erste, was mir auffiel, war der waldgrüne Jumpsuit, der perfekt zu meinen Augen passte. Ich beschloss, ihn zu tragen, zusammen mit den schwarzen Stiefeln, die mir bis zum Knie reichten. Ich schloss den Schrank und legte mich schlafen, denn ich wusste, dass ich ab morgen ein ganzes Jahr meines Lebens damit verbringen würde, den Mut zu beweisen, den ich bereits besaß und von dem alle wussten.

Als ich aufwachte, war die Sonne schon da. Um 6 Uhr morgens musste ich im Auditorium sein, bereit für die Brandmarkung, die am Morgen stattfinden würde, bis zur Essenszeit, während der einen ganzen Monat lang, bis zum 15. August, die Bedeutung des Mottos geliefert wurde, mit dem alle Dasharaner erzogen worden waren: leben, kämpfen, siegen. Es gab keine Religionen oder Gottheiten zu verehren, nur dieses eine einzige Motto.

Ich trug mein Haar zu einem Zopf zusammen und als ich fertig war, ging ich in die Küche, wo ich meinen Bruder fand, der das Frühstück vorbereitete.

„Guten Morgen, wo ist unser Vater?"

„Er ist weggegangen, bevor du aufgewacht bist. Er sagt, er schickt dir einen Kuss und wünscht dir viel Glück."

„Warum bist du hier? Solltest du nicht bei der Arbeit sein?"

„Sie haben mich beurlaubt, weil heute die Eröffnungsfeier ist und sie wissen, dass du auch dabei sein wirst."

Ich habe geschwiegen. Mein Bruder ging sehr früh morgens aus dem Haus und kam spät abends von der Arbeit zurück. Wir sahen uns kaum, und die Tatsache, dass er mir Frühstück machte, erinnerte mich daran, dass ich wirklich allein aufgewachsen war; immer gegen alle kämpfend, um alles unter Kontrolle zu halten.

„Hier, iss etwas Honigreis, dann hast du morgens weniger Hunger."

Wenn er an meiner Seite geblieben wäre, während ich aufwuchs, hätte er sicher gewusst, dass ich nicht verrückt nach Honigreis war und dass ich viele andere Dinge anders machte als er. Zum Beispiel erst den ganzen Reis und dann den Honig drauf: Das hätte ich nie gemacht, denn man macht immer eine Schicht Reis und eine Schicht Honig, dann wieder eine Schicht Reis und wieder Honig und so weiter.

Am Ende war es mir egal, er hat es wenigstens versucht, im Gegensatz zu meinem Vater, der selbst am wichtigsten Tag fehlte.

Ich nahm die orangefarbene Keramikschüssel in die Hand und begann zu essen. Als wir fertig waren, verließen mein Bruder und ich das Haus und gingen in Richtung des Auditoriums, das nicht weit von unserem Haus entfernt war. Als wir dort ankamen, sah ich es mir von außen an: Es war mindestens 14 Meter hoch. Ich war noch nie drinnen gewesen, weil der Zutritt für Minderjährige verboten war, und so betrachtete ich alles mit Erstaunen. Es hatte eine elliptische Form und die Säulen, die das Gewicht des Daches trugen, waren weiß und mit Zweigen verziert, die sich um sie herumschlangen. In der Mitte, im Boden, befand sich ein sechszackiger Stern, der die sechs Gründerfamilien darstellte. Es waren viele Menschen anwesend und in der Ferne sah ich die Kabale, die versuchte, alle Jugendlichen zu versammeln, die das Zeichen erhalten sollten.

„Hira, das ist dein Augenblick. Geh zu ihnen, wir werden uns zur Essenszeit wiedersehen. Ich liebe dich", sagte er und kniff mir in die rechte Wange. Ich verabschiedete mich von ihm und ging zu meinen Mitschülern.

Nach etwa 10 Minuten verkündete der Hexenzirkel, der sich aus den Nachkommen der Gründerfamilien zusammensetzte, den Beginn der Zeremonie und rief alle jungen Erwachsenen in alphabetischer Reihenfolge auf. Mein Nachname begann mit dem Buchstaben M, also würde ich noch etwas warten müssen.

„Hira Midret." Es war eine Frau in einem schwarz-goldenen Kleid, die mich aufrief.

Als ich meinen Namen hörte, blieb mein Herz kurz stehen. Im ganzen Hörsaal herrschte Stille. Sie forderten mich auf, meinen Arm zu entblößen, und sofort, ohne Vorwarnung, spürte ich ein Brennen, wie ich es noch nie zuvor erlebt hatte. Im Gegensatz zu den anderen Jugendlichen biss ich die Zähne zusammen, anstatt mich zu beschweren, denn ich würde meine Schwächen nie in der Öffentlichkeit zeigen. Ich setzte mich hin, und nachdem das Brennen vorbei war, sagte man uns, es sei Essenszeit und wir könnten zu unseren Eltern gehen. Mein Bruder holte mich ab und brachte mich in die Halle, wo alle hingingen. Dort fand ich einen Tisch mit allem, was das Herz begehrt. Wir aßen zu Mittag, aber immer noch keine Spur von meinem Vater: Ich war nicht verletzt, ich war an seine Abwesenheit gewöhnt.

„Hael, was wird jetzt passieren?", fragte ich meinen Bruder und er antwortete, dass wir uns bis zum 15. Juli nächsten Jahres nicht mehr sehen würden und dass ich nach dem Essen mit den anderen jungen Erwachsenen in die Zimmer gebracht werden würde, um mich auf die Therapie vorzubereiten, während sie im Namen des Dasharan-Mottos weiter feiern würden.

Nach dem Essen verabschiedete ich mich von meinem Bruder, und von da an änderte sich mein Leben drastisch: Wir gingen um 22 Uhr ins Bett und wachten im Morgengrauen zum Frühstück auf, gefolgt von der Ausbildung. Nach dem Mittagessen setzten wir das Training bis zum Abendbrot fort. Nach der letzten Mahlzeit des Tages gingen wir ins Bad, um uns zu säubern, und dann schliefen wir ein und wiederholten diese Routine einen ganzen Monat lang.

Nach diesem Monat der Monotonie wurde ich in ein anderes Zimmer gebracht. Dieser Raum war völlig grau und trist, ganz anders als die anderen im Auditorium. Man bereitete mich auf den physischen Schlaf vor. Ich musste mich in eine Art Bett legen, an das sie mich banden. Sie gaben mir eine Flüssigkeit zu trinken, die mich sofort in den Schlaf versetzte, und das Einzige, was ich, ich weiß nicht wie lange, sah, war Dunkelheit. Ich war mir bewusst, dass ich in meinem Kopf herumlief, aber ich wusste nicht, wohin ich ging. Ich schrieb diese Dunkelheit der Tatsache zu, dass ich nie Angst vor irgendetwas gehabt hatte und dass mein Verstand mir deshalb nicht die Antwort geben konnte, nach der ich suchte, weil es sie einfach nicht gab.

Plötzlich sah ich ein Licht, und kurz darauf nahm alles Farbe an, und ich stellte fest, dass ich vor der Haustür meines Hauses stand. Ich öffnete sie und das erste, was ich sah, war mein kleines Ich, das in der Küche saß und ein Bild ausmalte, während mein Bruder neben mir stand.

„Hael, aber wo ist Mum?" Das Gesicht meines Bruders nahm einen düsteren Ausdruck an.

„Hael, als du geboren wurdest, musste Mama wählen, ob sie dein Leben oder ihres retten wollte: Sie entschied sich für dich."

Ich sah, dass das kleine Mädchen zu weinen begann und dass ihr Bruder sie umarmte und tröstete. Plötzlich änderte sich die Erinnerung, und nach einem hellen Licht fand ich mich in dem Park wieder, in den ich immer zum Spielen ging, als ich jünger war. Ich sah, dass dort Kinder waren und dass mein kleines Ich mit ihnen sprach: Sie sah nicht sehr glücklich aus. Ich näherte mich und hörte einen Teil ihres Dialogs.

„Geh weg, wir wollen dich hier nicht", sagte das Kind mit den lockigen blonden Haaren.

„Mein Vater sagt, deine Mutter ist deinetwegen gestorben. Stimmt das?"

„Du bist ein Mörder", sagte das Kind, das alt genug war, um seine eigenen Gedanken zu formulieren.

Das kleine Mädchen weinte und suchte nach ihrem Vater, konnte ihn aber nirgends sehen. Sie sah verloren aus, und da sie nicht wusste, wohin sie gehen sollte, setzte sie sich auf eine niedrige Mauer. Es verging einige Zeit und die Nacht brach herein, aber von ihrem Vater war keine Spur zu finden.

Danach änderte sich die Erinnerung wieder. Wegen des hellen Lichts schloss ich meine Augen, und als ich sie wieder öffnete, fand ich mich in meinem Zimmer wieder. Das Kind aus meinen Erinnerungen war zu einem kleinen Mädchen geworden; sie muss etwa 12 oder 13 Jahre alt gewesen sein. Sie lag auf ihrem Bett und starrte ins Leere. Ich erinnere mich an diesen Tag: Es war mein Geburtstag und der Todestag meiner Mutter. Außer meinem Bruder hatte mir niemand zum Geburtstag gratuliert. Mein Vater war wie immer abwesend. Ich erinnere mich, dass ich mich so einsam fühlte, dass ich begann, den Gedanken zu entwickeln, dass der Tod die Lösung für alles sein könnte. Ich begann über die verschiedenen Möglichkeiten nachzudenken, wie ich mein Leben beenden konnte: War es weniger schmerzhaft, durch Ertrinken zu sterben, als mit aufgeschnittenen Adern zu sterben?

Es gab einen weiteren Lichtstrahl, der heller war als die vorherigen, und ich befand mich im Wald hinter meinem Haus. Es war so dunkel, dass ich die Bäume kaum ausmachen konnte. In der Ferne sah ich eine Gestalt auf dem Boden sitzen; es war mein Ich von vor drei Jahren. Ich erinnere mich an den Tag, an dem ich beschloss, in den Wald zu gehen und zu versuchen, das Seewasser in meine Lungen zu bekommen, bis ich nicht mehr atmen konnte. Ich hatte mich für diesen Weg entschieden, anstatt zu verbluten; diese Obszönität wollte ich meinem Bruder ersparen.

Das jüngere Ich band sich ein Gewicht an den linken Fuß und stieg ins Wasser; sie holte tief Luft, den letzten Atemzug, von dem sie dachte, dass es der letzte ihres Lebens sein würde, und tauchte ein. Das einzige, was man sah, waren die Blasen, die an die Oberfläche stiegen. Es vergingen dreißig Sekunden, vielleicht vierzig, und sie waren nicht mehr zu sehen. Ich erinnere mich, dass ich plötzlich, als ich unten war, den Drang hatte zu schreien, aber ich öffnete den Mund und schluckte Wasser. Ich wollte wieder auftauchen, aber das Gewicht hinderte mich daran. Es gelang mir, das Seil zu zerreißen und aus dem See zu kommen. Ich hustete und setzte mich zusammengekauert auf den Boden. Obwohl ich nur meine Unterwäsche und ein durchnässtes T-Shirt trug und ein kalter Wind wehte, empfand ich nichts als Selbstmitleid; ich war nicht einmal fähig, mir das Leben zu nehmen.

Ein weiteres, noch helleres Licht zwang mich, meine Augen zu schließen. Ich wusste nicht, wie lange ich sie geschlossen hielt, aber ich war sicher, dass mindestens ein paar Minuten vergangen waren. Ich befand mich wieder auf dem Übungsplatz; es war im letzten Jahr, als ich gerade mit der Ausbildung begonnen hatte.

Nach dem Vorfall am See hatte ich beschlossen, meine Emotionen beiseite zu schieben, an nichts mehr zu denken und mich nur noch auf mein Ziel zu konzentrieren: die Spiele zu überstehen.

Es war eine Zeit, in der ich alles und nichts fühlte.

Das Ich der Erinnerung schlug auf einen Sack voller Reis, der von der Decke des Trainingsraums hing. Ich sah ihr noch eine Weile zu, und als sie fertig war, folgte ich ihr. Sie war wahrscheinlich auf dem Weg nach Hause. Ich erinnere mich nur vage an diesen Tag, denn etwa ein Jahr lang waren meine Tage eintönig. Ich tat immer das Gleiche: lernen, essen, trainieren und schlafen.

Als ich ihr folgte, merkte ich, dass ich Recht hatte, denn wir standen vor der Eingangstür meines Hauses. Ich stieg die Treppe hinauf und fand mich im Schlafzimmer wieder. Ich beobachte, wie sie einige Kleidungsstücke auszieht und in ihrer Unterwäsche bleibt. Sie betrachtete sich seltsam im Spiegel, als ob sie sich vor sich selbst ekelte.

Ich sah, wie sie den Kleiderschrank öffnete und die hölzerne Haarbürste herausnahm. Sie begann zu weinen und flüsterte etwas Unverständliches. Ich beschloss, näher heranzutreten, um besser zu hören, erschrak aber, als sie begann, mit der Bürste auf ihre Oberschenkel, ihre Brust und einen Teil ihres Rückens zu schlagen.

Plötzlich brach sie auf dem Boden zusammen. Ich dachte, dass sie sich krank fühlte, in Wirklichkeit war sie nur erschöpft. Ihr Körper war schweißgebadet; sie weinte weiter und quälte ihre Haut, diesmal mit ihren Nägeln. Tiefe Kratzer und Blut füllten ihren inneren Oberschenkel.

„Das ist nicht genug. Es ist nicht genug. Es ist nicht genug. Es ist nicht genug. Es ist nicht genug", wiederholte sie zwanghaft zwischen Schluchzen und Schaudern und ging vom Kratzen zu Schlägen auf den Kopf über.

Diese Erinnerung hatte ich wahrscheinlich verdrängt. Das Einzige, was mir geblieben war, waren die Narben. Ich war sicher, dass ich sie hatte, und ich war sicher, dass sie nie verschwinden würden.

Das Ich der Erinnerung ging den ganzen Abend und einen Teil der Nacht so weiter. Mein Verstand brachte kein Licht mehr hervor, und ich verstand nicht, wie ich aus dieser Situation herauskommen sollte. Ich war mir bewusst, dass ich meine größte Angst verstehen musste, aber bisher hatte mein Kopf nur sehr schmerzhafte und traurige Erinnerungen wiedergegeben, ohne mir irgendwelche konkreten Informationen zu geben, mit denen ich arbeiten konnte.

Da saß ich nun in meinem Zimmer von vor einem Jahr fest. Ich sah das Mädchen an und empfand Zärtlichkeit und Mitleid für sie.

Sie war so schön wie ein schmutziger Diamant, der in der Erde verrottet.

Wir trugen die gleichen Narben, aber es war, als wäre ich nie sie gewesen. Seit meiner Kindheit habe ich alles allein gemacht; ich habe nie um Hilfe gebeten, weil ich fürchtete, als schwach und unfähig eingestuft zu werden. Ich verlangte so viel von mir selbst, um zu beweisen, dass ich die Beste war. Selbst wenn Hael mir sagte, dass es in Ordnung sei, dass es reiche, dass ich, wenn ich nicht gewinne, trotzdem die Beste sei, war es für mich das Gegenteil. Wenn es mir gelang, den Rekord vom Vortag zu übertreffen, und sei es auch nur ein bisschen, dann war das für mich nicht genug, denn ich wollte mehr. Ich wollte mehr; ein bisschen wie die Mächtigen, die schon alles Geld und alle Macht der Welt haben, aber nie zufrieden sind und immer mehr wollen. Ich war wie sie, aber anstatt die Schwachen zu bestrafen, weil sie nicht erfolgreich waren, bestrafte ich mich selbst, weil ich der Schwache war. Und wenn ich mich selbst bestrafte, distanzierte ich mich völlig von der Wirklichkeit. Das war wahrscheinlich der Grund, warum ich mich nicht an das Geschehene erinnern konnte.

Als ich schließlich sah, wie diese hilflose Kreatur sich selbst verletzte, wurde mir klar, dass meine größte Angst ich selbst war. Ich war es, als mein Bruder mir im Alter von vier Jahren erzählte, dass meine Mutter mich gerettet hatte, indem sie sich selbst opferte, und ich Jahre später begann, mir selbst die Schuld zu geben und zu denken, es wäre besser, ich wäre nie geboren worden. Ich war ich, als mir eine helfende Hand angeboten wurde, um auf den Baum zu klettern, um dorthin zu gelangen, wo es für eine Siebenjährige zu hoch war, oder um etwas zu tun, was ein elfjähriges Mädchen ihrem Bruder oder Vater überlassen sollte. Ich war ich, als die Kinder und Jungen sich über mich lustig machten und ich anfing zu glauben, dass das in Ordnung sei, oder als ich bei jedem Schlag auf den Reissack in der Turnhalle in meinem Kopf wiederholte, dass ich zu schwach sei, dass ich härter trainieren müsse und dass das, was ich tat, nie genug war. Ich war es, wenn ich unter Wasser verschwinden wollte, mich aber wieder einmal klein gemacht hatte, als mein Körper mir sagte, ich solle an die Oberfläche kommen, weil er trotz allem noch leben wolle.

Ich öffnete die Augen und fand mich in dem grauen Raum wieder, in dem ich eingeschlafen war, und mir wurde bewusst, dass die einzige Möglichkeit, die Angst zu beseitigen, darin bestand, mich selbst zu beseitigen.

Diesmal für immer.

LITERATUR DUO
Nora Antonic
Sonia Nigro

Nora Antonic ist, 2007 geboren, 17 Jahre alt und besucht momentan die elfte Klasse der Helene Lange Schule in Mannheim. Nora schreibt sich gerne quer durch verschiedene Textgattungen wie Kurzgeschichten, Erzählungen, Dramen und Lyrik hindurch und hat besonderen Spaß an der Ausarbeitung von Atmosphäre und Charakteren.

Dies ist das dritte Jahr, dass sie sich über die Möglichkeit am Literatur-Duo teilzunehmen, freut. Ihr Text thematisiert den Einfluss von Menschen auf die eigene Person.

Ich bin **Sonia Nigro** und ich bin 16 Jahre alt. Ich komme aus Italien, wohne in Policoro und besuche die dritte Klasse des Fremdsprachengymnasiums.

Ich mag Erzählungen schreiben (Liebesgeschichten) und lesen, vor allen Dingen von japanischen Autoren wie Yukio Mishima oder Osamu Dazai. Mein Lieblingsbuch ist „Wenn alle Katzen von der Welt verschwänden" von Genki Kawamura.

Ich bin ein sehr extrovertierter und kontaktfreudiger Typ, ich mag es mich mit anderen zu unterhalten und ich spreche mit ihnen über alles. Ich sehe mich als ein reifes Mädchen und interessierte mich für aktuelle Themen und Politik.

AUTRICI E AUTORI

DUO LETTERARIO
Nora Antonic
Sonia Nigro

Nora Antonic è nata nel 2007, ha 17 anni e attualmente frequenta l'undicesimo anno della scuola Helene Lange di Mannheim.

Nora si diverte a scrivere attraverso diversi generi come racconti, storie brevi, drammi e poesie e ama particolarmente sviluppare atmosfere e personaggi.

È il terzo anno che ha l'opportunità di partecipare al duo letterario. Il suo testo tematizza l'influenza delle persone sulla propria persona.

Mi chiamo **Sonia Nigro** e ho 16 anni. Sono italiana, abito a Policoro e frequento il terzo anno del liceo linguistico.

Mi piace scrivere racconti (specialmente storie d'amore) e leggere, soprattutto autori giapponesi come Yukio Mishima oppure Osamu Dazai. Il mio libro preferito è senza dubbio "Se i gatti scomparissero dal mondo" di Genki Kawamura.

Sono una persona molto estroversa e socievole, mi piace intrattenere gli altri e parlare del più e del meno. Mi reputo una ragazza abbastanza matura per la mia età e mi interesso anche di attualità e politica.

LITERATUR DUO
Elisabeth Suqui
Riccardo Bassani

Mein Name ist **Elisabeth Suqui**, ich wurde am 7.11.2008 in Tübingen geboren. Zurzeit besuche ich die 9. Klasse des Quenstedt-Gymnasiums in Mössingen. In der Schule, aber auch privat, schreibe ich gerne Geschichten. In meiner Freizeit lese ich sehr viel. Außerdem bin ich Rettungsschwimmerin und eine leidenschaftliche Malerin. Ich spiele Klavier und bin bei den Pfadfindern. Neben meinen Muttersprachen Deutsch und Spanisch lerne ich an der Schule Englisch, Italienisch und Latein. Als Kind einer deutschen Mutter und eines ecuadorianischen Vaters weiß ich aus eigener Erfahrung, wie wichtig Kommunikation und gegenseitiges Verständnis gerade im Umgang mit Menschen aus anderen Ländern und Kulturen ist.

Ich heiße **Riccardo Bassani**, bin 17 Jahre alt und wohne in Piacenza, wo ich die deutsche internationale Abteilung des Gymnasiums Melchiorre Gioia besuche; ich lerne 10 Stunden pro Woche Deutsch und dazu Englisch, und Latein. Ich habe eine große Leidenschaft für fremde Sprachen, aber am meisten liebe ich Musik; ich mache selbst Musik und spiele Gitarre in zwei Bands, Young Guns und Fields of Petrichor. Ich habe während des dritten Jahres der Mittelschule das Goethe Zertifikat A1 erreicht und an einem Intensivdeutschkurs im Humboldt- Institut in Lindenberg im September 2022 teilgenommen.

Außerdem liebe ich Literatur und die darstellende Kunst und schreibe auch eigene Geschichten. Die Kunst ist für mich ein notwendiges Mittel, um sich zu bilden und der furchtbaren Oberflächlichkeit der heutigen Welt nicht zu erliegen, um die Luft anderer Welten atmen zu können und sich mit anderen Arten von Gedanken und Verständnis auseinanderzusetzen. Das Lernen von Deutsch ist für mich eines von den vielen Mitteln, mit denen ich das erreichen kann, und hoffentlich werde ich in der Zukunft viele andere Sprachen und Kulturen erkunden können.

DUO LETTERARIO
Elisabeth Suqui
Riccardo Bassani

Mi chiamo **Elisabeth Suqui**, sono nata nel 7.11.2008 a Tubinga. Attualmente frequento la nona classe al Quenstedt-Gymnasium di Mössingen. Mi piace scrivere storie a scuola, ma anche nella vita privata. Leggo molto nel tempo libero. Inoltre sono nuotatrice soccorritrice e una passionale pittrice. Suono il pianoforte e sono membro degli Scout. Oltre a la mia lingua madre tedesco e spagnolo apprendo nella scuola le lignue inglese, italiano e latino. Essendo figlia di madre tedesca e padre ecuadoriano, so per esperienza personale quanto siano importanti la comunicazione e la comprensione reciproca, soprattutto quando si ha a che fare con persone di altri Paesi e culture.

Mi chiamo **Riccardo Bassani**, ho 17 anni e vivo a Piacenza, dove frequento il Liceo Ginnasio Melchiorre Gioia nella sezione Linguistico Internazionale Tedesco; faccio 10 ore di tedesco a settimana e studio inglese e latino. Ho una grande passione per le lingue straniere, ma più di ogni cosa amo la musica; infatti, produco musica originale e suono la chitarra negli Young Guns e i Fields of Petrichor. Ho conseguito il Goethe Zertifikat A1 durante la terza media e ho praticato un corso intensivo di tedesco presso l'Humboldt Institut a Lindenberg durante settembre del 2022.

Tra le altre cose amo la letteratura e le arti visive e, anche se non molto spesso, scrivo anche racconti miei. L'arte è per me un mezzo indispensabile per poter coltivare sé stessi e non soccombere alla tremenda superficialità del mondo odierno, per poter respirare l'aria di mondi diversi e potersi confrontare con altri modi di pensare e di intendere ciò che si ha intorno. Imparare il tedesco è per me uno dei tanti mezzi per fare sì che ciò accada e in futuro spero di poter esplorare tante altre lingue e culture.

LITERATUR DUO
Sophia Lehmair
Aurora Ianchello

Sophia Lehmair wurde 2008 in Ingolstadt geboren. Sie lebt mit ihrer Familie in Geisenfeld und besucht derzeit die zehnte Klasse des Hallertau-Gymnasiums in Wolnzach. Dort entschied sie sich in der siebten Klasse, italienisch als dritte Fremdsprache zu wählen, da sie sich schon immer besonders für Sprachen interessierte. Zu Beginn der zehnten Jahrgangsstufe nahm sie an einem Austauschprogramm ihrer Schule teil und verbrachte eine wunderschöne Woche in einer Gastfamilie auf Sizilien. Auf diese Weise konnte sie auch ihre Italienisch-Kenntnisse erweitern und ist sehr dankbar, diese Erfahrung gesammelt zu haben.

In ihrer Freizeit spielt sie gerne Tennis und nimmt außerdem Klavierunterricht. Sie liebt es zu reisen und zählt Italien zu einem ihrer liebsten Ziele.

Bereits seit dem Kindesalter begeistert sie sich fürs Lesen und Schreiben und kann Stunden damit verbringen. Sobald sie also gelernt hatte, wie Buchstaben funktionieren, begann sie ihre eigenen Geschichten zu Papier zu bringen. Bislang schrieb Sophia immer nur für sich, träumte aber bereits als kleines Kind davon, eines Tages ihre Leidenschaft zum Beruf zu machen und als Schriftstellerin arbeiten zu dürfen. Deshalb freute sie sich sehr, dass es ihr nun gelungen ist ihre erste eigene Kurzgeschichte zu veröffentlichen.

Aurora Ianchello ist am 16. Februar 2008 in Lamezia Terme geboren. Sie wohnt in Gizzeria, ein kleines Dorf in Süditalien. Sie besucht das dritte Jahr der Sprachschule Tommaso Campanella. Sie lernt Englisch, Französisch und Deutsch. Deutsch hat sie besonders gern und sie träumt von einer Reise nach Deutschland. Sie hat im Jahr 2023 an dem Wettbewerb „Deutsche Zungenbrecher" teilgenommen und den ersten Preis gewonnen. Sie liebt Lesen, Kuchen backen und Gitarre spielen.

DUO LETTERARIO
Sophia Lehmair
Aurora Ianchello

Sophia Lehmair è nata nel 2008 a Ingolstadt. Insieme con la sua famiglia vive a Geisenfeld e attualmente frequenta la decima elementare di una scuola superiore che si chiama Hallertau-Gymnasium a Wolnzach. Lì ha deciso di scegliere l'Italiano come terza lingua straniera perché è sempre stata particolarmente interessata alle lingue. All´inizio della decima elementare ha preso parte ad un programma di scambio nella sua scuola e ha trascorso una settimana meravigliosa con una famiglia ospitante in Sicilia. In questo modo ha potuto approfondire anche la sua conoscenza della lingua italiana ed è molto grata di aver maturato questa esperienza.

Nel suo tempo libero le piace giocare a tennis e anche prendere lezioni di pianoforte. Ama viaggiare e annovera l'Italia come una delle sue destinazioni preferite.

È appassionata di lettura e scrittura fin da quando era bambina può dedicare molte ore a farlo. Così, non appena ha imparato come funzionano le lettere, ha iniziato a scrivere le sue storie su carta. Finora Sophia ha scritto solo per sé stessa, ma fin da piccola sognava di trasformare un giorno la sua passione in una carriera e di poter lavorare come scrittrice. Ecco perché era molto felice di essere riuscita a pubblicare il suo primo racconto

Aurora Ianchello è nata il 16 Febbraio 2008 a Lamezia Terme. Abita a Gizzeria, un piccolo borgo nel sud della Calabria. Frequenta il terzo anno del liceo linguistico Tommaso Campanella. Studia inglese, francese e tedesco. Il tedesco l'ha appassionata in modo particolare, sognando un giorno di poter volare in Germania. Ha anche vinto una gara di scioglilingua tedeschi dell'associazione Amici del tedesco. Ama leggere, preparare dolci e suonare la chitarra.

Auguste De Donno, geboren am 10.02.2009, besucht das St. Agnes Gymnasium und lebt mit ihrer Familie in Stuttgart. Eine ihrer großen Leidenschaften ist das Lesen – insbesondere Romane, Kriminalromane und Erzählungen nach wahrer Begebenheit, in deutscher und italienischer Sprache. Ihre Lieblingsbücher sind zum Beispiel „Sisis letzte Reise" von Uwe Klausner, „Mitternachtsdiamanten" von Julia Quinn, „Eine Frage der Chemie" von Bonnie Garmus und „Il treno dei bambini" von Viola Ardone.

Sie hat bereits im Alter von 10 Jahren begonnen erste kleine Geschichten zu schreiben.

In ihrer Freizeit tanzt sie intensiv Ballett, spielt Klavier, liest und hört Musik von Taylor Swift.

Ich heiße **Camilla Catello** und ich bin fünfzehn Jahre alt. Ich wurde am 13. November 2008 in Russland geboren, aber ich wohne seit 2010 in Italien.

Ich begann mit dem Sprechen, als ich zweieinhalb Jahre alt war, aber ich war schon immer von Worten und ihrer Kraft fasziniert und lernte bald, mit ihnen zu spielen, zuerst um Emotionen zu erzählen, dann um Geschichten zu schreiben. Auf die Frage „Was möchtest du werden, wenn du groß bist?" ich habe immer mit „Schriftsteller" geantwortet.

Mit acht Jahren, als ich die Grundschule „Nazario Sauro" besuchte, habe ich ein sehr kleines Buch mit dem Titel „Roand e il leone Bendlysh" (das heißt „Roan und der Bendlysh-Löwe") geschriebt, die Geschichte eines kleinen Jungen und eines Löwenbabys. Nach diesem einfachen kleinen Buch, das meine Eltern gedruckt hatten, begann ich, kleine Geschichten zu schreiben, die ich meinen Freunden zum Geburtstag schenken wollte.

Mit elf Jahren schrieb ich während der Pandemie, angetrieben von meiner Leidenschaft für das Reiten, eine 280-seitige Geschichte über zwei Pferde und las sie abends in einem Videoanruf bei meinen Groß

Auguste De Donno, nata nel 10.02.2009, è studentessa al liceo St.Agnes e abita con la sua famiglia a Stoccarda. È appasionata della letteratura . Legge volentieri i romani criminali o romantici, libri Italiani ed anche tedesci, come per esempio „ Sisis letzte Reise" di Uwe Klausner, „Tutto in un bacio" di Julia Quinn, „Lezioni di chimica "di Bonnie Garmus o „Il treno dei bambini" di Viola Ardone.

Iniziava a scrivere delle piccole storie all'età di 10 anni.

Nel suo tempo libero fa danza classica, suona il pianoforte, legge ed ascolta la musica di Taylor Swift.

Mi chiamo **Camilla Catello** e ho quindici anni. Sono nata il 13 novembre del 2008 in Russia, ma vivo in Italia dal 2010.

Ho cominciato a parlare a due anni e mezzo, ma sono sempre stata affascinata dalle parole e dal loro potere, e presto ho imparato a giocarci, prima per raccontare le emozioni, poi per scrivere storie; alla domanda "Cosa vuoi fare da grande?", ho sempre risposto "La scrittrice".

A otto anni, mentre frequentavo la scuola primaria "Nazario Sauro" ho scritto un piccolissimo libro, intitolato "Roan e il leone Bendlysh", la storia di un ragazzino e di un cucciolo di leone. Dopo quel semplice libriccino, che i miei genitori hanno fatto stampare, ho cominciato a scrivere piccole storie da regalare ai miei amici per il compleanno.

A undici anni, durante la pandemia, spinta dalla mia passione per l'equitazione, ho scritto una storia su due cavalli della durata di 280 pagine, e la sera la leggevo in videochiamata ai miei nonni. Lì ho capito che le parole potevano essere anche dei doni, e che potevano abbattere le distanze.

Ho frequentato la scuola secondaria di primo grado "Guido Brunner", dove ho iniziato a studiare tedesco e dove ho avuto una professoressa che ha aumentato a dismisura la mia passione per la scrittura e per la letteratura italiana e a dodici anni ho partecipato al concorso letterario "Un libro da consigliare": con la recensione di "Divisa in due" di Sharon Draper, la storia di una piccola ma talentuosa musicista el-

tern vor. Dort wurde mir klar, dass Worte auch Geschenke sein können und dass sie Distanzen überwinden können.

Ich habe das „Guido Brunner"-Gymnasium besucht, wo ich mit
dem Deutschlernen begann und wo ich eine Lehrerin hatte, die meine
Leidenschaft für das Schreiben und die italienische Literatur enorm
steigerte, und als ich zwölf Jahre alt war, nahm ich am Literaturwettbe-
werb „Un libro da consigliare" teil. Mit der Rezension von „Divisa in
Due" von Sharon Draper, die Geschichte eines kleinen, aber talentier-
ten Musikers, der täglich gegen Rassismus kämpft, habe ich den ersten
Platz belegt und verstanden, dass Worte nicht nur Geschenke sind,
sondern auch schöne Überraschungen bereiten können.

Im folgenden Jahr hörte ich auf zu schreiben begann aber dank der
Musik wieder neu: Die Texte einiger Lieder gaben mir tatsächlich die
Inspiration, Gedichte und neue Geschichten zu schreiben.

Derzeit besuche ich das Sprachgymnasium „Francesco Petrarca"
und lerne Englisch, Deutsch und Französisch als Fremdsprachen, insbesondere strebe ich die deutsche Zertifizierung B1 an.

Wenn ich nicht gerade schreibe, übe ich weiterhin Springreiten mit
meinem Pferd, höre italienische und englische Popmusik und betreibe
aus Spaß Forschungen über die menschliche Psyche, die ich dann gerne an der Universität studieren würde. Ich möchte einen Abschluss in
Psychologie machen und in Zukunft beruflich Bücher, Gedichte und
Lieder schreiben, in der Hoffnung, mit Buchstaben immer jeden Makel
des Lebens in Gold verwandeln zu können.

che combatte quotidianamente contro il razzismo, mi sono classificata al primo posto, e ho capito che non sono le parole sono dei regali, ma possono anche farti meravigliose sorprese.

L'anno seguente ho smesso di scrivere ma ho ricominciato grazie alla musica: i testi di alcune canzoni, infatti, mi hanno regalato l'ispirazione per scrivere poesie e nuovi racconti.

Attualmente frequento il liceo linguistico "Francesco Petrarca", studiando come lingue straniere l'inglese, il tedesco e il francese, in particolare sto studiando per ottenere la certificazione B1 in tedesco.

Quando non scrivo, continuo a praticare salto ad ostacoli con il mio cavallo e ascolto musica pop italiana e inglese e faccio per divertimento ricerche sulla psiche umana, che vorrei poi studiare all'università, vorrei laurearmi in psicologia e di scrivere per lavoro libri, poesie e canzoni, nella speranza di riuscire sempre con le lettere a trasformare ogni sbavatura della vita in oro.

LITERATUR DUO
Catherina Berberich
Alison Vicentini

Catherina Berberich – Ist kein Fan von generalisierten Lebensmottos. Dennoch meint die gebürtige Halbitalienerin, die Persönlichkeit, Interessen und Denkstrukturen eines Mitmenschen anhand der Anordnung seines Bücherregals erkennen zu können. In ihrem eigenen stapeln sich die Romane beinahe konsequent von den Sachbüchern getrennt, Lichterketten oder Notizzettel sind hingegen in allen Fächern zu finden. Besonders auf Letzterem vermerkt die Autorin Ideen und Schlagworte, die ihr in eher unpassenden Situationen durch den Kopf gehen – gerne auf bis zu drei Sprachen gleichzeitig.

Hallo! Ich bin **Alison Vicentini**. Ich bin 16 Jahre alt und komme aus Sabbionara (Avio), ein kleines Dorf in der Region Trentino in Norditalien.

Ich besuche das sprachliche Gymnasium "Sophie M. Scholl" in Trient und dort lerne ich Deutsch, Englisch und Spanisch.

Als ich vom Literatur-DUO hörte, war ich sofort begeistert. Obwohl mein Haupthobby zeichnen ist, liebe ich auch das Lesen und Geschichten zu erfinden. Deshalb wollte ich versuchen, selbst etwas zu schreiben und diese Erfahrung, die sehr schön und wertvoll war, zu machen.

Die Herstellung war nicht einfach, aber ich hoffe, dass euch meine Kurzgeschichte gefällt und vielleicht nützlich mit ihren Themen ist.

DUO LETTERARIO
Catherina Berberich
Alison Vicentini

Catherina Berberich - non é un' appassionata di detti generici. Nonostante cio, l'autrice italo-tedesca ritiene di riconoscere la personalità, gli interessi e i modi di pensare di ogni individuo osservando la collocazione dei libri nelle relative biblioteche personali. Nella sua i romanzi sono sempre disposti separamente dai libri di saggistica; mentre tra tutti i diversi scompartimenti si trovano ghirlande di luci e blocchi per appunti. Su questi ultimi lei annota idee e parole chiave che le vengono in mente in situazioni svariate – e spesso anche in tre lingue contemporaneamente.

Salve! Sono **Alison Vicentini**. Ho 16 anni e vengo da Sabbionara (Avio), piccola frazione nel Trentino.

Frequento il liceo linguistico "Sophie M. Scholl" di Trento dove studio tedesco, inglese e spagnolo.

Appena ho sentito parlare del Literatur-DUO-letterario, mi ha subito entusiasmato. Nonostante il mio hobby principale sia il disegno, adoro anche leggere e inventare storie. Per questo ho voluto provare a scrivere qualcosa di mano mia e a cimentarmi in questa esperienza, che mi è piaciuta e servita molto.

Realizzarla non è stato semplice, ma spero che vi piaccia la mia short story e che vi possa essere utile coi suoi temi.

LITERATUR DUO
Emma Schweier
Martina Brunetti

Emma Schweier wurde 2006 geboren und lebt schon ihr ganzes Leben lang in dem gleichen kleinen Ort im Süden von Bayern. Im Moment macht sie ihr Abitur am LSH Schloss Ising, an dem sie mit Englisch und Italienisch auch ihre Liebe zur Sprache entdeckt hat. Auch der größte Teil ihrer Freizeit ist der Sprache gewidmet, ihre Hobbys sind das Lesen und das Schreiben und wenn man sie nicht mit der Nase in einem Buch vorfindet, dann beim Wandern oder Laufen, wo sie sich mehr Geschichten ausdenken kann.

2005 in Treviglio, Bergamo geboren, besucht **Martina Brunetti** zurzeit das Sprachengymnasium in derselben Stadt, wo sie Deutsch, Spanisch und Englisch lernt.

Besonders produktiv für diese letzte Sprache waren die als Exchange Student in Kanada von September bis Dezember 2022 verbrachten Monate.

Im selben Sommer hat sie sich für den 'Treville' Wettbewerb in der Junior-Kategorie angemeldet, in der sie den ersten Preis gewonnen hat.

DUO LETTERARIO
Emma Schweier
Martina Brunetti

Emma Schweier è nata 2006 e vive in lo stesso paese per la sua tutta vita nel sud della Baviera. Frequenta la 12° classe del liceo LSH Schloss Ising e attualmente assolve i esami di maturità. A Ising ha scoperto il suo amore per le lingue con l'inglese e l'italiano. Anche il maggior parte del suo tempo libero è dedicato alle lingue. I suoi hobby sono scrivere e leggere e se non la trova con il naso in un libro, Emma fa una passeggiata o una camminata e pensa sulle nove storie.

Nata a Treviglio, Bergamo nel 2005, **Martina Brunetti** frequenta attualmente il liceo linguistico nella stessa città, dove studia Tedesco, Spagnolo e Inglese.

Particolarmente produttivo per quest'ultima lingua, anche e soprattutto in campo letterario, è stato il quadrimestre settembre-dicembre 2022, trascorso come Exchange Student in Canada.

Nella stessa estate si è iscritta al concorso 'Treville' per la categoria junior in lingua inglese, di cui ha ricevuto il primo premio.

LITERATUR DUO
Miriam Stöckle
Lejla Ameti

Mein Name ist **Miriam Stöckle**, ich bin zwischen der deutschen und der italienischen Kultur in der Nähe von München aufgewachsen. Aktuell besuche ich das Gymnasium Max-Josef-Stift in München. Meine Vorliebe zu verschiedensten Arten von Büchern entdeckte ich bereits in der Grundschule. Zuerst Märchen, dann Jugendromane, Gedichte sowie einige Stücke klassischer Literatur. Mit 8 Jahren begann ich selbst erste Geschichten zu schreiben.

Die Literatur, ebenso wie die Musik, haben mir die Möglichkeit gegeben, mein Umfeld mit anderen Augen zu betrachten. Deswegen wusste ich von Beginn an, dass die Musik in meiner Kurzgeschichte besonders wichtig sein würde.

Lejla Ameti (2008) wurde im italienischen Gebiet geboren, das an Slowenien grenzt, aber sie ist kosovarischer Herkunft. Seit ihrer Kindheit liebt sie Bücher und widmet sich leidenschaftlich dem Lesen. Ihr besonderes Augenmerk richtet sie auf die Literatur des 20. Jahrhunderts. Sie interessiert sich für zeitgenössische Geschichte und Aktualität und besucht in ihrer Freizeit Lesungen und Informationsveranstaltungen.

Sie verbindet ihre eigene bosnische kosovarische Kultur mit der italienischen, macht sich zum Sprachrohr für das, was in diesem Teil Europa geschieht und teilt die Sitten und Gebräuche ihres Heimatlandes, die sich von denen in Westeuropa unterscheiden. Sie hat eine tiefe Leidenschaft für andere europäische Sprachen und Kulturen: In der Schule vertieft sie sich in die englische und deutsche Sprache und Kultur sowie in die altgriechische und lateinische.

Sie verbringt gerne Zeit mit ihrer besten Freundin, mit der sie Ideen und Meinungen diskutiert. Sie liebt es, zu schwimmen und in der Natur zu joggen.

DUO LETTERARIO
Miriam Stöckle
Lejla Ameti

Mi chiamo **Miriam Stöckle**, sono cresciuta tra la cultura italiana e quella tedesca nelle vicinanze di Monaco di Baviera.

Attualmente frequento il liceo Max-Josef-Stift a Monaco di Baviera. Durante gli anni delle elementari, scoprii la mia passione per diversi tipi di libri. Dapprima le fiabe e successivamente i romanzi per ragazzi, le poesie e anche qualche pezzo di letteratura classica. All'età di 8 anni ho iniziato a scrivere le mie prime storie.

La letteratura e la musica mi hanno dato l'opportunità di osservare il mondo a me circostante con occhi diversi. Ecco perché la musica ha un ruolo così importante nella mia storia.

Lejla Ameti nata nel territorio italiano confinante con la Slovenia ma di origini kosovare, Lejla Ameti sin da piccola ama i libri e si dedica con il massimo fervore alla lettura. In particolar modo rivolge la sua attenzione verso la letteratura del Novecento. Si interessa della storia contemporanea e dell'attualità e nel tempo libero frequenta letture e strumenti di informazione a riguardo.

Converge la propria cultura di etnia kosovara bosniacca con quella italiana, si fa portavoce di ciò che succede in quella parte d'Europa e condivide gli usi e i costumi del proprio Paese d'origine, differenti rispetto a quelli dell'Europa Occidentale. Ha una profonda passione per le altre lingue e culture europee: a scuola approfondisce la lingua e la cultura inglese e tedesca, oltre che quella greca e latina.

Ama trascorrere il tempo con la sua migliore amica con cui discute di idee e opinioni. Le piace molto nuotare e andare a correre nella natura.

LITERATUR DUO
Jakob Geissler
Francesca Farina

Mein Name ist **Jakob Geissler**, ich bin 17 Jahre alt und wurde in Mainz geboren. Mit meinen Eltern und meinen vier Geschwistern lebe ich in Nierstein einem Weindorf in Rheinhessen. Ich bin Schüler am altsprachlichen Rabanus-Maurus Gymnasium in Mainz, meine Leistungskurse sind Deutsch, Sozialkunde und Alt-Griechisch. In meiner Freizeit spiele ich gerne Trompete in verschiedenen Orchestern und Ensembles, außerdem tanze ich und spiele Theater. Zudem lese ich gerne und reise mit großer Freude, um andere Länder und Kulturen kennen zu lernen.

Francesca Farina, geboren am 20.07.2007 lebt in Montalbano Jonico (Italien) ein kleines Dorf in der Region Basilikata. Derzeit besucht sie das Gymnasium der Humanwissenschaften Isis Pitagora. Seit klein auf interessiert sie sich für das Schreiben und Lesen. Sie liebt es Musik zu hören und neue Kulturen kennenzulernen. Sprachen lernt sie gerne und Vereisen ist ihre Leidenschaft.

DUO LETTERARIO
Jakob Geissler
Francesca Farina

Mi chiamo **Jakob Geissler**, ho 17 anni e sono nato a Mainz. Abito a Nierstein, uno luogo di vino, con i miei genitori, duo fratelli e due sorelle. Sono studente a il liceo linguistico antico Rabanus-Maurus, miei corsi avanzati sono letteratura, politica e greco antico. Nel mio tempo libero suono la tromba in varie orchestre e ensembles, ballo anche e agisco. Mi piace anche leggere e viaggere, per scoprire altre culture.

Francesca Farina nasce il 20 luglio 2007, vive a Montalbano Jonico, un piccolo paese della Basilicata e frequenta il liceo delle scienze umane Isis Pitagora. Sin da piccola ha mostrato interesse verso la scrittura e alla lettura fino a ricoprire la sua camera di libri e quaderni interamente scritti. Ama ascoltare la musica e conoscere nuove culture, con una propensione verso le lingue. Sogna di viaggiare e di appassionare le persone con i suoi racconti.

LITERATUR DUO
Jennifer Kirn
Ilaria Pisano

Jennifer Kirn, 2006 in Karlsruhe geboren, lebt derzeit in Graben-Neudorf, Baden-Württemberg. Neben dem Literatur-DUO-letterario, den sie bereits letztes Jahr mitgestalten durfte, erhielt sie für eine Kurzgeschichte bereits von einer Kreissparkasse den zweiten Preis ihrer Altersgruppe und erhielt die Möglichkeit in einer Anthologie im Zuge eines Jugendliteraturwettbewerbs der Stadt Vechta eine Kurzgeschichte zu veröffentlichen. Die Schülerin besucht derzeit ein Gymnasium in Bruchsal und wird 2025 ihr Abitur absolvieren.

Neben Kurzgeschichten verfasst sie Romane in den Genres Jugendliteratur und Dystopie. Mit ihrer gesellschaftskritischen Literatur hinterfragt die Autorin Normen und Traditionen, ruft allerdings auch dazu auf, aus der Vergangenheit zu lernen. Den Literatur-DUO sieht sie als Möglichkeit zum interkulturellen Austausch; so nahm sie dieses Jahr bereits am Certamen Ciceronianum Arpinas – einem internationalen Lateinwettbewerb in Italien – teil. Durch Literatur und Sprache werden Brücken zwischen Kulturen gespannt – mit ihrer DUO-Partnerin will die Autorin genau dazu beitragen.

Ich heiße **Ilaria Pisano** und ich bin 18 Jahre alt. Ich lebe in Iglesias, Sardinien. Dort besuche ich auch das Neusprachliche-Gymnasium "Carlo Baudi di Vesme".

Ich lerne Spanisch, aber ich würde auch gerne einige Deutschkenntnisse besitzen. In der Grundschule lernte ich, wie alle Schülerinnen und Schüler, lesen und schreiben, aber mir eröffnete sich damit eine neue Welt und ich habe im Schreiben und in der Lektüre meine Bestimmung gefunden.

Ich glaube nicht, dass das Schreiben heilend wirkt, weil man bestimmte Erlebnisse nie heilen kann. Aber ich denke, es ist ein Mittel, um den eigenen Schmerz zu lindern und zu lernen, damit zu leben.

Seit meiner Kindheit interessiere ich mich leidenschaftlich für Malerei, Töpferei und Zeichnen. Ich liebe die Natur und versuche sie in meinen Fotografien festzuhalten. Ich treibe sehr gern Sport und ich habe ein wirklich großes Interesse an Kunstgeschichte. Aber am liebsten lerne ich die Geschichten der Menschen kennen.

DUO LETTERARIO
Jennifer Kirn
Ilaria Pisano

Jennifer Kirn, nata a Karlsruhe nel 2006, vive attualmente a Graben-Neudorf, nel Baden-Württemberg. Oltre al DUO-letterario, che ha contribuito a organizzare l'anno scorso, ha già vinto il secondo premio nella sua fascia d'età da una cassa di risparmio distrettuale per un racconto e ha avuto l'opportunità di pubblicare un racconto in un'antologia nell'ambito di un concorso di letteratura giovanile organizzato dalla città di Vechta. L'allieva frequenta attualmente il ginnasio di Bruchsal e si diplomerà nel 2025.

Oltre ai racconti, scrive romanzi nei generi della letteratura giovanile e della distopia. Con la sua letteratura socio-critica, l'autrice mette in discussione norme e tradizioni, ma ci invita anche a imparare dal passato. Vede il DUO Letteratura come un'opportunità di scambio interculturale; quest'anno ha già partecipato al Certamen Ciceronianum Arpinas, una competizione internazionale di latino in Italia. La letteratura e la lingua creano ponti tra le culture e questo è esattamente ciò a cui l'autrice vuole contribuire con il suo partner DUO.

Mi chiamo **Ilaria Pisano** e ho 18 anni. Vivo ad Iglesias, in Sardegna e frequento il liceo linguistico Carlo Baudi di Vesme.

Studio spagnolo ma mi piacerebbe possedere qualche conoscenza sul tedesco.

Da quando, all'età di 6 anni ho imparato a leggere e a scrivere, ho sviluppato una profonda passione per la scrittura e la lettura che e cresciuta nel tempo.

Non penso che scrivere sia curativo perché da certe cose non si può mai guarire, ma credo che sia un mezzo per alleviare il proprio dolore e imparare a conviverci.

Fin da piccola sono appassionata di pittura, lavoro la creta e disegno. Adoro la natura ed immortalarla in alcuni scatti fotografici.

Mi piace praticare sport, adoro la storia dell'arte ma più di tutto amo conoscere le storie delle persone.

DIE HEIMANN-STIFTUNG

Im Jahr 2015 haben die Eheleute Archim und Gerda Heimann die «Heimann-Stiftung für Völkerverständigung» mit Sitz in Wiesloch gegründet.

Die Stiftung fördert die Völkerverständigung zwischen Deutschland und Italien.

Im Mittelpunkt der Stiftung stehen junge Menschen und deren kulturelle Förderung zu verantwortungsbereiten und weltoffenen Persönlichkeiten.

Wir leben in einer Zeit großer gesellschaftlicher Veränderungen, die das Zusammenleben der Menschen unterschiedlicher Kulturen berühren. Es wird immer wichtiger zu lernen, andere Völker nicht nur nach deren äußeren Merkmalen und dem Lebensstil zu beurteilen, sondern auch ihre Kultur, ihre Haltung, ihr Verhalten zu verstehen und anzuerkennen. Wenn sich die Nationen verstehen, können Konflikte vermieden und Versöhnung und Frieden geschaffen werden.

Um diese Zukunft zu gestalten ist es vor allen Dingen wichtig, dass die Jugend mit einer internationalen und interkulturellen Lebenserfahrung aufwächst.

LA FONDAZIONE HEIMANN

Nel 2015 la coppia Archim e Gerda Heimann ha istituito la «Fondazione Heimann per la comprensione fra i popoli» con sede a Wiesloch.

La fondazione promuove la comprensione fra la Germania e l'Italia.

Al centro dell'attenzione della fondazione ci sono i giovani ed il loro sviluppo culturale. Inoltre la fondazione promuove la formazione dei giovani affinché diventino persone cosmopolite e consapevoli delle proprie responsabilità.

Adesso viviamo in un'epoca con grandi cambiamenti sociali che influenzano la convivenza dei popoli. Diventa sempre più importante valutare gli altri popoli non solo in base alle caratteristiche esterne e allo stile di vita ma anche rispettare e comprendere la loro cultura, il loro atteggiamento e il loro comportamento. Se le nazioni si accettano i conflitti potrebbero essere evitati e la pace sarebbe mantenuta.

Per formare il nostro futuro assieme è soprattutto importante che già i giovani possano raccogliere esperienze di vita internazionali e interculturali.